Der Fluch des Fürsten

Steffen Pfingstag
Sophienring 26
71560 Sulzbach/Murr
Telefon: 07193/930341
Email: Steffen@Pfingstag.net
http://www.pfingstag.net

Illustrationen und Titelbild: Ruedi Sorg, Großerlach/Grab
Umschlaggestaltung: Simon Fakir, Sulzbach
Satz: Schmidt Mediendesign, Sulzbach
Druck und Bindung: Streicher Druck GmbH, Winnenden

Printed in Germany
ISBN 978-3-00-033501-3

Steffen Pfingstag

der Fluch des Fürsten

Roman

Für all die Menschen,
die mich mit ihrer Freude
und Begeisterung
ermutigen

Ich bin in die Welt gekommen als ein Licht,
damit, wer an mich glaubt,
nicht in der Finsternis bleibe.

Die Bibel, Johannes 12,46

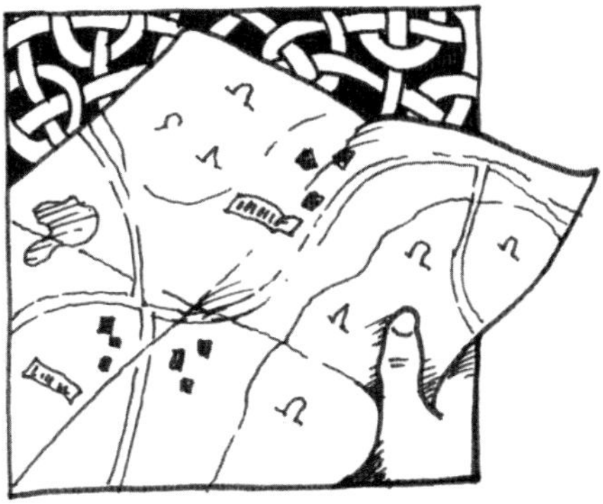

Micha Peters

Die Ginster war ein kleiner Fluss, der ein enges Tal in das Hügelland des Keupers hineingeschnitten hatte. Die Sandsteinhänge des Tals waren bewaldet und hatten die Form von Sargdeckeln. Sie zeigten damit das typische Bild der Erosion bei Sandsteingebirgen. In der Talsohle, rechts und links der Ginster, wurde Acker- und Wiesenwirtschaft betrieben. Etwa in der Mitte des Ginstertals lag der Ort Spiegelbach. Er hatte seinen Namen durch die Glasherstellung früherer Jahrhunderte erhalten. Die Gegend besaß damals im Wald und im Quarzsand schier unerschöpfliche Grundstoffe zur Glasverhüttung. Doch das war lange Vergangenheit. Heute gab es in Spiegelbach etwas Kleingewerbe, ein paar Läden, noch den einen oder anderen Nebenerwerbslandwirt und viele Pendler, die in den Zentren Heilbronn oder Stuttgart zur Arbeit gingen. Einzig das enge Tal und die tief bewaldeten Hänge erinnerten ein bisschen an die früheren rauen Zeiten, in denen diese Gegend wild, lebensfeindlich und unheimlich gewesen war. Heute herrschte hier die Idylle eines Naherholungsgebiets, das zum Radfahren und Wandern einlud. Die Gemeinden der Gegend

hatten im Laufe der Jahre dazu die Infrastruktur geschaffen und etliche Wanderparkplätze und entsprechende Freizeiteinrichtungen angelegt.
In der Nähe von Spiegelbach gab es einen solchen Wanderparkplatz an den Ufern der Ginster. Micha Peters verließ die Landstraße und parkte dort seinen etwas klapprigen Kombi. Er stieg aus und sog die würzige Luft in sich auf. Sein Herz öffnete sich. Er liebte die Natur und fühlte sich in ihr zu Hause. Jetzt, wo er hier im Grünen stand, konnte er es kaum fassen, wie er es geschafft hatte, noch mal so viele Jahre die Schulbank zu drücken. Sein Platz war draußen! Allerdings war es eben die Studienzeit gewesen, die ihn auf diese Gegend aufmerksam gemacht und sein Interesse für sie geweckt hatte. Er wollte die Landschaft kennenlernen und die Gegend erwandern, um einen Eindruck von ihr zu bekommen. Er hoffte zu spüren und zu sehen, ob das Gefühl, welches in seinem Innern schlug, sich vor Ort verflüchtigte oder verstärkte.
Micha schnappte den Rucksack, suchte auf der Wanderkarte nach dem richtigen Einstieg und machte sich auf. Sein Ziel war das Dörfchen Hügelhain, das irgendwo auf der Hochebene rechts der Ginster liegen musste. Vor Micha lagen also erst einmal 150 Höhenmeter. Er liebte das. Rasch hatte er den Start des Wanderpfads gefunden. Er war ziemlich schmal und führte zunächst durch eine sumpfige Wiese zum Waldrand hinüber. Dort ging es steil hangaufwärts, bis Micha einen Forstweg erreicht hatte. Ihn kreuzte er. Anschließend ging es weniger steil weiter, bis es nach etwa 20 Minuten fast eben wurde. Micha atmete durch und schaute sich um. In einiger Entfernung konnte er den Waldrand erahnen. Der Wanderweg steuerte direkt darauf zu. Links von ihm wurde das Gelände schroffer und wieder deutlich steiler. Große Sandsteinfelsen traten zutage, die wie Nasen aus dem Waldboden herausragten. Manche Nadelbäume hatten sich einige von ihnen als Standorte herausgesucht und umklammerten sie mit dicken Wurzeln. Der Wanderpfad mied dieses Felsenmeer und führte fast scheu daran vorbei. Doch genau diese Urwüchsigkeit reizte Micha und er

verließ den vorgeschriebenen Pfad. Begeistert suchte er sich einen Weg zwischen den Felsen hindurch. Der Halbschatten der Bäume und die Sandsteinvorsprünge erzeugten eine besondere Stimmung. Ein bisschen unheimlich und zugleich wunderschön. Es war wie in einem verwunschenen Märchenwald. Micha liebte diese Atmosphäre. Sie beflügelte die Fantasie und lud zum Träumen ein. Neugier und Anspannung trieben ihn vorwärts. Etwas sagte ihm, dass dieser Wald schon vor langer Zeit bei Menschen eine bedeutende Rolle gespielt hatte. Eine unbeschreibliche Präsenz lag in der Luft. Micha konnte es nicht genau fassen, aber da war etwas. Was es wohl sein mochte? Noch während er seinem Gefühl innerlich nachging, hatte er die Steigung hinter sich gelassen. Vor ihm zeigte sich eine flache, bewaldete Ebene. Sie war die höchste Erhebung in der Gegend, etwa 450 Meter über dem Meer. Das Gefühl der Bedeutsamkeit dieses Ortes verstärkte sich in Micha noch mehr. „Keine Ahnung, was hier los ist", murmelte er und suchte ein kleines, sonniges Plätzchen für eine Rast. Vielleicht würde er im Verweilen seinem Gefühl etwas deutlicher auf die Schliche kommen. In einiger Entfernung sah er, wie Sonnenstrahlen auf den Waldboden fielen. Er lenkte seine Schritte dorthin. Nachdem er einen ehemals tiefen, immer noch breiten Graben überwunden hatte, öffnete sich vor ihm eine Lichtung, in deren Zentrum ein großer Hügel stand.

„Ein Wasserreservoir?", fragte sich Micha und stieg hinauf. Doch oben deutete nichts darauf hin. Es gab keine Belüftungen und auch keine betonierten Schachtdeckel. Es war einfach nur ein Hügel. Irgendjemand hatte hier Erde aufgeschüttet. Im Augenblick konnte sich Micha keinen Reim darauf machen, aber der Hügel lag immerhin in der Sonne, und sein grünes Gras lud Micha ein, sich niederzulassen. Er hatte einen Rastplatz gefunden und packte etwas zu essen aus. Gemütlich blinzelte er in die Sonne und biss zufrieden in sein Brot. Erst jetzt fiel ihm die große Stille auf. Die Geräusche der Natur, die ihn auf dem ganzen Weg begleitet hatten, waren plötzlich verstummt. Es war, als seien sie verschluckt worden, als ob es hier

für fröhliches Vogelgezwitscher keinen Platz gab. Micha runzelte die Stirn. Mit einem Mal schmeckte ihm sein Brot nicht mehr, und eine Bedrückung beschlich ihn.
„Sehr seltsam." Er schaute sich um, konnte aber nichts Ungewöhnliches entdecken. Ihm war das alles ein Rätsel. Außerdem stellten sich auf seiner Haut die Haare auf.
„Na ja, immerhin sagt mir mein Gefühl, dass es hier ein bisschen ungewöhnlich zugeht", versuchte Micha das Unangenehme lächelnd zu überwinden und die Bedrückung loszuwerden. Wer die Lichtung und den Hügel wohl vom Bewuchs freihielt? Er nahm den Ort noch etwas genauer ins Auge. Dabei fiel ihm auf, dass gegenüber dem Hügel, am Rand der Lichtung, sich eine Wasserfläche im Sonnenlicht spiegelte. „Ein See? Hier oben? Oder gar eine Quelle?" Micha kratzte sich hinterm Ohr. „Ungewöhnlich für diesen sandigen Fels." Er beschattete seine Augen mit der flachen Hand, um besser sehen zu können. Jedenfalls wies die kreisrunde Lichtung keine Unregelmäßigkeiten auf und wirkte wie mit einem Zirkel gezogen. Da hatte sich jemand richtig Mühe gegeben. Auch der Hügel zeigte sich äußerst gepflegt, das Gras war erst vor kurzem gemäht worden. Seine Basis war ebenfalls kreisrund. „Mann, das ist ja eine richtige Anlage!", pfiff Micha durch die Zähne und erhob sich. Er drehte sich ein paar Mal um die eigene Achse, um noch weitere Eigentümlichkeiten zu erfassen. Dabei bemerkte er, dass die Lichtung nach einer Seite hin geöffnet war. Eine Schneise zog sich durch den Wald, an deren Ende offene Landschaft zu erkennen war. Auch die Schneise zeigte sich penibel gepflegt. Nirgends ragten irgendwelche vorwitzigen Äste über. Die Bäume rechts und links waren wie eine Hecke bis in große Höhe geschnitten und der Rasen war ebenfalls erst vor wenigen Tagen gemäht worden.
„Ein Kunstwerk", überlegte Micha laut. „Zumindest haben sich die Leute einiges dabei gedacht, als sie den Ort so gestalteten. Hier müsste es doch eine Tafel geben, die das alles erklärt", er schaute sich wieder um. Doch es war keine Schautafel aufgestellt.

„Eigentlich logisch, das Ganze hier liegt ein ordentliches Stück abseits vom Wanderpfad, da braucht niemand eine Erklärungstafel", Micha stockte: „Warum bloß? Das alles ist doch hochinteressant!" Noch eine Ungereimtheit!
„Vielleicht will ja dieser jemand, dass nicht allzu viele Fremde ungebeten bei der Lichtung vorbeikommen", gab sich Micha selbst eine Antwort und merkte, dass er damit wohl auf der richtigen Spur war. Allerdings ergab das noch keine Antwort darauf, warum die Öffentlichkeit möglichst wenig von diesem Ort hier Notiz nehmen sollte. Eines lag auf der Hand: Wenn Micha dem Kribbeln auf seiner Haut trauen durfte, dann verbarg sich hinter all dem etwas Großes und nicht unbedingt etwas Angenehmes.
„Wahrscheinlich hängt es mit dem zusammen, was mich in diese Gegend geführt hat." Micha packte seine Sachen zusammen. Er wollte den Ort schnell verlassen, denn im Laufe seiner Überlegungen war in ihm ein Gefühl der Bedrohung gewachsen. Die Lichtung hatte eine Bedeutung, das wusste er nun, und das reichte für heute. Micha stieg den Hügel hinunter und ging der Schneise folgend dem Waldrand entgegen. Kurz bevor er diesen erreicht hatte, nahm er ein Stückchen abseits der Schneise noch einen kleineren, künstlich aufgeschütteten Hügel wahr. „Das ist jetzt wirklich ein Wasserreservoir!" Micha erkannte die äußeren Aufbauten, verspürte aber nicht die geringste Lust, sich das Ganze näher anzusehen. Er wollte so rasch wie möglich den Wald hinter sich lassen. Erst als er die Bäume im Rücken hatte, war das Empfinden einer Bedrohung bis auf einen kleinen Rest weitgehend verflogen.
Vor ihm fiel das Gelände wieder ab und zeigte eine sanft geschwungene Kulturlandschaft mit Äckern, Weiden und Streuobstwiesen. Der geheimnisvolle Hügel thronte hier oben wirklich über der ganzen Gegend. Das Land lag ihm zu Füßen. Links, in einiger Entfernung, sah Micha ein einsames Häuschen mit Garten am Fuße des Hochplateaus stehen. Es wirkte wie ein Märchenhaus. Etwas weiter entfernt konnte er ein kleines Dorf erkennen.

„Das müsste wohl Hügelhain sein", überlegte er und zog seine Wanderkarte hervor.
„Noch bin ich auf dem *Burgstall.* Dann geht's dort drüben hinunter", er fuhr mit dem Zeigefinger auf der Karte entlang, „am *alten Armenhaus* vorbei, nach *Hügelhain.*" Micha überprüfte den Verlauf der Karte an der Landschaft. Er stand also auf dem Burgstall, so hieß das Hochplateau, und vor ihm lag die Hügelhainer Ebene, die sich wiederum 110 Meter über dem Tal der Ginster erhob.
Er ließ den Blick schweifen, holte tief Luft und fühlte sein Herz vor Erregung pochen. Obwohl noch ein Rest von der Bedrohung zu spüren war, liebte er diese Gegend und war von ihr stark angezogen. In einer Mischung aus Ergriffenheit und Neugier nahm er wieder den Wanderpfad auf und folgte ihm hinunter zum alten Armenhaus, als historische Sehenswürdigkeit auf der Karte vermerkt, ganz im Gegensatz zu dem seltsamen Hügel auf dem Burgstall.
Als er das kleine Häuschen erreicht hatte, konnte Micha sich nicht gegen das Gefühl wehren, dass hier tatsächlich die Zeit im 17. Jahrhundert stehen geblieben war. Das Gemäuer machte einen armseligen Eindruck, aber hinter den kleinen Fenstern schien es gepflegt zuzugehen. Der Garten jedenfalls war ein besonderes Schmuckstück und stand in voller Blütenpracht. Ein typischer Bauerngarten, wie er in keinem Freilichtmuseum besser hätte gestaltet werden können. Staunend stand Micha am Holzlattenzaun und vergaß für ein paar Minuten die Zeit.
„Gefällt er Ihnen?"
Erschrocken fuhr Micha aus seinen Gedanken auf.
„Wie bitte?", fragte er, um etwas Zeit zu gewinnen und um die alte Frau etwas näher in Augenschein zu nehmen, die ihn angesprochen hatte.
„Ob Ihnen mein Garten gefällt?", lächelte sie und half ihm aus seiner Verlegenheit.
„O ja, sehr!", nickte Micha anerkennend und atmete dabei tief durch.

„Sie sind nicht von hier."
„Ich mache nur eine kleine Wanderung, weil ich die Gegend kennenlernen möchte. Mein Auto steht unten auf dem Wanderparkplatz bei Spiegelbach, und nun bin ich über den Burgstall heruntergewandert."
„Aha", nickte die alte Frau freundlich.
„Sonderbarer Hügel dort droben", Micha deutete mit dem Daumen über seine Schulter. „Haben Sie eine Ahnung, was das ist?"
Für einen kleinen Moment huschte ein Schatten über das freundliche Gesicht der Frau, kaum merklich, aber Micha war er nicht entgangen.
„Kein guter Ort für Wanderer", meinte sie leise. „Dort oben ist überhaupt kein guter Ort", murmelte sie mehr zu sich selbst. „Aber, mein junger Freund, der Wanderweg führt nicht daran vorbei."
„Stimmt. Ich bin nur zufällig auf den Hügel gestoßen, wenn es so etwas wie Zufälle überhaupt gibt."
„Wie soll ich das verstehen?", fragte sie. Ihre Augen verengten sich ein wenig und verrieten, dass sie sehr aufmerksam geworden war.
Innerhalb des kleinen Wortwechsels waren sich Micha und die alte Frau sehr nahe gekommen. Rasch herrschte eine große Sympathie zwischen ihnen.
„Was geht hier ab?", schoss es Micha durch den Kopf, und er entschied sich, doch lieber wieder etwas auf Abstand zu gehen.
„Ach, nur so eine Redensart", wich er aus.
„So, so", schmunzelte die Alte, und Micha spürte, wie sie ihn durchschaut hatte.
„Nun denn, ich möchte noch hinüber nach Hügelhain. Nett, Sie kennengelernt zu haben. Auf Wiedersehen, und wirklich ein großes Kompliment für Ihren wunderbaren Garten!" Micha wollte rasch verschwinden, bevor er noch rot wurde.
„Bis bald!", kam es etwas gedankenverloren über die Lippen der alten Frau, und sie schaute ihm so lange hinterher, bis er verschwunden war.

Micha fühlte ihren Blick und musste sich zusammennehmen, damit er sich nicht umdrehte. „Bis bald? Warum bis bald? Sie kennt mich überhaupt nicht. Was ahnt sie?“ Wieder so eine Merkwürdigkeit an diesem Tag. Micha schüttelte den Kopf und konnte es förmlich mit Händen greifen, wie seine Neugier ständig weiter wuchs.
Das Häuschen der Alten lag ein paar Minuten vom Dorf entfernt. Über Felder und Obstbaumwiesen erreichte Micha schließlich die ersten Häuser Hügelhains, die vom Turm der Kirche im Ortskern überragt wurden. Möglicherweise war er schon sehr sensibilisiert, jedenfalls machte das Dorf auf ihn einen sonderbaren Eindruck, und auch das Gefühl einer unsichtbaren Bedrohung meldete sich erneut etwas stärker. Er war hier nicht willkommen. Allerdings hatte Micha nichts zu verbergen, und so schlenderte er mit wachem Blick über die Dorfstraße in den Ort hinein. Im Grunde bestand Hügelhain nur aus den Häusern, die entlang der Dorfstraße standen. Ab und zu bog eine kleine Gasse ab, aber es hatte den Anschein, dass dies Privatwege waren, die zu den einzelnen landwirtschaftlichen Anwesen gehörten. Hügelhain machte einen gepflegten Eindruck. Bis auf das Gelände direkt vor dem Friedhof. Es wirkte verlassen. Micha trat in den sehr verwilderten Garten und erblickte dort die Mauern einer Ruine.
„Das müsste wohl das abgebrannte Pfarrhaus sein“, murmelte er und ging ein paar Schritte darauf zu. Doch das Gemäuer war von Brennnesseln und Brombeeren umringt. Micha verspürte wenig Lust, sich da hindurchzuzwängen. Er kehrte zurück zur Straße, ließ den Friedhof rechts liegen und nahm die Kirche näher in Augenschein. Sie war in einem erbärmlichen Zustand und machte einen baufälligen Eindruck. Offenbar schien sie schon lange verwaist zu sein. Die große Tür am Hauptportal war fest verschlossen. Ein Schutz für das Innere und gleichzeitig Zeichen dafür, dass die Dörfler nichts mit ihr zu tun haben wollten. Etliche zerbrochene Fenster waren mit Brettern vernagelt, und an manchen Stellen war das marode Dach mit Plastik oder Blech notdürftig geflickt worden, um den Verfall

wenigstens noch etwas hinauszuzögern. Micha ging zurück zum Friedhof. Er war mit einer alten Sandsteinmauer umgeben. Ein unverschlossenes, rostiges, gusseisernes Tor versperrte den direkten Zugang. Es quietschte beim Öffnen. Micha betrat den Gottesacker. Das Gelände machte einen ordentlichen Eindruck und berührte auf seiner rechten Seite die Kirche. Micha schlenderte den Hauptweg entlang und entdeckte so die kleine Sakristei. Sie war hinten rechts an die Kirche angebaut. Auch sie befand sich in einem schlechten Zustand, war aber immerhin nicht ganz so angegriffen wie die Kirche selbst. Am liebsten wäre Micha hineingegangen, doch die solide Tür war genauso versperrt wie die Kirche.
„Das alles macht einen ziemlich trostlosen Eindruck, ein besonders inniges Verhältnis zu ihrem Gotteshaus haben die Hügelhainer offenbar nicht“, sagte Micha zu sich selbst und war sich fast sicher, dass die paar notdürftigen Dachreparaturen bestimmt nicht von Leuten aus dem Dorf erledigt worden waren. Aber immerhin hatte sich jemand, wer auch immer, wenigstens ein bisschen um das alte Kirchengebäude und den Pfarrgarten gekümmert. Das tröstete Micha etwas. Dennoch war die heruntergekommene Kirche ein Spiegel über den Zustand des Christentums in Hügelhain. Micha fühlte die Ablehnung des Glaubens an Jesus. Dieses Gefühl schnürte ihm fast die Kehle zu. „Soll ich mir diesen Trip wirklich geben?“ Nachdenklich wandte er sich dem Ausgang des Friedhofs zu und bemerkte, dass er dort von jemandem erwartet wurde.
Mitten im Tor stand ein großer, hagerer, schwarzhaariger, vollbärtiger Mann. Mit seinen dunklen Augen hatte er Micha fest fixiert und schaute ihm geradewegs ins Gesicht. Micha konnte dem Blick des Mannes kaum standhalten und fühlte augenblicklich die von ihm ausgehende Feindschaft. Ihn beschlich dasselbe Gefühl wie zuvor auf dem Burgstall.
„Holzauge, sei wachsam!“, flüsterte er sich zu und beschloss, dem Blick seines Gegenübers nicht auszuweichen. „Guten Tag“, grüßte er freundlich.
„Wir mögen hier keine Reingeschmeckten!“

Micha schluckte und überlegte, wie er auf dieses unfreundliche Willkommen reagieren sollte. „Ist dieser Friedhof Privatbesitz?"
„Du bist mir zu neugierig!"
„Kann mich nicht erinnern, dass wir Brüderschaft getrunken hätten und per Du sind."
„Bursche, werd nicht frech!" Drohend trat der Dunkelhaarige auf Micha zu. „Es haben sich schon andere die Finger verbrannt!"
„Spiele ich mit dem Feuer?" Micha nahm das Wortgefecht auf.
„Du spielst noch mit etwas ganz anderem!"
Micha verstand die Botschaft und war außerordentlich erstaunt, dass sein harmloser Wanderbesuch solchen Wirbel verursachte. Irgendwie hatte er in ein Wespennest gestochen.
„Haben Sie Angst vor mir?"
Mit dieser Rückfrage hatte der Dunkle nicht gerechnet. Für den Bruchteil einer Sekunde schien er verunsichert.
„Es ist besser für dich, wenn du jetzt verschwindest", er ballte die Faust und hielt sie halbhoch in Michas Richtung, „und dich hier nie mehr blicken lässt!"
„Ich denke, dass Sie nicht darüber zu befinden haben, ob ich gehe und wann ich wiederkomme", antwortete Micha seelenruhig. Er merkte, wie seine Gelassenheit den dunkelbärtigen Mann in Rage brachte. Allerdings wollte er den Bogen nicht überspannen. Im Moment hatte er keinen Auftrag, und es war wohl klüger, nicht weiter auf Konfrontation zu gehen. „Wie dem auch sei. Ich wünsche Ihnen noch einen wunderschönen, gesegneten Tag. Tschüss!", er lächelte freundlich, ließ den Hageren links stehen und verließ den Friedhof durch das geöffnete Tor. Micha hörte, wie der Dunkelhaarige hinter ihm ausspuckte und unverständliche Worte murmelte.
„In deinem Namen, Jesus, stelle ich mich unter deinen Schutz und wehre allen Flüchen!", betete Micha halblaut, denn er hatte sofort wahrgenommen, dass das Gemurmel des Dunklen aus unheimlichen Verwünschungen bestanden hatte.
Ohne übertriebene Eile ging er die Dorfstraße hinunter, doch seine Gedanken arbeiteten mit Hochgeschwindigkeit. Heute

Morgen war er gestartet, um einen Eindruck von der Gegend zu bekommen – nicht nur einen topografischen, sondern auch einen emotionalen und einen geistlichen. Nun war es fortgeschrittener Nachmittag, und in ihm schwirrte das Erlebte. „Junge, Junge, hier ist ja einiges los! Das muss ich erst mal verdauen!" Micha kam zum Ortsausgang, ließ Hügelhain hinter sich und setzte seinen Weg auf der Kreisstraße fort. Diese führte in einem Linksbogen zum Rand der Hügelhainer Ebene und schließlich wieder hinab ins Ginstertal. Er grübelte die gesamte Zeit über die Eindrücke des Tages nach. So vielem war er in so wenigen Stunden begegnet – als ob er geführt worden sei. „Da hat mir der Herr Jesus wirklich einen weitreichenden Einblick geben wollen!" Anders konnte sich Micha die Merkwürdigkeiten nicht erklären. Was wollte Gott ihm damit sagen? Eine Andeutung? Oder wollte er ihn warnen? Micha war sich darin nicht sicher, und es würde wohl noch eine Weile dauern, bis er über dieser Frage Gewissheit erhalten würde. Eines war jedenfalls sicher: Hügelhain und Umgebung waren alles andere als langweilig.

Lugaid

Noch herrschte diffuses Schwarz über dem Plateau, das sich leicht über der Landschaft erhob; ein großer Tag stand bevor. Die Hänge waren bewaldet, oben allerdings hatten Menschen die Bäume gerodet, eine Lichtung war entstanden. Mühsam hatten sie dem steinigen Boden eine bauliche Anlage abgerungen. Lange Zeit war vergangen, bis der heilige Ort ein angemessenes Aussehen und gleichzeitig eine wehrhafte Struktur sein Eigen nennen konnte: Ein breiter, mit Wasser gefüllter Graben umgab nun den drei Meter hohen Wall, der nochmals mit einer vier Meter hohen Palisade aus Baumstämmen gekrönt war. Das ganze Gebilde hatte die Form eines großen Quadrats mit einer ungefähren Seitenlänge von hundert Metern. Gegen Westen überspannte den Graben eine Holzbrücke, die vor einem massiven Holztor endete. Rechts und links davon standen mächtige Holztürme. Sie waren in den Wall und in die Palisade integriert, durch einen Wehrgang miteinander verbunden und bildeten ein gewaltiges Torportal. Geschmückt war dieses Portal mit drei Schädeln von Auerochsen, deren imposante, geschwungene Hörner sich mit den

Spitzen fast berührten. Dazwischen waren in einer Reihe menschliche Schädel am Holz befestigt. Auch die Seiten des Tordurchgangs wurden durch bleiche Totenköpfe verziert.
Im Inneren des Heiligtums bildeten eine heilige Quelle und in unmittelbarer Nähe ein Opferplatz das spirituelle Zentrum. Räumlich gesehen war diese Kultstätte etwas aus der Mitte herausgenommen und zum östlichen Wall hin orientiert worden, so dass sich nach dem Torportal ein weiter Platz eröffnete, der genug Raum bot, sich dem Zentrum in angemessener Weise zu nähern. Die Quelle war ebenfalls ein Tor. Ein Tor zu Ogmios, ein Weg in die Unterwelt. Sanft bewegte sich die Oberfläche des Quellteichs durch das von unten hervorströmende Wasser. Hier war ein uralter Ort der Kraft. Seit Menschengedenken war die Quelle das Tor. Nur deshalb hatten sich die Priester und die Krieger des Stammes gemüht, um diesem heiligen Ort ein würdiges Aussehen zu geben. Gleichzeitig war so eine wehrhafte Trutzburg entstanden, die in den andauernd unruhigen Zeiten eine gute Zuflucht für die Familien bot. – Was konnte es Besseres geben, als in unmittelbarer Nähe zu Ogmios, dem unterirdischen Vater des Stammes, Schutz zu suchen? Deshalb hatten sie auch mehrere Speicher in den Boden gegraben und zwei große Gemeinschaftshäuser gebaut. Sie standen am nördlichen und südlichen Wallfuß, um die heilige Anlage möglichst wenig zu stören.
Das Wasser der Quelle ergoss sich in einen Bach, der die Anlage nach Süden hin durchquerte. Um ihm den Austritt aus der Festung zu ermöglichen, hatten die Krieger den Wall unterbrochen und mehrere große Pfähle in das Bachbett eingegraben. Zwischen ihnen blieb ausreichend Abstand. So konnte das Wasser ungehindert durchfließen, den Graben erfüllen und schließlich die Lichtung im natürlichen Lauf verlassen. Eine gewaltige Palisadenkonstruktion schloss die Schwachstelle über dem Wasserdurchgang und ließ den an dieser Stelle fehlenden Wall kaum vermissen. Wer wollte es wagen, hier einzudringen?
Nebel lag über der Lichtung und hatte sich vor allem im Graben gesammelt. Im anbrechenden Licht des Tages war er gut zu

erkennen. Die klamme Feuchte des Dunstes und die Kühle der ausgehenden Nacht machten den Aufenthalt im Freien unangenehm. Es herrschte Stille. Die Welt schien Atem zu holen für den neuen Tag. Eine gespannte Erwartung lag über dem Plateau, selbst die Tiere hatte sie ergriffen. Nichts rührte sich im angrenzenden Wald, und kein Stück Wild zeigte sich auf den Grasflächen vor dem Heiligtum. Die ersten Strahlen der Morgensonne durchbrachen die Bäume und warfen ein goldenes Licht auf den Wall und die Palisaden. Ihr Erscheinen wurde durch den tiefen Klang der Carnyces begrüßt. Der tiefe, wummernde Ton dieser über zwei Meter großen, gebogenen Blasinstrumente erfüllte die gesamte Umgebung. Die Luft schien zu vibrieren, und der Boden bebte unter dem ohrenbetäubenden Lärm. Trommeln begannen, die Carnyces zu unterstützen. Die Zeremonie fing an. Ogmios würde zufrieden sein. Schon lange hatte er kein frisches Menschenblut mehr getrunken. Die Priester hatten ihn mit Tieropfern bei Laune gehalten. Doch nun forderte die besondere Situation auch ein besonderes Opfer – und was für eines! Ein würdiges, ein gewaltiges, ein schreckliches, ein unheimliches!

Begleitet von Kriegern wurde Lugaid zum Opferplatz geführt. Seine Hände waren ihm auf den Rücken gebunden, dennoch war er furchteinflößend. Stolz, erhobenen Hauptes ging er dem obersten Priester entgegen und erwartete ohne jede Regung das Kommende.

Lugaids Ergreifung war für den Stamm ein Geschenk der Götter gewesen. Beim letzten Scharmützel mit seiner Bande hatten sie seiner habhaft werden können. Allerdings war der Preis hoch gewesen. Fünf der besten Krieger hatten seine Raserei mit dem Leben bezahlt, bevor sie ihn überwältigen konnten. Nun waren die Gegner ohne Anführer, zumindest vorläufig. Ja, Lugaid war ein würdiges Opfer für Ogmios, dem Gott der Unterwelt, Vater des Stammes. Diese Gabe erwies ihm eine ganz besondere Ehre.

Für den unheimlichen Krieger und Magier würde es ein besonderes Ritual geben. Zu groß war die Furcht vor ihm. Unter

allen Umständen musste sichergestellt werden, dass er nach seiner Opferung auch wirklich im Schattenreich blieb.
„Ich werde euch die Haare vom Kopf fressen!“, hatte er nach seiner Ergreifung mit schrecklicher Stimme gebrüllt. Allen, die das gehört hatten, war das Blut in den Adern gefroren. Jeder fürchtete sich vor einem Feind aus dem Schattenreich, gegen den das Schwert nichts mehr half und der durch unheimliche Kräfte großen Schaden anrichten konnte.
Ogmios durfte sich an seinem Blut und Fleisch laben, genauso wichtig, oder noch wichtiger, war die Gewährleistung, dass Lugaid niemals mehr als Wiedergänger aus dem Schattenreich heraufstieg. Der Priester wusste, was zu tun war. Nach der Opferung, die sicherlich manche Erkenntnis über die Zukunft des Stammes erbrachte, musste Lugaid das Haupt vom Leib getrennt werden. Normalerweise wäre seinem Schädel ein Ehrenplatz am Torportal sicher gewesen, doch zu groß war die Angst vor ihm, auch im Tod. Der Schädel musste zerbrochen und zwischen seine Knie gelegt werden. Zusätzlich, um ganz sicherzugehen, würde der Priester die Brust der Leiche zertrümmern, dann konnte sich Ogmios an seinem verwesenden Fleisch solange satt essen, bis es verschwunden war. Dazu hatten sie eine Grube zwischen dem Opferplatz und der Quelle ausgehoben. In sie sollte Lugaid gelegt werden. So hätte es Ogmios bis zur „edlen Speise“ nicht weit, wenn er über die Quelle sein Reich verließ.
Das Ritual war nur für die Kämpfer und Priester des Stammes bestimmt. Alle wehrfähigen Männer hatten sich im Heiligtum versammelt und bildeten einen geschlossenen Kreis um die Quelle und den Opferplatz. Dort standen sich der oberste Priester und Lugaid Auge in Auge gegenüber. Keiner wich vor dem Blick des anderen zurück. Es war, als ob sie im Geiste einen Kampf miteinander austragen würden. Trotz der Kühle des Novembermorgens traten dem Priester Schweißperlen auf die Stirn.
Der entscheidende Augenblick war fast erreicht und der anschwellende Lärm der Instrumente erreichte seinen Höhe-

punkt. Nur noch einen Moment, dann erstrahlten die heilige Quelle und der Opferplatz im direkten Sonnenlicht, und der Zeitpunkt war gekommen.

Abrupt stellten die Bläser und Trommler ihren Dienst ein. Schlagartig herrschte absolute Stille, und alle Augen richteten sich auf den obersten Priester. Er holte aus seinem Gewand einen bronzenen Opferdolch hervor und hielt ihn am ausgestreckten Arm in die Höhe. Nur einen Lidschlag später hatten die Strahlen der Sonne die Palisaden überstiegen und warfen ihr helles Licht auf den Dolch. Golden blitzte die Klinge auf. Mit einem Zischen und voller Kraft rammte der Priester die Klinge oberhalb des Zwerchfells in Lugaids Brust. Augenblicklich ließen ihn die beiden Krieger, die ihn gehalten hatten, los. Aus seiner Kehle drang ein gurgelnder Laut, der sich zu einem Brüllen entwickelte. Taumelnd ging er auf den Priester zu und spie ihm ins Gesicht: „Ich werde euch vernichten!“, donnerte er, bevor er auf die Knie sank und schließlich zuckend zusammenbrach. Der Priester beobachtete den Todeskampf genau. Jede einzelne Verrenkung und jedes einzelne Zucken. Plötzlich wich alle Farbe aus dem Gesicht des obersten Priesters. Rasch fuhr seine Hand nach dem Griff seines Schwertes, und er zog es so schnell es ging aus der Scheide. Mit zwei Schritten war er bei Lugaid, holte aus und zielte mit dem freien, ausgestreckten Arm auf dessen Nacken. Doch bevor das Schwert das Haupt vom Rumpf trennen konnte, durchbohrte ein schwarzer Pfeil die Kehle des Priesters mit solcher Wucht, dass er augenblicklich niedergestreckt wurde. Er war sofort tot.

Erschrocken starrten die umherstehenden Krieger auf die Szene und brauchten einen Moment, um sich darüber klar zu werden, was gerade geschehen war. Das reichte, dass weitere fünf von ihnen durch Pfeile getroffen zusammensanken.

„Lugaids Bande!“, schrie einer. Sofort war im Heiligtum ein grimmiger Kampf entbrannt, bei dem es keine Gefangenen geben würde.

Im Schutze von Nacht und Nebel hatten sich Lugaids Anhänger lautlos in den Wassergraben gleiten lassen und in aller Stil-

le zwei Pfähle des Bachdurchgangs leise mit Werkzeugen bearbeitet. Die entstandene Lücke war gerade so ausgeschabt, dass sich jeweils ein Mann nach dem anderen durch sie hindurchzwängen konnte. So waren sie unbemerkt ins Heiligtum eingedrungen. Ihr nasses Versteck hatte sie reichlich unterkühlt, doch der Hass über die Gefangennahme ihres Häuptlings brannte wie ein inneres Feuer. Nun konnten sie ihrem Zorn freie Bahn lassen. Zahlenmäßig unterlegen und fast nackt, metzelten sie jeden einzelnen Krieger nieder, der sich ihnen in den Weg stellte. Am Ende war keiner, welcher der Opferzeremonie beigewohnt hatte, mehr am Leben. Im Blutrausch des Triumphs schnitten sie den Besiegten die Köpfe ab, eine bleibende Erinnerung, mit der sie noch lange prahlen konnten.
Ein wichtiges Ziel ihres Angriffs war erreicht worden. Sie hatten zwar nicht das Leben ihres Anführers retten können, doch war es ihnen gelungen, die Zeremonie zu unterbrechen und Lugaids Leichnam vollständig und unversehrt zu bergen. Sie würden ihn würdig begraben und sich damit auf Dauer seiner Präsenz versichern. Zuvor jedoch war noch ein blutiges Geschäft zu erledigen. Keiner aus dem besiegten Stamm sollte den nächsten Tag erleben. Und so fuhren Lugaids Männer wie ein unheimlicher Sturm durch die Siedlung. Wer nicht in den Wäldern Unterschlupf fand, zu schwach oder zu klein zum Flüchten war, konnte mit keiner Milde rechnen. Dieser Tag war wirklich ein außergewöhnlicher Opfertag! Vielleicht hatte die Vision davon den obersten Priester so erbleichen lassen. Für Ogmios gab es viel, sehr viel Blut und Fleisch, und am Abend zeugten hohe Rauchsäulen von der Vernichtung der Siedlung und des Heiligtums.
Die Männer Lugaids waren im Besitz eines neuen Territoriums und wussten, wem sie das eigentlich zu verdanken hatten. Sie würden sich dankbar erweisen. In den nächsten Wochen wurde in Sichtweite des zerstörten Heiligtums eine prunkvolle Grabkammer gebaut und mit allerlei Kunstwerken, Waffen, Gegenständen des täglichen Bedarfs und natürlich mit Lugaids persönlicher magischer Ausrüstung ausgestattet.

Pünktlich zum Fest der Wintersonnenwende konnte der konservierte Leib des Kriegers und Magiers in der aus Eichenbohlen gezimmerten Grabkammer bestattet werden. Er wurde auf eine bronzene Liege gelegt, die mit Dachsfellen üppig gepolstert war. Ein großer Kessel mit Met sollte ihm die erste Zeit im Schattenreich versüßen, auch sonst war die Kammer mit Lebensmitteln reichlich gefüllt. Schließlich wurde das Grab verschlossen und mit Steinbrocken überbaut. Danach kamen erneut Eichenbohlen, die einen weiteren Schicht um die Kammer bildeten, dann wieder Steine. Während der gesamten Arbeiten war das ganze Gebiet streng bewacht. Erst als nach der Sommersonnenwende der Grabhügel vollständig aufgeschüttet und mit einer steinernen Stele gekrönt war, wurde die Totenwache abgezogen und der Ort seiner neuen Bestimmung überlassen. Von nun an war hier die Wohnung Lugaids, des Priesters und Magiers. In unmittelbarer Nähe zum Tor in die Unterwelt und am Ort der letzten Schlacht, die um seinetwillen an der Schwelle zwischen Leben und Tod geschlagen worden war.

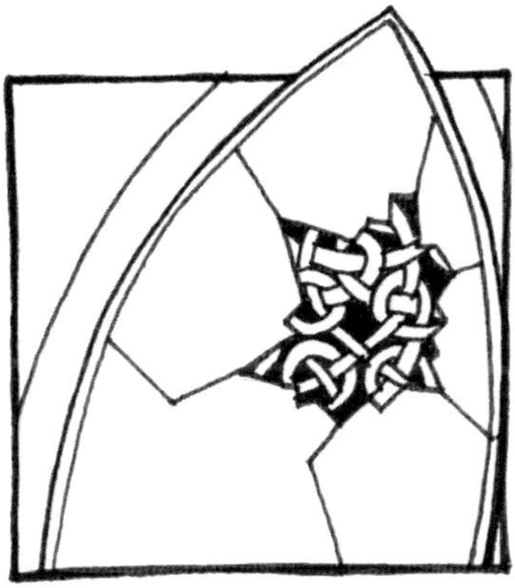

Jeremias Bäumling

Jeremias Bäumling verharrte für einen Moment vor der untersten Stufe, die den Beginn einer kleinen Wendeltreppe markierte. Sie führte zur Kanzel der Johanniskirche empor. Seine Beine waren bleischwer, und er hatte das Gefühl, als ob er einen hohen Turm zu besteigen hätte. Dabei waren es nur zehn Stufen. Pfarrer Bäumling hob den Blick und betrachtete die Wendeltreppe. Sie setzte hinten zwischen Altar und Kanzel an und führte in einem leichten Bogen nach oben. Der Weg schien unendlich weit.

„Beuge dich nicht! Beuge dich nicht! Bleibe treu! Lass dich nicht mit ihnen ein!", hallte es plötzlich in seinem Kopf wider. Er bekam eine Gänsehaut, und vor seinem inneren Auge sah er das von Angst entstellte Gesicht seines Vorgängers Sanwald: weit aufgerissene Augen, fast wahnsinnig vor Panik, zitternd am ganzen Leib.

„Was für ein schreckliches Sterben", murmelte Jeremias Bäumling leise und nahm die erste Stufe in Angriff. Jetzt war er knapp ein halbes Jahr in Hügelhain. Von der Kirchenleitung als Nachfolger für Pfarrer Sanwald bestimmt, der die Gemein-

de über 30 Jahre als Seelsorger begleitet hatte. Gleich wenige Tage nach der Ankunft war er an das Sterbebett seines Vorgängers gerufen worden. Völlig unbedarft, natürlich darauf eingestellt, dass er einem Kollegen in den letzten Stunden beizustehen hatte, aber ganz ahnungslos im Hinblick auf das Grauen, das sich in diesen Stunden dort ereignen würde. Bäumling versuchte, sich auf seine Predigt zu konzentrieren, aber er wurde seinen verstorbenen Kollegen gedanklich nicht mehr los. „Bleibe treu!"
Elsbeth, seine Frau, hätte ihm schon am ersten Tag, als sie zusammen mit ihren Kindern in den Ort fuhren, am liebsten in die Zügel gegriffen und die Kutsche augenblicklich gewendet. „Hier ist es furchtbar!", war ihre damalige Überzeugung gewesen. Bis heute hatte sich nichts daran geändert.
„Lass dich nicht mit ihnen ein!", Sanwalds Worte hatten beschwörend geklungen. Wenn es ihm noch möglich gewesen wäre, hätte er wohl von Bäumling ein Versprechen eingefordert, doch sein Todeskampf hatte ihn schon zu sehr entkräftet. „Seltsam, dass ein Pfarrer, der doch weiß, dass er nach dem Sterben von Jesus erwartet wird, derart Angst vor diesem Moment hat! Im Grunde hätte ihm doch die Hoffnung auf die Begegnung mit seinem ewigen Herrn Ruhe geben müssen!", überlegte Bäumling. Aber Sanwalds letzte Stunde war alles andere als ein friedlicher Heimgang gewesen. Selbst das Wort „Todeskampf" beschrieb nur dürftig die Qualen, welche Sanwald ausstehen musste, bis er letztlich erschöpft und schweißgebadet das irdische Leben verlassen hatte. Bäumling erinnerte sich an die große Last, die Sanwald schrecklich gedrückt und ihn nicht in Frieden gehen hatte lassen. Doch auf seine Frage, ob er im Angesicht des Todes noch etwas zu beichten hätte, waren ausschließlich die beschwörenden Worte voller Todesangst gekommen. „So habe ich nur um die Gnade Gottes für ihn bitten können. Wie gerne hätte ich ihn im Namen Jesu von der Last freigesprochen!" All diese Gedanken gingen ihm durch den Sinn, als er die Stufen zur Kanzel hochstieg. „Was war es wohl gewesen, das Sanwald auf dem Sterbebett fast um

den Verstand gebracht hatte? Er war doch von allen im Dorf hoch angesehen gewesen. Ganz im Gegensatz zu mir!" Pfarrer Bäumling war oben angekommen. Sein erster Blick galt dem großen Holzkreuz, das allein im Chor stand. Dann wandte er sich der Gemeinde zu. Besser gesagt: den paar wenigen, die verteilt im Kirchenschiff saßen. Die Johanniskirche war eigentlich mehr ein Kirchlein. Vor vielen Hundert Jahren für die Menschen hier auf den Höhen des Schwäbisch-Fränkischen Waldes erbaut. Eine Pfarrei für die Bauern, Köhler, Holzfäller und Glasbrenner. Raue, harte Gesellen – ein Leben zählte hier draußen nicht viel. Jeremias Bäumling wusste das, und er wusste auch, dass sein eigenes Leben wohl keinen Pfifferling mehr wert war. So jedenfalls war sein Eindruck, als er in die versteinerten Mienen der wenigen Anwesenden schaute. Die Wichtigsten des Dorfes waren gekommen. Aber nicht das Verlangen nach dem Evangelium hatte sie hergeführt. Nein, sie waren gekommen, um ihre Verachtung auszudrücken und ihm unverhohlen zu zeigen, was sie von dem hielten, in dessen Namen er gerade auf der Kanzel stand.
„Im Namen Jesu, ich werde mich nicht beugen!", flüsterte Bäumling mit zusammengepressten Lippen und voller innerer Überzeugung. „Ich werde ihnen das Wort Gottes predigen! Auch wenn es das Letzte ist, was ich tue!" Entschlossen nahm er Haltung an und fasste die *Herren* des Dorfes fest in den Blick: „Im Namen Gottes, des Vaters und des Sohnes und des Heiligen Geistes! Hört des Herrn Wort!" Seine Stimme hallte in der Kirche wider. Bei der Nennung des dreieinigen Gottes hatte sich die feindselige Atmosphäre weiter verdichtet.
„Ich möchte heute über den Wochenspruch reden, der das Fest der Reformation einleitet, welches wir in fünf Tagen begehen werden. Er lautet: ‚Lass dich nicht vom Bösen überwinden, sondern überwinde das Böse mit dem Guten'.[1] Es sind Worte, die der Apostel Paulus der Gemeinde in Rom zuruft. Sie stehen im zwölften Kapitel des Römerbriefes. Worte der Ermutigung! Worte, damit die Menschen treu bei Christus bleiben und nicht von ihm abfallen und sich nicht dem Bösen hingeben. Ja, dem

Bösen! Nicht nur der bösen Tat, sondern dem Bösen." Pfarrer Bäumling machte eine Pause, seine Augen verengten sich in Entschlossenheit. Warum sollte er auch um den heißen Brei herumreden? Klare Worte waren hier angesagt und kein duckmäuserisches Anbiedern, um irgendwelchen Hügelhainern nach dem Mund zu schwatzen. Es war die Woche der Reformation! Es war die Woche des mutigen evangelischen Bekenntnisses! Sola Christus! Christus allein! Keine andere Macht dazwischen oder darüber! Es ging um Christus, den Herrn der Welt, und zwar der sichtbaren und der unsichtbaren Welt!

„Was der Gemeinde in Rom als Ermutigung dienen sollte, sind hier im Dorf Worte des Gerichts!", donnerte er. „Hier hat das Gute verloren! Hier herrscht das Böse – besser gesagt: der Böse! – Ich bin bisher nur ein halbes Jahr euer Pfarrer – aber glaubt nicht, ich hätte nichts von eurem Treiben draußen beim Burgstall gemerkt. Diesem Ort des Grauens aus der Vorzeit, wo jedem anständigen Christen der Atem stockt, wenn er nur in dessen Nähe kommt. Ihr habt Christus nicht im Herzen! Ihr seid seine Feinde! Ihr glaubt, ihr hättet euch mit einer stärkeren Macht verbündet. Aber es gibt nur einen Weg zum ewigen Leben: Jesus Christus! Er selbst sagt: ‚Ich bin der Weg, die Wahrheit und das Leben, niemand kommt zum Vater denn durch mich.'[2] Überlegt es euch gut, wem ihr dient! Eines Tages wird jeder von euch vor seinem Schöpfer stehen, dann wird es keine Ausreden mehr geben, dann wird Farbe bekannt werden müssen, dann wird's um alles oder nichts gehen!" Jeremias Bäumling holte tief Luft und war in seinem Element. Er predigte für sein Leben gerne das Wort Gottes. Allerdings hätte er es vorgezogen, das in einer viel liebevolleren Art als eben tun zu können. Aber ihm war klar, dass dies eine Gerichtspredigt war, ein letzter Aufruf zur Umkehr, ein letztes Warnsignal, eine letzte Gelegenheit. Da waren liebevolle Worte fehl am Platz, da ging es um Schärfe und Deutlichkeit. Grobe Klötze brauchten grobe Keile!

„Ich habe gesehen, was mit einem geschieht, wenn er sich mit der falschen Seite einlässt. Ich habe die Qualen gesehen, unter denen euer geschätzter Pfarrer Sanwald dahingeschieden ist. Der Herr sei seiner Seele gnädig!“

Bei der Erwähnung seines Vorgängers war es kurz unruhig im Kirchenschiff geworden und die Feindseligkeit gegen ihn selbst noch mehr gewachsen. Doch das störte Bäumling nicht. Hier ging es um das Ausrufen des Sieges Christi über die Mächte der Finsternis!

„Nehmt diese fünf Tage bis zum Fest der Reformation als Zeit der Umkehr! Noch steht für jeden von euch die Gnade offen! Keiner von euch weiß, wer der Nächste ist, der Sanwald an den Ort nachfolgt, wo er jetzt gerade ist. Nach dem, was ich bei seinem Sterben gesehen habe, ist es kein Ort des Friedens. Amen“, er blieb regungslos auf der Kanzel stehen und schaute jeden Einzelnen an. Schließlich wandte er sich um, ging die Wendeltreppe hinunter und hatte dabei das Gefühl, dass er eben gegen eine Wand gepredigt hatte. Tief erschüttert über diese Erkenntnis trat er vor den Altar, ließ die Gemeinde sich zum Fürbittegebet erheben, welches mit dem gemeinsamen Vaterunser abschloss:

„Vater unser im Himmel. Geheiligt werde Dein Name. Dein Reich komme. Dein Wille geschehe, wie im Himmel so auf Erden. Unser tägliches Brot gib uns heute und vergib uns unsere Schuld. Wie auch wir vergeben unseren Schuldigern. Und führe uns nicht in Versuchung, sondern erlöse uns von dem Bösen ...“

Genau in diesem Moment flog ein Stein durchs Fenster. Klirrend zerbarst das Glas, der Stein rollte klackernd über den Boden des Altarraums und blieb genau vor dem Pfarrer liegen. Erschrocken zuckte Jeremias Bäumling zusammen.

„Du solltest dir ein Beispiel nehmen an deinem Vorgänger Sanwald! Der wusste, wer hier das Sagen hat!“, zischte es drohend von irgendwoher aus dem Kirchenschiff.

„... Denn Dein ist das Reich und Kraft und die Herrlichkeit, in Ewigkeit, Amen“[3], beschloss Pfarrer Bäumling das Vaterunser allein. Die Gemeinde war verstummt und verließ schweigend die Kirche.

Bleich und am ganzen Leib zitternd starrte Bäumling den Stein zu seinen Füßen an. Krachend fiel die schwere Kirchentür hinter dem letzten Besucher ins Schloss.
„Wer wagt so etwas?", fassungslos hob er den Stein auf. Er wog gut und gern zehn Kilogramm. „Welche Gewalt!" Er ahnte, dass dies erst der Anfang gewesen war. Die kommenden Tage würden entscheidend für die Zukunft sein. Seine Zukunft und die seiner Familie. Nachdenklich räumte er die Gottesdienstbücher zusammen, löschte die Altarkerzen und schaute sich das zerstörte Fenster an.
„Herr, erbarme Dich!", flüsterte er leise, als er von der Kirche in die Sakristei ging, dort seinen Talar in den Schrank hing und sich anschließend auf den Weg zum Pfarrhaus machte, das nur einen Katzensprung von der Johanniskirche entfernt lag. Ein schmaler Weg verband die Gebäude und führte dabei über den Friedhof. Jeremias Bäumling verließ die Sakristei über die Hintertür und hastete zwischen den Gräbern hindurch. Ein unheimliches Grauen hatte ihn erfasst, und er fühlte sich von unsichtbaren Augen beobachtet.
„Ich muss unbedingt mit Elsbeth darüber reden! Wir müssen bereit sein", keuchte er atemlos wie ein Gejagter.
Rasch stieg er die Treppen zur Wohnung im ersten Stock hoch, polterte in die Stube und fand seine Frau vor der geöffneten Bibel kniend.
„Es ist soweit. Es beginnt", sagte sie ruhig, ohne ihre betende Haltung zu verlieren.
„Ja." Bäumling holte sich einen Krug mit Wasser und ein Glas aus dem Schrank. Hastig trank er in einem Zug leer. „Dennoch wollen wir so lange es geht ausharren! Aber wir müssen vorbereitet sein. Ruf die Kinder!"
„Sie wissen es schon." Elsbeth erhob sich. „Auch die Truhen sind fast gepackt. Heute werde ich fertig damit."
„Elsbeth, du ahnst mehr, als ich sehe und weiß."
Die Pfarrfrau schwieg und verließ die Stube. Sie ging in die Küche und kümmerte sich um die Mahlzeit. Schon seit Wochen plagten sie Albträume, und sie musste im Schlaf mit

schrecklichen Mächten ringen. Nicht nur ein Mal hatte sie ihrem Mann davon erzählt und zur Abreise gedrängt. Jedes Mal war er der Meinung gewesen, dass der Zeitpunkt zum Rückzug noch nicht gekommen wäre. Um seines Glaubens willen wollte er ausharren. Doch der Gottesdienst eben war Jeremias durch Mark und Bein gegangen, und er fragte sich ernsthaft, ob Jesus Hügelhain verloren gegeben hatte.

„Vollzieht sich Gottes Gericht darin, dass er sie in ihrem Tun preisgibt?“[4], überlegte er, ging zum Fenster und blickte zur Johanniskirche. Sie war benannt nach dem Jünger Jesu, der auch die Apokalypse geschrieben hatte. Es waren wahrhaftig apokalyptische Zustände, die hier herrschten. Bäumling schüttelte sich und wollte so die Gänsehaut loswerden, welche ihn schon wieder überzogen hatte. Obwohl die Kirche die Sicht auf das Dorf versperrte, spürte er, dass sich gerade Schlimmes ereignete. Die Rädelsführer begannen, die Bevölkerung aufzuwiegeln. Die bisher im Verborgenen kochende Feindschaft war kurz davor, sichtbar zu eskalieren. Wie unter Trommelschlägen pochten seine Schläfen, und er wusste nichts anderes zu tun, als auf die Knie zu sinken und mit ganzer Inbrunst zu seinem Herrn zu flehen. Jeremias Bäumling wusste, dass er im Namen Jesu einer anderen Macht die Stirn geboten hatte. Doch so deutlich wie eben hatte er noch nie begriffen, welches Beben er dadurch in der unsichtbaren Welt ausgelöst hatte und wie groß der Hass war, der ihm nun entgegengeschleudert wurde.

„Elsbeth hat es schon lange gewusst“, flüsterte er und fühlte sich unendlich klein und schwach.

An diesem Sonntag verließ die Familie ihr Haus nicht mehr. Die Eltern verzichteten auf den Sonntagsspaziergang und kümmerten sich stattdessen um alles Notwendige, damit sie bei Gefahr augenblicklich aufbrechen konnten. Den Kindern schärften sie ein, im Umgang mit den Dorfbewohnern vorsichtig zu sein und sich auf keine Streitereien mit ihnen einzulassen. Richtige Freunde hatten Josef, Johann und Esther bisher nicht gefunden. Von Anfang an waren sie missgünstig behandelt und um ihres Glaubens willen geschnitten worden. Angst

begleitete die Geschwister ständig. Ähnlich wie ihre Mutter fühlten sie, dass unheimliche Dinge im Gange waren. Deshalb waren sie ohnehin nicht besonders daran interessiert, außerhalb des Pfarrgartens zu spielen.
Der Abend senkte sich über Hügelhain, und die Familie traf sich zum gemeinsamen Nachtgebet. Diesmal war es besonders intensiv. Jeder spürte die Bedrohung und fürchtete sich vor den Ereignissen der Nacht. Elsbeth und Jeremias mussten ihren Kindern Trost und Ermutigung zusprechen. Mit angstgeweiteten Augen, blickten sie ihre Eltern an. Gemeinsam schlossen sie mit Luthers Abendsegen ab:
„Das walte Gott Vater, Sohn und Heiliger Geist! Amen.
Ich danke dir, mein himmlischer Vater, durch Jesus Christus, deinen lieben Sohn, dass du mich diesen Tag gnädiglich behütet hast, und bitte dich, du wollest mir vergeben alle meine Sünde, wo ich Unrecht getan habe, und mich diese Nacht auch gnädiglich behüten. Denn ich befehle mich, meinen Leib und Seele und alles in deine Hände. Dein heiliger Engel sei mit mir, dass der böse Feind keine Macht an mir finde. Amen.“
Besonders den letzten Satz des Abendsegens sprachen alle mit großer Sehnsucht, Gott möge wirklich seine Engel um das Haus stellen. Darauf ruhte ihre Hoffnung als sie sich zu Bett legten.
Matt und kraftlos schlief Jeremias Bäumling ein. Zu matt zum Träumen. Doch irgendwann begann sich etwas in seinen Schlaf zu schleichen. Ganz leise, von fern, aber immer lauter werdend. Unruhig wälzte er sich hin und her. Nichts war zu sehen. Es herrschte Nebel in ihm. Einer Welle gleich schwoll Lärm an. Töne, die er noch nie gehört hatte: klagend, tief, wummernd, dröhnend, ohrenbetäubend. Das Pochen setzte wieder ein. Er spürte es bis in den Schlaf. Oder waren es echte Trommelschläge? Waffengeklirr und Schreie mischten sich dazu. Seine Beklemmung wuchs, und er begann sich während des Träumens zu fragen, wo er hineingeraten war. Etwas in ihm war ganz in dieser unheimlichen Szene gefangen, und ein anderer Teil versuchte zu verstehen, was gerade geschah. Er

fühlte sich mittendrin und gleichzeitig als Zuschauer daneben. Plötzlich herrschte absolute Stille. Das Bild hatte sich verändert. Nun sah er sich auf einem kleinen Hügel stehend. Keine natürliche Erhebung. Von Menschen in die Landschaft hineingesetzt. Er spürte, wie sich im Untergrund etwas tat. Eine Erschütterung. Nur Augenblicke später gab das Erdreich nach. Bäumling sank langsam ein. Panik ergriff ihn. Er versuchte, sich zu befreien. Aber je mehr er sich mühte und abstrampelte, desto mehr gab der zu Morast gewordene Hügel nach. Deutlich spürte er um sich eine große Genugtuung. Ein unangenehmes, überlegenes Grinsen drückte ihn noch tiefer nach unten und versuchte, ihn vollständig gefangen zu nehmen, ihn in die totale Verzweiflung zu ziehen. Nur unter größter Kraftanstrengung gelang es ihm, sich aus dieser Umklammerung ein wenig zu lösen und wieder etwas mehr in die Beobachterrolle zu kommen. Er sah sich selbst sinken und überlegte fieberhaft, wie er sich zu Hilfe eilen konnte. Gleichzeitig schien sich sein anderer Teil mehr und mehr aufzugeben und in eine lähmende Starre zu fallen. Derjenige, der hinter dem Grinsen stand, wollte ihn töten. Das verstand er nun. Wenn er im Morast untergegangen war, hatte der Gegner gesiegt. Erschüttert rang Jeremias Bäumling um das Aufwachen. Er wollte nicht in ewigen Schlaf fallen. Er wollte leben! Er wollte noch für seine Familie da sein! Er wollte noch etwas für das Reich Gottes bewirken. Er wollte noch vielen Menschen von Jesus erzählen. Er wollte ... Die Resignation ergriff ihn. Augenblicklich war er wieder ganz im bodenlosen Morast gefangen und ergab sich kraftlos der unsichtbaren Hand, die seinen Kopf mit unbändiger Macht nach unten schob.

„Niemand wird sie aus meiner Hand reißen!“[5]

Schweißgebadet fuhr Bäumling auf und saß aufrecht in seinem Bett.

„Was um alles“, flüsterte er verwirrt, innerlich noch ganz erfüllt von dem donnernden Wort, das alles andere mit einer Handbewegung hinweggefegt hatte. Schwankend erhob er sich und verließ die Schlafkammer. Der neue Morgen graute.

„Herr, was geschieht hier?“, mit dieser Frage auf den Lippen stieg Pfarrer Bäumling die Stufen hinunter zur Haustür. Er wollte die Luft des anbrechenden Tages riechen, als ob er in ihr wittern konnte, was dieser Tag bringen mochte. Knarrend öffnete er. Grau sah er die Silhouette der Johanniskirche. Dann merkte er, dass er mit seinen nackten Füßen in etwas Klebrigem stand. Er blickte nach unten und erschauerte. Vor ihm lag eine tote Katze, und er stand mitten in einer Blutlache.
Angewidert trat er zurück und musste sich an der Wand festhalten. Übelkeit erfüllte ihn. Nur dank seines leeren Magens musste er sich nicht übergeben. Bäumling brauchte einen Moment, um sich zu fangen. Die kalte Luft des Morgens half im dabei. Als er einigermaßen gefestigt war, machte er einen großen Schritt nach draußen und putzte sich seine Füße so gut es ging im feuchten Gras ab. Anschließend nahm er die Katze näher in Augenschein und konnte erkennen, dass sie regelrecht geschlachtet worden war. Mit einem scharfen Messer hatte ihr jemand ins Herz gestochen, vermutlich hier auf der Schwelle des Pfarrhauses. Jedenfalls war die Katze nicht zufällig verendet, sondern sie war eine grausame Botschaft an ihn. Mit dieser Erkenntnis ging er zurück in die Wohnung und zog seine Kleider an. Er wollte die Katze vergraben, noch bevor die Familie sie zu Gesicht bekommen konnte. Dazu holte er aus der Scheune eine Hacke und begab sich mit dem Kadaver jenseits der Fläche, die zur Kirche und zum Pfarrhaus gehörte. Er wollte dieses geschundene und wahrscheinlich verfluchte Tier nicht auf geweihtem Grund haben. In der Nähe eines kleinen Bächleins vergrub er die Katze im feuchten Boden und sprach dabei innerlich ein Gebet, das ihn im Namen Jesu von allem trennte, was mit dieser Katze über ihn und seine Familie kommen sollte. Danach ging er zurück zum Pfarrhaus und wischte so lange die Schwelle, bis alles Blut verschwunden war. Anschließend wusch er sich ausgiebig, als ob er sich von dem Unrat des Morgens befreien wollte. Erst im Anschluss daran setzte er sich in die Stube und atmete tief durch. Es waren noch vier Tage bis zum Reformationsfest.

In den folgenden drei Tagen spürte Pfarrer Bäumling deutlich, wie sich die Stimmung in Hügelhain immer stärker gegen ihn wendete. Fast alle Bewohner hatten den Kontakt zu ihm und zu seiner Familie abgebrochen. Und wenn er sich auf den Weg zu einem Hausbesuch machte, blieb die Tür vor ihm verschlossen.

Am Abend vor dem Reformationstag erkrankten plötzlich alle drei Kinder gleichzeitig und bekamen hohes Fieber. Es war, als ob sie von einer fremden Macht niedergestreckt wurden, vom einen auf den anderen Augenblick. Elsbeth und Jeremias eilten zu den Betten der Kinder und begannen intensiv für Josef, Johann und Esther zu beten. Es war offensichtlich, dass dieses Fieber keinen natürlichen Ursprung hatte. Finstere Kräfte waren am Werk und konnten nur durch vollmächtiges Gebet im Zaum gehalten werden. Ihr Ziel war, die Pfarrfamilie zu schwächen, ihre Energien zu binden und die Gedanken vom Eigentlichen abzulenken. Der Plan ging auf. Beide Eltern waren voll und ganz damit beschäftigt, die hochfiebrigen Kinder zu pflegen. Lähmende Verzweiflung keimte in ihren Herzen. An Schlaf war in dieser Nacht nicht zu denken. Ein Kampf tobte. Ein Wettlauf um das Leben der Kinder. Ständiges Gebet und gleichzeitig fiebersenkende Wadenwickel. Jeremias und Elsbeth konnten vor Erschöpfung kaum mehr stehen und erschraken beide bis ins Mark, als sie mitten in der Nacht unheimliche Töne zu hören begannen. Pfarrer Bäumling kannte sie schon aus seinem Traum, doch dass Elsbeth und er sie nun mit ihren eigenen Ohren hörten, trieb ihn schier zur Raserei. Er rannte zum Fenster und schaute in den Pfarrgarten, doch nirgends war eine Menschenseele zu sehen. Alles war finster und scheinbar ruhig. Dennoch wurde das Dröhnen immer lauter. Das Geschirr in den Schränken fing an zu klappern. Es war, als ob das Pfarrhaus in Schwingung geriet. Balken knarrten und Staub rieselte von der Decke. Voller Angst rannten sie in die Zimmer der Kinder und zerrten sie nach draußen, jeden Augenblick damit rechnend, dass das Haus einstürzte. Zitternd vor Panik und Kälte standen sie im Pfarrgarten und starrten

mit weit aufgerissenen Augen auf das Haus. Zu ihrer grenzenlosen Verblüffung war es hier draußen völlig still. Keinerlei Lärm. Kein ächzendes Gebälk und keine Erschütterungen.
„Mich friert es!“, schlotterte Johann, glühend vor Fieber.
Pfarrer Bäumling nahm daraufhin seinen ganzen Mut zusammen und ging zurück ins Haus. Auch hier war es jetzt still.
„Unheimlich“, murmelte er. Wenn er doch nur wüsste, wie stark diese unbekannte Macht wirklich war! Erstmals seit Stunden fühlte er, dass er wieder klar denken konnte und nicht mehr von der Angst gelähmt war. Zorn stieg in ihm auf. Jeremias Bäumling merkte, dass er sich ins Bockshorn hatte jagen lassen. Unmerklich hatte er jenes Spiel mitgespielt, das ihm von irgendwoher aufgedrängt worden war.
„Nun denn, wir wollen sehen, was Jesus kann!“ Er drehte sich zu seiner Familie um und sprach in tiefer Überzeugung: „Heute Nacht wird nichts mehr geschehen! – Geht wieder zu Bett!“ Bäumling hatte sich entschlossen, nicht mehr an der Kraft seines Herrn zu zweifeln. Grimmig drängte er jeden Gedanken der Furcht beiseite und machte sich wieder bewusst, in wessen Namen er hier mit seiner Familie die Stellung hielt. Was auch immer hier sein Unwesen trieb: Gegen Jesus konnte es nicht ankommen.
Gemeinsam brachten sie die Kinder zurück in ihre Betten und deckten sie liebevoll zu. Als sie schließlich in der Stube saßen, nahm Jeremias Elsbeth in den Arm: „Unsere Zeit hier geht zu Ende.“
Sie nickte. „Ja, wir werden Hügelhain verlassen. Morgen wird es geschehen.“
„So ist es“, bestätigte er, „was noch zu tun ist, werden wir tun.“
In dem Augenblick, als sein Glaube vorhin zurückgekehrt war, hatte er Zusammenhänge erkannt, die ihm zuvor verborgen gewesen waren. Innerlich war er nun genauso ruhig, wie es Elsbeth schon die ganzen Tage über gewesen war. Er würde seinen Auftrag erfüllen. Danach sollte geschehen, was der Herr wollte.
Am Morgen hatte sich das Fieber der Kinder gelegt. Es war der einunddreißigste Oktober 1830. Reformationstag. Die Bedrü-

ckung war von Jeremias gewichen. Gelassen verstaute er die Habseligkeiten auf der Kutsche und nahm sich anschließend den ganzen Tag Zeit, um den Gottesdienst am Abend durch Gebet und Bibelstudium vorzubereiten. Dabei wurde er durch nichts gestört, was ihn fast ein wenig wunderte, wenn er an die vergangene Nacht dachte. Auch das Wetter zeigte sich am letzten Tag im Oktober von seiner angenehmen Seite. Die Sonne strahlte in goldenem, herbstlichen Licht und ließ es noch einmal warm werden. Große Geschäftigkeit herrschte im Dorf. Jeder wollte die Gelegenheit nutzen und die letzten Äpfel ernten, Haus und Hof winterfest machen oder im Wald Brennholz besorgen.

Jeremias Bäumling schaute lange aus dem Fenster seines Amtszimmers hinaus. Es ließ einen kleinen Blick auf die Dorfstraße zu, und so konnte er das dortige Treiben ein bisschen beobachten. Es war ein typischer Alltag im ländlichen Leben: Fuhrwerke, Schubkarren, Kinder mit Leiterwagen, Reiter und immer wieder Bäuerinnen und Bauern, die mit Hacke oder sonstigem Arbeitsgerät über ihrer Schulter vorbeikamen. Pfarrer Bäumling spürte eine große Liebe für diese Menschen in seinem Herzen. Vielleicht war es die versonnene Stimmung des Tages, vielleicht auch etwas anderes, plötzlich liefen ihm die Tränen über die Wangen, denn er sah in jedem Menschen, der vorüberzog, ein geliebtes Kind Gottes, das sich dieser Liebe nicht bewusst war, ja, sie sogar ablehnte. Ihn packten die Erlebnisse der vergangenen Tage, und ein großer Schmerz wollte seine Brust zerreißen. Vollzog sich wirklich heute Gottes Gericht an Hügelhain? An so einem goldenen Oktobertag? Er schüttelte den Kopf.

„Wie kann ich nur wissen, dass heute sein Gerichtstag ist?“, murmelte er leise und fühlte sich dabei ertappt, dass er den Verlauf seines Schicksals in Zusammenhang brachte mit Gottes ewigem Handeln.

„Vergib mir, Herr. Ich nehme mich wichtiger, als ich bin. Du hast viele Wege, die Menschen zu erreichen! Ganz unabhängig davon, ob ich nun da bin oder nicht. Dennoch weiß ich, dass dieser Tag ein besonderer für mich und Hügelhain ist. Ich gebe mich in deine Hand." Er machte sich an die Ausarbeitung seiner Predigt und fand einen Bibelvers aus dem Evangelium des Matthäus passend. Den wollte er sich selbst als Ermutigung zusprechen und den Hügelhainern als letzte Warnung vor Augen halten: „Und fürchtet euch nicht vor denen, die den Leib töten, doch die Seele nicht töten können; fürchtet euch aber viel mehr vor dem, der Leib und Seele verderben kann in der Hölle."[6]

Über den Gottesdienstvorbereitungen senkte sich der Tag zum Abend, und die Dämmerung setzte ein. Bäumling verließ das Pfarrhaus und begab sich zur Johanniskirche, um die Abendglocke zu läuten. Schon seit geraumer Zeit hatte der Mesner seinen Dienst quittiert. Kurz nach Sanwalds Tod. Seitdem musste Bäumling die Glocken selbst in Bewegung setzen, wenn er wollte, dass sich Hügelhain an den christlichen Tagesrhythmus erinnerte. Das Sechs-Uhr-Abendläuten rief die Menschen zum Gebet und heute auch zum Gottesdienst, der in einer Stunde stattfinden würde. Danach ging er zurück ins Pfarrhaus und überzeugte sich davon, dass seine Familie für den Abend bereit war. In Festtagskleidung standen Elsbeth und die Kinder vor ihm. Zufrieden schaute er sie alle an und nahm jeden in den Arm.

„Wir gehen nachher gemeinsam zur Kirche hinüber. Ich rufe euch dann", sagte er den Kindern und folgte anschließend Elsbeth in die Stube. Er setzte sich aufs Kanapee. Elsbeth brachte ihm eine kleine Erfrischung und nahm neben ihm Platz.

„Du bist soweit?"

Jeremias nickte und holte dabei tief Luft.

„Ja, ich habe alles zusammen! Wir wollen hoffen, dass viele in den Gottesdienst kommen." Er konnte die Hügelhainer nicht einschätzen. Nach dem letzten Sonntag war der Graben zwischen ihm und ihnen noch tiefer geworden, und er fragte sich, ob sein Wort überhaupt noch etwas galt.

Gemeinsam mit Elsbeth verbrachte er die verbleibende Zeit vor dem Gottesdienst in stiller Andacht. Als schließlich die

Turmuhr drei Mal schlug und damit die letzte viertel Stunde vor dem Gottesdienst einläutete, erhoben sie sich und schickten sich an, zur Kirche hinüberzugehen.
„Esther, Johannes, Josef! Es ist Zeit!", rief Jeremias die Kinder zusammen, und kurz darauf zog die ganze Familie über den Friedhof zur Johanniskirche. Die Sonne war schon eine ganze Weile untergegangen, und die Wärme des Tages hatte die dicken Mauern der Kirche kaum durchdrungen. Es war dunkel und klamm im Kirchenraum. Mit einem Zündholz entfachte Jeremias Bäumling die Altarkerzen. Elsbeth half mit den Kindern, die Wandleuchten zu entflammen, so dass die Kirche bald in ein freundliches, angenehmes Licht getaucht war. Der Duft von brennendem Wachs lag in der Luft, es roch auch ein wenig rußig. Während Jeremias seinen Talar in der Sakristei überzog, setzten sich Elsbeth und die Kinder in die erste Kirchenbank.
Jeremias wartete das Sieben-Uhr-Läuten ab und begann danach, an den langen Seilen zu ziehen, die oben im Turm die Glocken in Bewegung setzten. Das Gottesdienstgeläut ertönte. Es war körperlich etwas anstrengend, aber nachdem der Mesner sich verabschiedet hatte, war das Läuten für Jeremias eine lieb gewonnene Tätigkeit geworden, die ihn auf den Gottesdienst ausrichtete.
Bäumling zupfte den Talar zurecht, brachte seine Haare wieder in Form, und als der letzte Glockenschlag verklungen war, betrat er in angemessener Haltung den Kirchenraum. Er ging vor den Altar und schaute lange auf das dahinterstehende, große Kreuz, an dem ein hölzerner Christus hing. Sein Todesleiden war ihm vom Künstler tief eingeschnitzt worden. Ab und zu schon hatte Jeremias Bäumling das Gefühl gehabt, dass die Figur seltsam lebendig wirkte, doch so deutlich wie heute Abend war die wahrhaftige Gegenwart seines Herrn noch nie spürbar gewesen. Oder bildete er sich das nur ein? Getäuscht durch das Flackern der Altarkerzen? Ein Schauer lief ihm über den Rücken. Er gab sich einen Ruck und wandte sich erstmals in diesem Gottesdienst der Gemeinde zu: „Im Namen des

Vaters und ...", ihm verschlug es die Sprache. Die Johanniskirche war vollkommen leer. Bis auf Elsbeth und die Kinder, welche ganz vorne standen. Tief enttäuscht schloss er das Votum ab: „... des Sohnes und des Heiligen Geistes. Amen." Pfarrer Bäumling musste sich einen Moment sammeln. Er hatte nicht eine volle Kirche erwartet, doch war er davon ausgegangen, dass es trotz allem noch ein paar wenige Menschen in Hügelhain gab, die sich zum Glauben an Jesus Christus bekannten. Offenbar war dem nicht so. Das zog ihm schier den Boden unter den Füßen weg.
„Wir wollen beten!", sagte er mit leiser Stimme und nahm sich vor den Gottesdienst, komme was wolle, zum Abschluss zu bringen.
„Lieber himmlischer Vater, wir feiern heute das Fest der Reformation. Wir danken dir, Gott im Himmel, dass du Martin Luther berufen hast, den Glauben an Christus wieder ganz neu an der Heiligen Schrift auszurichten. Wir danken dir, dass du ihm die Kraft gegeben hast, gegen alle Widerstände standhaft zu bleiben. Gegen Hölle, Tod und Teufel hat er an deinem heiligen Wort festgehalten, ist treu geblieben und hat den Angriffen getrotzt, weil er wusste, dass er auf der Seite des ewigen Siegers stand. Herr, du siehst diese fast leere Kirche. Du weißt um jeden Einzelnen, der draußen geblieben ist. Ich möchte dich um dein Erbarmen für die Menschen des Dorfes bitten. Rechne ihnen ihre Starrsinnigkeit nicht an. Lass Gnade walten und halte die Tür zur Umkehr offen. Ich bitte dich in Jesu Namen", Bäumling machte eine kleine Pause, atmete tief durch und gab Raum zum persönlichen, stillen Gebet: „Lasst uns gemeinsam in der Stille für unseren Ort weiterbeten." Er drehte sich um zum Altar und nahm das große Kruzifix wieder fest in den Blick. Flehentlich bat er in Gedanken für Hügelhain und seine Bewohner, so intensiv, dass er völlig das Gefühl für die Zeit verlor.
Dumpfe, rhythmische Schläge rissen ihn aus der Fürbitte. „Die Trommeln!", ging es ihm durch Mark und Bein. Bleich wie ein Leinentuch fuhr er herum und starrte auf die Fenster der Kir-

che. Draußen braute sich etwas zusammen. Fackelschein war zu sehen und aufgeregte Stimmen zu hören. Das Trommeln wurde deutlicher und lauter, und Jeremias Bäumling spürte, das etwas die Menschen vor der Kirche in seinen Bann zog, wie sie dadurch zu einer kochenden Masse wurden. Zunächst war neben dem Takt der Trommelschläge nur ein rhythmisches Murmeln Einzelner zu vernehmen. Doch nach und nach schienen alle mit einzustimmen: „Samain, Samain, Samain!"
Noch nie hatte er dieses Wort gehört. Es war ihm eine völlig unbekannte Sprache, aber sie wirkte wie hypnotisierend auf die Menschen draußen. Der Sprechchor steigerte sich zu einem Brüllen, und die Masse geriet außer Rand und Band. Erste Scheiben splitterten unter geworfenen Steinen, und erste Schläge donnerten gegen die Kirchentür.
„Schnell, raus hier!", raunte Jeremias seiner Familie heiser zu. Voller Angst eilten alle zur Sakristei. Aus dem Augenwinkel nahm er wahr, wie eine brennende Fackel durch ein Fenster in die Kirche flog, dann war er in der Sakristei verschwunden.
„Rasch, rasch, beeilt euch!", trieb Jeremias Elsbeth und die Kinder an. Niemand wusste, wann die letzte Ehrfurcht vor der Kirche verschwunden war und die Dörfler in blinder Wut das Gebäude stürmen würde. Es blieben ihnen noch ein paar Augenblicke zur Flucht. Sie rannten zur Scheune, wo die gepackte Kutsche auf sie wartete. Jeremias hastete im Talar zum Pferdestall und holte ihre beiden Pferde. So schnell es ging spannte er sie ein. Die rasende Menge war nun in der Kirche und stellte unter wütendem Gebrüll fest, dass sie leer war. Aus dem Lärm zu schließen, begannen einige, das Inventar zu zerstören. Bäumling rechnete damit, dass andere sich auf die Jagd nach ihm machten. Er sprang auf die Kutsche und griff hastig nach den Zügeln und der Peitsche.
„Hü!", schrie er aus Leibeskraft und ließ die Peitsche durch die Luft knallen. Mit einem Satz sprangen die Pferde nach vorne und stoben aus der Scheune.
Elsbeth schaute zur Sakristei hinüber und erschauerte, als sie die Dörfler herbeistürmen sah. Sie hatten brennende Fackeln

in der Hand, und der pure Wahnsinn loderte in ihren Augen. Bewaffnet mit Dreschflegeln und Mistgabeln wollten sie nur eines: töten.
„Jesus im Himmel! Hilf!“, hauchte sie bleich, nahm ihre Kinder fest in die Arme und beugte sich schützend über sie. Zitternd schloss sie die Augen, bebend vor Angst.
Jeremias trieb die Pferde noch mehr an. Auch er hatte die von Raserei Getriebenen bemerkt, die sich an ihre Kutsche geheftet hatten. Das Gespann der Familie schoss aus dem Hof des Pfarrhauses und bog ächzend auf die Dorfstraße. Beinahe wäre es dabei umgekippt. In schäumender Wut warfen sich Hügelhainer der Kutsche in den Weg oder versuchten aufzuspringen. Jeremias achtete nicht darauf, ob sich jemand dabei verletzte oder zu schlimmerem Schaden kam. Er konzentrierte sich ganz auf die Kutsche und übertönte mit seinen lauten Kommandos an die Pferde den Lärm der zu Bestien verwandelten Hügelhainern. Sie erreichten die Dorfgrenze. Die Straße führte auf das freie Feld hinaus. Nach und nach wurde es hinter ihnen leiser. Schließlich war der Aufruhr nur noch als fernes Geräusch wahrnehmbar. Jeremias Bäumling hielt die Kutsche an. Elsbeth und die Kinder richteten sich auf. Gemeinsam schauten sie zurück nach Hügelhain. Im Dorf brannte es. Gespenstisch war der Himmel erleuchtet, und das Krachen und Splittern war bis hierher zu hören.
„So endet es also“, murmelte Jeremias zitternd.
„Dem Herrn sei Dank, dass er uns bewahrt hat.“ Elsbeth faltete die Hände. Die Familie folgte ihrem Beispiel, und gemeinsam sprachen sie ein Dankgebet. Danach setzte die Kutsche ihren Weg gemächlicher fort. Jeremias wandte sich nicht mehr um. Die Hügelhainer hatten entschieden.

Frederike Gottlieb

In dem kleinen Häuschen war es dämmrig geworden. Obwohl es draußen noch einigermaßen hell war, ließen die kleinen Fenster kaum noch Licht herein. Frederike Gottlieb ging zum Lichtschalter und stellte die Deckenbeleuchtung an. Sie war ein wenig gebeugt von der Last der Jahre. Alles ging nicht mehr so schnell wie früher, und die Beschwernisse des Alters machten ihr immer wieder zu schaffen. Frederike schaute zum Fenster hinaus und sah, wie die letzten Strahlen der Sonne noch die Baumwipfel des Waldes streiften. Ihr kleines Häuschen war schon eine ganze Weile im grauen Schatten der Bäume. Es lag abseits des Dorfes, ein bisschen außerhalb und ein bisschen einsam. Für Frederike zu einsam. Sie mochte die Nähe zum Wald nicht sonderlich, und der Weg in den Ort war beschwerlich geworden. Die Beine wollten nicht mehr so.
Wenn sie die Möglichkeit gehabt hätte, wäre sie schon lange von hier fortgegangen. Manchmal fragte sie sich, was sie überhaupt vor vierzig Jahren nach Hügelhain geführt hatte. Wäre sie doch in Stuttgart geblieben! Ihr Leben wäre dann anders verlaufen. Was hatte sie damals bloß geritten, als sie die Stelle

der Kinderpflegerin in diesem gottverlassenen Kaff angenommen hatte? Bestimmt wäre sie in Stuttgart irgendwann Leiterin einer Tagesstätte geworden oder hätte eine Familie gegründet oder ... Sie seufzte. Aber sie war hier. Hängen geblieben in Hügelhain. Mit einer Rente, die zum Leben zu wenig und zum Sterben zu viel war. Eigentlich konnte sie dankbar sein, dass sie in diesem ehemaligen Armenhaus eine mietfreie Bleibe gefunden hatte. Im Türsturz war die Zahl 1621 eingeritzt. So lange stand dieses Häuschen schon abseits des Dorfes. Gebaut von der Allgemeinheit für die Armen und Gescheiterten, für die Ausgegrenzten. Immerhin schon damals so etwas wie eine soziale Einrichtung, doch die Bausubstanz war dementsprechend. Und manchmal spöttelte Frederike, es sei seit 1621 alles im Originalzustand geblieben. Der Wind pfiff durch die Fenster und Ritzen, im Winter konnte sie die Räume kaum warm bekommen. Nein, „mietfrei" lebte sie hier nicht im Geringsten. Bitter stieß ihr dieses Wort auf. Sie zahlte ihren Preis.
„Zu teuer, viel zu teuer!", murmelte sie. Ein Schauer lief ihr über den Rücken, wenn sie an die Gegenleistungen dachte, die sie für das Wohnen im alten Armenhaus zu bringen hatte. Aber so war das Leben. Immerhin konnte sie sich noch bewegen, und trotz allem gab es auch angenehme Momente hier draußen. Mit solchen Gedanken versuchte Frederike, aus der Spirale des Grübelns auszusteigen, von der sie wusste, dass diese sie tief nach unten ziehen konnte. Ganz abgesehen von den „Besuchern", die zu jeder Tages- und Nachtzeit das Häuschen heimsuchten und sich keinen Deut um ihr Befinden scherten. Meistens war sie ihnen ausgeliefert, weil sie selten die Kraft hatte, ihrem Eindringen zu widerstehen. Oft waren diese Begegnungen grausam, immer jedoch unangenehm. Frederike war sich sicher, dass diese „Besuche" etwas mit der Geschichte Hügelhains und seiner Menschen zu tun hatten. Ein Grund mehr, dem Ort den Rücken zu kehren, wenn es möglich wäre. Sie kniete vor dem Küchenherd nieder, um ein Feuer zu machen, bald würde es kühl werden.
„Guten Abend, Frederike!"

Sie zuckte erschrocken zusammen. Für einen Moment hatte ihr Herz aufgehört zu schlagen. Wie immer war er unvermittelt hereingetreten. Im Gegensatz zu ihm waren sämtliche anderen „Besucher" freundliche Kaffeegäste und bei weitem erträglicher.
„Was willst du?", fragte sie, ohne aufzublicken.
„Och, nur mal nach dem Rechten sehen. Als Vermieter will ich doch wissen, ob hier im Haus alles in Ordnung ist", grinste er mit etwas Häme in der Stimme.
Frederike schwieg. Beelzer war ein unheimlicher Zeitgenosse. Sie fürchtete sich vor ihm. In seiner Gegenwart fiel das Atmen schwer. Etwas Finsteres umgab ihn wie einen Mantel. Jedes Mal, wenn er eintrat, spürte sie augenblicklich, dass er nicht allein kam. Etwas hatte sich an ihn geheftet und begleitete ihn gleich einem Schatten.
„Was gibt's Neues?"
Sie schwieg weiter.
„Ich möchte dich daran erinnern, dass wir eine Abmachung haben!", setzte er fort.
„Wir haben keine Abmachung!", entgegnete Frederike.
„Nenn es, wie du willst! Es ist so!" Er kam herüber und beugte sich über sie.
Ein Kribbeln lief Frederike über den Rücken, und ihre Kehle schnürte sich zu. Sie konnte Beelzer nicht riechen. Seine Gegenwart verursachte ihr Übelkeit. Trotzdem wich sie ihm diesmal nicht aus und kümmerte sich ohne aufzublicken weiter um den Herd.
„Du bist in meiner Hand."
„Leider."
„Also halte dich an die Spielregeln!"
Sie zündete das Feuer an. Anschließend erhob sie sich. Beelzer trat etwas zurück und ließ sie dabei nicht aus den Augen.
„Noch mal: Gibt's was Neues?", fragte er barsch mit drohendem Unterton.
Frederike sah das Flackern in seinem Gesicht. Er war ein Getriebener: zerfressen von Gier, Angst, Ehrgeiz und Hass.

Manchmal schier wahnsinnig vor Rast- und Ruhelosigkeit. Ständig suchte er die Umgebung mit seinen Augen ab. Alle paar Augenblicke drehte er sich um, damit er sehen konnte, was hinter seinem Rücken geschah, und er war immer unter Spannung. Ungeduldig trat er einen Schritt näher.
„Es gibt wirklich nichts Neues“, beeilte sie sich zu sagen.
„Was plant er?“ Beelzer nickte in Richtung Hügelhain.
„Es ist mir verborgen.“
„Und was sagen sie?“ Er senkte die Stimme zu einem Flüstern und schaute wachsam nach rechts und links.
„Sie sind verzweifelt und teilweise boshaft, wie eh und je“, antwortete Frederike ruhig.
„Ist dort etwas im Gange?“
Frederike zuckte unwissend mit den Schultern.
Beelzer prüfte sie mit stechendem Blick. Das war jedes Mal eine Qual. Nur ganz wenig konnte sie davor verbergen.
Er ließ von ihr ab und schien für heute ihren Worten zu glauben.
„Er führt etwas im Schilde“, brummte er mehr zu sich selbst.
„Ihr führt immer etwas im Schilde“, berichtigte ihn Frederike Gottlieb.
Sofort wurde er misstrauisch: „Was weißt du schon über uns?“, fragte Beelzer halb spöttisch, halb ängstlich.
„Ich muss kein Prophet sein, um zu begreifen, dass ihr mehr als im Trüben fischt.“ Sie wollte sich zu keiner konkreten Aussage verleiten lassen und wünschte sich, dass sie besser geschwiegen hätte.
„Im Trüben fischen?“ Seine Augen verengten sich zu einem schmalen Spalt. Er kam ganz nah an sie heran und legte die Hände auf ihre Schultern. Seine Daumenspitzen spielten um ihren Hals. „Was meinst du damit?“, fragte er süßlich und drückte leicht gegen ihre Haut.
„Wenn ihr unbescholtene Menschen wärt, dann würdest du hier nicht auftauchen und versuchen, irgendwelche verborgenen Dinge aus mir herauszupressen!“
„Und weiter?“, er erhöhte den Druck.

„Reicht das denn nicht? Außerdem drückst du mir die Luft ab.“ Sie sah ihm direkt in die Augen.
„Du bist in meiner Hand!“, zischte er boshaft.
„Ich spüre es“, entgegnete sie trocken und machte nicht den geringsten Versuch, aus der bedrohlichen Lage herauszukommen. Sie hätte ohnehin keine Chance gehabt.
Beelzer lockerte seinen Griff. Wie ein unbescholtener Bürger benahm er sich wirklich nicht. Er musste grinsen.
„Was führt er im Schilde?“, augenblicklich war er wieder in seinen Gedanken gefangen und begann, in dem kleinen Zimmer hin und her zu gehen.
Diesmal hielt Frederike Gottlieb ihren Mund und hoffte inständig, dass Beelzer bald das Weite suchte. Ihre einzige Lebensversicherung war, dass er sie brauchte und nicht einmal auf die wenigen Fetzen verzichten wollte, die er aus ihr herausbringen konnte. Viel war das nicht. Nur widerwillig gab sie ihm Dinge aus der unsichtbaren Welt preis. Dennoch log sie ihn nie an. Sie wusste wie gewalttätig und grausam Beelzer sein konnte, wenn er sich hintergangen fühlte. Frederike erzählte ihm nur nicht immer alles. Insbesondere behielt sie jene Dinge für sich, die deutlich machten, wie dunkel der Schatten auf Beelzers Leben lag und wie klein er wirklich war, obwohl er sich selbst für mächtig und groß hielt. Wenn er eine Ahnung davon bekäme, er würde sie, ohne mit der Wimper zu zucken, augenblicklich halbtot schlagen.
„Ich werde ihn überflügeln“, murmelte er, „er war lange genug vorne! Meine Zeit kommt!“ Wirr fuhr sich Beelzer durchs Haar und drehte sich blitzartig um. Doch hinter ihm war nur das kleine Wandregal mit ein paar Tellern darauf.
„Aber er ist mächtig! Er hat’s weit gebracht!“
Frederike war einigermaßen erstaunt, dass sich ihr „Gast“ völlig vergaß. Als ob sie überhaupt nicht da wäre, führte er sein Selbstgespräch weiter, minutenlang.
„Ich hasse ihn! Aber er ist schon ein toller Hecht! Was er bloß vorhat?“ Wieder wandte er sich Frederike zu: „Du hast wirklich keine Ahnung?“

Sie schüttelte den Kopf und wagte eine kleine Gegenfrage: „Du sprichst von Schwarzer?“ Frederike gab ihrer Stimme einen möglichst unbefangenen Klang. Die Frage sollte wie beiläufig klingen.

„Natürlich! Von wem denn sonst?“, blaffte Beelzer gleich einem tollwütigen Fuchs zurück. „Du musst es mir sagen, wenn du von ihnen etwas über ihn herausbekommst!“ Er nickte ins Leere, um damit die Gegenwart der Unsichtbaren anzudeuten. „Es kann nicht sein, dass sie nichts wissen!“ Angst kroch in ihm hoch. Obwohl er zu den *Herren* gehörte und ständig damit umging, fürchtete er sich doch vor den Einflüssen der unsichtbaren Welt.

„Sie müssen mir den entscheidenden Vorteil bringen aber der Fürst darf davon nichts mitbekommen!“

Frederike Gottlieb runzelte die Stirn. In all den Jahren hatte Beelzer noch nie von einem Fürsten gesprochen. Er war so in seinem Eifer gegen Schwarzer gefangen, dass ihm dieser Fehler völlig entgangen war. Unbemerkt hatte Beelzer für sie den Vorhang des Schweigens ein bisschen geöffnet. Das erste Mal in 40 Jahren. Frederike spürte, dass dies nicht zufällig geschehen war, und es zeigte ihr, wie nahe Beelzer am Abgrund stand. Sie konnte seine Unvorsichtigkeit kaum fassen. War er vor Machtgier blind geworden? Wer war dieser Fürst? Ihr lief es kalt den Rücken hinunter. Ein untrügliches Zeichen für etwas Großes und Unheimliches.

„Du wirst für mich Nachforschungen anstellen!“ Er zeigte mit der ausgestreckten Hand auf Frederike. „Und gnade dir Gott, wenn du nichts herausfindest oder mich anlügst!“, zischte er heiser vor Anspannung.

„An deiner Stelle würde ich den Namen Gottes besser nicht in den Mund nehmen“, antwortete sie ruhig.

„Schweig! Du hast ja keinen Schimmer von dem, was hier läuft!“, brüllte er sie mit einer Stimme an, die sich vor Hochmut und Panik überschlug. Er ballte die Fäuste, bis sie blau wurden. „Hör dich bei ihnen um! Ich will alles wissen! Nichts darf mir entgehen!“, presste er hervor und wirkte dabei atem-

los, als ob er viele Kilometer gerannt wäre. „Ich will Ergebnisse! Sonst ..."
Frederike nahm die Drohung schweigend entgegen. Beelzer interessierte sich nicht dafür, wie Begegnungen mit unruhigen Seelen für sie aussahen. Welche Kraft das kostete und wie unangenehm es fast immer war. Er wollte nur seine Macht ausbauen und seine Angst im Zaum halten. Milde und Nachsicht waren von ihm nicht zu erwarten. Deshalb schwieg sie. Ihr würde schon etwas einfallen oder begegnen, mit dem sie ihn ein bisschen zufriedenstellen konnte, ohne für ihn wirkliche Forschungen in der unsichtbaren Welt anstellen zu müssen. Doch in Bezug auf diesen Fürsten würde sie in Zukunft wachsam sein. Sie wusste, dass dies noch an Bedeutung gewinnen würde. Aber, bei ihrem eigenen Leben: Beelzer erführe niemals davon.
„Bis bald!", er verließ das Häuschen, ohne auf eine Erwiderung des Grußes zu warten, was sie ohnehin nicht getan hätte.
Als Beelzer endlich draußen war, riss Frederike Gottlieb, trotz der abendlichen Kühle, erst einmal alle Fenster auf.
„Ksch, ksch, ksch!", sagte sie und ruderte dabei mit den Armen, als ob sie etwas aus dem Haus scheuchen wollte. Sie sog die frische Abendluft tief in sich hinein. Immer, wenn Beelzer sie heimgesucht hatte, lag ein aasartiger Geruch in ihrer Nase, der sie schier verrückt machte.
„Furchtbar, einfach furchtbar!", Frederike ekelte sich. Es dauerte, bis sie das Gefühl hatte, dass das kleine Häuschen von Beelzers „Mitbringseln" befreit war. Natürlich gab sie sich nicht der Illusion hin, dass Lüften und Verscheuchen wirklich etwas ausrichtete, aber sie fühlte sich danach für einen Augenblick besser. Es war zu einem Ritual geworden. Allerdings ohne große Auswirkung auf die darauffolgenden Nächte oder Tage, die unter einer erhöhten Aktivität der Unsichtbaren standen. Beelzers Anwesenheit schien Türen zu öffnen. Vielleicht wurden aber auch Frederikes Nerven oder innere Antennen durch ihn in besonderer Weise gereizt, so dass sie außergewöhnlich empfindlich für „Begegnungen" waren. Sie litt unter dieser Eigenschaft. Nie hatte sie sich um sie bemüht, nie hatte sie ein

Interesse an der Geisterwelt gezeigt, doch schon als Kind musste sie mit unangenehmen Begegnungen kämpfen. Schlimm war es gewesen, dass ihr damals niemand Glauben schenken wollte. Eine blühende Fantasie hätte sie, hatten die Eltern gemeint, die sie schließlich nicht anders zu kurieren wussten als mit Schlägen. So hatte Frederike gelernt, den Mantel des Schweigens über ihre Empfindungen zu breiten, was über die Lebensjahre hinweg ihre Not nur verstärkte. Doch das Allerschlimmste war, dass Beelzer, kurz nach ihrem Dienstbeginn in Hügelhain, die Fähigkeit bemerkt hatte und sofort auf brutale Weise auszunützen begann. Er machte sie wirtschaftlich von sich abhängig und spielte ihr körperlich wie seelisch übel mit. Ganz zu schweigen von dem grässlichen, magischen Netz, das er um sie gesponnen hatte. Auf unheimliche Weise war jeder Versuch Hügelhain zu verlassen, gescheitert. Sie war seinem Treiben ausgeliefert und konnte sich nicht dagegen wehren. Darüber war ihr Ekel gegen ihn und sich selbst im Laufe der Jahre stetig gewachsen, und sie wurde innerlich rebellisch gegen den Missbrauch. Frederike begann, ihm Dinge zu verheimlichen oder sie ihm nicht mehr in aller Ausführlichkeit zu erzählen, weil sie ahnte, dass er damit Unheil anrichtete. Zunehmend beschäftigte sie die Frage nach den wirklichen Machtverhältnissen in der unsichtbaren Welt. Dass es eine Existenz nach dem Tod gab, dafür hatte sie genug unangenehme Beweise in ihrem Leben gesammelt. Aber jene Existenzen, die ihr dabei begegneten, waren zerfressene, verbitterte, verängstigte und gequälte Seelen, welche keine guten Botschafter für ein Leben im Jenseits waren. Gab es nur diese dunkle Seite? Sie begann schon vor vielen Jahren, den Umkehrschluss zu erforschen: Wo viel Schatten war, da musste es auch viel Licht geben. Die Suche danach zog sie in den Bann. Selbstverständlich durfte Beelzer keinesfalls etwas über diese Abwege erfahren. Er hätte sie grün und blau geschlagen oder Schlimmeres getan. Schließlich hatte Frederike allen Mut zusammengenommen und sich heimlich eine Bibel besorgt. Seitdem hütete sie dieses Buch wie einen kostbaren Schatz und las darin, so oft es

ging. Allerdings hatte sie nur selten eine innere Freiheit, dies zu tun. Die Angst vor Beelzer und seinen Gewaltausbrüchen hemmte sie meistens. Nur wenn sie sich ganz sicher fühlte, holte sie das Buch Gottes aus dem Versteck, das sie unter den Dielen des Schlafkammerbodens angelegt hatte. Je mehr Frederike in der Bibel las, desto größer wurde ihr Bedauern, dass es in Hügelhain niemanden gab, der all ihre Fragen hätte beantworten können. Außerdem schien es, als ob die Kirchenleitung den Ort schon längst aufgegeben hätte. Formal natürlich nicht, Hügelhain gehörte aus kirchlicher Sicht zur Gemeinde Spiegelbach und war dem dortigen Pfarrersehepaar Friedreich zugeordnet. Leider ließ sich Pfarrer Friedreich nur noch ganz selten hier oben blicken, nachdem ihm die Dörfler des öfteren unmissverständlich deutlich gemacht hatten, was sie von ihm hielten, und hinunterzugehen zu den Spiegelbachern, war für die starrsinnigen Hügelhainer ohnehin unter ihrer Würde.
Frederike fühlte den dunklen Schatten, der wie eine Glocke über dem Ort lag, und allem Christlichen mit abgrundtiefem Hass begegnete. Den hatte Pfarrer Friedreich zu spüren bekommen und er vergällte ihm fast jeden Besuch in Hügelhain seit Langem. Wo hätte er außerdem auch hin sollen? Die Kirche war halb zerfallen und das Pfarrhaus bei einem schlimmen Brand vor mehr als 150 Jahren bis auf die Grundmauern zerstört worden. Es gab für ihn hier oben keine offene Tür. Zumindest wagte es niemand, ihm zu öffnen. Frederike ging es genauso. Wie gerne hätte sie Pfarrer Friedreich und seine Frau zu sich eingeladen, um endlich über die Dinge zu reden, die sie so tief bewegten, doch die *Herren* hätten es bestimmt mitbekommen. Eifersüchtig wachten sie über dem Ort und duldeten es nicht, wenn jemand in ihrem Revier wilderte. Frederike wusste, sie hätte ihre Einladung bitter bereut. So blieb ihr nur das geheime Bibellesen und die Hoffnung, dass ihr ab und zu ein Lichtchen aufginge und sie manches von selbst verstand.
Ihr Interesse für die Bibel war den Unsichtbaren nicht verborgen geblieben. Manche fühlten sich dadurch angezogen wie von einem Magneten. Jedes Mal, wenn sie das Buch aus dem

Versteck zog, dauerte es nicht lange, bis sich „Besuch“ bei ihr einstellte. Oft waren die Besucher Frederike schon näher bekannt, und sie wusste manches aus ihrem Leben. Schlimme und grausame Geschichten, die es ihr fast unerträglich machten, die Gegenwart der Unsichtbaren auszuhalten. Andererseits empfand sie tiefes Mitleid mit diesen gequälten Seelen, die rastlos wie Gefangene durch die Zeiten irrten, gekettet an das, was sie sich zu Lebzeiten aufgeladen hatten. Trotz des Grauens, das bei deren Ankunft im Häuschen einzog, war Frederike innerlich tief berührt, dass die Unsichtbaren mit ihr die gleiche Neugier teilten. Deshalb musste sie meistens laut vorlesen. Das übte auf alle Anwesenden eine beruhigende Wirkung aus. Immer wieder kamen auch neue „Gäste“ dazu, die noch nie zugehört hatten und noch voller Bosheit und Bitterkeit waren. Sie drängten sich zwischen die anderen, drohten, sprachen finstere Verwünschungen aus, ließen das Geschirr klappern oder Töpfe durch das Zimmer fliegen und drängten Frederike mit zynischen und obszönen Bemerkungen zum lauten Vorlesen. Des Öfteren stellte Frederike gerade bei diesen Neuankömmlingen eine besonders besänftigende Wirkung des Vorlesens fest. Andere von ihnen schienen dagegen durch den Klang der Worte in ihrer Boshaftigkeit noch zu wachsen, als ob sie sich mit aller Macht gegen die Kraft stellten, die hinter den Worten stand.

Noch eine weitere Entdeckung hatte Frederike im Lauf der Jahre gemacht: Das laute Vorlesen hatte ganz sachte die Atmosphäre im Häuschen verändert. Noch konnte sie es nicht recht fassen, aber die Macht der Bedrückung und Verzweiflung schien durch eine positive Kraft in den Hintergrund gedrängt zu werden. Vielleicht war es ja das, was so anziehend auf die Unsichtbaren wirkte. Frederike tat die Veränderung jedenfalls besonders gut. Im Grunde war es diese neue Atmosphäre, die es ihr ermöglichte, das Grauen der schlimm belasteten Unsichtbaren auszuhalten und ihnen laut vorzulesen.

Anderseits verursachte die atmosphärische Veränderung im Häuschen großes Unbehagen, weil Frederike sich nicht vorstellen konnte, dass Beelzer das verborgen blieb. Doch seltsamerweise schien er nichts zu bemerken. Ja, manchmal hatte Frederike sogar den Eindruck, dass er mit einer sonderbaren Blindheit dafür belegt worden war. Sie schrieb es auch dieser veränderten Atmosphäre zu, dass Beelzer, ohne es wahrzunehmen, über den Fürsten erzählt hatte. In letzter Zeit sah es so aus, als ob er bei jedem Aufenthalt im Häuschen ein bisschen mehr verwirrt wurde und unmerklich ein bisschen mehr von seinem finsteren Tun herausrückte.

Dennoch war er ein rasender Hund und Kenner dunkler Magie, mit unheimlichen Mächten im Bunde und fest entschlossen, Frederike unter seinem Einfluss zu halten. Sie fürchtete sich vor dem Tag, an dem er alles durchschaute. Es wäre ihr letzter.

Günther Höfel

Günther Höfel saß kopfschüttelnd über dem Schreiben, das vor zwei Wochen in sein Büro geflattert war. Bis heute wusste er nicht recht, was er damit anfangen sollte. In seiner langjährigen Karriere auf dem Oberkirchenrat in Stuttgart war ihm so etwas noch nicht untergekommen.

„Was der sich nur denkt? Wer setzt sich schon freiwillig in ein Wespennest?“ Er stöberte erneut den alten Aktenfolianten durch, den er sich bald nach dem Eintreffen des Briefes aus dem Landesarchiv hatte kommen lassen. Der Foliant enthielt einen schaurigen Bericht an die damalige Kirchenleitung und beschrieb schlimme Ereignisse in genau jenem Ort, der in dem Schreiben genannt worden war: Hügelhain. Irgend so ein Bauerndorf auf den Höhen des Schwäbischen Waldes. Der letzte ständige Pfarrer, Jeremias Bäumling, hatte den Bericht im Jahr 1830 verfasst. Er las sich wie das Drehbuch zu einem Horrorfilm. Höfel hätte das historisches Dokument am liebsten ins Reich der Fantasie geschoben. Aber das konnte er nicht. Bäumlings Bericht hatte zur Konsequenz gehabt, dass Hügelhain in den vergangenen fast 180 Jahren gar nicht oder nur sehr lose von der evangelischen Kirche betreut worden war. Nach einer langen, verwaisten Zeit wurde das Dorf Anfang des 20. Jahrhunderts der Pfarrei Spiegelbach zugeordnet, damit wenigstens auf dem Papier eine Zuständigkeit herrschte. Kirchlich waren die Orte allerdings nie zusammengewachsen. Es herrschte, wenn man es gutwillig formulieren wollte, Distanz. Kritischere Zungen sprachen von Verstocktheit oder gar Feindschaft zwischen den Dörflern. Daran änderte sich auch nichts, als Hügelhain bei einer bürgerlichen Gemeindereform in den Neunzehnfünfzigern politisch ebenfalls Spiegelbach angegliedert wurde. Im Grunde verschärften sich dadurch die Spannungen nur noch mehr.

Und jetzt dieser Brief des jungen Absolventen eines theologischen Seminars. Was ritt ihn nur, dass er sich Hügelhain als Ort seines geistlichen Engagements aussuchen wollte?

„Entweder er ist verrückt oder total naiv", murmelte Günther Höfel. „Wir werden ja sehen", er dachte an das Gespräch, dass er heute Nachmittag mit ihm haben würde. „Wie heißt er gleich? Michael Peters. Aha." Im Grunde stand Höfels Entschluss fest, und eine schriftliche Ablehnung des Anliegens im Brief hätte gereicht. Allerdings wollte er dem jungen Mann ins Gesicht schauen, wenn er ihn von der Absurdität seines Vorhabens überzeugte. Je weniger Augenmerk auf Hügelhain gerichtet wurde, desto besser wäre es für alle Beteiligten. Niemand auf dem Oberkirchenrat hatte großes Interesse an anstrengenden Auseinandersetzungen mit verbohrten Hinterwäldlern. Schlafende Hunde ließ man am besten weiterschlafen.

„Ich werde mir doch nicht diese Laus in den Pelz setzen!", Günther Höfel war an höchster Stelle verantwortlich für die Begleitung und die Anliegen der Diakone und der Jugendreferenten in Württemberg. Dieser Job barg in sich genügend Herausforderungen, da musste er sich nicht noch freiwillig Spannungsreiches aufbürden. Noch einmal überflog er die vergilbten Seiten von Bäumlings handschriftlichem Bericht. „Warum ausgerechnet dort?" Vielleicht war es diese Frage, die ihn dazu bewegt hatte, die persönliche Begegnung mit dem jungen Mann zu suchen. Der gute Menschenverstand riet einem, einen großen Bogen um diesen sonderbaren Flecken zu machen.

„Er ist jetzt da", schnarrte die Stimme von Frau Saibel, der Sekretärin, durch die Sprechanlage in Höfels Büro.
Er schaute auf die Uhr, es war kurz nach zwei am Nachmittag.
„Schön, er ist pünktlich", nickte Höfel und antwortete in die Sprechanlage: „Soll reinkommen!"
Einen kleinen Moment später klopfte es an seine Bürotür, und Micha öffnete sie.
„Bitte treten Sie ein!" Günther Höfel erhob sich, ging um seinen Schreibtisch herum und hielt Micha freundlich die Hand entgegen.
„Vielen Dank, dass Sie sich Zeit für mich nehmen", grüßte Micha und verbeugte sich leicht.
„Keine Ursache. Bitte nehmen Sie doch Platz." Höfel deutete auf den Sitz, der vor seinem Schreibtisch stand.
Micha dankte und setzte sich.
„So, Herr Peters, Sie kommen mit einem bestimmten Anliegen zu mir", nahm Günther Höfel das Gespräch auf.
„Ja", stimmte Micha zu.
„Einem *sehr* speziellen Anliegen", der Kirchenrat zog seine Stirn ein wenig in Falten. „Ich muss schon sagen, dass mich dieses Anliegen doch verblüfft hat – mit so etwas habe ich überhaupt nicht gerechnet. Außerdem habe ich mich gefragt, wer denn dieser junge Bibelschüler sei, der auf so eine Idee kommt."
„Nun, hier bin ich", lächelte Micha und schaute Günther Höfel offen in die Augen.
Höfel beeindruckte die Ausstrahlung von Micha Peters. Seltsamerweise hatte er den Eindruck, dass noch etwas Weiteres mit ihm in sein Büro getreten war. Etwas Warmes und Kraftvolles, das diesen jungen Menschen wie einen Mantel umgab. „Hm", er räusperte sich und beugte sich ein bisschen vor, um Micha näher zu kommen. „Junger Mann, wissen Sie eigentlich, was Sie da vorhaben? Das kann doch nicht Ihr Ernst sein!"

„Ich habe es mir reiflich überlegt."
Höfel schüttelte den Kopf und legte den alten Aktenfolianten mitten auf den Schreibtisch.
„Wissen Sie, was das ist?"
Micha verneinte.
„Das ist der Originalbericht des letzten Pfarrers in Hügelhain."
„Pfarrer Bäumling", ergänzte Micha ruhig.
„Sie kennen den Inhalt?"
„Natürlich. Nur deshalb bin ich überhaupt auf den Ort gestoßen. Ich habe in unserer Bibliothek einen Abdruck davon gefunden."
„Und dort wollen Sie hin?" Höfels ganzer Zweifel schwang in dieser Frage mit.
„Es ist eine Berufung."
„Eine Berufung? Wer sollte Sie denn dort hin berufen?"
„Der Herr."
„Der Herr?" Günther Höfel zog die Augenbrauen nach oben. „Der Herr also. Eigentlich macht der Junge einen ganz gesunden Eindruck. Jedenfalls deutet nichts auf eine Verwirrtheit seines Geistes hin", überlegte er im Stillen.
„So, so, der Herr", sagte er laut und legte seine Fingerspitzen aufeinander, „und wie hat er Sie berufen?"
„Nun, es gab verschiedene Impulse, die alle darauf hindeuteten, dass ich mir die Gegend und den Ort etwas genauer ansehen sollte. Also bin ich hingefahren und habe mich dort umgesehen. Innerhalb von wenigen Stunden sind einige seltsame Dinge geschehen, sodass ich die Gewissheit bekommen habe, dort im Namen Jesu einen neuen Anfang zu wagen."
„Im Namen Jesu." Höfel machte einen unglücklichen Eindruck.
„Ja, die Zeit ist reif, die Herausforderung anzunehmen!" Eine tiefe Überzeugung klang in Michas Worten.
„Hügelhain ist ein dunkles Pflaster. Keiner hat es lange dort ausgehalten, der sich nicht auf die geheimen Regeln des Dorfes eingelassen hat. Sie kennen ja Bäumlings Bericht."
Micha nickte.

„Und trotzdem wollen Sie dort hin?"
„Gerade deswegen."
„Sie sind doch noch ein junger Bursche! Glauben Sie wirklich, dass Sie dem dort gewachsen sind?"
„Nein."
Höfel schnaufte auf: „Sehr schön, dann ist ja alles klar", erleichtert lehnte er sich zurück.
„Ich bin dem dort nicht gewachsen, aber Christus!"
Günther Höfel zuckte zusammen. Dieses tiefe Vertrauen in die Kraft Jesu kam ihm suspekt vor. Vielleicht litt der Junge doch an einem leichten religiösen Wahn? Er schluckte und putzte sich die Nase, um etwas Zeit zu gewinnen. „Wie dem auch sei, die Kirche wird für diese Arbeit keine Finanzmittel freimachen können." Er spielte seinen letzten Trumpf aus. Wenn's ans Geld ging, sortierten sich die Dinge meist von selbst.
Micha nickte: „Ich weiß. Davon bin ich ausgegangen."
Nun war der Kirchenrat wirklich verblüfft: „Wie, davon sind Sie ausgegangen? – Gibt es einen anderen Grund, weshalb Sie bei mir vorstellig geworden sind?"
„Ich bin nur deswegen gekommen, weil ich von der Kirche Erlaubnis und Rückendeckung für diese Aufbauarbeit haben möchte."
„Sie wollen kein Geld?" Höfel konnte es nicht fassen.
„Nein. Ich will nur einen Segen und Gebetsunterstützung."
„Segen und Gebetsunterstützung?" Obwohl er Kirchenrat und in der evangelischen Kirche angestellt war, hatte Höfel so etwas in dieser Klarheit und Deutlichkeit schon lange nicht mehr gehört. Sicherlich, der Oberkirchenrat war eine geistliche Einrichtung, doch im Alltag regierten hauptsächlich die Verwaltungsaufgaben einer kirchlichen Behörde das Geschehen. Solche Worte wie gerade eben, und dazu noch aus tiefster Glaubensüberzeugung gesprochen, gab es hier selten. Viel zu selten, zu seinem Bedauern.
„Nur deshalb sind Sie gekommen?"
„Nur deshalb."
Günther Höfel brauchte einen Moment, um sich zu sortieren.

„Mir ist wichtig, dass mein Beginn in der Ordnung abläuft und dass die Berufung, die Jesus mir auf mein Herz gegeben hat, auch von meiner Kirche bestätigt wird“, ergänzte Micha.
„Gibt es einen Grund dafür?“
„Ich glaube, dass in Hügelhain Mächte am Werk sind, die sehr genau wissen, ob ich im grundsätzlichen Segen und mit Zustimmung der geistlichen Autoritäten beginne oder als freischaffender Einzelkämpfer ohne geistliche Unterstützung. Ich kann es Ihnen nicht genau begründen, aber ich bin fest davon überzeugt, dass wenn ich nicht mit Zustimmung und nicht mit Frieden dort oben beginne, alles scheitern wird, weil mich diese Mächte genau deshalb in der Luft zerreißen werden. Ich hoffe, Sie verstehen, was ich meine.“
Wenn Höfel wirklich ehrlich war, dann begriff er nur einen Teil. In seiner Welt gab es Zahlen oder Probleme mit Angestellten oder Zerwürfnisse innerhalb der kirchlichen Mitarbeiterschaft, aber es gab für ihn so gut wie keinen Zugang zu der Welt der Mächte, was auch immer sich dahinter verbergen mochte. Ja, er war leitendes Mitglied der Kirche, aber er konnte relativ wenig mit derlei Dingen anfangen, die dieser Michael Peters gerade angesprochen hatte. Vorsichtig fragte er zurück: „Verstehe ich Sie richtig: Sie sind der Meinung, dass unsere Zustimmung zu Ihrer entgeltlosen, geistlichen Arbeit in Hügelhain eine Relevanz für den Erfolg dieser Arbeit hat?“
„Exakt“, stimmte Micha zu.
„Hm“, brummte Höfel. „Hügelhain gehört zur Kirchengemeinde Spiegelbach. Das heißt, Ihnen wäre grünes Licht von der dortigen Gemeinde auch wichtig?“
„Außerordentlich wichtig!“
„O.K., reden wir nicht mehr um den heißen Brei herum: Was wollen Sie von mir?“
„Ich will, dass Sie sich, als Vertreter der Kirchenleitung, hinter meine Berufung stellen, und ich will, dass Sie für mich eine Lanze in der Kirchengemeinde Spiegelbach brechen und ein gutes Wort für mich bei dem dortigen Pfarrer und Kirchengemeinderat einlegen“, antwortete Micha ohne Umschweife.

„Ich wünsche mir, dass Sie einen Kontakt herstellen", konkretisierte er.
„Das ist alles?"
„Mehr wünsche ich mir nicht."
Höfel wog den Kopf hin und her: „Ich muss das zuerst prüfen. Ich kann nicht sofort zusagen. Ich hoffe, Sie verstehen ..."
Micha nickte: „Es geht hier auch nicht um eine leichtfertige Entscheidung, sondern um eine von großer Tragweite."
„Da fällt mir ein", der Kirchenrat legte die Stirn wieder etwas in Falten, „nur von der schönen Landschaft des Schwäbisch-Fränkischen Waldes können Sie nicht leben. Haben Sie sich darüber Gedanken gemacht?"
„Ich habe eine Ausbildung als Forstwirt. Bei dieser waldreichen Gegend wird bestimmt jemand einen tüchtigen Waldarbeiter brauchen können."
„Hm", klang Günther Höfel nachdenklich. Im Grunde hätte er mit der Zunge schnalzen können. Wer bekam in der heutigen Zeit schon das Angebot einer kostenlosen Aufbauarbeit? Aber obwohl er Micha Peters erst ein paar Augenblicke lang kannte, fühlte er sich bereits für ihn verantwortlich. Das Leben einzig auf Vertrauen und einen festen Glauben zu bauen, schien ihm ein wenig blauäugig zu sein. In Deutschland regierte das Geld, und ohne entsprechende Finanzmittel war es schwierig, einen gewissen Lebensstandard zu erreichen. „Von uns werden Sie nichts erwarten können!", unterstrich er nochmals die Position der Kirche. „Es wäre eine rein ehrenamtliche Tätigkeit."
„Ja."
„Vielleicht erledigt sich die Geschichte auch von selbst", kam ein Gedanke in Höfel auf, „wenn er sich keine Brötchen kaufen kann, dann gibt's auch keinen Stress in Hügelhain. Außerdem besteht immer noch die Möglichkeit, dass die Kirchengemeinde Spiegelbach gegen ein Engagement in Hügelhain ist. Das wäre mir das Liebste, dann bin ich fein raus", in seinem Kopf ratterte es. „Doch was sage ich jetzt dem Jungen? Am besten ich vertröste ihn ein paar Tage und nehme Kontakt mit

Spiegelbach auf. Ja, so mache ich es." „Gut, ich werde mich um Ihr Anliegen kümmern und sehen, was sich machen lässt", antwortete er Micha.
„Das wäre wirklich sehr schön!", freute sich dieser. „Vielen Dank!"
„Aber ich verspreche Ihnen nichts! Außer, dass Sie in jedem Fall von mir hören werden."
„Gut", stimmte Micha zu und war zufrieden.
Höfel erhob sich: „Dann können wir fürs Erste die Sache so stehen lassen. Ich wünsche Ihnen noch einen schönen Tag!" Er schüttelte Micha freundlich die Hand und geleitete ihn zur Tür. „Trotzdem möchte ich Sie bitten, diese Geschichte noch einmal reiflich zu überdenken. Sie werden sich keinen Gefallen damit tun, wenn Sie dort anfangen."
Micha schwieg einen Moment und antwortete dann: „Wissen Sie, Herr Kirchenrat, ich habe diesen Ort auf mein Herz gelegt bekommen. Ich fühle mich von dort angezogen wie von einem Magneten. Es ist, als ob ich gerufen werde. Glauben Sie mir: Aus Abenteuerlust gehe ich keinesfalls nach Hügelhain! Ich bin kein Held, und ich fürchte mich vor dem, was mich dort erwarten wird, aber ich kann nicht anders. Es liegt ein Zwang auf mir. Ich würde innerlich verbrennen, wenn ich mich vor diesem Weg drückte.[7] Einzig der Herr selbst kann dieses Unternehmen stoppen, indem er mir die Türen vor der Nase zuschlägt. Deshalb bin ich auch heute zu Ihnen gekommen. Es wäre für mich Reden des Herrn, wenn Kirchenleitung oder Kirchengemeinde kein Ja für meine Berufung finden könnten. Wahrscheinlich wäre ich nicht einmal traurig darüber. Ich, als Person, reiße mich nicht um einen Einsatz in Hügelhain. Ich bin nicht lebensmüde."
„Sie werden von mir hören!" Höfel drückte Micha noch einmal fest die Hand und schloss, als dieser draußen war, die Tür. Michas letzte Worte hatten ihn tief beeindruckt. Darin war etwas von dem aufgeblitzt, warum es die Christenheit überhaupt noch gab. Es war die Begeisterung und der Gehorsam gegenüber dem lebendigen Herrn.

„Was haben wir nur aus der besten Sache der Welt gemacht? Wir haben sie in Strukturen und Gesetze gepresst, wir haben sie dem Rotstift unterzogen und können Weite nicht mehr denken!“ Er schämte sich. Er gehörte auch zu denen, die ihren Glauben an das Unmögliche, das bei Gott möglich ist[8], dem Mammon unterzogen hatten. Und er war ganz oben in der Kirchenleitung. Sein Blick fiel auf den alten Aktenfolianten.
„Hier geschieht Seltsames!“ Günther Höfel begriff plötzlich, dass Dinge in Bewegung waren, die weit über dem Rotstift standen. „Und wer bin ich überhaupt, um darüber befinden zu können?“

Sonja Schwarzer

Die verblassten Farben der Fotografie zeigten eine Frau, mit ihren zwei Kindern, vor einem alten Bauernhaus auf einer Treppe stehend. Gefasst war das Foto in einem abgegriffenen Holzrahmen, dessen Glas an der linken unteren Ecke einen Sprung hatte. Irgendwie machte das Bild den Eindruck, dass es aus besseren Tagen stammte, obwohl die Tage garantiert nicht besser gewesen waren, aber im Rückblick verklärte sich manches. Immerhin war sie da noch am Leben gewesen und hatte ermutigen und trösten können, doch das war nun schon viele Jahre her. Sonja lag auf dem Bett in ihrem Zimmer. Mit einem leichten Seufzen ließ sie das Foto auf ihre Brust gleiten und verschränkte anschließend die Arme hinter dem Kopf. Sie starrte an die Zimmerdecke und konnte die Beklemmung in ihrem Herzen kaum aushalten. Alles schien so ausweglos zu sein, und alles wurde von Tag zu Tag schlimmer. Jede Faser in ihrem Körper drängte fort von hier. Dieser Ort war die Hölle. Sie konnte jeden so gut verstehen, der diesem unheimlichen Kaff den Rücken gekehrt hatte. Selbst diejenigen beneidete sie, die hatten gehen *müssen,* weil sie sonst nicht mehr lange am

Leben geblieben wären. Jeder andere Platz auf der Erde war besser als dieser hier.
„Wenn ich es doch nur übers Herz brächte“, murmelte sie und schaute wieder auf das Foto aus ihren Kindheitstagen.
An der Hand der Mutter hielt sich ein kleiner Junge fest. Man sah es ihm an, dass er sich gerade so auf den Beinen halten konnte. Es war Tobias, Sonjas jüngerer Bruder, der damals gerade die ersten Schritte getan hatte. Eine tiefe Beziehung verband Sonja mit ihm. Besonders von dem Tag an, da ihre Mutter so plötzlich und unerklärlich aus dem Leben geschieden war. Fünfzehn Jahre war das jetzt her. Fünfzehn Jahre, in denen sich in Sonja der Eindruck verdichtet hatte, dass sie keinem Traktorunfall zum Opfer gefallen war, sondern dass hinter ihrem Tod etwas anderes steckte. Doch dieses Thema war im Hause tabu, und der Vater begann zu toben, wenn er darauf angesprochen wurde.
„Tobias“, flüsterte sie und fuhr mit der Fingerkuppe über das Glas des Bilderrahmens, „was ist nur aus dir geworden? Du hast dich so verändert.“ Ein Schauer lief ihr über den Rücken, wenn sie an früher und an heute dachte. Mit innerem Frösteln hatte Sonja in den vergangenen Monaten wahrgenommen, wie sich ihr Bruder immer mehr zu einem Abbild des Vaters entwickelte und kaum mehr etwas von seinem früheren Wesen der Weichheit und Freundlichkeit übriggeblieben war. Bald würde er der gleiche schreckliche Klotz sein. Übelkeit stieg in ihr auf. Sie war sich darin sicher, wenn sie Tobias verloren hatte, hielte sie hier nichts mehr. Sonja ahnte, dass dieser Tag bald vor der Tür stand.
Unten polterte es. Nur einen Augenblick später dröhnte die Stimme des Vaters durchs Haus: „Sonja! Himmel, Herrgott und verflucht noch mal, wo bist du?“
Heinrich Schwarzer war ein ungeduldiger Mensch. Das war eine seiner besseren Eigenschaften. „Sonja, her zu mir!“
Sie erhob sich von ihrem Bett und ging die Treppe hinunter.
„Was ist?“, fragte sie ruhig.
„Hast du dein Zeug erledigt?“, grollte Heinrich.

„Ja."
„So, und warum ist die Scheune nicht gefegt?" Seine Augen funkelten dunkel.
„Weil ihr nachher eh wieder Futter einfahrt und ich es dann danach mache."
„Das interessiert mich nicht!", brüllte Schwarzer. „Ich hab's dir aufgetragen, und du hast es zu machen!" Sein Kopf lief rot an, und die Adern in seinen Augen traten hervor. Er schlug mit der Faust so sehr auf den Tisch, dass die Vase einen Satz machte und umkippte. Zum Glück war kein Wasser drin.
In aller Ruhe und Gelassenheit stellte Sonja die Vase wieder auf, bevor sie ihren Vater in den Blick nahm: „Ich lasse mich von dir nicht schikanieren! – Und deine hirnlosen Aufgaben kannst du dir sonstwo hinschieben!"
Unvermittelt holte er mit der flachen Hand aus, doch Sonja fiel ihm in den Arm. Trotzdem hatte der vereitelte Schlag solch eine Wucht, dass sie quer durch den Raum taumelte, sich aber auf den Beinen halten konnte.
„Solange du deine Beine unter meinen Tisch streckst, hast du zu tun, was *ich* sage. Auch wenn ich verlange, mit der Zahnbürste den Hof zu fegen!", flüsterte er kalt und herzlos.
„Du bist ein Tier!", stieß Sonja hervor. Sie ließ ihren Blick nicht von ihm. Jeder Muskel in ihr war gespannt und bereit. „Sämtliche Menschlichkeit ist dir verloren gegangen! Du bist ein Monster!", zischte sie mit wachsender Wut.
„Vielen Dank für die Komplimente!", grinste er breit und entblößte dabei seine ungepflegten Zähne, von denen schon einige fehlten.
„Widerlich!", flüsterte Sonja, empfand nur Abscheu für ihren Vater und sagte ihm laut ins Gesicht: „Ich beuge mich nicht! Mich kriegst du nicht klein! Eher sterbe ich!"
„Überleg dir gut, was du da sagst", sprach er finster, „schon mancher hat bereut, was er so leichtfertig ausgesprochen hatte."
Sonja verstand die Drohung sehr gut. Ein tiefer Ekel kroch ihr den Hals hoch, den sie fast schon schmecken konnte. Mit die-

sem Menschen verband sie nichts mehr, und sie hasste jedes einzelne Gen, das er ihr vererbt hatte.
„So wie Mutter?“, zischte sie angewidert zurück.
Das Gesicht ihres Vaters verzog sich zu einer Fratze.
„Jetzt bin ich wohl für heute etwas zu weit gegangen“, fuhr es ihr durch den Kopf, und sie sah zu, wie sie möglichst schnell aus dem Zimmer kam. Mit der Geschmeidigkeit einer Katze huschte sie an Heinrich vorbei nach draußen. Dieser versuchte noch, sie festzuhalten, doch er war einen Tick zu langsam. Schaudernd hörte Sonja die wüsten Flüche und Verwünschungen, die ihr der Vater hinterher rief. So schnell sie konnte, rannte sie aus dem Haus und verließ den bäuerlichen Hof. Erst auf den oberen Feldern, außerhalb des Dorfs, hielt sie schwer atmend an. Nach Luft ringend blickte sie auf Hügelhain hinab. Dem Zorn ihres Vaters war sie zwar gerade entkommen, aber das Grauen hatte mit ihr Schritt gehalten. Obwohl ihr durch das Laufen ordentlich warm geworden war, hatte sie dennoch eine dauerhafte Gänsehaut und wurde das Gefühl nicht los, dass ihr der Vater etwas nachgeschickt hatte, vor dem sie nicht einfach davonlaufen konnte.
„Jetzt mach mal halblang!“,keuchte Sonja. „Und fang nicht das Spinnen an!“
Es war ein sonniger, warmer Spätsommertag. Die Bäume waren in goldene Farben getaucht, und das Blau des Himmels leuchtete besonders kräftig in der klaren Luft. Dennoch ließ das Frösteln nicht von ihr ab.
„Das kann ja heiter werden!“ Sie schluckte und dachte an den Abend und die Nacht. Sonja ahnte, dass eine neue Runde im Nervenkrieg eingeläutet war. An seltsame Dinge hatte sie sich schon seit Kindestagen gewöhnt. Doch nun war eine unbekannte Aufmerksamkeit auf sie gelenkt worden. Sie fühlte sich wie in einem Lichtkegel stehend, mitten auf einer großen Bühne, angestarrt von tausend unsichtbaren Augen.
„Meine Güte“, hauchte sie und wurde sich bewusst, dass eine Jagd eröffnet worden war, und das gejagte Stück Wild war sie selbst.

„Frederike!“, stieß sie laut hervor. Es klang wie ein Hilferuf. „Schnell zu Frederike!“ Sie rannte den Hügel hinunter, machte einen großen Bogen um das Dorf und hetzte voller Furcht auf das einsam in der Nähe des Waldrands stehende Häuschen zu. Frederike war so etwas wie eine Mutter für Sonja geworden. Schon seit Kindergartentagen bestand ein freundschaftliches Band zwischen ihnen, das besonders in den schlimmen Monaten der Trauer noch stärker geworden war. Bei Frederike hatte Sonja den Trost und die Annahme gefunden, die ihr zu Hause so sehr abgegangen waren.

Sonja stürmte durch das Gartentor und stürzte auf die Tür zu: „Frederike! Frederike! Mach auf! Frederike!“ Mit beiden Fäusten polterte Sonja gegen das Holz.

Nur einen Moment später öffnete die alte Frau: „Kindchen, was ist denn mit dir los?“

„Oh, Frederike!“ Sonja fiel ihr zitternd und schluchzend in die Arme.

„So beruhige dich doch!“ Frederike klopfte ihr besänftigend auf den Rücken. Gleichzeitig spürte sie etwas von der Kälte, die Sonja gefolgt war. Sie runzelte die Stirn und nahm prüfend die Umgebung ins Auge. Ja, da war etwas.

„Lass uns reingehen“, sagte sie besorgt und schloss die Tür hinter Sonja. „Nimm erst mal Platz. Magst du einen Tee?“

Sonja nickte und holte tief Luft.

Frederike legte ihr eine Decke über die Schultern, bevor sie sich am Herd zu schaffen machte. Innerlich beobachtete sie genau, was sich in ihrer Nähe tat. Obwohl sie gerade Tee kochte, begann sie, mit großer Energie das kleine Häuschen zu schützen. Im Laufe der Jahre hatte sie diese Fertigkeit entwickelt, um nicht ganz wehrlos den Begegnungen ausgesetzt zu sein. Allerdings kostete sie das viel Kraft, und sie konnte den Schutz nur eine begrenzte Zeit aufrecht erhalten. „So, der Tee ist fertig.“ Sie reichte Sonja eine dampfende Tasse und setzte sich ihr gegenüber.

„Danke“, Sonja blies den Dampf weg und grübelte vor sich hin. „Er wird immer unerträglicher“, sagte sie schließlich und nippte ein wenig an der Tasse.

„Heinrich?“
Sie nickte. „Er ist ein unheimliches Monster und unberechenbar wie ein tollwütiger Fuchs. Ich weiß nicht, wie lange ich das noch aushalten kann.“
„Wegen Tobias?“
Sonja nickte wieder.
Frederike erhob sich und schaute aus dem Fenster. „Er ist schon tief hineingeraten.“
„Du meinst wohl hineingezogen worden“, verbesserte Sonja.
„Hineingezogen worden“, akzeptierte Frederike und erinnerte sich an den sonnigen und fröhlichen Jungen, der früher oft hier draußen bei ihr gespielt hatte.
„Meine Kräfte sind bald zu Ende, und ich fühle Gefahr auf mich zukommen. Vorhin ist etwas Neues angebrochen. Bisher habe ich immer gewusst, dass mir trotz allem nichts geschehen könnte, doch nun habe ich den Eindruck, dass ich freigegeben wurde. Ich glaube, dass Vater zu meinem Todfeind geworden ist.“
„Es hat sich etwas verändert“, bestätigte Frederike. „Die Unsichtbaren sind in Aufruhr. Auch dort herrscht eine große Beunruhigung. Es ist, als ob irgendwelche Bremsklötze weggenommen seien und ein unheimlicher Zug nun Fahrt aufnimmt. Wie damals“, fügte sie leise hinzu. Frederike graute es.
„Die Unsichtbaren? Wie damals?“ Sonja runzelte die Stirn.
„Es scheint, als ob ein Opfer aus dem Haus des Meisters gefordert wird.“
„Du sprichst in Rätseln!“ Sorgenvoll schaute Sonja auf ihre alte Erzieherin. Diese hatte einen seltsam glasigen Blick bekommen und starrte ins Leere. „Frederike! Was ist?“, rief Sonja ängstlich und sprang auf.
Doch die alte Frau schien in einer anderen Welt zu sein. Ihre Augenlider zuckten wie im Traumschlaf, und ihr Gesicht verzog sich wie unter Schmerzen. Sonja fasste sie an den Schultern und schüttelte sie.
„Frederike! Frederike! Wach auf!“

„Hm? Warum schüttelst du mich denn so?" Sie verdrehte die Augen. „Gute Güte, ist mir schwindelig! Ich glaube, ich falle", Frederike schwankte.
Rasch zog Sonja einen Stuhl heran und setzte die alte Frau darauf: „Tief durchatmen!", befahl sie und hielt Frederike weiterhin fest.
Es dauerte einen Moment, bis diese wieder völlig klar war. „Herrschaftszeiten!", stöhnte sie und holte Luft.
„Was war das denn?" Besorgt schaute Sonja Frederike an.
„So etwas Ähnliches wie ein Traum, ein Gesicht. Habe ich gesprochen?"
„Weißt du das nicht mehr?"
„Nein", Frederike schüttelte den Kopf, „was war's denn?"
„Du hast davon gesprochen, dass die Unsichtbaren in Aufruhr seien und dass ein Opfer vom Haus des Meisters gefordert wird."
„Habe ich das wirklich gesagt?"
Sonja nickte und bat sogleich: „Kannst du mir das erklären?"
Frederike zögerte. Sonjas Anliegen war ihr sichtlich unangenehm, zumal sie selbst nicht genau wusste, was eben geschehen war. Noch nie hatte sie so eine intensive Schau in der Gegenwart eines anderen Menschen erlebt. Allein das war sonderbar, ganz abgesehen vom schaurigen Inhalt der Vision. „Sonja, im Moment kann ich nicht darüber sprechen. Ich muss es erst selbst begreifen."
„Aber, Frederike!", protestierte Sonja mit großer Enttäuschung. „Wie kannst du mir Dinge vorenthalten, die mich unmittelbar betreffen! Für mich geschehen gerade zu viele seltsame Sachen! Bedrohung liegt in der Luft! Und du, neben Tobias der wichtigste Mensch in meinem Leben, hast irgendwelche Erscheinungen und willst mir nichts darüber sagen!" Sonja war laut geworden. Tränen standen in ihren Augen.
„Kindchen, ich bin genauso verwirrt wie du!" Frederike strich ihr mit der Hand übers Gesicht. „Ich weiß im Augenblick nur, dass etwas in Bewegung gekommen ist und dass Veränderungen anstehen. Auch die Bedrohung spüre ich. Und Sorgen mache ich mir ebenso wie du."

„Aber ich habe Angst!“ Sonja zitterte. „Und dann diese rätselhaften Worte von den Unsichtbaren und dem Opfer. Bin ich das?“
Traurig schüttelte Frederike den Kopf: „Es ist zu verschwommen.“
„Wer fordert dieses Opfer? Wer ist der Meister? Vater? Was meintest du mit ‚wie damals‘?“
Sonjas Fragen bereiteten Frederike intensive Schmerzen am ganzen Leib. Sie konnte es nicht aushalten, wenn sie so sehr bedrängt wurde. Es waren Geheimnisse, die ihr offenbart wurden, und deren Preisgabe zur Unzeit bedeuteten schlimme Qualen. „Bitte, Kind, fordere es nicht von mir, zumindest nicht heute. Es ist alles zu aufgewühlt. Ich brauche Zeit.“
„Und ich?“, schrie Sonja verzweifelt. „Was ist mit mir? Kann ich nach Hause zurück, oder wartet hinter der Tür ein gezücktes Messer auf mich? Sag mir, was soll ich tun? Ich werde noch verrückt in diesem verfluchten Dorf! Zeig mir einen Weg!“ Sie schluchzte laut und fiel auf die Knie.
Minutenlang sprach niemand. Auch Frederike liefen die Tränen über die Wangen. Ein tiefes Gefühl der Ohnmacht legte sich über die Frauen und der Eindruck, Figuren in einem großen, unbekannten Spiel zu sein.
„Es gibt gerade nichts zu tun“, sagte Sonja schließlich etwas gefasster. Mehr denn je spürte sie, dass der Zeitpunkt, Hügelhain zu verlassen noch nicht gekommen war. Etwas musste zu Ende gebracht werden, und ihr Schicksal war damit verbunden. Wie auch immer.

Paul und Susanne Friedreich

Es war dunkel, klamm und feucht. Die Luft roch modrig. Bis auf ein paar alte Stühle, einen heruntergekommenen Tisch und einen zerfallenen Schrank war der etwa vierzig Quadratmeter große Raum leer. Außer, dass rechts hinten noch ein stark verrosteter Gussofen stand, dessen Rohr schief in der Wand hing und etliche faustgroße Löcher hatte.

„Moment, rasch!“ Paul Friedreich ging zu einem der Fenster, öffnete es und stieß den hölzernen Fensterladen weit auf. Sofort strömte frische Luft herein, und das Tageslicht erleichterte die Orientierung.

„Nun ja, das Hilton ist es nicht“, zuckte Susanne Friedreich entschuldigend mit den Schultern, „aber wir hatten Sie ja gewarnt!“

„Ich habe nichts anderes erwartet“, lächelte Micha.

„Und Sie wollen hier wirklich Quartier nehmen?“ Herr Friedreich runzelte ungläubig die Stirn.

„Wo sollte ich sonst hin?“

„Wir würden für Sie bestimmt in Spiegelbach eine nette Wohnung finden. Fürs Erste könnten Sie bei uns im Pfarrhaus blei-

ben. Die Kinder sind schon eine ganze Weile ausgezogen. Platz ist also genug“, schlug Frau Friedreich vor.
„Ihr Angebot ist wirklich sehr lieb gemeint, aber für das, was ich vorhabe, ist es mit Sicherheit hinderlich. Ich muss mich hier oben einrichten“, schüttelte Micha den Kopf, obwohl er sich bei dem Gedanken, in diese Bruchbude einzuziehen, schon ein bisschen unwohl fühlte.
„Und Sie schreckt das heruntergekommene Gemäuer überhaupt nicht ab?“ Paul Friedreich, Pfarrer der Doppelgemeinde Spiegelbach und Hügelhain konnte es immer noch nicht fassen.
„Wenn Sie mir Ihren Segen und der Kirchengemeinderat seine Zustimmung geben, dann werde ich so schnell wie möglich beginnen!“
„Sie können sich gar nicht vorstellen, was das in uns auslöst! Wie lange hoffen und beten wir schon, dass in Hügelhain etwas aufbricht. So viele Jahre!“ Frau Friedreich hatte Tränen in den Augen. „Und nun stehen wir zusammen mit Ihnen in der alten Sakristei. Es ist, als ob Gott unsere Gebete erhört hat! Unfassbar!“
„Ja, für uns ist das ein Wunder!“, stimmte ihr Mann zu. „Ein Wunder, an das wir schon fast nicht mehr geglaubt haben“, ergänzte er. „Wissen Sie, wir sind jetzt schon über zehn Jahre in dieser Doppelgemeinde. Wir haben uns damals ganz bewusst dafür entschieden, wir wollten etwas bewegen, insbesondere hier oben! Deshalb sind wir gekommen. Aber Sie können sich nicht vorstellen, wie entmutigend Hügelhain ist und wie tief die Gräben zwischen den beiden Dörfern sind. Ich habe jedenfalls noch nie einen Hügelhainer unten in Spiegelbach im Gottesdienst gesehen. Hier oben sind für uns praktisch alle Türen verschlossen, und ich werde das Gefühl nicht los, dass mir alles Mögliche an den Hals gewünscht wird. Wenn Sie verstehen, was ich meine.“
Micha nickte und verstand sehr gut. Er erinnerte sich an die Begegnung auf dem Friedhof vor einigen Wochen.
„Inzwischen sind wir müde geworden“, fuhr Paul Friedreich fort. „Sie haben uns mit ihrer Bosheit kleingekriegt. Und wäre

da nicht die alte Frederike Gottlieb, dann würde ich wohl gar keinen Fuß mehr in das Dorf setzen. Sie ist die Einzige, für die sich ein Besuch lohnt, und sie freut sich auch immer, wenn ich bei schönem Wetter an ihrem Gartentor vorbeischaue. Obwohl unsere Begegnungen nur sehr kurz sind. Ich glaube, sie fürchtet sich und will nicht, dass die anderen allzu viel von mir mitbekommen. Hier oben ist es wirklich schlimm. So schwer es mir fällt, aber ich kann Sie nur vor Ihrem Entschluss warnen. Unter vernünftigen Gesichtspunkten grenzt es schon ein wenig an Leichtsinn, in Hügelhain mit einer geistlichen Arbeit zu beginnen. Der Mensch in mir sagt: Verschwinden Sie hier und suchen Sie sich ein leichteres Betätigungsfeld für einen Start ins Berufsleben!"

„Und was sagt der Christ in Ihnen?", fragte Micha zurück.

Pfarrer Friedreich schwieg einen Moment, seine Augen wurden etwas feucht. „Der Christ in mir", er holte tief Luft, „der Christ in mir jubelt und freut sich wie ein kleines Kind darüber, dass wir einen Mitstreiter bekommen haben. Es beginnt wieder Hoffnung in meinem Herzen zu wachsen. Als Kirchenrat Höfel anrief und mir von Ihrem Vorhaben erzählte, hätte ich auf dem Tisch tanzen können und war vor lauter Begeisterung hingerissen!" Er stockte einen Augenblick. „Wobei mir gerade auffällt, Herr Höfel schien nicht sonderlich glücklich über meinen Jubel gewesen zu sein."

„Er hatte wohl insgeheim gehofft, dass Sie meinem Wunsch eher ablehnend begegnen würden", schmunzelte Micha und dachte an Günther Höfel, den er mit seinem Anliegen ganz schön ins Schleudern gebracht hatte.

„Meinen Sie?", schaltete sich Susanne Friedreich ein.

„Ihm war es schon ein bisschen unangenehm, weil ich mich so sehr für Hügelhain interessiert habe, und er hat mir mehr als einmal deutlich gemacht, dass ich auf keinerlei finanzielle Unterstützung seitens der Kirche zu hoffen hätte." Micha klang amüsiert.

„Na ja, so spaßig finde ich das nicht. Schließlich müssen Sie ja von etwas leben!", sorgte sie sich.

„Das stimmt. Besonders spendenfreudig sind die Leute in Spiegelbach nicht. Ganz zu schweigen von den Hügelhainern!“, stimmte Paul Friedreich zu. „Jedenfalls können wir in absehbarer Zeit nicht genügend Geld für eine spendenfinanzierte Stelle aufbringen.“
„Ich werde schon einen Job finden“, erwiderte Micha zuversichtlich. „Ich habe mich von Anfang an auf ein ehrenamtliches Engagement eingestellt.“ Er ging ein wenig in dem alten Raum umher, damit er einen besseren Eindruck von ihm bekam. Es musste einiges gemacht werden, damit er als Provisorium taugte, und es dauerte bestimmt nicht mehr lange, bis das Schmuddelwetter einsetzen und das Renovieren behindern würde.
„Einen Job in der Nähe zu finden ist gar nicht so einfach“, gab Frau Friedreich zu bedenken.
„Ich habe eine Ausbildung zum Forstwirt. Vielleicht wird irgendwo ein tüchtiger Waldarbeiter gebraucht. Holz gibt's in dieser Gegend jedenfalls genug.“
„Sie sind ausgebildeter Waldarbeiter?“, fragte Paul Friedreich erstaunt.
Micha nickte.
„Ich kenne einige Leute bei den Kommunen und dem Landratsamt. Vielleicht besteht ja eine Chance, Sie in diesem Bereich unterzubringen.“ Pfarrer Friedreich fasste Mut, die Zuversicht in ihm wuchs. „Und um den Kirchengemeinderat machen Sie sich mal keine Sorgen. Den kriege ich schon rum! Was mir viel mehr Kopfzerbrechen macht, ist der Zustand dieser halben Ruine. Um hier ordentlich wohnen zu können, braucht es weit mehr als nur einen Kübel Farbe. Das Dach ist undicht, Isolierung gibt es überhaupt keine, von sanitären Einrichtungen ganz zu schweigen. Sie könnten genauso gut in einem Zelt im alten Pfarrgarten hausen.“
„Mensch, Paul, das ist ja eine geniale Idee!“ Susanne griff ihren Mann an den Arm.
„Meine Liebe, der Winter steht bald vor der Tür! Da ist nicht mehr viel mit Zelten!“

„Paul, sei nicht so begriffsstutzig! Was steht bei uns vor dem Haus?"
Pfarrer Friedreich schaute ein bisschen verwirrt drein, doch dann klatschte er sich mit der flachen Hand an die Stirn: „Natürlich! Dass ich darauf nicht selbst gekommen bin!" Er lachte und sah Micha freudig an. „Wissen Sie was? Sie bekommen unseren Wohnwagen! Der hat alles, was man so braucht! Von der Toilette bis zur Dusche! Den stellen wir in den alten Pfarrgarten, und so können Sie in aller Ruhe mit der Renovierung beginnen.
„Richtig! Und Strom bekommen wir über den Geräteschuppen des Friedhofs. Dort gibt es sicher Steckdosen!", lachte Susanne Friedreich, die sich daran erinnerte, dass der Geräteschuppen ein Außenlicht besaß.
Die Friedreichs redeten sich in eine regelrechte Begeisterung und malten sich in den buntesten Farben aus, wie Micha hier in kürzester Zeit beginnen konnte und wie sie ihn in jeder Form unterstützen würden. Für Micha war ihre Freude fast schon zu groß, dennoch staunte er gewaltig, wie der Weg nach Hügelhain gangbar wurde. Die Türen öffneten sich, und er traute dem umtriebigen Pfarrer Friedreich durchaus zu, dass er in wenigen Tagen einen Job für ihn gefunden und den Kirchengemeinderat für die gemeinsame Sache gewonnen haben würde. „Vielen Dank, dass Sie auf meiner Seite sind und sich für meine Berufung einsetzen!", lächelte er das Ehepaar an.
„Ach, lassen wir das Sie! Ich bin Paul!" Er streckte Micha die Hand hin, welche dieser gerne schüttelte.
„Ich bin Micha!"
„Und ich Susanne!", lachte Frau Friedreich und schloss Micha gleich in ihre Arme. „Gemeinsam werden wir die Hügelhainer bei ihrer Verstockung packen!"
„Mit Gottes Hilfe!", ergänzte Paul.
„Wie auch sonst?", gab Susanne freudig zurück und war so glücklich wie seit vielen Jahren nicht mehr.
„Ja, brechen wir auf! Die Zeit der Finsternis geht zu Ende, ein neuer Morgen steht bevor! Die Bedrückung muss weichen! Lasst uns um dieses Dorf kämpfen!"

„Meine Güte, Paul, nun übertreibe mal nicht so“, versuchte Susanne ihren Mann ein bisschen zu bremsen. „Wir ziehen ja nicht in eine Schlacht.“

„Ich spüre eben, dass große Dinge bevorstehen“, meinte er fast entschuldigend und wurde dabei etwas rot um die Nase.

„Wir werden sehen“, sagte Micha nachdenklich. So sehr er sich darüber freute, in ihnen mutige Mitstreiter gewonnen zu haben, so sehr spürte er auch, dass wirklich ein Kampf bevorstand. Ein Kampf von besonderer Qualität. Nicht unbedingt mit eisernen Waffen ausgetragen, aber genauso gefährlich und ebenso tödlich.

Paul spürte Michas Nachdenklichkeit und schlug vor, das Weitere bei ihnen zu Hause zu besprechen. Sie verschlossen die Tür zur Sakristei, zogen den Fensterladen zu und nahmen den Rückweg über die Johanniskirche. Auch sie war sehr heruntergekommen, aber alles in allem dennoch in einem leicht besseren Zustand als die angebaute Sakristei. Noch viel mehr als in der Sakristei hatte Micha das Gefühl, dass hier die Zeit vor fast zweihundert Jahren stehen geblieben war. Er empfand etwas von der Unmittelbarkeit der damaligen Ereignisse und den Gefühlen der Angst und Verzweiflung, die Pfarrer Bäumling mit seiner Familie in den letzten Minuten vor der Flucht hier erlebt hatte.

„Ziemlich bedrückend“, murmelte er gedämpft.

Die Friedreichs verstanden.

„Kommt nach draußen!“ Paul ging zügig durch das Kirchenschiff und schloss die schwere Eichentür auf. Freundliches Spätsommerlicht fiel herein und tat ihren Seelen augenblicklich gut. Als die Kirchentür schließlich hinter ihnen ins Schloss gefallen war, atmeten alle auf.

„Das wird nicht leicht werden“, Susannes Begeisterung war der altbekannten Nüchternheit gewichen. „Hügelhain ist ein hartes Pflaster für das Evangelium. Hoffentlich reicht unser Durchhaltevermögen aus.“

Micha wollte gerade darauf antworten, als ihn ein pfeifendes Geräusch aufschreckte: „Meine Güte, was ist denn das?“ Er starrte auf einen großen, kraftvollen Traktor, der mit Höchstgeschwindigkeit in das Dorf hereinraste. Dem Fahrer schien es völlig egal zu sein, ob Kinder unterwegs waren oder Alte. Vor der Kirche brachte er sein monströses Gefährt mit einer Vollbremsung zum Stehen und hüllte die drei in eine stinkende Staubwolke aus Gummi und Diesel. „Was will denn der reingeschmeckte Pfaffe mit seinem Weib und dem Grünschnabel bei uns?“, brüllte er aus dem offenen Fenster der Führerkabine.

„Nun, immerhin bin ich Pfarrer dieser Gemeinde, Herr Schindler!“, rief Paul Friedreich über das Motorengeräusch hinweg.

„Pfarrer, pah!“, Schindler spuckte über die Motorhaube des Traktors. „Pack dich davon! Und nimm deinen Anhang gleich mit!“

„Höflichkeit ist wohl ein Fremdwort für Sie?“

„Wir brauchen euch Schwarzkittel nicht! Wir haben unser Eigenes!“

„So, was denn?“

„Das geht dich einen feuchten Mist an! Verschwindet, falls ihr nicht *zufällig* unter die Räder kommen wollt!“ Er spielte für einen Moment mit dem Gas und grinste sie frech an.

„Sie jagen uns keine Angst ein. – Dennoch wären wir dankbar, wenn Sie mit Ihrem lauten Dieselstinker nun weiterfahren würden! Vielen Dank!“, lächelte Pfarrer Friedreich freundlich zurück.

„Idioten! Ihr werdet schon noch sehen, was ihr kriegt!“, grollte Schindler vom Traktor herunter und fuhr dröhnend davon.

Sie sahen ihm nach. Nach ein paar Häusern bog er in eine Hofeinfahrt ein.

„Wer war denn das?“, fragte Micha erstaunt.

„Das war Hannes Schindler, ein ekelhafter, grober Klotz und zusammen mit Heinrich Schwarzer und Hugo Beelzer einer der Wortführer hier oben. Mit ihnen wirst du es auf jeden Fall zu tun bekommen. Sie werden bestimmt nichts unversucht lassen, um dir das Leben schwerzumachen. Rohe und gefährliche Menschen sind das!“

„Du fürchtest dich vor ihnen?“ Micha runzelte die Stirn.
„Hügelhain ist ein dunkler Ort. Es liegt etwas Undurchdringliches auf ihm. Egal wo du hinkommst, du stößt auf eine Mauer des Schweigens und der Angst. Ich bin überzeugt, dass hier nicht alle Menschen schlecht sind, aber es traut sich niemand, gegen das Schweigen aufzustehen. Wer sich nicht in das Dorfgesetz fügt, wird bestenfalls hinausgeekelt. Hier oben gibt es auch ab und zu rätselhafte Unfälle mit Todesfolgen, oder es verschwinden Menschen auf Nimmerwiedersehen. Alle Spuren verlaufen dann im Sand, aber irgendetwas steckt dahinter. Und es gibt diese *Herren* des Dorfs, die immer dabei sind und scheinbar überall Ohren und Augen haben. Jedenfalls bleibt ihnen so gut wie nichts verborgen. Seit Menschengedenken läuft das hier oben so. Unheimliche Tradition“, klang Paul voller Unbehagen.
„Und es gibt einen abgrundtiefen Hass gegenüber allem Christlichen. Keiner in Hügelhain bekennt sich zu Jesus. Die meisten sprechen über ihn und den Christen schlimme Flüche aus. Wir selbst haben sie schon zu spüren bekommen, deshalb sind wir vorsichtig geworden“, ergänzte Susanne.
„Es gibt hier nur die Wahl zwischen Mitmachen oder Weichen. Das gilt für jeden. Insbesondere für Christen.“ Paul schaute sich um, er wollte nicht, dass ihr Gespräch gehört wurde.
„Hm“, brummte Micha. „Mitmachen oder Weichen!“ Er dachte an Bäumlings Bericht. Dieser war es gewesen, weshalb er Interesse an dem Ort gewonnen hatte. Aber auch Bäumling hatte weichen müssen. Sein Vorgänger im Amt hatte mitgemacht und war unter schlimmen Qualen gestorben.
„Was geht hier ab?“, fragte er halblaut und spürte in sich eine grimmige Entschlossenheit wachsen. „Ich werde versuchen, hinter diese Mauer zu blicken. Es wird Zeit, dass sich jemand gegen die Macht der *Herren* stellt! Im Namen Jesu werde ich es wagen!“ Micha schlug mit der Faust in die flache Hand. Das Klatschen hallte vom Gemäuer der Kirche wider.
„*Wir* werden es wagen!“, unterstützten ihn Paul und Susanne einstimmig. „Die Zeit des Kuschens ist vorbei!“

Stefan und Elke Wider

Der Granitstein auf dem Grab war frisch gesetzt. Er hatte die Form eines Kreuzes. Auf dem Querbalken standen die Namen der Verstorbenen: *Otto Wider, geboren 1929, gestorben 2007; Elise Wider, geborene Kaiser, geboren 1934, gestorben 2007.* Nun konnte das Grab endlich fertiggestaltet werden, die Zeit des zehnmonatigen Provisoriums war vorüber. Elke, Stefan Widers Frau, hackte und bepflanzte das Grab ihrer Schwiegereltern. Ihr Mann war weggegangen, um noch ein paar Bodendecker zu besorgen. Er musste eigentlich gleich wiederkommen.

„Das ist schon eine tragische Geschichte gewesen", hörte Elke hinter sich eine Stimme. Sie stand aus ihrer knienden Haltung auf und drehte sich um. „Ach, Luise, du bist das."

Vor Elke stand die siebzigjährige Luise Otter. Ein vom Leben gebeugtes Weiblein mit messerscharfen Gesichtszügen und einer spitz hervortretenden Nase. Ihre Augen glichen zwei Schlitzen, das weiße Haar war unter einem Kopftuch verborgen. Sie hatte eine Kittelschürze, einen zerschlissenen wollenen Rock, braune Strumpfhosen und Gummistiefel an. Hinter sich

zog sie einen alten Leiterwagen her, auf dem zwei Körbe mit aufgesammelten Äpfeln standen.
„Ja, ja, tragisch“, knarrte sie und beäugte Elke.
Gerade in diesem Moment tauchte Stefan auf dem Friedhof auf. Er trug eine kleine Kiste Pflanzen und war rasch bei ihnen. Elke atmete innerlich auf, denn sie wusste nicht, was sie mit Luise hätte reden sollen. Überhaupt wurde sie aus der alten Frau nicht schlau. Irgendetwas an Luise Otter war unangenehm.
„Grüß dich, Luise“, sagte Stefan, stellte die Kiste auf den Boden und begann, die Pflanzen auf dem Grab zu verteilen.
„Tragische Geschichte“, setzte sie zum dritten Mal an.
„Luise, was willst du hier?“ Stefan würdigte die Alte keines Blickes und unterbrach seine Tätigkeit nicht.
„Seltsamer Grabstein“, warf Luise einen weiteren Satzfetzen hin.
„Warum?“, fragte Elke und spürte in sich eine Spannung wachsen.
„Nun, diese Form“ Luise verzog ein bisschen die Mundwinkel.
„Ein Kreuz eben“, antwortete Stefan, „es war uns wichtig, dass sie ein Kreuz bekommen.“
„Hier werden nie *Kreuze* gesetzt!“ Es fiel Luise Otter sichtlich schwer, das Wort Kreuz auszusprechen, Ekel klang in ihrer Stimme. „Schaut euch um!“ Sie machte eine deutende Handbewegung und schwenkte mit ihrem Arm über die anderen Gräber des kleinen Friedhofs.
„Dann ist es nun das erste“, entgegnete Elke gereizt. „Hast du etwas dagegen, wie wir unsere Verstorbenen ehren?“
Otter sog tief die Luft durch ihre dünne Nase. „Ihr seid Teil des Dorfes, und es gibt Regeln, vergesst das nicht! – Es war ja wirklich *tragisch.*“
Stefan stand auf und wandte sich Luise zu. Er überragte sie um mehr als zwei Köpfe. „Ja, wir sind Teil des Dorfes, und wir kennen die Regeln. Und es ist tatsächlich *tragisch,* dass meine Eltern gleichzeitig vom selben Ast einer Eiche erschlagen wurden! Genau an dem Tag, als sie zum Burgstall unterwegs waren!

Du weißt, was sie euch dort sagen wollten!“ Er tippte Luise mit dem Zeigefinger gegen das Brustbein und blickte sie zornig an.
„Es war ein Unfall“, betonte diese mit angedeutetem Grinsen in ihrem faltigen Gesicht.
„Ja, so steht es im Polizeibericht. Aber ich habe sie gefunden, und ich weiß mehr von Hügelhain als die Polizei!“
„Was weißt du schon?“
„Mehr, als *dir* vielleicht lieb ist“, grollte Stefan.
Elke legte ihre Hand auf seine Schulter, um ihn zu beruhigen. Sie spürte sein innerliches Beben. „Wie dem auch sei“, schaltete sie sich ein, „Stefans Eltern suchten Frieden, deshalb haben wir den Stein in der Form des Kreuzes gewählt, weil es für uns ein Zeichen des Friedens ist.“
„Den haben sie ja jetzt“, giftete Otter süßlich.
„Geh mir aus den Augen, du alte Hexe!“, explodierte Stefan. Die ganze Trauer und Wut brachen aus ihm hervor. Er gab Luise einen Stoß. Sie purzelte rückwärts über ihren Leiterwagen und landete mit einem Stöhnen auf dem Friedhofsweg.
„Stefan!“, rief Elke und eilte der alten Frau zu Hilfe. Doch Luise Otter schlug ihre Hand weg, spuckte auf den Boden und rappelte sich selbst wieder auf. Ihre Gesichtszüge verzerrten sich zu einer greifvogelartigen Fratze.
„Dir fehlt es an Respekt und Gehorsam!“, zischte sie drohend und voller Bosheit. Wüst in sich hineinmurmelnd griff sie nach der Deichsel des Leiterwagens und machte sich davon.
Nachdem das Klappern der eisenbereiften Holzräder nicht mehr zu hören war, wandte sich Elke an Stefan: „Das hättest du nicht tun sollen.“
„Was?“, knurrte dieser.
„Ihr Gewalt antun.“
„Hat sie uns nicht auch Gewalt angetan? Und die anderen?“, schrie er Elke an.
„Wir haben keine Beweise.“
„Beweise, Beweise! Bin ich Sherlock Holmes? Du ahnst ebenso gut wie ich, dass dieser *tragische Unfall* viel mehr als ein Unfall gewesen ist. Es war ein Ausradieren!“ Der Schmerz über den

Verlust seiner Eltern saß tief. Tränen schossen in Stefans Augen.
„Ja, ich habe denselben Verdacht", bestätigte Elke ruhig. „Aber ich habe auch Angst. Denk an unsere Jungs!"
„Wenn ihnen auch nur ein Härchen gekrümmt wird, dann wird hier oben Achterbahn sein, das kannst du mir glauben!"
„Ich will nicht, dass sie ohne Vater aufwachsen müssen", konkretisierte Elke ihre Aussage.
Schwer lagen diese Worte in der Luft. Stefan schluckte und wischte sich mit einem Taschentuch das Gesicht ab. Ja, sie hatten Verantwortung für Marc und Jens.
„Vielleicht wäre es das Beste, wenn wir von hier weggingen", überlegte er laut und schnäuzte in sein Taschentuch.
„Aber hier oben ist unser Land. Schon seit Generationen gehört es der Familie. Es ist zu einem guten Teil unsere Existenz", gab Elke zu bedenken.
„Was hilft es, wenn wir am Ende alle tot oder verrückt geworden sind? Denk doch an die Eltern, wie sehr ihnen der Druck zu schaffen gemacht und wie die Niedergeschlagenheit sie ständig begleitet hatte."
„Aber sie hatten nie Not leiden müssen."
„Kein Wohlstand der Welt wiegt die grauenvolle Atmosphäre im Dorf auf", entgegnete Stefan bitter. „Ich sehne mich nach Ruhe und habe genug von dem Gefühl, ständig unter Beobachtung zu stehen. Es widert mich an, wenn ich daran denke, wie sehr ich mitmachen müsste, damit ihr Augenmerk nicht mehr so sehr auf uns läge. Wahrscheinlich sind wir schon unten durch. Es ist wohl nur noch eine Frage der Zeit, bis der Nächste von uns aus dem Weg geräumt wird."
„Sprich nicht solche Dinge aus!"
„Mach nicht den gleichen Fehler wie wir. Der Preis ist zu hoch, hat Vater gesagt, kurz bevor sie sich zum Burgstall aufgemacht haben. Das waren seine letzten Worte." Stefan hielt einen Moment inne. Dann holte er tief Luft und setzte fort: „Der Platz meiner Eltern ist frei geworden, nun sollen wir nachrücken. So verlangen es die Regeln. Du weißt ebenso gut wie ich, dass die

Herren bereits ungeduldig werden. Sie wollen mit uns endlich das Ritual durchführen. Stattdessen setzen wir ein Kreuz aufs Grab der Eltern und legen uns mit der Otter an! Es würde mich nicht wundern, wenn Schwarzer und der Rest der dunklen Rotte das jetzt schon brühwarm von ihr erzählt bekommen haben! Wir sind zu verdächtig für sie. Wenn wir nicht bald einlenken, dann werden wir ihren Zorn zu spüren bekommen!"

„Und nun?", fragte Elke.

„Mitspielen oder das Dorf verlassen. Dazwischen gibt es wenig", brummte Stefan.

„Vielleicht können wir ja ein bisschen mitmachen, so lange, bis wir unseren Abschied von hier vorbereitet haben. Das braucht seine Zeit."

„Ich kann mir nicht vorstellen, dass es ein *bisschen* gibt. Wenn einmal das Ritual vollzogen ist, dann sind wir auf Gedeih und Verderb mit dem Kult verbunden! Ich weiß nicht, ob wir dann jemals wieder heil herauskommen. Entweder wir gehen sofort oder wir müssen uns darauf einlassen."

„Wir haben keinen Ort, wo wir hin könnten. Es reicht ja nicht, nach Spiegelbach oder Backnang oder Stuttgart zu ziehen. Wenn, dann müssen wir ganz fort. Das ist im Moment nicht möglich. Also bleibt uns nur, das Spiel vorläufig mitzuspielen und in Hügelhain zu bleiben."

„Ich fürchte, dass wir die *Herren* nicht täuschen können. Aber wir müssen Zeit gewinnen und unauffälliger werden. Nun gut, lassen wir uns auf das Ritual ein und hoffen um Marc und Jens willen, dass es einen Ausweg gibt." Stefan schaute auf das Grab seiner Eltern. Das Granitkreuz glimmerte im Tageslicht. Irgendwie war es ein Hoffnungszeichen einer unerfüllten Sehnsucht. Gleichzeitig wirkte es fremd und deplatziert. Wirklich seltsam, dass sie gerade diese Form gewählt hatten. Aber es war ja nur ein Symbol für den Frieden, und für was auch immer noch. Doch davon hatten Stefan und Elke kaum Ahnung. Eins wussten sie allerdings sehr genau: Mit dem, was in Hügelhain den Ton angab, vertrug sich jenes Symbol überhaupt nicht. Möglicherweise hatten sie eine unverzeihliche Respektlosigkeit begangen.

Max Schröcker und Franz Trüb

Es dauerte einen Moment, bis Max Schröcker sein Mobiltelefon im Lärm der Fabrikhalle hörte. Als er es schließlich wahrgenommen hatte, fingerte er hastig in seiner Brusttasche nach dem Gerät und versuchte gleichzeitig, einen der Ohrstöpsel herauszupopeln.
„Ja?", brüllte er, als er alles erledigt hatte, mit seiner näselnden Stimme in das Handy. „Hä?", schrie er weiter, „Ich verstehe so schlecht! Moment, ich geh nach draußen!" Schröckers Sprache war kehlig und schnarrend. Das kam von der Hasenscharte, die trotz verschiedener Operationen nur bedingt hatte beseitigt werden können. Er verließ seinen Arbeitsplatz an der Presse und eilte keuchend aus der Stanzerei des Metallbetriebs. Draußen, vor der Halle, versuchte er es erneut: „Ja?"
„Trüb", kam es trocken von der anderen Seite.
„Ach, Franz, du bist es!", Schröckers Stimme war immer noch zu laut. „Was gibt's?"
„Der Hochpriester braucht was Besonderes", knurrte Trüb angesäuert in den Hörer. „Dem reicht mein Viehzeug nicht mehr."

„Was Besonderes?“, näselte Max.
„Geh halt in eine Tierhandlung und schau, was du kriegen kannst. Sollte halt kein Federzeug und größer als ein Hamster sein. Elendes Pack dort oben. Der soll nur aufpassen, dass er mir nicht mal nachts krumm begegnet! Meint wohl, er sei was Besseres! Mir jagt der keine Angst ein!“
„Red nicht so schlecht über ihn, du weißt, er hat überall Augen und Ohren“, versuchte Schröcker den wütenden Trüb zu besänftigen, doch der war erst in Fahrt gekommen und grollte pausenlos in den Hörer.
„Die Pest soll ihn holen und der Schlag treffen! Dann gibt's wieder Luft! War schon viel zu lange dran! Hat genug abgesahnt!“, giftete er voller Neid und Hass.
„Franz, halt ein!“, rief Schröcker erschrocken. „Du bringst dich noch in Teufels Küche!“
„Da ist's wenigstens warm!“, schnaubte Trüb verächtlich, als ob er keinen Deut auf Schröckers Furcht gab. „Schwarzer und Konsorten kotzen mich an! Führen sich auf, als wären sie die Götter persönlich!“
„Immerhin sind sie die *Herren“,* Ehrfurcht und Hochachtung klang in Max Schröckers Stimme, „wir haben bisher mächtig von ihnen profitiert!“
„Und hast du schon 'ne Frau bekommen?“, stichelte Trüb und wusste, dass er Max' wunden Punkt getroffen hatte.
„Zu gegebener Zeit werde ich belohnt!“, klang dieser gekränkt.
„Träum weiter! Du wirst bis an dein Lebensende in den Puff gehen!“
„Halt's Maul! Ich lass mich nicht dumm anmachen! Nachher bring ich dir das Tier vorbei.“ Max trennte ohne Gruß die Verbindung. Er kochte innerlich. Das Letzte, was er brauchen konnte, waren blöde Sprüche über sein Sexualleben und zynische Bemerkungen über sein Aussehen. Sein Gesicht war eh ein Fluch. Und er hasste den Tag, als er mit dieser Missbildung auf die Welt gekommen war. Schröcker verachtete seine Eltern, die ihm das eingebrockt hatten, und verdammte jeden Moment seines Lebens, an dem er von anderen vorgeführt, lächerlich

gemacht, bestarrt, geschnitten oder sonst wie gedemütigt worden war. Er vergaß nichts und gierte nach Rache. Früher oder später würden es alle von ihm heimgezahlt bekommen. Irgendwann würde er ganz oben stehen! Ausgerüstet mit aller Macht, die der Fürst seinen Treuesten zu geben vermochte, dann käme der Tag der großen Abrechnung!
„Und wenn ihr euch unter die Berge verkriecht, kein Ort der Welt wird euch vor mir verbergen können!"[9], zischte er zwischen den Zähnen hervor, als er zurück an seine Presse ging. Max war gefügig und sehr gehorsam. Er tat alles, damit die *Herren* sich seiner Verlässlichkeit sicher waren. Jede Aufgabe führte er treu, ohne Widerspruch und Skrupel aus. Er war sogar bereit, über Leichen zu gehen, um in den inneren Zirkel vorzustoßen oder sich dort zu empfehlen. Wann würde er endlich zu den *Herren* gehören? Er lechzte nach diesem Tag. Dann konnte er sich so viele Frauen nehmen und besitzen, wie er wollte, ohne dafür zu bezahlen! Die erste, die er sich pflücken würde, wäre Sonja. Auf sie war er schon lange scharf. Sie musste sein Eigen werden!
Mit einem erotischen Kribbeln im Bauch wandte er sich wieder der Arbeit zu und malte sich dabei aus, wie es wohl sein würde, wenn er endlich einer der *Herren* geworden wäre.
Nach dem Ende der Frühschicht verließ er so schnell es ging das Fabrikgelände und machte sich auf in die Zoohandlung, die Teil eines großen Einkaufszentrums in der Stadt Backnang war.
Beim Betreten umfing ihn ein Zwitschern und Zirpen, unterbrochen von den metallischen Geräuschen, die entstanden, wenn Tierfüße an Käfiggittern kratzten oder darüber kletterten.
„Kann ich Ihnen helfen?", wurde er von einem freundlichen Verkäufer angesprochen.
„Ich suche ein Tier", antwortete er monoton näselnd.
„Nun, ich glaube, da sind Sie bei uns richtig!", lächelte der Verkäufer. „Was soll's denn sein?"
„Etwas Besonderes. Aber kein Federzeug und größer als ein Hamster!"

„Und der Preis?“, erkundigte sich der Mann im Laden.
„Spielt keine sonderliche Rolle.“
„Wie wäre es denn mit einer schönen Katze?“, machte der Mann im Laden einen Versuch.
„Katzen gibt's doch genug, das ist nichts Besonderes!“, empörte sich Max.
„Nein, nein, keine Katze, die man in jeder Scheune findet – eine *Rassekatze!*“
„Ja, gibt's da etwa Unterschiede?“, Schröcker war nicht der Hellste.
„Natürlich, lieber Herr!“, rief der Zoohändler und zog ein Album mit Katzenfotos heraus. „Es gibt unheimlich viele Rassekatzen!“, erklärte er Max.
„Hm“, nuschelte Schröcker und schaute sich die Tiere in dem Album an. Er blieb bei einem kleinen Kätzchen mit nugatbraunem Fell, dunkelbraunem, fast schwarzem Gesicht und Pfoten sowie tiefblauen Augen hängen.
„Die gefällt mir!“, er deutete auf ein Bild.
„Hm, eine Siamkatze, sehr guter Geschmack! Ausgesprochen edles Tier! Unheimlich elegant! Eine gute Wahl!“, schmeichelte der Verkäufer. „Zugegeben, nicht ganz billig.“
„Egal. Kann ich so eine haben? Sofort?“
Der Zoohändler nickte freudig und nahm eine Transportbox aus dem Regal. „Aus Gründen des Tierschutzes dürfen wir Katzen und andere größere Tiere nicht in Käfigen anbieten. Aber ich erkläre Ihnen den Weg zu unserer Zuchtstation, dort erwartet Sie ein Mitarbeiter. Er wird ihnen Ihr Kätzchen geben. Die Transportbox gibt's gratis dazu, damit Ihr Schmuckstück sich nicht verletzt und sich langsam an Sie gewöhnen kann.“
„Danke.“ Schröcker bezahlte den üppigen Kaufpreis und verließ mit einem Kaufbeleg und einer Wegbeschreibung das Zoogeschäft, um sein Tier abzuholen. Es war später Nachmittag, als er sich auf die halbstündige Fahrt nach Hügelhain machte. Dort wurde er schon von einem mürrischen Franz Trüb auf dessen abseitigen Anwesen erwartet: „Und, was haste aufgegabelt?“

„Ein Siamkätzchen!"
„Na, zeig mal her!" Trüb griff nach der Transportbox, öffnete das Gitter und zerrte das Kleine lieblos an einem Bein heraus. Dass er dem Kätzchen dabei Schmerzen zufügte, interessierte ihn nicht. „So, so, eine edle Siamkatze", höhnte er und warf das Tier zwischen seinen schmutzigen Händen hin und her.
„He, die brauchen wir noch! Hat ein Schweinegeld gekostet!", fiel ihm Schröcker in den Arm. Unglücklich plumpste die kleine Siam auf den Boden und blieb etwas benebelt sitzen.
„Du weißt ebenso gut wie ich, dass der Fürst nur unversehrte Opfer mag! Also reiß dich zusammen! Dein eigenes Viehzeug wird schon nicht zu kurz kommen!" Wütend hob Max das Kätzchen auf und setzte es zurück in die Transportbox.
„Aber sie sind nicht das Hauptopfer!", knirschte Trüb, der es als persönliche Abwertung empfand, dass seine Tiere nicht mehr gut genug sein sollten.
„Das ist doch nur eine Ausnahme."
„Zu Lebzeiten des Fürsten haben es auch Rinder, Schweine, Hühner, Hunde oder sonstige heimische Tiere getan. Da gab's keine Siamkatzen! Und die Götter waren zufrieden! Neumodischer Kram! Wenn man mal was Besonderes gebraucht hat, dann gab's halt ein Menschenopfer, aber kein exotisches Viehzeug!"
„Meinst du, die Siamkatze soll Ersatz für ein Hochopfer sein?", flüsterte Max leise und fühlte, wie ihm ein Schauer über den Rücken lief.
„Was weiß ich", grumelte Trüb und ärgerte sich, dass er das Thema angeschnitten hatte.
„Warst du schon mal dabei?", hakte Schröcker neugierig nach.
„Das war bisher nur den *Herren* vorbehalten", antwortete Franz Trüb und konnte seinen Neid darüber nicht verbergen. „Ich bin doch nur fürs Kleinzeug recht! Doch selbst das ist wohl nicht mehr gut genug!" Er trat wütend gegen die Transportbox, so dass sie mehrere Meter über den Hof purzelte.
„Spinnst du?", schrie Schröcker aus vollem Hals und stieß Trüb grob zur Seite. Er rannte zu dem Kätzchen hinüber und über-

prüfte, ob es Schaden genommen hatte. Zwei erschreckte blaue Äuglein starrten ihn aus dem Innern der Box heraus an.
„Hat dir der Frust das Hirn verbogen?“, schrie er Trüb an und packte das Kätzchen zurück in sein Auto.
„Was soll das?“, knurrte dieser.
„Was das soll? Ist doch wohl klar, dass wir kein besonderes Opfer mehr haben werden, wenn ich das Tier bei dir lasse! Bestimmt wird es dann vor dem Ritual *zufällig* krepiert sein! Dir traue ich alles zu!“
„Kriech doch deinen beschissenen *Herren* in den Arsch!“ Franz spuckte auf den Boden. „Was interessiert's mich? Ich bin lange genug dabei, um zu wissen, dass nur dann einer zum *Herren* wird, wenn ein anderer dafür vom Fürst geholt worden ist. Schleim ruhig weiter, es wird dir nichts bringen, du Narr! Wer weiß, vielleicht bist ja sogar du das nächste *Hochopfer!“,* höhnte er abfällig weiter.
„Halt einfach dein dreckiges Maul!“ Drohend ging Max einige Schritte auf Franz zu.
„Du Schwächling machst mir keine Angst! Dich mache ich allemal fertig!“ Trüb ballte seine Fäuste und ging Schröcker ebenfalls ein paar Schritte entgegen. Obwohl er mit seinen sechzig Jahren gut fünfzehn Jahre älter war als Max, machte er einen deutlich vitaleren Eindruck. Das wusste auch Schröcker.
„Du bist doch verrückt!“, Max zog sich zurück und stieg rasch in sein Auto.
„Jämmerlicher, hasenschartiger Feigling!“, giftete Trüb hinterher und spuckte nochmals auf den Boden. „Verpiss dich!“ Er bückte sich und hob einen Stein auf.
Rasch startete Schröcker den Motor und schoss mit Vollgas aus dem Hof. Dennoch polterte Trübs geworfener Stein laut gegen den Kofferraum.
„Elendes Pack!“, grollte Franz Trüb voller Zorn und Hass. Schon vor Jahren hatte er begriffen, wohl nur durch Zufall in den inneren Kreis vorstoßen zu können. Seitdem war sein Neid größer geworden. Ja, er war Handlanger und *Opferzüchter.* Tierlieferant, sonst nichts. Doch selbst das schien nun zu Ende

zu gehen. Wurde überhaupt noch mit ihm gerechnet? Welches Augenmerk hatte der Fürst noch auf ihn? Hatte er noch einen Wert? Oder konnte auf ihn verzichtet werden? Bisher war es immer so gewesen, dass diejenigen, die keine Bedeutung mehr hatten, auch meist nicht mehr lange am Leben geblieben waren. Der Kult reinigte sich seit jeher selbst und beseitigte den Überschuss achtlos. Trüb blickte zurück auf das, was er erreicht hatte. Es war nicht viel. Die meiste Zeit seines Lebens hatte er dem Fürsten geopfert. Belohnt wurde er dafür mit einer kurzen Liebschaft zu Luise Otter. „Schreckliches Weib!“, zischte er voller Ekel und wandte sich seinen Tieren zu. Immerhin war er bei ihnen Herr über Leben und Tod. Dies war das Einzige, das ihm Befriedigung verschaffen konnte.
„Mal sehen, wer heute dran ist“, er schaute sich suchend um und griff schließlich nach einem Huhn. „So, mein Schätzchen, wir werden nun viel Spaß miteinander haben!“, sagte er mit einem gierigen Gefühl der Vorfreude. Heute musste einiges verarbeitet werden, bis der Stein in seinem Innern leichter wurde.
„Kein guter Tag für dich, Hühnchen!“, grinste er breit und fing an, das Tier genüsslich zu Tode zu quälen.

Maria

Vorsichtig öffnete Frederike die Tür und lugte in den Garten. Niemand war zu sehen. Sie streifte sich Pantoffeln über die Füße, verließ das Häuschen und schlenderte durch den eingezäunten Garten. Es sah so aus, als ob sie kurz vor Sonnenuntergang noch einen kleinen Abendspaziergang machen wollte. Das tat sie auch, allerdings mit einer ganz bestimmten Absicht: Frederike wollte überprüfen, ob sie allein war. Sie umrundete das Häuschen, schaute ein bisschen hierhin und ein bisschen dorthin und stellte schließlich zufrieden fest, dass keine Menschenseele in der Nähe war. Erleichtert atmete sie auf und ging etwas fröstelnd ins Häuschen zurück. Als die Tür hinter ihr ins Schloss gefallen war, drehte sie rasch den Schlüssel um, auch sämtliche Fensterläden verschloss sie sorgfältig. Danach fühlte sie sich wohler.

Inzwischen brannte auch das Herdfeuer richtig, das sie vor ihrem Rundgang angezündet hatte. Der Raum begann, angenehm warm zu werden.

„Also gut, ich will es wagen“, sagte sie zu sich selbst und verschwand in ihrer Schlafkammer. Sie kniete sich nieder und rüt-

telte ein wenig an zwei Bodendielen. Diese ließen sich minimal auseinanderschieben und konnten dann mit etwas Fingerspitzengefühl aus dem Dielenverbund herausgenommen werden. Darunter tat sich eine kleine Vertiefung auf, die Frederike selbst in den gestampften Lehmboden gegraben hatte. Gerade groß genug für ein altes, metallenes Lebkuchenkästchen. Vorsichtig holte sie es heraus und stelle es sacht neben sich ab. Dann rappelte sie sich ungelenk auf und nahm das Kästchen mit. Frederike ging zurück in die warme Stube und setzte sich an den Tisch. Vorsichtig, fast liebevoll, öffnete sie den Deckel des Metallkästchens. „Nürnberger Lebkuchen" stand darauf. Drinnen ruhte, zusammen mit etwas persönlichem Krimskrams, ein Buch. Frederike griff danach und legte es vor sich auf die Tischplatte.
„Uff", schnaufte sie tief durch, als ob sie etwas Unrechtes getan hätte. Nochmals vergewisserte sie sich, dass sie allein war.
„Ist da jemand?", fragte sie laut. Alles blieb still, bis auf die Geräusche des Feuers.
„Na schön." Frederike nahm das Buch zur Hand, es war ihre heimliche Bibel, schlug auf und begann, leise zu lesen. Nach einer Weile kam sie zu einer Stelle im ersten Brief des Petrus[10], bei der es ihr unmöglich war, leise weiterzulesen. Sie fühlte sich gedrängt, die Worte laut in den Raum zu stellen, und las mit kräftiger Stimme:
„Weil nun Christus im Fleisch gelitten hat, so wappnet euch auch mit demselben Sinn; denn wer im Fleisch gelitten hat, der hat aufgehört mit der Sünde, dass er hinfort die noch übrige Zeit im Fleisch nicht den Begierden der Menschen, sondern dem Willen Gottes lebe. Denn es ist genug, dass ihr die vergangene Zeit zugebracht habt nach heidnischem Willen, als ihr ein Leben führtet in Ausschweifung, Begierden, Trunkenheit, Fresserei, Sauferei und gräulichem Götzendienst", Frederike hielt inne. Ihr Mund war mit einem Mal trocken geworden. Sie schluckte und ließ nochmals ihre Augen über die Zeilen wandern. Sofort waren ihr die *Herren* eingefallen. Sie hatte gerade eine treffende Beschreibung über sie gelesen. Mit einer leichten Gänsehaut erhob sie

wieder ihre Stimme und las laut weiter: *„Das befremdet sie, dass ihr euch nicht mehr mit ihnen stürzt in dasselbe wüste, unordentliche Treiben, und sie lästern; aber sie werden Rechenschaft geben müssen dem, der bereit ist, zu richten die Lebenden und die Toten. Denn dazu ist auch den Toten das Evangelium verkündigt, dass sie zwar nach Menschenweise gerichtet werden im Fleisch, aber nach Gottes Weise das Leben haben im Geist. Es ist aber nahe gekommen das Ende aller Dinge. So seid nun besonnen und nüchtern zum Gebet. Vor allen Dingen habt untereinander beständige Liebe; denn die Liebe deckt auch der Sünden Menge."*

Frederike hatte das Gefühl, als ob ihre Stimme im Raum nachhallte wie in einem großen Dom. Dabei saß sie doch nur am Tisch ihres kleinen Häuschens, und ein Feuer prasselte im Herd.

„Meine Güte", flüsterte sie und spürte, wie sich das Zimmer füllte. Eine gewaltige Präsenz umfloss sie, zäh und geschmeidig wie Gel. Aus allen Ecken schien es hervorzudringen, und Frederike merkte, dass sie von einer wachsenden Zahl Unsichtbarer umgeben wurde.

„Himmel hilf!", entfuhr es ihr. Noch nie hatte sie das in einer solchen Stärke erlebt. Ihr wurde angst und bange, sie zitterte am ganzen Leibe.

„Noch mal! Noch mal!", fühlte sie sich innerlich geschoben. Es war, als ob ein vielstimmiger Chor sie zum erneuten Lesen der Zeilen vehement aufforderte, *„Noch mal!"*, dröhnte es in ihrem Kopf, so dass er schier zerplatzte.

„Ja, ja, ist ja schon gut, ich lese ja schon!", gab Frederike nach und hob nochmals an, die Passage aus der Bibel zu lesen.

Es herrschte eine gespannte Stille. Jedes Wort ihrer Lippen schien augenblicklich aufgesaugt zu werden. Sie hatte den Eindruck, dass unsichtbare Hände nach ihrem Mund griffen und eifrig nach jeder Silbe haschten, die sie aussprach. Keines der Worte sollte verloren gehen. Jedes einzelne war eine Kostbarkeit.

„... Denn dazu ist auch den Toten das Evangelium verkündigt, dass sie zwar nach Menschenweise gerichtet werden im Fleisch, aber nach Gottes Weise das Leben haben im Geist."

Plötzlich erfüllte eine große Unruhe den Raum. Frederike unterbrach ihr Lesen. Sie staunte über die starke Erschütterung um sich herum. Es war wie Wasserrauschen und Wind. Das ganze Häuschen bebte und zitterte. Die Gläser und Tassen klapperten; der Besen, der beim Herd stand, fiel um, und Frederike konnte deutlich das Vibrieren des Tisches unter ihren Händen spüren. „Ach du liebe Zeit!“, rief sie laut und stand erschrocken auf. „Was geschieht denn hier?“
Schattenhaft zeigten sich Silhouetten menschlicher Gestalten und verschwanden wieder. Mal hier, mal dort tauchte ein solcher Schatten auf, doch niemals für längere Zeit. Es entwickelte sich im Zimmer ein seltsames Spiel aus hell und dunkel in fahlem bläulichen Licht, manchmal waren auch leise Geräusche wie Seufzen oder Stöhnen zu hören. Jedenfalls war das Zimmer erfüllt mit einer großen Zahl Unsichtbarer, die wahrscheinlich leibhaftig niemals alle hineingepasst hätten. Irgendwie waren die Anwesenden sehr aufgewühlt und von den Worten der Heiligen Schrift tief bewegt.
„Vermutlich haben sie sich darin wiedergefunden“, überlegte Frederike und war gefangen von dem ungewöhnlichen Schauspiel, welches sie an Nordlichter erinnerte. Sonderbarerweise hatte sich ihre Angst nach dem ersten Schreck sofort gelegt. Sie fühlte eine ausgesprochene Gewissheit, dass heute unter den Unsichtbaren keine boshaften dabei waren. Das machte sie kurz stutzig. Normalerweise drängten sich immer einige dazwischen. Doch im Moment spürte sie vor allem verzweifelte, schuldbewusste, suchende und sehnsüchtige Seelen, die ihre Gegenwart gesucht hatten, aber keine dunklen.
„Ihr seid schon arm dran“, sagte Frederike voll Bedauern, denn sie empfand ein tiefes Lechzen nach Frieden unter den Anwesenden. Kaum hatte sie das ausgesprochen, erschien eine einzelne Gestalt. Gleichzeitig meinte Frederike, dass die anderen in den Hintergrund traten oder ganz verschwanden. Sie runzelte die Stirn und schaute gespannt auf die Silhouette, die immer deutlicher sichtbar wurde. Sie nahm die Gestalt einer Frau an, und in Frederike wuchs der Eindruck, dass sie ihr bekannt vorkam.

„Grüß dich, Frederike", hörte sie es in ihrem Kopf sagen, und es war, als ob sie den Gruß akustisch vernommen hätte.
„Guten Abend", erwiderte sie zaghaft. Ein komisches Gefühl beschlich sie. Sie stand vor einer neuen Erfahrung und war unsicher, ob das gut oder gefährlich war. Bisher hatte sie nur die Gegenwart der Unsichtbaren gespürt und deren Worte in ihren Gedanken gehört. Noch nie war sie in ein direktes Gespräch mit ihnen eingetreten. Frederike hatte sich immer davor gefürchtet, auch deswegen, weil sie nicht unter deren *Einfluss* hatte fallen wollen. Doch nun bahnte sich ein solches Gespräch an, und Frederike fühlte die Bereitschaft, sich darauf einzulassen. Bestimmt hing es damit zusammen, dass sie gerade einen besonderen Schutz wahrnahm. Irgendwie hatten draußen Wächter Stellung bezogen und achteten darauf, dass sich nichts Unangenehmes dem Häuschen nähern durfte.
„Wir kannten uns", begann die Geistin das gedankliche Gespräch.
„Hm", bestätigte Frederike und wollte nur ganz sachte und möglichst wenig antworten.
„Als ich noch lebte, hieß ich Maria."
„Ich kannte mal eine Maria."
„Dieselbe bin ich."
„Maria Schwarzer?", rief Frederike verblüfft und hatte dabei schon ihren Vorsatz vergessen.
„Ja."
„Die Mutter von Sonja und Tobias?"
„Ja", klang es traurig und voll Bedrückung.
Frederike runzelte die Stirn: „Was hast du hier verloren? Mitten unter ihnen?" Sie deutete ins Leere und meinte damit die anderen Unsichtbaren. „Gibt es keinen friedlicheren Ort für dich als diesen hier?"
Die Geistin schwieg. Ihre Gestalt flackerte und eine große Verzweiflung erfüllte sie. Sie rang nach Worten. *„Ich bin gekettet"*, stieß sie schließlich hervor.
„Gekettet?"
„Ich stehe unter seiner Macht."

„Wessen Macht?"
Die Not der Geistin wuchs. Sie war hin und her gerissen, wollte aussprechen, was sie bedrückte, doch war nicht imstande dazu.
„Der Fürst?", kam ihr Frederike zu Hilfe und war augenblicklich erstaunt, welche Wirkung dieses Wort auf die Anwesenden hatte. Schlagartig war das Häuschen wie leergefegt. Nirgendwo konnte sie noch die leichteste Präsenz eines Unsichtbaren spüren.
„Hoppla! Ich hätte nicht gedacht, dass dieser Titel derart Schrecken verbreitet. Ich muss vorsichtiger damit umgehen!"
Es gab einen Grund, dass sich die Unsichtbaren so rasch zurückgezogen hatten. Bestimmt waren dafür die Macht dieses Fürsten und ihre Angst vor ihm verantwortlich. Frederike ärgerte sich über ihren Leichtsinn. Wenn schon die Verstorbenen vor ihm in Deckung gingen, dann sollten ihn auch die Lebenden nicht unterschätzen.
„Schade, ich hätte mich gerne weiter mit ihr unterhalten", seufzte Frederike und fragte sich, warum Maria sie aufgesucht und sich sogar zu erkennen gegeben hatte. Sie setzte sich zurück an den Tisch. Das besondere Gefühl des übernatürlichen Schutzes drang weiterhin von draußen zu ihr nach drinnen durch.
„Vor dem Häuschen stehen immer noch die Wächter. Es ist noch nicht zu Ende", flüsterte sie und las im Stillen weiter.
Der Abend verstrich. Frederike kochte sich einen Tee, aß zwischendurch einen kleinen Happen und begann sich schließlich bettfertig zu machen. Gerade als sie das Buch zuklappte, um es unter den Dielen zu verstauen, nahm sie wieder die Präsenz der Geistin wahr. Sie war allein zurückgekommen, und Frederike fühlte, welche Überwindung sie das gekostet hatte.
„Du bist wieder da", sagte sie ruhig, ohne sich in ihrer Tätigkeit stören zu lassen.
Die Geistin folgte ihr in die Schlafkammer und beobachtete, wie sie das Lebkuchenkästchen im Boden versenkte und die Dielen darüber schob.

„So, bis zum nächsten Mal!", lächelte Frederike glücklich und freute sich über die schöne Zeit des Lesens und die Kraft, welche ihr die Worte der Bibel gegeben hatten.
„Du gehörst zu IHM", hörte es Frederike in ihrem Kopf sprechen.
„Zu wem?", fragte sie laut und konnte sich keinen Reim auf die Worte der Geistin machen.
„Zum HERRN", antwortete diese voller Ehrfurcht und Hochachtung.
„Wirklich?", Frederike war berührt. „Aber ich gehe doch nie zur Kirche, und wie man richtig betet, weiß ich auch nicht."
„Er sieht dein Herz an."
„Ich kenne ihn kaum."
„Du bist ein Licht in dieser Finsternis. – Deshalb suchen wir dich."
Das konnte Frederike bestätigen. Seit sie sich heimlich die Bibel besorgt hatte, waren die Unsichtbaren verstärkt in ihrer Nähe aufgetreten. – Doch dass sie zu IHM gehörte, das hätte sie von sich nie zu behaupten gewagt.
„Große Gefahr kündigt sich an!"
„Hm", Frederike ging zurück in die Stube. – Maria folgte ihr.
„Große Unruhe ist im Schattenreich. – Engel sind aufgezogen."
„Die Wächter", sagte Frederike leise und wusste, dass Maria die Wahrheit sprach. „Ich weiß nicht, was das mit mir zu tun haben sollte? Warum bist du hier? Warum lasst ihr mich nicht in Ruhe?"
„Du bist eine Brücke."
„Hm."
„Wir setzen große Hoffnung auf dich. Wir suchen Frieden."
„Ich kann euch keinen Frieden geben. Das steht nicht in meiner Macht." Frederike zuckte mit den Schultern. „Ihr seid doch in der Dimension der Engel – fragt sie!"
Marias Gestalt erzitterte und flackerte. Ein tiefes Seufzen erfüllte das Häuschen, so intensiv, dass Frederike dachte, sie hätte es in voller Lautstärke tatsächlich gehört. Danach herrschte lange Zeit Stille.

„Wir sind alle gekettet. – Manche mehr, manche weniger“, nahm die Geistin den Faden wieder auf. *„Zwischen den Engeln und uns herrscht kein Gespräch. Zu weit sind wir in der Finsternis! Zu sehr noch an das Irdische gekettet! Zu groß unsere Schuld! Zu stark seine Macht“,* ängstlich hielt sie inne und horchte ins Unsichtbare hinein. *„Sie sind überall“,* hauchte sie.
„Wer?“
„Die Fänger.“ Nur widerwillig sprach Maria das Wort aus.
„Wer sind die Fänger?“
„Sie sind die alten Herren. Auf ewig gefangen und gebunden. Abgrundtief verzweifelt und schrecklich boshaft. Gnadenlos ihm untertan.“
„Sind welche hier?“, fragte Frederike und fühlte ein mulmiges Gefühl aufsteigen.
„Manchmal. Vor allem früher. Doch in letzter Zeit stehen häufiger Engel in deiner Nähe. Das mögen sie nicht und halten sich fern.“
„Was wollen die Fänger? Bei mir gibt's nichts Besonderes zu finden.“
„Deine Begabung ist unter den Unsichtbaren bekannt. Schon lange. Doch seit jenem Tage, an dem du es dir gekauft hast“, sie nickte zur Schlafkammer, *„beäugen sie dich misstrauisch. Inzwischen halten sie dich für eine Bedrohung. Nur weil die Engel aufgezogen sind, ist dir noch nichts zugestoßen. Bei dir berührt der Himmel die Erde. Du bist eine Brücke, eine Tür! Wir haben solche Sehnsucht! Wir sind so verloren! Jeder von uns ist so einsam und jeder fürchtet sich vor tieferer Gefangenschaft und Verfallenheit. In deiner Gegenwart erfahren wir Linderung von unserer Qual. Bei dir wird's für uns ein bisschen heller. Hier sind Worte des Heils!“*
„Darum soll ich euch laut aus der Bibel lesen?“
„Ja.“
„Hast du dich mir deshalb gezeigt? Soll ich dir vorlesen?“
„Nein. Ich bin voll Sorge.“ Maria zögerte einen Moment und wirkte sehr ängstlich. *„Er wünscht wieder ein Hochopfer“,* stieß sie schließlich hervor.

„Ein Hochopfer? Was ist das?“, Frederike runzelte die Stirn und hatte eine dumpfe Ahnung, die ihr die Nackenhaare aufstellte.
„Menschenblut, Leben!“, rauschte Marias Stimme durch Frederikes Kopf.
„Ein Menschenopfer?“, rief sie laut und voller Abscheu. „Das ist ja schrecklich!“, Übelkeit stieg in Frederike auf.
„Ich sorge mich um die Kinder“, seufzte Maria tief.
„Sonja und Tobias?“
Maria schwieg in tiefer Verzweiflung und litt offensichtlich unter großem Schmerz.
„Furchtbar! Ich hätte nie gedacht, dass es so zugeht! Meine Güte, dass krumme, unheimliche Dinge in Hügelhain im Gange sind, das weiß ich schon seit dem Tag, an dem ich hier oben sesshaft geworden bin. Manches habe ich geahnt, aber das?“, Frederike war erschüttert. Sie fühlte die Last und den Ekel der Jahre, in denen Beelzer sie gegen ihren Willen in dunkle Machenschaften hineingezogen und missbraucht hatte.
„Herr, sei gnädig“, flüsterte sie angewidert und fühlte sich unendlich müde und schwer.
„Heinrich ist der Hochpriester“, setzte Maria fort und musste um jedes Wort kämpfen. Es schienen sich unsichtbare Fesseln um sie zu schlingen, die sie am Sprechen hindern wollten. Nur unter wachsenden Qualen konnte sie fortfahren, erfüllt von blankem Entsetzen: *„Von den Lebenden ... ist er ... am dichtesten ... in seiner ... Nähe. ... Er hat schon fast ... die gleiche Kraft wie die Fänger. ... Er sieht so viel ... So schrecklich! ... Habt Acht! ... Großes bahnt sich an im Schattenreich ... Es geht nicht mehr.“*
Maria war verschwunden. Nur mit Mühe war es Frederike noch gelungen, ihren Anblick zu ertragen. Die Qualen hatten Marias Gestalt am Ende grässlich entstellt.
Wie betäubt saß Frederike eine Weile auf ihrem Stuhl am Tisch. Unfähig, sich zu bewegen oder zu denken. Plötzlich drang von draußen ein schriller Schrei in ihre Ohren. Gefüllt mit schrecklichem Schmerz und totaler Verzweiflung. Ein Schrei, der seinen Weg aus der Unhörbarkeit in die Hörbarkeit

gefunden hatte. Ein Schrei maßloser Qual und unendlicher Not.
„Maria!“, stieß Frederike hervor und fühlte, wie ihr Herz für einen Moment den Dienst versagte.
Gespenstische Stille trat ein. Eine unsichtbare Glocke des Schweigens und der Leere lag über dem ehemaligen Armenhaus. Ganz langsam hob sie sich, und die natürlichen Geräusche der Nacht fanden sich nach und nach wieder ein.
„Es ist vorüber“, stöhnte Frederike matt. Sie spürte jeden Knochen und war gerädert wie nach einem Albtraum. Mühsam erhob sie sich und begann, in der Stube auf und ab zu wandern. Trotz der Erschöpfung arbeitete es fieberhaft in ihrem Kopf. Sie hatte heute Abend einen tiefen Blick in die Zustände der unsichtbaren Welt werfen dürfen. Dass es dort so grausam zuging, hätte sie niemals zu denken gewagt. Das Schattenreich war ein Ort purer Verzweiflung, unaussprechlicher Bosheit und gleichzeitig einer großen, letzten Hoffnung, bevor es in die endgültige Finsternis ging. Allerdings schien es, dass der Weg in die Finsternis bei weitem offener war als der Weg in den Frieden.
„Die Fänger“, hauchte sie leise, als ob sie vermeiden wollte, dass ihre Worte gehört wurden. „Wenn ich es richtig verstanden habe, dann sind sie die verstorbenen *Herren* der vergangenen Jahrhunderte. Zu Lebzeiten hineingezogen in den finsteren Strudel, mächtig geworden und nun im Tod unheimliche Diener des ...“, Frederike senkte ihre Stimme noch weiter, *„Fürsten.“* Sie hielt die Luft an und lauschte. Nichts regte sich.
„Pf“, hauchte sie durch ihren gespitzten Mund und setzte ihren Gang durch die Stube fort. Die Bewegung half ihr etwas, ruhig zu bleiben, und unterstützte sie beim Nachdenken.
Maria hatte von einer großen Erschütterung im Schattenreich gesprochen. Was das wohl sein mochte?
„Jedenfalls ist etwas im Gange, und ich bin mittendrin! Leider.“ Sie dachte an die Begegnungen mit den Unsichtbaren, die sich seit einigen Jahren ständig gesteigert und nun einen nicht gekannten Höhepunkt erreicht hatten. Ganz zu schweigen von

Beelzers zunehmender Nervosität und Panik sowie den Wächtern, die bei ihr Stellung bezogen hatten.
„Etwas ist am Aufbrechen. Der undurchdringliche Vorhang beginnt, sich zu heben. Ein Zeitpunkt scheint gekommen zu sein."
Wie würde es weitergehen? Dies alles war kein Spiel, es hingen Leben daran.
„Ich muss Sonja einweihen!", beschloss Frederike und nahm sich das gleich für den neuen Tag vor. Ihre innere Stimme sagte ihr, dass Blut fließen würde, doch es war unklar, wessen.
„Hoffentlich nicht die Kinder! Herr im Himmel! Hilf!", sagte sie laut. „Und beschütze uns in dieser Nacht. Bitte, ihr Wächter, lasst mich nicht allein." Sie ging in die Schlafkammer. „Ich werde wahrscheinlich kein Auge zubekommen", doch kaum hatte sie sich hingelegt, da waren ihr dieselben schon zugefallen. Zu viel hatte der Abend an Kraft gekostet. Frederike fiel erschöpft in einen unruhigen Schlaf, der geschwängert war mit den Eindrücken der vergangenen Stunden, durchsetzt mit Bildern der Vergangenheit und gefüllt mit neuen Erkenntnissen, die sich ihrem Unterbewussten zeigten. Würde sie sich nach dem Aufwachen noch daran erinnern können?

Tobias

Unruhig stand Sonja am Fenster ihres Zimmers. Sie wusste nicht, wie oft sie in den vergangenen Stunden auf die Uhr geblickt hatte. Es war im Minutentakt geschehen, und die Zeit kroch dahin. Viel konnte sie von hier oben nicht sehen. Der Blick aus der Gaube zeigte im Wesentlichen nur Dachziegel und Regenrinne. Aber ein kleiner Teil des Hofes war trotzdem einsehbar. Jedenfalls so viel davon, dass bei Dunkelheit das Scheinwerferlicht ein hereinfahrendes Fahrzeug ankündigte. Die Motorgeräusche, das Aussteigen der Ankommenden oder ihre Stimmen ließen einen Rückschluss auf die Personen zu. Sonja hatte darin eine bemerkenswerte Fertigkeit entwickelt. Bei einigen erkannte sie sogar an der Art und Weise, wie sie die Autotür zuschlugen, wer sie waren.
Die Ankömmlinge bedeuteten für Sonja so etwas wie ein Stimmungsbarometer. Je nachdem, *wer* kam, ahnte sie, ob es im Haus gespannt, gereizt, zornig, geheimnisvoll oder gleichgültig zugehen würde und auf was sie sich einzustellen hatte, wenn sie ihr Zimmer verließ. Freundlich ging es, seit die Mutter verunglückt war, im Hause Schwarzer nicht mehr zu.

Bestenfalls gleichgültig. Dies war dann für Sonja ein guter Tag.
Sie kannte das Misstrauen, das ihr entgegengebracht wurde und das sich zusehends zu unverhohlener Feindschaft entwickelt hatte. Und nun noch diese unheimlichen Andeutungen Frederikes. So aufgewühlt und besorgt hatte sie ihre alte Erzieherin noch nie erlebt. Heute Nachmittag hatte diese sie aufgesucht und zu einem Spaziergang genötigt.
„Seid vorsichtig!“, war Sonja von ihr eingeschärft worden. „Etwas Schreckliches bahnt sich an! Warne Tobias und hab auf dich selbst Acht!“ Sonja bekam eine Gänsehaut, wenn sie an Frederikes ernstes Gesicht und deren große, besorgte Augen dachte.
Nun stand sie schon seit Einbruch der Dämmerung hier oben am Fenster und wartete sehnlichst darauf, dass Tobias endlich nach Hause kam. Inzwischen war es weit nach 22 Uhr.
„Wie lange dauert das noch?“ Sonja warf wieder einen Blick auf die Uhr und zuckte zusammen, als sie ein bekanntes Motorengeräusch hörte. Rasch schaute sie nach unten. Ja, es kam jemand, und sie wusste auch schon, wer. Dieser Klang war unverwechselbar. Das typische Dieseln eines 200er Mercedes älteren Baujahrs, *ihr* Familienfahrzeug, seit sie denken konnte. Vater Heinrich kam nach Hause.
„Ob er mit ihm unterwegs gewesen ist?“ Sie spitzte die Ohren. Im Hof wurden zwei Autotüren zugeschlagen. Gelächter drang von unten herauf. Sonja sprang rasch zu ihrer Zimmertür und machte sie einen Spalt auf. Sie hörte, wie unten das Schloss knackte. Einen Augenblick später war das Gelächter im Flur und hallte zu ihr herauf. Es waren die Stimmen von Tobias und Heinrich. Beide in ausgelassener Stimmung. Sie kicherten wie kleine Kinder und machten derbe Späße. Wahrscheinlich hatten sie etwas getrunken. Sonja runzelte die Stirn. Heinrich war gegenüber Tobias völlig verändert. All die Jahre ihrer Kindheit hatte er sich um sie beide so gut wie gar nicht gekümmert. Sie waren für ihn nicht von Interesse gewesen. Doch seit ein paar Monaten versuchte Heinrich, eine Beziehung zu Tobias aufzubauen. Seit dem Tag, an dem Sonja dieses Werben bemerkte,

fragte sie sich nach dessen Grund. Ihr Vater tat nichts einfach nur so. Er war der berechnendste Mensch, den sie kannte. Deshalb roch sie förmlich eine ungute Absicht hinter Heinrichs Schmeicheleien.

Tobias dagegen nahm die Annäherungen seines Vaters auf wie ein trockener Schwamm das Wasser. Er hatte seine ganze Kindheit unter der väterlichen Distanz gelitten und war nun sehr glücklich, dass sein Vater sich ihm mit großem Interesse zuwandte. Er war wie verblendet. Wenn Sonja ihm ihr ungutes Gefühl über Heinrichs Verhalten mitteilte, so reagierte er schroff und meinte, sie sei nur eifersüchtig.

Vater und Sohn verschwanden in der Stube und knallten die Tür hinter sich zu. Drinnen ging es laut und überschwänglich weiter. Sonja huschte leise die Treppe hinunter. Vielleicht konnte sie ja etwas aufschnappen.

„Bald, mein Sohn, ist's soweit!", dröhnte Heinrichs Stimme durch die geschlossene Tür. „Das muss gefeiert werden! Komm, trink noch einen! Du bist ja ein richtiger Mann! Da muss man schon ein bisschen standfest sein! Höhöhö!"

„Klar, her mit dem Zeug! Ich kann was vertragen!", tönte Tobias mit schriller Stimme. Auch er brach in schallendes Gelächter aus.

„Du wirst eintreten in die Zunft der *Herren!"*, grölte der Vater.

„Die Reihe muss bei Schwarzer bleiben!", rief Tobias. „Prost!"

Sonja hörte das Anstoßen ihrer Gläser und hinterher von beiden ein „Br". „Aha, Schnaps!", flüsterte sie leise und rutschte noch ein Stückchen auf der Treppe nach unten. Sie kannte jeden der Tritte und wusste, wo sie belasten musste, damit es kaum knarrte. Auch so eine Fertigkeit, die sie sich im Lauf der Jahre angeeignet hatte und ihr das Überleben im Haus erleichterte. Außerdem war Heimlichkeit die einzige Möglichkeit, ein bisschen über Vaters Treiben herauszubringen.

Es war ruhig geworden in der Stube. Zu ruhig dafür, dass eben noch ausgelassene Partystimmung geherrscht hatte.

„Was ist nun schon wieder?" Sonja wurde nervös. „Das ist nicht gut." Sie lauschte angestrengt.

Leises, undeutliches Gemurmel kam durch die Türe. Es begann, rhythmisch zu werden und eine Melodie anzunehmen.
„Was zum ...“ Sonja stand auf, schlich vollends zur Stubentür und legte den Kopf dagegen. Der Vater sprach Worte in einer unbekannten Sprache. Ein Schauer lief ihr über den Rücken. Es wurde ihr ganz schwummrig, und sie fühlte, wie die Melodie und der Rhythmus etwas mit ihr anstellten und ein seltsamer Dunst ihre Gedanken zum Erlahmen bringen wollte.
„Schnell weg!“, schoss es ihr im letzten Augenblick durch den Kopf. Sie drückte sich mit Macht von der Tür weg. Ungeschickt stolperte sie ein wenig und verursachte ein paar Geräusche. „Scheiße!“, schimpfte sie gedämpft und huschte wie ein Schatten die Treppe hinauf. Sobald sie das Dunkel des ersten Stocks erreicht hatte, verharrte sie. „Ich bin nicht bemerkt worden!“, schnaufte sie erleichtert auf.
In der Stube war das Gemurmel lauter geworden und konnte nun auch hier oben deutlich wahrgenommen werden.
„Meine Güte, was ist das?“ Dann dämmerte es ihr: „Eine Beschwörung!“, sagte sie mit trockenem Mund und erstarrte innerlich.
„Vater bespricht Tobias! Dieser Satan!“ Fassungslos starrte Sonja auf die Stubentür. Heinrich stellte etwas mit seinem Sohn an, und sie begriff plötzlich, dass deren gutes Verhältnis in der letzten Zeit nicht aufgrund gegenseitiger Sympathie gewachsen war. Magie war im Spiel! Unheimliche Magie! „Wo gibt's denn so was? Der Vater *verzaubert* sein Kind?“ Sie konnte es nicht glauben. „Du Scheusal!“ Voller Ekel verzog Sonja das Gesicht und spitzte weiter die Ohren, um ja nichts zu verpassen. Ein Vorhang lüftete gerade und offenbarte ein Stückchen mehr von Heinrichs grauenvollem Wesen: „Was ist das bloß für ein Mensch?“ Es war für sie nur mit Mühe zu ertragen, dass dieses Monster ihr leiblicher Vater war.
Die Beschwörung kam zum Ende. Heinrichs Stimme wurde leiser. Schließlich konnte Sonja gar nichts mehr hören. Für eine schier endlose Zeit war es völlig still im Haus, was Sonja

beinahe verrückt machte. Dann knarrten in der Stube die Bodendielen, und einen Moment später trat der Vater aus der Tür. Sein Gesicht hatte eine eigenartige Farbe, irgendwie fahl, seltsam verkrampft. Er sah fremd aus. Ganz und gar nicht der gewohnte Heinrich Schwarzer. Anders.
Zielstrebig ging er den Flur hinunter, an dessen Ende sein Schlafzimmer lag, und verschwand darin. Tobias blieb allein in der Stube zurück. Wieder verstrichen die Minuten quälend langsam. Unruhig rutschte Sonja auf der Treppe hin und her.
„Wo bleibt er denn?" Sonja verspürte ein tiefes Verlangen, in der Stube nachzusehen. Aber wenn Heinrich nun plötzlich zurückkam? Er würde sofort Verdacht schöpfen und dann gnade ihr Gott.
„Komm schon!", flehte sie halblaut und trommelte vor Ungeduld mit ihren flachen Händen auf die Oberschenkel.
Es dauerte noch eine ganze Weile, bis ein Lebenszeichen aus der Stube kam. Gleich darauf erschien Tobias. Augenscheinlich völlig ruhig, entspannt und gelassen kam er die Stufen herauf. Sonja hielt den Atem an und erwartete ihre Begegnung am oberen Ende der Treppe. Tobias schien sie jedoch gar nicht zu bemerken. Er ging an ihr vorüber, als ob sie Luft wäre, und verschwand wortlos in seinem Zimmer.
„Hat man so etwas schon mal gesehen?" Mit offenem Mund starrte Sonja Tobias' geschlossene Zimmertür an und konnte es nicht fassen.
„Der ist ja völlig weggetreten!" Rasch stand sie aus ihrer gebückten Haltung auf. Sie ging zur Tür und klopfte an. Auch diesmal dauerte es für Sonja viel zu lange, bis endlich ein etwas langgezogenes „Ja?" von drinnen zu ihr herausdrang. Sofort drückte sie die Klinke, trat ein und zog augenblicklich die Tür hinter sich zu.
„Alles klar, Tobias?", fragte sie und tat einen Schritt auf ihren Bruder zu.
„Hm?" Tobias schaute zwar in ihre Richtung, doch durch sie hindurch. Seine Augen waren glasig, die Lider bewegten sich kaum, und sein Geist schien viele Kilometer entfernt zu sein.

„Tobias!“ Sonja packte seine Schultern und schüttelte ihn kräftig durch. „Tobias, hörst du mich? Ich bin's, Sonja, deine Schwester!“
„Sonja?“, fragte er abwesend, doch nur einen Wimpernschlag später spannte sich sein Körper. Sein Blick verfinsterte sich, und mit einer groben Armbewegung schlug er Sonjas Hände von seinen Schultern.
„Au!“, rief sie erschrocken. „Sag mal, spinnst du?“
„Halt's Maul und verschwinde!“, zischte Tobias voller Zorn. „Was hab ich mit dir zu tun?“
„He, ich bin immerhin deine Schwester, und eigentlich mögen wir uns!“, protestierte sie.
„Ich habe keine Schwester!“, giftete er.
„Ach ja? Schön, dass ich das auch mal erfahre, denn ich habe immer noch einen Bruder! Aber der ist ja inzwischen ein bisschen balabala geworden!“, schrie Sonja ihm ins Gesicht und verpasste ihm eine schallende Ohrfeige.
„Hast du noch alle Tassen im Schrank? Wer hat dir erlaubt, mir eine zu kleben?“ Tobias stürzte sich auf sie und begann, auf sie einzuschlagen.
„Na warte!“, knurrte Sonja und gab's ihm zurück.
Eine wilde Balgerei entstand.
„Wach endlich auf!“, schrie sie dabei immer wieder aus Leibeskräften und konnte schließlich eine Veränderung bei Tobias feststellen. Seine Schläge wurden weniger heftig und erlahmten kurz darauf. Tränen begannen sich in seinen Augen zu sammeln und wuschen die glasige Abwesenheit seines Geistes davon.
„Sonja?“, fragte er leise und begriff nun, dass er auf ihr lag und sich mit ihr geprügelt hatte. Verstört sprang er auf und half seiner Schwester auf die Beine.
Sonja war einigermaßen gut aus dem Kampf herausgekommen. Ein paar blaue Flecken und einige Schrammen im Gesicht, doch das scherte sie jetzt nicht. Sie musste den Augenblick nutzen.
„Tobias“, sagte sie ernst, „wir müssen von hier weg! Es bahnt sich Furchtbares an! Ich habe schreckliche Angst um uns!

„Weggehen? Warum denn? Wir sind hier zu Hause! Der Vater braucht uns! Wie soll er den Hof denn ohne unsere Hilfe betreiben? Seit Mutter verunglückt ist, ist er doch allein!“ Er schüttelte voller Unverständnis den Kopf.
„Wenn es nur ein Unfall gewesen wäre. Mir kommen jeden Tag mehr Zweifel daran.“
„Was soll das heißen?“
„Weiß nicht. Ist nur so eine Ahnung. Dieses Kaff ist die Hölle! Lass uns weggehen, solange es noch geht!“
„Ich kann den Vater nicht allein lassen!“
„Aber er ist doch“, Sonja hielt inne und biss sich auf die Lippen.
„Er ist was?“, fragte Tobias und begann, am ganzen Leib zu zittern.
„Er ist ein Alteingesessener“, antwortete Sonja zaghafter.
„Ein Alteingesessener?“, runzelte er die Stirn.
„Ja, jemand, der Macht im Dorf hat“, in Sonjas Innerem schrillten plötzlich alle Alarmglocken! „Sei vorsichtig!“, schoss es ihr durch den Kopf. „Du weißt nicht, was du ihm noch anvertrauen kannst! Du weißt nicht, wie weit die Magie ihn schon besetzt hält!“
„Erzähl weiter!“, forderte Tobias sie voller Interesse zum Fortfahren auf.
„Das tut gerade nichts zur Sache. Kommst du mit?“ Sie schaute ihrem Bruder tief in die Augen und fühlte, wie er schwankend wurde.
„Aber der Vater“, sagte er schwach.
„Vergiss ihn. Es geht um uns!“
„Meinst du?“
„Ja.“
„Heute noch?“
„Augenblickl ...“
„Was geht hier vor?“ Überraschend war Heinrich Schwarzer ins Zimmer gestürmt. Den Geschwistern fuhr es durch Mark und Bein. „Was geht hier vor?“, brüllte er voll unbändiger Wut, drängte sich zwischen die beiden und stieß Sonja von Tobias

weg. Sie fiel zu Boden. Es war, als ob ein Wolf seine Beute bedroht sah und sich entschlossen hatte, diese mit Klauen und Zähnen zu verteidigen.
„Du Miststück, was hast du hier zu suchen?" Er fing an, auf Sonja einzuschlagen, in einer Art, wie sie es zuvor noch nie erlebt hatte. Schützend hielt sie ihre Hände vors Gesicht und strampelte aus Leibeskräften mit ihren Beinen. So versetzte sie dem tobenden Vater immer wieder einen Tritt, doch dieser war in einem Rausch der Gewalt, nichts konnte ihn bremsen. Pausenlos schlug er mit Fäusten und abgrundtiefem Hass auf seine Tochter ein. Sonjas Kräfte erschöpften sich. Todesangst stieg in ihr auf, sie fürchtete, dass ihr letztes Stündlein geschlagen hatte. Es ging um ihr Leben.
Starr vor Schreck hatte Tobias bisher die ganze Szenerie beobachtet. Allerdings unterstützte der Tumult dieser wilden Balgerei das weitere Erwachen seines Geistes. Alte, von Magie verdrängte Gefühle der Liebe stiegen in seinem Herzen wieder auf, und der Schleier der Verblendung hob sich höher. Der Einfluss der Beschwörungen begann, sich mehr und mehr zu verflüchtigen.
„Sonja!", brüllte er unvermittelt und stürzte sich augenblicklich ins Kampfgetümmel. Mit einem kräftigen Ruck schleuderte er Heinrich von Sonja herunter, drängte sich über ihn, ging ihm an die Kehle und drückte sofort mit mörderischer Energie zu. Heinrichs Augen quollen aus den Höhlen, mit letzter Kraft sprach er gurgelnd: „Mein guter Sohn, du wirst doch deinem lieben Vater nichts antun?"
Im selben Moment sackte Tobias zusammen und ließ von seinem Vater ab. Schwankend ging er zu Sonja, die immer noch keuchend am Boden kauerte, und half ihr auf die Beine. Danach lehnte er sich matt gegen die Wand. In seinem Innern tobte ein Kampf, er war hin und her gerissen. Tränen der Liebe schossen ihm in die Augen. Nur einen Wimpernschlag später erstarrte sein Gesicht zu Wachs und zeigte keine emotionalen Regungen mehr. Zusehends verließen ihn die Kräfte der Klarheit. Seine innere Wachheit erschlaffte, und damit versank sein

Geist mehr und mehr im Nebel. Der Schleier begann, ihn wieder einzuhüllen.
Sonja bemerkte dies: „Schnell, Tobias, komm mit! Wer weiß, wann sich noch mal eine Gelegenheit ergibt!“ Sie nahm seine Hand und zog ihn zur Tür.
„Aber mein lieber Sohn, du kannst mich doch nicht hier alleine lassen“, schnappte Heinrich nach Luft und versuchte, seiner Stimme einen weichen Klang zu geben. „Du bist mein eigen Fleisch und Blut! Ich liebe dich! – Bleib bitte bei mir!“ Flehend hielt er seine Hand hoch, während er sich mit der anderen den Hals rieb.
Tobias verharrte und wandte sich zu ihm um.
„Los jetzt!“, drängte Sonja und warf ihrem Vater einen angewiderten Blick zu. Der hörte mit dem süßen Werben nicht auf, und Sonja spürte förmlich, wie er seine magischen Fäden dichter um ihren Bruder wob.
„Jetzt geh schon!“, schimpfte sie und versuchte, Tobias zur Tür hinauszuschieben. Aber die Schlaffheit verschwand aus ihm. Seine Muskeln spannten sich, und er ließ Sonjas Drängen nicht mehr zu.
„Gut so, sehr gut“, lächelte Heinrich und bekam Oberwasser: „Wir mögen dich nicht! Komm, mein guter Sohn, komm zu Papi!“
Tobias riss sich von Sonja los und ließ sie im Türrahmen stehen. Er lief mit ausgebreiteten Armen zu seinem Vater.
Sonja zerriss es das Herz. Der Schleier war geschlossen! Sie hatte verloren! Weinend rannte sie aus dem Zimmer. Verfolgt von dem Bild der Umarmung Heinrichs mit Tobias. Erschüttert stürmte sie einen Stock höher in ihr Zimmer und schüttelte sich vor Tränen. Eine tiefe Leere erfüllte sie. Lähmung und Gleichgültigkeit wollten sie gefangen nehmen. Sie hatte das Ringen um ihren Bruder verloren. Der Einfluss Heinrichs war zu stark geworden. Er hatte es geschafft, einen Keil der Entfremdung zwischen sie zu treiben.
Und nun? Schluchzend trocknete Sonja ihr Gesicht und rieb sich die Augen. Für mehrere Minuten saß sie völlig erschöpft

auf der Bettkante und war nicht in der Lage, die Ereignisse der letzten Stunde zu verstehen. Immerhin verschaffte das regungslose Sitzen ihren Gedanken ein bisschen Ruhe und brachte sie in den Stand, klarer denken zu können. Nun nahm sie auch deutlicher wahr, dass die Lähmung und die Gleichgültigkeit, die sie erfüllen wollten, nicht ihren Ursprung in der Erschöpfung hatten, sondern Angriffe magischer Art waren.
„Ohne mich!", sagte sie mit fester Stimme ins Unsichtbare. Sonja raffte rasch ein paar Dinge zusammen und huschte aus dem Zimmer. In dieser Nacht würde sie nicht im Hause bleiben! Nach dem, was eben alles geschehen war, fühlte sie sich hier ihres Lebens nicht mehr sicher. Sie kam an Tobias Zimmer vorbei. Die Tür war geschlossen, aber von drinnen hörte sie rhythmisches Gemurmel. Es waren zwei Stimmen, die nun beteten. Tobias hatte in den beschwörenden Gesang seines Vaters gefunden.
„Furchtbar!", flüsterte Sonja und spürte ein Grauen in sich aufsteigen. Einer Gejagten gleich stob sie aus dem Haus und verließ schattenhaft den Hof. Sie eilte die spärlich beleuchtete Dorfstraße hinunter und kam vor dem gusseisernen Tor des Friedhofs abrupt zum Stehen. Plötzlich zog sie dort etwas mit großer Kraft hinein. Zaghaft öffnete sie das Tor und betrat mit einer Gänsehaut den völlig dunklen Ort der Verstorbenen.

Micha und Sonja

Mit einem Rauschen rutschte das Gestein von der Ladefläche des Lastwagens.

„So, so, das ist also Mineralbeton. Ich hätte Schotter dazu gesagt." Paul Friedreich schaute sich den Haufen an, der nun mit feuchtem Glanz mitten im alten Pfarrgarten neben Pfarrhausruine und Friedhofsmauer lag.

„Wir brauchen Material, das sich verdichten lässt und fest wird. Bei Schotter ist das nicht möglich, weil sich dazwischen keine feinen, bindungsfähigen Gesteinskrümel befinden. Wir wollen ja einen soliden Standplatz für den Wohnwagen!", erklärte Micha.

„Aha", Paul schob anerkennend die Unterlippe vor und nickte. Heinz Pfleiderer stieg aus dem Laster, um die Ladefläche zu säubern und die Klappe wieder zu schließen.

„Vielen Dank, Heinz! Schicke die Rechnung bitte ins Pfarrhaus!" Paul schüttelte ihm freundlich die Hand.

„Und vielen Dank auch, dass du uns deine Rüttelplatte ausleihst!" Er deutete mit dem Daumen über die Schulter auf das Gerät zur Bodenverdichtung.

„Keine Ursache. Du denkst ja auch immer an mich, wenn es ein paar bauliche Dinge rings um die Kirchengemeinde zu tun gibt." Heinz Pfleiderer war ein kleiner Bauunternehmer aus Spiegelbach und seit vielen Jahren ein guter Bekannter von Friedreichs. „Ihr meint es nicht wirklich ernst?", fragte er mit einem leicht mitleidsvollen Blick auf Micha.
„Ja, wir wollen es versuchen!", antwortete Paul entschlossen.
„Seit ich denken kann, ist von hier oben noch nie etwas Sinnvolles gekommen!" Heinz nickte in Richtung der Häuser. „Wenn ich je etwas von Hügelhain gehört habe, dann waren das Schauergeschichten! Hier gibt's nichts Gutes! Ihr seid ganz schön mutig!" Innerlich hielt er vor allem Micha für ein bisschen verrückt, doch das verschwieg er lieber.
„Vielleicht gelingt es uns ja mal, ein paar gute Geschichten von hier oben ins Tal zu schicken", lächelte ihn Micha an.
„Da müsste schon ein Wunder geschehen", schüttelte Heinz ungläubig den Kopf.
„Genau", antwortete Micha gelassen und mit großer Selbstverständlichkeit.
„Hm", brummte Unternehmer Pfleiderer und fühlte sich in seiner Meinung über Micha bestärkt. Er zuckte mit den Schultern und machte sich auf den Weg zurück in seinen Lastwagen.
„Wir melden uns, wenn wir die Rüttelplatte nicht mehr brauchen, wahrscheinlich heute Abend schon!", rief ihm Paul hinterher.
„Ja, ja, lasst euch ruhig Zeit. Ich hab mehrere von den Dingern! Viel Glück!" Er schwang sich hoch ins Führerhaus.
„Wegen der Renovierung von Sakristei und Kirche setzen wir uns noch mal mit dir in Verbindung. Wir zählen auf deinen fachmännischen Rat", fügte Paul von unten hinzu.
„Jederzeit!", nickte Heinz. Der Lastwagen fuhr brummend an und schaukelte hinaus auf die Dorfstraße.
„Wieder einer, der das Vorhaben für verrückt hält", bemerkte Micha trocken und spuckte in die Hände. „Na, dann wollen wir mal!" Er nahm sich den mitgebrachten Schubkarren und schob ihn zusammen mit Schaufeln, Spaten und Pickeln ein

paar Meter in Richtung der Friedhofsmauer. Erfreulicherweise war das Gelände hier eben und das Erdreich weich, so konnten sie ohne große Mühe den Boden zwanzig Zentimeter tief abgraben, um ein Bett für den Mineralbeton vorzubereiten. Alles in allem war es trotzdem eine ziemliche Schufterei und nahm den ganzen Vormittag in Anspruch, bis sie endlich die Gesteinsmischung einarbeiten konnten. Paul fuhr mit dem Schubkarren hin und her, während Micha mit Rechen und Schaufel den Mineralbeton verteilte. Nach und nach füllte sich das Bett. Zwischendurch befestigte Micha immer wieder den Stellplatz mit der Rüttelplatte. Für Paul Friedreich, nicht mehr ganz der Jüngste, waren das willkommene Pausen. Schließlich hatten sie mit Einbruch der Dämmerung ihr Tagesziel erreicht: Der Stellplatz für Friedreichs Wohnwagen war fertig.
„Uff!", zufrieden fuhr Micha mit dem Unterarm über sein Gesicht. „Jetzt fehlt nur noch die Kiste!", grinste er und meinte damit den Wohnwagen.
„Ich geh ihn holen", atmete Paul erleichtert auf und freute sich, dass er den Tag heil überstanden hatte. Allerdings wollte er nicht an den Muskelkater denken, den er morgen wohl im ganzen Körper spüren würde. „Ach, übrigens, hier sind die Schlüssel für den Geräteschuppen des Friedhofs. Der Bürgermeister war begeistert über das, was wir in Hügelhain vorhaben und hat mir versprochen, dass die Gemeinde uns tatkräftig unterstützt. Jedenfalls haben wir fürs Erste Strom und Wasser über den Friedhof frei", strahlte er Micha glücklich an.
„Wunderbar!", lachte dieser und dankte für das Entgegenkommen der bürgerlichen Gemeinde, die sich wohl auch sehnlichst eine Verbesserung des Verhältnisses zum Teilort wünschte. „Dann werde ich mich mal um den Strom und das Wasser kümmern!" Gemeinsam gingen sie zu Pauls Wagen. Micha holte eine Kabeltrommel aus dem Kofferraum und Paul stieg ins Auto: „Bis später!" Er fuhr davon.
„Bis gleich!" Micha trug das Stromkabel zu der brusthoch aus Sandsteinen gesetzten Friedhofsmauer. Mit Schwung überwand er sie und schaute nach dem Geräteschuppen. Er fand

ihn nur wenige Meter von sich entfernt an die Friedhofsmauer gelehnt. „Sehr schön." Micha hielt für einen Moment inne und erinnerte sich an seinen ersten Besuch vor ein paar Wochen. Hügelhains Friedhof war wirklich klein. Das Leichenhäuschen lag schräg gegenüber dem gusseisernen Eingangstor, war an die Johanniskirche gebaut und in einem deutlich besseren Zustand als die Kirche. Frisch errichtete Gräber gab es gerade nicht.
Er ging zum Schuppen, öffnete die Holztür und entdeckte alle wichtigen Anschlüsse. Nachdem er das Stromkabel in eine der Steckdosen gedrückt hatte, rollte er es an der Friedhofsmauer entlang von der Trommel und zog es in den Pfarrgarten. Noch einmal musste er zurück zum Schuppen, um sich die Wasserversorgung vorzunehmen. Bald darauf lag auch der Schlauch anschlussbereit auf der Wiese beim Stellplatz.
„So, erledigt!", freute sich Micha müde, aber zufrieden. Er nutzte die Zeit bis Paul wieder anrückte für eine kleine Erholung. Dabei fiel ihm auf, dass sich heute überhaupt keiner aus dem Dorf hatte blicken lassen. Unbemerkt war ihr Tun bestimmt nicht geblieben.
„Na ja, was soll's!" Er war viel zu erledigt, um sich darüber Gedanken zu machen, außerdem fuhr gerade Paul mit dem Wohnwagen rückwärts in den Pfarrgarten ein.
„Ordentliches Gespann!", pfiff Micha durch die Lippen und half beim Einweisen. Das letzte Stück zum Stellplatz schoben die beiden den Wohnwagen von Hand. Schließlich stand er richtig, konnte hochgebockt, ausgerichtet und mit den Anschlüssen versehen werden. Paul, als Camper hierin sehr erfahren, erledigte das mit links, und wenig später saßen sie zusammen im Caravan bei einem Gläschen Bier, Gasheizung und elektrischem Licht.
„Ziemlich gemütlich hier!" Micha hatte den Wohnwagen bisher nur von außen gesehen und staunte über die neue Bleibe.
„Ja, als wir ihn vor einigen Jahren gekauft haben, legten wir Wert auf Komfort. Das kommt dir jetzt zugute!", grinste Paul und stand auf, um Micha in die Besonderheiten einzuführen.

Von der Küche bis zum kompletten Bad war alles vorhanden und sinnvoll angeordnet.

„Die Schmutzwassertanks musst du regelmäßig unten in der Kläranlage von Spiegelbach entleeren und säubern. Leider ein bisschen unangenehm, lässt sich aber nicht ändern. Das Vorzelt stellen wir morgen auf. Für heute ist's genug." Paul setzte sich zurück an die Essecke und trank einen kräftigen Schluck aus seinem Glas: „Das tut gut!", lachte er und wischte sich den Bierschaum von der Oberlippe.

„Super Sache! Hätte nie gedacht, dass der Anfang so glattgeht!" Zufrieden nahm Micha ebenfalls Platz.

„Gott will hier oben etwas Neues beginnen! Darum bewegt sich Manches von selbst. Apropos Bewegung: Bürgermeister Schultes hat dir in seiner Begeisterung einen Job bei der Gemeinde angeboten."

„Ach!", staunte Micha. „Welchen?"

„Du kannst zu den Waldarbeitern. Ist das nicht klasse?"

Erleichtert lehnte sich Micha zurück. Nun war auch die letzte Vorbedingung erfüllt worden: „Preist den Herrn!", sagte er glücklich, „und Dank an Susanne und dich für die Unterstützung!"

„Keine Ursache!", lachte Paul und klopfte Micha fröhlich auf die Schulter. „Es ist Gott selbst, der alles zusammenfügt! Er will die Dunkelheit beenden! Eigentlich müssten wir dir danken! Durch dich rückt einer unserer Träume in greifbare Nähe!"

„Also danken wir uns gegenseitig!", grinste Micha und erhob sein Glas: „Auf den Herrn und seine Macht Wunder, zu tun, und auf uns!"

„Auf den Herrn, und auf uns!"

„Zum Wohl!"

Sie stießen an und tranken die Gläser leer.

„So, jetzt muss ich aber nach Hause!", gab sich Paul einen Ruck. „Aber zuvor wollen wir beten!"

Micha stimmte zu und Paul begann: „Lieber Herr! Wir danken dir für deine Führung! Hab auch Dank für die Bewahrung am heutigen Tag und dafür, dass wir fertig geworden sind. Nun

wollen wir dich um deinen Schutz für Micha bitten. Bitte stelle deine Wächter rings um ihn herum auf und sprich zu ihm durch deinen Heiligen Geist! Du weißt, welch finstere Mächte in Hügelhain am Wirken sind, und du weißt, wie lebensverachtend sie sind. Wir wissen kaum etwas über sie, und wir ahnen nur, wer mit ihnen verstrickt ist. Herr, wir bitten um Zeichen und Offenbarungen! Wir wollen nur das tun, was du uns sagst! Bitte komm und hilf uns dabei!"
Es entstand eine Stille. Schließlich betete Micha laut weiter: „In deinem Namen nehme ich jetzt diesen Wohnwagen in Anspruch und sage, dass er zu einem Ort deiner Gegenwart werden soll. Hier möchte ich Schutz und Geborgenheit empfangen und deine Nähe spüren. Du hast mir den Weg nach Hügelhain gezeigt und bis hierher geebnet! Dir gebühren dafür Lob, Ehre und Preis! Ich wünsche mir, dass damit ein erstes Licht in der Finsternis entzündet worden ist! Die dunklen Mächte dürfen es nicht mehr auslöschen! Dein Licht scheint in die Finsternis![11] Wir rufen die Botschaft des Lebens über diesem Ort des Todes aus! Herr, wir sind deine Werkzeuge! So wahr du lebst und über die Mächte der Finsternis triumphiert hast! Amen!"
„Amen!", bestätigte Paul und fühlte, wie für einen Moment sämtliche Müdigkeit und Erschöpfung aus seinem Körper gewichen war. „So sei es!"
„Ja", antwortete Micha und nahm den Pfarrer fest in die Arme: „Es geht los!"
Paul nickte glücklich und zog seine Jacke an: „Jetzt aber heim! Du willst dich bestimmt noch etwas häuslich einrichten! Bis morgen, dann stellen wir das Vorzelt auf!" Er öffnete die Wohnwagentür und stieg ins Freie.
„Bis morgen!", lächelte Micha und wartete, bis Pauls Wagen den alten Pfarrgarten verlassen hatte, dann trat er selbst ins Freie und holte die wichtigsten Habseligkeiten für die Nacht aus seinem Auto. Zurück im Wohnwagen, baute er eine Sitzgruppe zu seinem Schlafzimmer um. Sie konnte durch eine Schiebetür vom verbleibenden Raum getrennt werden. Nach-

dem er dies erledigt hatte, räumte er einige Klamotten in die Schränke. Inzwischen war auch das Wasser im Tank warm geworden. Endlich konnte er duschen. Danach fühlte er sich wie neu geboren und freute sich darüber, dass Susanne Friedreich den Kühlschrank und die Speiseschränke aufgefüllt hatte. Einem gemütlichen Abendessen in aller Ruhe stand nun nichts mehr im Weg. Sogar einen kleinen Fernseher mit Satellitenempfang gab es in diesem noblen Gefährt. „Sie haben ohne Zweifel an alles gedacht! Dann gehe ich mal zum angenehmen Teil des Abends über!“ Micha machte es sich mit einem guten Abendessen in der anderen Sitzgruppe bequem, schaltete den Fernseher ein und schloss innerlich langsam mit dem Tag ab. Sein Körper fühlte sich nach der Anstrengung und der warmen Dusche bleischwer an, und es dauerte nicht lange, bis er vor dem Fernseher eingenickt war.

Irgendwann wachte er auf und stellte fest, dass er völlig im Dunkeln saß. Sämtliche elektrischen Geräte und Lichter hatten ihren Dienst aufgegeben.

„Was ist denn jetzt los?“ Micha rieb sich den Nacken, er war von der unbequemen Schlafhaltung ein bisschen steif geworden. „Ich brauche meine Taschenlampe“, murmelte er und rappelte sich auf. Anschließend tastete er sich an jene Stelle, wo seine Lampe lag.

„Hilft alles nichts. Ich muss nach draußen und versuchen rauszufinden, wo der Strom geblieben ist.“ Widerwillig zog er sich an und trat in die mondlose, dunkle Nacht hinaus.

„Ziemlich frisch!“ Ihn fröstelte es. Zuerst überprüfte er den Stromanschluss am Wohnwagen. Das Kabel war fest eingesteckt. Nun machte er sich auf und folgte diesem zur Friedhofsmauer, darüber hinweg, schließlich auf der anderen Seite bis zum Geräteschuppen. Bisher war alles in Ordnung gewesen. Micha öffnete die Schuppentüre und untersuchte dort das Kabel. Er rüttelte ein bisschen daran, einen Augenblick später hatte er den Stecker in der Hand.

„War wohl nicht richtig drin gewesen.“ Micha drückte diesmal den Stecker fest in die Steckdose, so weit, bis er eingerastet war

und kein Spiel mehr hatte. „So, nun müsste der Strom wieder fließen!“ Er wollte sich gerade auf den Rückweg machen und den Schuppen verlassen, als jemand vor die Tür trat und ihn ansprach: „Entschuldigen Sie. Wer sind Sie, und was machen Sie hier mitten in der Nacht auf unserem Friedhof?“
Micha gefror das Blut in den Adern. Für einen Moment blieb ihm die Luft weg, und er musste sich kurz an der Wand abstützen.
„Oh, ich hoffe, ich habe Sie nicht erschreckt.“
„Schon passiert“, atmete Micha tief durch und versuchte, seine zittrigen Knie unter Kontrolle zu bringen. „Man rechnet eben nicht damit, dass man nachts auf dem Friedhof plötzlich angesprochen wird.“
„Tut mir leid. Geht's wieder?“
„Braucht noch einen Moment“, Micha sammelte sich und trat aus dem Schuppen heraus. „Erst mal hallo, ich bin Micha.“
„Hallo, und ich heiße Sonja, und Sie – äh – du bist mir noch eine Antwort schuldig.“
„Ich habe den Strom überprüft, weil er ausgefallen war. Nun müsste alles wieder funktionieren.“
Sonja verstand nicht: „Wie, Strom ausgefallen?“
„Seit heute Abend wohne ich dort jenseits der Mauer.“ Micha deutete mit dem Daumen über seine Schulter.
„Im alten Pfarrgarten?“, fragte Sonja zweifelnd. „Willst du mich zum Narren halten? Dort gibt's nichts, außer der Ruine und ein paar heruntergekommenen Obstbäumen!“
„Nun, seit heute steht dort mein neues Zuhause!“, grinste Micha und fand es witzig, dass er einen Überraschungspunkt gesammelt hatte. „Aber bevor wir uns hier weiter im Dunkeln unterhalten, können wir auch rübergehen. Da ist's auf jeden Fall wärmer und hoffentlich jetzt wieder heller als hier“, lud er Sonja zu sich ein.
„Na ja, fast alles ist besser, als um Mitternacht auf unserem Friedhof zu sein. Ich nehme die Einladung dankend an, außerdem hast du mich neugierig gemacht.“
Zusammen gingen sie den Pfad zwischen Gräbern und Friedhofsmauer zurück.

„Ein Wohnwagen?", rief Sonja erstaunt, als sie den innen erleuchteten Caravan erblickte. „Ein Wohnwagen im alten Pfarrgarten?"
„Das ist eine etwas verrückte Geschichte", schmunzelte Micha, „aber wenn sie dich interessiert, dann erzähle ich sie dir gerne." Er schwang sich über die Mauer.
„Auf jeden Fall!" Auch sie überwand das Sandsteingemäuer mit einem lockeren Satz und kurz darauf standen beide im Wohnwagen.
„Mach's dir gemütlich!" Micha zeigte auf die Sitzecke. „Willst du was trinken?"
„Ein Tee wäre nicht schlecht." Verblüfft schaute sich Sonja um und nahm Platz.
„Sorte?"
„Früchte, wenn es geht."
„Kein Problem!" Micha stöberte im Küchenschränkchen und hatte bald das richtige Päckchen gefunden. Er zündete den Gasherd an und setzte Wasser auf. „Dauert kurz."
„Ein gemütlicher Wohnwagen im alten Pfarrgarten, ich staune!", nahm Sonja das Gespräch von draußen wieder auf. „Und du wohnst jetzt hier?" Sie runzelte die Stirn und zog skeptisch eine Augenbraue hoch.
„Das ist nicht meiner. Friedreichs aus Spiegelbach sind die Besitzer."
„Das Pfarrersehepaar?", rief Soja schon wieder erstaunt.
Micha nickte.
„Was hast du mit denen zu tun?"
„Nennen wir es mal so: Unsere Wege sind gekreuzt worden." Er holte zwei Tassen, Teelöffel und Zucker hervor und stellte alles auf den Tisch.
„Danke. Das hört sich geheimnisvoll an."
„Nun, wenn ich in dieser ganzen Geschichte nicht selbst drinstecken würde, dann hielte ich das alles für ziemlich unrealistisch", gab Micha kopfschüttelnd zu. Er hängte drei Teebeutel in eine Kanne und goss kochendes Wasser darüber. „Ich weiß nicht, wie ich dir das erklären soll, ohne dass du schreiend aus

dem Wohnwagen rennst und mich für einen gemeingefährlichen Spinner hältst."
„Hm", murmelte Sonja und spielte mit den Teebeuteln.
„Weißt du, es geht dabei um Dinge, die wir nicht unbedingt sehen können, es geht um geistige Mächte, vielleicht geht es sogar um Geister oder Götter, was weiß ich. Jedenfalls ist es für jemanden schwer zu begreifen, dem solches fremd ist." Micha beobachtete Sonja genau und versuchte aus ihrem Verhalten zu schließen, ob sie etwas mit seinen Worten anfangen konnte.
„Du brauchst mir nicht die Existenz von Geistern und magischer Kräfte erklären. Da wo ich herkomme, habe ich sie nicht nur einmal in Aktion gesehen, insbesondere gerade", antwortete Sonja bitter.
„Was heißt das?" Micha war von Sonjas wissendem Umgang mit dieser Thematik überrascht.
„Später. Zuerst bist du dran. Keine Sorge, ich werde dich nicht für verrückt erklären, egal, was du mir auftischst."
„Na gut, dann will ich's mal versuchen. Am besten erzähle ich dir etwas aus meinem Leben: Die letzten drei Jahre habe ich eine theologisch-pädagogische Ausbildung auf einer Bibelschule absolviert. Irgendwann in jener Zeit fand ich Interesse an der Welt der Geister und Dämonen. Auch deshalb, weil im Neuen Testament Jesus immer wieder in der Konfrontation mit diesen Wesen und Mächten gestanden ist. Ich glaube fest daran, dass er der Herr über alles ist. Also auch Herr über die Toten und die Kreaturen der Finsternis. So habe ich Bücher in unserer Schulbibliothek gewälzt, und eines Tages bin ich dabei über einen alten Bericht aus dem ersten Drittel des 19. Jahrhunderts gestolpert. Darin beschrieb ein gewisser Pfarrer Bäumling seine Erlebnisse in Hügelhain."
„Der Pfaffe, den sie mit Mistgabeln und Dreschflegeln aus dem Dorf gejagt haben, um es mal mit Worten meines Vaters zu sagen", ergänzte Sonja.
„Du kennst die Geschichte?"
„Sie wird hier oben immer wieder als besondere Glanzleistung der Vorfahren erzählt und gefeiert", gab sie mit einem gewissen Sarkasmus zurück.

„Aha. Wie dem auch sei, dieser schaurige Bericht hat mich tief bewegt, und in meinem Inneren wuchs der Drang, nach Hügelhain zu kommen.“ Micha machte eine kleine Pause. „Nein, mich zog es förmlich hierher. Eine Last hatte sich auf mein Herz gelegt, eine Last für den Ort und für die Menschen, die hier leben. Ich fühlte so etwas wie eine Berufung. Als ob mich Jesus genau an diesem Platz haben wollte.“ Er hielt wieder inne, nahm einen Schluck aus seiner Tasse und überprüfte, ob Sonja ihn langsam in die Kategorie *durchgeknallt* einzuordnen begann. Doch nichts deutete darauf hin.

„Und weiter?“, erinnerte sie ihn voller Interesse daran, dass sein Bericht noch nicht zu Ende war.

„Ich war natürlich nicht so verrückt, mich einfach blauäugig in ein abstruses Abenteuer zu stürzen. Ich verspürte überhaupt keine Lust, mich in einem Kaff niederzulassen, wo scheinbar jeder bekennende Christ seines Lebens nicht sicher ist.“

„O ja“, bestätigte sie und fühlte, wie sehr sie sich schon an das alltägliche Grauen im Dorf gewöhnt hatte.

„Folglich habe ich geprüft, ob dies tatsächlich mein Weg sein könnte. Vor ein paar Wochen habe ich mir im Rahmen einer unverfänglichen Wanderung die Gegend und den Ort angesehen. An diesem Tag erlebte ich sonderbare Dinge. Bis hin zu einer Begegnung mit einem unangenehmen, hageren und dunkelbärtigen Typen auf dem Friedhof, der mich mit heimlichen Flüchen von hier vertreiben wollte.“

„Schön, dann hast du ja bereits Bekanntschaft mit meinem Vater geschlossen“, kommentierte Sonja zynisch.

„Ach!“, meinte Micha erstaunt und fuhr fort: „Jedenfalls habe ich in der darauffolgenden Zeit sehr über die Erlebnisse des Tages nachgedacht und gebetet. Dabei ist das Gefühl, nach Hügelhain zu gehen nicht schwächer, sondern stärker geworden. Ich unternahm weitere Schritte, bis hin zum Oberkirchenrat, und habe so Kontakt mit Friedreichs bekommen. Sofort empfanden wir füreinander Freundschaft, und es stellte sich heraus, dass ihr Herz für die gleiche Sache schlug wie meins. Nun bin ich hier. Alle Hürden und Stolpersteine, die

das verhindern wollten, wurden auf wundersame Weise aus dem Weg geräumt", schloss Micha seine Erzählung.
„Nun bist du also hier", nahm Sonja nachdenklich seine Worte auf. „An jenem Tag deines ersten Besuchs – was war da noch?"
„Nun, ich bin vom Wanderparkplatz bei der Ginster den Wald hochgewandert und hatte irgendwann das Gefühl, dass es in diesem Wald etwas Bedeutsames gibt. Ich verließ den Wanderweg und suchte ich mir einen Platz zum Rasten. Plötzlich fand ich mich auf einer Lichtung wieder, in deren Zentrum ein großer Hügel stand."
„Der Burgstall, mit dem Grabhügel."
„Ja, genau, Burgstall, so stand es auch in der Karte. Aber ein Grabhügel war dort nicht eingezeichnet."
„In Hügelhain wird alles dafür getan, dass möglichst niemand Fremdes davon erfährt."
„Weshalb?"
„Es ist ein unheimlicher und geheimnisvoller Ort. Nur *Eingeweihte* kennen seine wahre Bedeutung. Darüber zu sprechen ist im Dorf tabu. Selbst ich, wo ich doch die wichtigste Person von Hügelhain zum Vater habe", Verachtung schwang in Sonjas Stimme, „weiß über den Burgstall nur ganz wenig. Eines allerdings ist mir im Laufe der vergangenen Jahre klar geworden: Von dort oben kommt nichts Gutes, und ich ahne, dass der Schatten über dem Dorf da seinen Ursprung hat."
„Du bist nicht sonderlich gut auf deinen Vater zu sprechen."
„Er ist ein Teufel! Ich kenne niemand Schlimmeren. Er ist das Haupt der *Herren.*"
„Welche Herren?"
„Die Herren von Hügelhain", voller Abscheu sprach Sonja den Titel aus.
„Tut mir leid, wenn ich etwas begriffsstutzig bin. Das Einzige, was ich bisher verstanden habe, ist, dass es dir schier schlecht wird, wenn du über deinen Vater oder diese *Herren* sprichst." Micha nahm bewusst die Betonung Sonjas auf.
Ihr fiel es schwer, ruhig zu bleiben. Sie begann, am ganzen Leib zu zittern. Unbändiger Zorn pochte in ihr, und gleichzeitig

quälte sie eine furchtbare Hilflosigkeit. „Ich stehe in einem entsetzlichen, undurchdringlichen Nebel! Zuhause schlägt mir Misstrauen und Feindschaft entgegen. Ich glaube, mein Vater wünscht mir den Tod. Abgesehen davon, geht es mir mit ihm genauso“, presste sie mit bleichen Lippen zwischen den Zähnen hervor. „Kannst du dir vorstellen, wie es ist, wenn du im Haus eines dunklen Herrn lebst und von dem, was vor sich geht, so gut wie nichts weißt? Aber selbst das bisschen, was du über die Jahre herausbekommen hast, reicht, um dich in unendliche Sorge und Todesangst zu versetzen!“
Micha schwieg betroffen.
„Was in Hügelhain geschieht, ist kein Spiel! Es ist ein uralter Fluch, der die Menschen seit jeher zu schrecklichen Monstern macht. Die *Herren* führen das Regiment. Unbarmherzig und lieblos! Und mein Vater ist ihr Meister! Menschenleben zählen hier nichts. Wer stört, wer sich nicht in die geheimen Regeln fügt oder aussteigen will, wird beseitigt. Gnade gibt's keine! Der Friedhof ist voll von Toten, deren Ableben alles andere als natürlich gewesen ist! Niemals haben die Nachforschungen Konkretes hervorgebracht. In Hügelhain herrscht grauenvolle Finsternis!“ Sonja bebte. Ihr Atem war ein schnelles Stakkato und ihr Gesicht von innerem Schmerz verzerrt.
„Hey, entspann dich! Hier bist du sicher!“ Micha klopfte ihr sacht auf die Schulter.
„Du hast wirklich keine Ahnung!“, sagte sie aufgewühlt. „Hier oben sind abgrundtief böse Mächte am Wirken! Tut mir leid, aber ich glaube nicht, dass dieser Wohnwagen dir oder mir Schutz bieten kann. Wenn du tatsächlich angetreten bist, um ihnen die Stirn zu bieten, dann werden sie dich zermalmen! Niemand hat es jemals geschafft, sich ihnen zu widersetzen!“
„Wenn es im Dorf so schlimm ist, warum bist du dann nicht schon längst über alle Berge?“
„Ich kann nicht. Noch nicht.“
„Was hält dich?“
„Tobias, mein jüngerer Bruder.“
„Wieso?“

„Es ist irgendeine schlimme Schurkerei mit ihm im Gange. Weißt du, die ganze Kindheit über hatte Vater nicht das geringste Interesse an uns gezeigt. Wir waren für ihn lästige Anhängsel. Aber seit einiger Zeit kümmert er sich auffallend intensiv um Tobias. Er tut alles, damit ihn mein Bruder ins Herz schließt. Seit vorhin weiß ich, dass er es fast geschafft hat." Nach einer kleinen Pause fügte sie hinzu: „Mit Magie."
„Hm", murmelte Micha nachdenklich. Was hatte er nicht schon alles gelesen! Über Spiritismus, Okkultismus, Nekromantie, Zauberei, Flüche, Besprechungen, Götter, Geister und Dämonen. Er wusste, dass die Bibel jene Praktiken und den Kontakt zu dunklen Mächten rundweg ablehnte[12], weil sie gegengöttlichen Ursprungs waren und gegen das Erste Gebot[13] verstießen. Theoretisch – alles klar! Es fanden sich in der Literatur genug Beispiele, wie mit Menschen, die solches betrieben, umzugehen sei, doch es war Buchwissen! Ganz im Gegensatz zu dem, was Sonja eben erzählt hatte. Sie lebte in der unheilvollen Realität, und er, Micha, war ein praxisloses Greenhorn. „Puh!", blies er die Backen auf, erhob sich und setzte frisches Wasser auf den Gasherd. „Die Geschichte ist nicht ohne."
„Angst?", fragte Sonja.
„Ein bisschen", gab Micha zu, „aber Jesus hat sich bestimmt etwas dabei gedacht, als er mich nach Hügelhain geschickt hat. Zumindest traut er mir diesen Auftrag zu."
„Ja, es scheint so, als ob du das nächste Scheit Holz bist, das in diesem Ofen verheizt werden soll. Viel Vergnügen!"
„Den Sarkasmus kannst du dir sparen. Ich weiß selbst, dass es schwierig wird."
„Micha, du bist wohl ein ganz netter Kerl. Wenn ich dir einen Tipp geben darf: Verschwinde von hier, solange du noch den Kopf auf dem Hals trägst."
„Du bist ja auch noch hier."
„Das ist etwas anderes. Schließlich habe ich meinem Bruder gegenüber eine Verpflichtung."
„Meine Verpflichtung ist der Gehorsam gegenüber meinem Herrn."

„Auch wenn du der nächste Diener deines Gottes bist, der in Hügelhain unter die Räder kommt?"
„Auch dann. Doch ich gebe zu, dass ich für die Festigkeit meines Glaubens nicht hundertprozentig die Hand ins Feuer halten kann. Wenn mir Jesus nicht die Kraft zum Durchhalten gibt, dann werde ich höchstwahrscheinlich scheitern."
„Du bist ein ganz schön frommer Spinner!" Sonja schüttelte voll Bewunderung den Kopf.
„Du bleibst ja auch im Dorf, obwohl du ahnst, dass dein Leben nicht mehr sicher ist. Darin sind wir uns ähnlich", meinte Micha.
„Stimmt", bestätigte sie nachdenklich.
„Und wenn wir schon bei den Spinnern sind: Junge Frauen trifft man normalerweise nicht kurz vor Mitternacht auf dem Friedhof. Es sei denn, sie haben ein abstruses Hobby."
Sonja musste lächeln. „Also an Nekrophilie leide ich nicht."
„Sondern?"
„Offen gesagt weiß ich nicht, warum ich auf dem Friedhof gelandet bin. Ich bin von zuhause geflohen, die Straße hinuntergerannt und vor dem Friedhofstor plötzlich zum Stehen gekommen. Etwas hat mich zum Grab meiner Mutter gezogen."
„Komisch, dass bei mir zufällig zur selben Zeit der Strom ausgefallen war."
„In Hügelhain gibt es keine Zufälle."
„Dann hat uns jemand zusammengeführt?"
Sie zuckte mit den Schultern.
Micha rieb sich das Kinn. „Auf jeden Fall stehen wir beide im Widerspruch zu dem, was hier oben geschieht. Möglicherweise sind wir die Einzigen und damit *Spinner.*"
„Ich bin nicht die Einzige. Wenn Frederike mich heute nicht gewarnt hätte, dann wüsste ich nicht, wie tief Tobias schon im Schlamm steckt und wie groß die Gefahr tatsächlich ist."
„Frederike?"
„Sie war meine Erzieherin im Kindergarten und nach Mutters Tod die Einzige, die mir noch Nähe und Geborgenheit geschenkt hatte. Sie wohnt draußen im alten Armenhaus."

„Unterhalb des Burgstalls?“
„Ja, genau.“
„Ich glaube, ihr bin ich auch begegnet. Damals auf meiner Wanderung. Ein bisschen schrullig, die Alte, aber sehr freundlich!“
„Frederike ist nicht schrullig!“, protestierte Sonja.
„Tut mir leid. Ich wollte damit nur sagen, dass sie etwas Geheimnisvolles an sich hat.“
„Frederike ist eine weise Frau, und sie sieht ins Unsichtbare.“
„Bis bald“, murmelte Micha leise.
„Bis bald? Willst du mich jetzt hinauswerfen?“
„Nein, natürlich nicht! Mir sind eben ihre Abschiedsworte eingefallen. Es ist doch ungewöhnlich, wenn wir einen Fremden mit den Worten „bis bald“ verabschieden, oder?“
Sonja schmunzelte. „Tja, Frederike sieht und weiß viel.“
„Du musst mich mit zu ihr nehmen! Gleich morgen!“
„Weshalb?“
„Wenn ich herausfinden möchte, was in Hügelhain geschieht, dann kann ich jede Hilfe gebrauchen, und mir ist jeder willkommen, der den Herren nicht widerspruchslos ergeben ist. Vielleicht gehört Frederike ja dazu.“
„Auf mich kannst du jedenfalls zählen!“, versprach Sonja.
„Gut“, nickte Micha, „dann sind wir schon zu fünft, wenn ich Paul und Susanne in Gedanken dazunehme. Ich kann mir nicht vorstellen, dass Einzelkämpfer gegen die Macht hier oben eine Chance haben. Lass uns zusammenstehen!“
Sonja war erleichtert. Dieser fürchterliche Abend hatte eine erstaunliche Wendung genommen. Neuer Mut durchfloss sie, und Dankbarkeit erfüllte ihr Herz. Was auch immer sie auf den Friedhof gezogen hatte, es hatte die Begegnung mit Micha herbeiführen wollen. Es schien Kräfte im Ort zu geben, die bereit waren, sich der Dunkelheit entgegenzustellen. Selbst auf dem Friedhof.
Sonja richtete sich auf. „Es ist schon spät. Ich geh dann mal.“
„Wo willst du übernachten?“
„Mal sehen. Vielleicht doch zu Hause.“

„Unsinn! Ich habe kein gutes Gefühl, wenn du heute Nacht zurückgehst oder draußen herumgeisterst! Wir bauen die Sitzgruppe zu einem Bett um, und du bleibst hier!"
„Das geht nicht! Wir kennen uns kaum!", protestierte Sonja der Form halber, war aber über das Angebot sehr dankbar.
„Wir leben ja nicht mehr im Mittelalter! Außerdem werde ich schon nicht über dich herfallen", grinste Micha und begann mit dem Umbau.
„Na gut", lächelte Sonja und half ihm dabei. Danach erklärte ihr Micha wie alles im Bad funktionierte und wünschte ihr eine gute Nacht. Er zog sich in sein „Schlafzimmer" zurück, schob die Schiebetür zu und war bald darauf eingeschlafen.
Sonja brauchte noch eine Weile. Sie kuschelte sich in die dicke Wolldecke ein, die Micha im Kasten unter der Sitzbank gefunden hatte. Das war bei Weitem gemütlicher als jede andere Alternative dieser Nacht. Seit langem fühlte sie sich wieder einmal sicher und unbelastet.

Hannes Schindler

Unruhig wälzte sich Hannes Schindler in seinem Bett. Jemand war in seinen Traum gekrochen und ließ ihm fortan keine Ruhe mehr. Schweißperlen sammelten sich auf seiner Stirn. Er strampelte die Decke weg, drehte sich stöhnend um und murmelte: „Lass mich in Ruhe! Verschwinde! Hau ab! Ich hasse dich! Der Teufel soll dich holen! Pack dich davon!“ Er fuchtelte mit den Armen, als ob er in einem Kampf stände. „Du hast mir nichts zu sagen! Du machst mir keine Angst! Wart's nur ab, eines Tages wirst du auf Knien vor mir um Gnade winseln! Aber du weißt ja, wie das Gesetz mit Besiegten umgeht!“, grummelte er, verstummte, blieb aber angespannt. Plötzlich fuhr er wie von der Tarantel gestochen auf. Verwirrt, mit offenen Augen saß er im Bett: „Verflucht noch mal!“, knurrte er mit einem Gefühl, gerade kräftig geohrfeigt worden zu sein. Wüste Verwünschungen ausstoßend, setzte er sich auf die Bettkante und starrte finster vor sich hin.

„Schwarzer, du Quälgeist! Lässt einem nie die Ruhe!“ Unvermittelt hob er den Kopf und brüllte ins Unsichtbare: „Verschwindet! Ich hab euch nicht gerufen! Und falls der alte Giftpilz euch geschickt hat, richtet ihm einen schönen Fluch aus!

Er wird sich halt noch eine Weile gedulden müssen!“ Hannes Schindler erhob sich und schlurfte ins Bad. Er konnte es leiden wie die Pest, wenn er über Gedankenmacht gerufen wurde. Es war schon ätzend genug, dies am Tage mitzumachen, aber nachts aus dem Schlaf gerufen zu werden, bedeutete den Gipfel der Unverschämtheit! Schindler war stinksauer.
„Was maßt der sich eigentlich an?“, schimpfte er, zog seine Klamotten an, griff mechanisch in eine alte Truhe und streifte die Kutte über.
„Weg da!“ Motzend scheuchte er etwas davon, das nur er sehen konnte und das sich an seinem Zorn laben wollte. „Sucht jemand anderen, der euch mit schlechten Gefühlen füttert! Ihr geht mir auf die Nerven!“ Schindlers Gereiztheit lockte nur noch mehr ungebetene „Gäste“ an.
„Leckt mich!“ Er schlüpfte in seinen langen, grauen Regenmantel, riss die Haustür auf und trat in die Dunkelheit hinaus. Es war feucht und kühl, eine typische Nacht für den beginnenden Herbst. Hannes zog den Kragen des Mantels hoch, stapfte aus dem Hof und ging eilig die Dorfstraße hinunter. Schindler war geladen vor unbändiger Wut. Ganz bewusst wählte er den Weg zu Fuß, so blieb noch etwas Zeit zum Herunterkommen. Das konnte nur gut sein, egal, was bevorstand. Er kannte sich und seine Ausbrüche! Im Affekt wollte er keinem an die Gurgel gehen. Der Zeitpunkt musste gewählt und reif sein. Schon zu häufig hatte er sich mit seinem ungestümen Jähzorn manchen Vorteil versaut. Strategie und Geduld waren eigentlich nicht seine Stärken, doch wenn es um die Position des Hochpriesters ging, konnte er nur durch Überraschung punkten. Zu sehr fühlte er sich ständig beobachtet und kontrolliert. Ganz in den inneren Dialog vertieft, huschte er mit weiten Schritten die Dorfstraße hinunter, an der Johanniskirche und am Friedhof vorbei. Es war längst nach Mitternacht und die spärliche Straßenbeleuchtung inzwischen abgeschaltet. Vermutlich bemerkte er nur deshalb das schwache Licht, welches aus dem alten Pfarrgarten herüberschien. Hannes Schindler stutzte und verlangsamte seinen Schritt.

„Was zum Geier ist das?“ Vorsichtig trat er näher und nahm den Garten etwas genauer in Augenschein.
„Ein Wohnwagen?“, entfuhr es ihm aus Verblüffung laut. „Ich glaub', mein Schwein pfeift! Das ist ja ein dicker Hund!“ Ungläubig schlich er um den Wohnwagen herum. Von drinnen drangen gedämpfte Stimmen an sein Ohr, ohne dass er etwas Genaueres verstehen konnte. Schindler runzelte die Stirn. Diese Kiste im alten Pfarrgarten passte ihm überhaupt nicht. „Dreck und Elend!“, zischte er wütend und trat gegen einen fauligen Apfel, so dass es spritzte. „Wer wagt es, sich hier einzunisten?“, brummte er wütend. Sein Hass gegen Schwarzer war verflogen. Der Wohnwagen beschäftigte ihn. Bestimmt war die Anwesenheit dieser Kiste eine Ursache, warum er zum Burgstall gerufen wurde.
„Das ist nicht gut“, grollte er finster und beschleunigte seine Schritte. Plötzlich hatte er es eilig, aus Hügelhain hinaus und in den Wald zu kommen. Je mehr er darüber nachdachte, desto unangenehmer fühlte er sich. Da war etwas im Dorf angekommen, und es rief in ihm ein Gefühl hervor, das er schon lange verdrängt hatte: Angst. Tiefe, abgründige Angst. „Hannes! Jetzt mach mal halblang!“, sprach er sich selbst Mut zu. „Vor dir zittern sie! Du zitterst vor keinem!“ Sicherheitshalber drehte er sich kurz um. Niemand Sichtbares folgte ihm, und er versuchte, sich wieder zu fassen. Es musste verborgen bleiben, dass er ängstlich war. Schließlich ging es um Größeres! Bewusst lenkte Schindler seine Gedanken auf die Stellung des Hochpriesters und dessen besonderer Nähe zu *ihm.* Nur dem höchsten aller *Herren* war jene exklusive Ehre gewährt, und nur ihm wurde das volle Maß an Macht übertragen. Das Feuer des Neids begann in Schindlers Herzen wieder zu lodern und vertrieb glücklicherweise die Angst, die sich gerade seiner bemächtigt hatte. Der Hass gegen jenen, der mehr dunkle Macht hatte als er selbst, wies Schindler den Weg zurück zu seinem eigentlichen Ziel: Nur er, Hannes Schindler, war der einzig würdige Herr! Es war endlich an der Zeit, dass die richtige Ordnung in der Gefolgschaft hergestellt wurde.

Zum Waldrand hin stieg das Gelände an. Er atmete schwer, weil er nicht langsamer werden wollte. Auch hielt sich Schindler nicht an die befestigten Wege. Er stapfte querfeldein. Erst als das Hochplateau des Burgstalls erreicht war und er am Beginn der baumfreien Prozessionsschneise stand, hielt er für einen Moment inne und blickte hinunter auf die Felder und Wiesen rund um Hügelhain. Im schwachen Licht der Nacht konnte er die ungefähre Silhouette des Dorfes erahnen. Es lag ihm zu Füßen. Die ganze Gegend lag ihm zu Füßen, gleich einem saftigen Braten. „Bald“, Gier ließ ihm das Wasser im Munde zusammenlaufen, wenn er an die Möglichkeiten des Hochpriesters dachte, „werde ich mir das alles nehmen, wie eine fette Gans, und dann“, er unterbrach sich selbst. „Wer da?“, zischte er ins Dunkel und schaute sich suchend um.
Schindler erntete Schweigen, doch er wusste, dass er niemals allein war. „Elende Kletten!“, fauchte er. Ihm war schon lange klar, dass sämtliche seiner Gedanken und Gefühle genau beobachtet wurden. Ihn widerten die Spione an, die Fänger, die zum Hochpriester hielten. Aber er wusste auch um die anderen! Finstere, boshafte Gesellen, verzehrt von Gier und Neid gegenüber den Fängern und deren besonderer Position vor *ihm.* Darin ähnelten sie Schindler in seinem Hass auf den Hochpriester, und das machte sie irgendwie zu Verbündeten, zumindest auf Zeit.
Von beiden Gruppen fühlte sich Hannes Schindler umgeben und noch von ein paar anderen unruhigen Seelen. Alle auf der Suche nach Lebendigkeit und dem Elixier intensiver Gefühle, ganz egal, welcher Herkunft und Art. Sie waren es vor allem gewesen, die sich vorhin als Trittbrettfahrer an seiner Angst gelabt hatten. Hannes hätte sich vor Wut auf sich selbst beißen können. Keinem der Unsichtbaren war seine Schwäche entgangen. Ihm blieb nur die Hoffnung, dass „seine Verbündeten“ dies beim Hochpriester aus purem Eigeninteresse verschleierten. Doch sicher konnte er sich dessen nicht sein. Mit einem etwas mulmigen Gefühl wandte sich Schindler der Schneise zu und versuchte in würdevoller Haltung den Prozessionsweg zu

beschreiten. Er war innerlich aufs Äußerste gespannt und wollte sich keine Blöße mehr geben. Hinter ihm sammelte sich, gleich einem unheimlichen Gefolge, die unsichtbare Schar seiner ständigen Begleiter.
Am Ende der Prozessionsschneise, direkt am Fuße des Hügels, loderte ein Feuer. Die anderen *Herren* waren schon da. Schindler spürte, dass er ungeduldig erwartet wurde, doch ließ er sich davon nicht irritieren und näherte sich gemessenen Schritts dem Feuer, schließlich war er nicht irgendjemand!
„Du kommst spät!", funkelte ihn der Hochpriester an. „Hast mit Absicht getrödelt!"
„Ich hab' mich eines *Herren* würdig verhalten! Ich gehöre nicht zum einfachen Volk!", gab Schindler zurück und hätte Schwarzer für seine Arroganz am liebsten gleich die Faust ins Gesicht gesetzt.
Um Hugo Beelzers Lippen spielte ein Grinsen. Es gefiel ihm, wenn sich Schwarzer und Schindler beharkten. Dann ruhte das Augenmerk nicht auf ihm. „Wenn sich zwei streiten, freut sich der Dritte", schmunzelte er still mit boshafter Schadenfreude.
„Du bist dem Hochpriester zur Ergebenheit verpflichtet! Vergiss das nicht!" Schwarzers Stimme hatte einen erhabenen Klang bekommen. Wie zur Bestätigung des Anspruchs streifte er seinen langen, dunkelgrünen Lodenmantel ab. Darunter kam das feuerrote Gewand des Hochpriesters zum Vorschein. Der von Natur aus groß gewachsene Schwarzer schien noch mehr in die Höhe gestreckt zu werden. Mit tiefer, kraftvoller Stimme rief er: *„Hochpriester seiner Majestät und Gottheit, dem ewigen Fürsten – Lugaid!"*
Beelzer und Schindler verbeugten sich und sprachen gemeinsam mit zu Boden geneigten Häuptern: *„Ehre und Würde dem vollmächtigen Herrn und Priester! Kenner der Geheimnisse und Sohn der Gottheit! Wir verehren dich!"* Auch sie legten ihre Mäntel ab. Darunter trugen beide völlig schwarze Kutten mit roten Kragen.
Hannes Schindler hätte kotzen können. Wie er dieses Begrüßungsritual hasste! Die pure Schikane! Aber so war die Regel.

Vom jetzigen Augenblick an war keiner mehr Privatperson, sondern es vereinten sich nun die *Herren der Gefolgschaft* um das flackernde Feuer, und die Augen des Fürsten ruhten auf ihnen. Jeder spürte dessen Präsenz. Um sie herum schloss sich ein Kreis, bestehend aus den *Unsichtbaren der Gefolgschaft,* deren Konturen sich ab und zu im Feuerschein abzeichneten. Die Mächtigsten und Boshaftesten in unmittelbarer Nähe der *Herren,* dann, der Bedeutung nach abnehmend, die anderen. Es war, als ob sich eine Glocke um die Versammlung bildete und sämtliche Geräusche und Lebensregungen der sichtbaren Welt ausschloss.
Der Hochpriester stimmte einen monotonen Gesang an. Es waren Worte in einer alten, längst ausgestorbenen Sprache, seit Jahrtausenden mündlich tradiert. Die beiden anderen *Herren* stimmten in die Melodie mit ein. Es entstand ein rhythmischer Wechselgesang, der sich steigerte und die Männer in Trance versetzte. Je tiefer sie in diesen Zustand versanken, desto mehr verblasste die sichtbare Welt, desto deutlicher nahmen sie das Unsichtbare mit ihren Sinnen wahr und desto intensiver vereinte sich ihr Gesang mit dem der Geister zu einer kraftvollen, unheimlichen Lob-Hymne auf den göttlichen Fürsten. Zeit und Raum waren aufgehoben. Die Dimensionen vermischten sich. Bilder uralter Vergangenheit wechselten mit solchen aus Gegenwart und Zukunft. Alles geschah gleichzeitig, und die Gefolgschaft verband sich zu einem Organismus, dessen einziges Haupt *Er* war. *Er* hielt sie zusammen. *Er* erhielt sie. *Er* fütterte sie mit Gefühlen der Macht und Lebendigkeit. *Er* band sie. Lebende wie Tote! *Er* versprach ewige Herrschaft in der unsichtbaren Welt. *Er* verlangte absoluten Gehorsam. *Er* sog Kraft aus ihren Huldigungen. *Er* führte tiefer in die Finsternis. *Er* log und betrog. *Er* nährte sich an ihrer Unwissenheit mit schrecklichem Genuss. – *Er,* der Fürst, *Lugaid!*
Die drei Männer waren in Trance vereint, und ihr Geist konnte sich losgelöst vom Körper bewegen. Sie gaben in einem geheimnisvollen Tanz zusammen mit den Toten dem Fürsten die Ehre. Dennoch herrschte Misstrauen zwischen ihnen. Auch

während jener außerkörperlichen Erlebnisse brannte der gegenseitige Hass in ihnen, und ihre scheinbare Einheit im Geiste war von tiefer Feindschaft durchsetzt. Der Machtkampf, angeheizt durch Gier und Neid, tobte auf der geistigen Ebene weit heftiger als im Alltag. Jeder der *Herren* buhlte um die Gunst des Fürsten und um die der Geister.
Schwarzer, Beelzer und Schindler hatten vor langer Zeit das Gespür dafür verloren, dass sie sich zu austauschbaren Figuren in einem finsteren Spiel entwickelt hatten. Erfüllt von einer bodenlos ausufernden Unersättlichkeit, war ihre Blindheit gewachsen. Getrieben von Allmachtsfantasien wollten sie nur eines: Ganz nach oben und sich dort behaupten. Doch letztlich waren sie nichts anderes als Marionetten in *seiner* Hand. Was bedeuteten schon die paar irdischen Vorteile an Macht und Reichtum gegenüber einer ewigen Gebundenheit? *Ihm* würde es nie an Sklaven mangeln! Jeder verstorbene Herr bildete ein neues Glied in dieser grauenvollen Kette und merkte erst nach dem Ableben schmerzlich, auf *wen* er sich zu Lebzeiten eingelassen hatte. Es gab nichts Schlimmeres, als tot zu sein und den unaufhörlichen Hunger nach Leben in sich brennen zu spüren. Getrieben von einer permanenten Ruhelosigkeit und sich dauerhaft nach intensiven Gefühlen zu sehnen. Schließlich die dumpfe Erkenntnis wahrzunehmen, in die Irre geführt worden zu sein. Abgrundtiefe Verbitterung und unersättlichen Neid gegenüber jedem zu entwickeln, der etwas von der wirklichen Ruhe wusste. Hoffnungslose Verzweiflung, unüberwindbare Grenzen. Ahnung vom Licht, gefangen in dunkler Finsternis.
Viele Bereiche ihres Lebens hatten die *Herren* ihm übergeben. Zu viele, als dass sie sich noch mit eigener Kraft aus *seinen* Klauen hätten befreien können. Ein bisschen erinnerten sie sich an frühere Ungebundenheit, doch faktisch waren sie für *ihn* zu formbarem Wachs geworden, fast blind für die andere Wirklichkeit und nur noch das verzerrt wahrnehmend, was *Er* ihnen vorsetzte. Der Fürst hatte sie zu willfährigen Marionetten herabgewürdigt, zu Spielfiguren, seinem Machterhalt dienend, sie glauben machend, sie hätten noch alles unter Kontrolle.

So buhlten sie um *seine* Gunst, so versuchten sie, die Geister für sich zu gewinnen. Dabei waren sie diejenigen, die nicht wussten, was tatsächlich gespielt wurde. Ja, es hatte sich ein großer Kreis Unsichtbarer um sie gebildet. Ja, sie huldigten gemeinsam dem Fürsten, aber in Wirklichkeit waren die drei *Herren* das Gespött aller. Und die boshaftesten Geister in der ersten Reihe hatten das Vergnügen, sich am intensivsten an ihrer Unwissenheit zu weiden, ganz besonders Sanwald, der viel vom Hochpriester erdulden musste. So konnten sie sich in ihrem Spott endlich wieder ein bisschen lebendig fühlen. Köstlich, mit ihnen zu spielen und ihnen das Gefühl zu geben, sie hätten Verfügungsgewalt über die Unsichtbaren. Lächerlich!
Der Gesang legte sich. Die *Herren* kehrten Stück für Stück in die sichtbare Welt zurück. Sie standen unter dem Eindruck dessen, was sie erlebt hatten. Jeder fühlte sich bestärkt und vom Fürsten persönlich inspiriert. Als letzter ließ der Hochpriester seine Stimme in einem Murmeln ausklingen. Für eine ganze Weile blieben die *Herren* regungslos stehen. Es brauchte Zeit, bis sie vollständig die Herrschaft über ihre Körper gefunden hatten und in der Lage waren zu beratschlagen.
„Es ist Gefahr aufgezogen", brummte Schwarzer schließlich.
„Im alten Pfarrgarten?" Schindlers Augen funkelten im Feuerschein.
Schwarzer spuckte zur Bestätigung auf den Boden und blickte finster drein.
„Was soll's? Wir werden den Eindringling wegfegen wie ein welkes Blatt", grinste Hugo Beelzer breit.
Schwarzer starrte ihn unter seinen dunklen Augenbrauen an.
„Warst du schon dort gewesen?"
Beelzer zuckte mit den Schultern.
„Wie kannst du dann behaupten, dass wir den Eindringling einfach so wegfegen?"
„Es war noch nie anders", antwortete Hugo Beelzer.
„Du kennst den Feind nicht", grollte Heinrich Schwarzer unheimlich.
„Was ist im alten Pfarrgarten?", wollte Beelzer nun wissen.

„Es steht ein Wohnwagen dort“, antwortete Schindler.
„Na und? *Wir* sind die *Herren!* Und wir machen mit Störenfrieden, was wir wollen!“, beharrte Hugo Beelzer.
„Geh hin und fühle!“, zischte Schwarzer giftig.
Hannes Schindler merkte, dass hinter der Aggressivität des Hochpriesters noch ein anderes Gefühl stand. Er konnte es fast mit Händen greifen, und es war seinem eigenen von vorhin verdammt ähnlich. „Was sollen wir tun?“ Noch nie hatte er Schwarzer so verunsichert gesehen wie eben.
„Wir werden den Kampf aufnehmen! Der Fürst ist auf unserer Seite! Wer kann ihm widerstehen?“, donnerte der Hochpriester mit überschlagender Stimme. Es klang, als ob er sich Mut machen musste.
„Niemand!“, riefen Beelzer und Schindler gleichzeitig.
„Siegen oder sterben!“, schrie Schwarzer.
„Siegen oder sterben!“, brüllten die zwei anderen.
„Siegen oder sterben ...“, Heinrich Schwarzers Stimme verflüchtigte sich zu einem Hauch. Schlagartig wirkte er grau und zerbrechlich. Unruhig schaute er hin und her, als ob er Verfolgung fürchtete. „Siegen oder sterben.“
„Heinrich, was ist los mit dir?“ Beelzer runzelte die Stirn und trat einen Schritt auf ihn zu.
„Komm mir nicht zu nahe, Satan!“, blitzte er gleich einem angeschossenen Tier und nahm eine abwehrende Haltung ein, bereit wie eine Schlange zuzubeißen. „Glaubst du, ich wüsste nicht, dass du wie ein Geier nur darauf wartest, an meine Stelle zu treten?“
Erschrocken hielt Beelzer in der Bewegung inne: „Niemals würde ich das wagen!“, beteuerte er. „Ich mache mir nur Sorgen!“
„Dreckiger Lügner! Aber mach dir keine Hoffnungen! Die Reihe bleibt bei Schwarzer, dafür sorge ich!“
„Wir werden ja sehen“, schaltete sich Schindler kühl in die Auseinandersetzung ein.
Schwarzer fuhr herum und durchbohrte ihn mit seinem Blick: „Unterschätze nicht die Macht des amtierenden Hochpriesters!

Es könnte dir übel bekommen! Du bist keinen Deut besser als Hugo!“
Schindler ließ sich durch Schwarzers Drohung nicht aus der Ruhe bringen. Gelassen schaute er ihm ins Gesicht und wich seinem stechenden Blick nicht aus.
„Du hast deinen Zenit überschritten, du weißt das“, sagte er eisig.
Schwarzer ging auf Schindler zu, so nah, bis sich fast ihre Nasenspitzen berührten. Mit zusammengepressten Zähnen zischte er: „So mancher hat sich schon als sicherer Sieger gefühlt und lag dann abends tot im Gras.“
„Dein Ansehen bei den Unsichtbaren schwindet. Du bist nicht mehr unumstritten“, grinste Hannes Schindler frech. „Nun, du könntest wohl in deren Achtung wieder steigen, aber dir ist bekannt, was der Fürst fordert. Der Preis war schon damals vor fünfzehn Jahren hoch“, Häme lag in seiner Stimme.
„Ein Hochopfer!“, raunte Beelzer rau und spürte einen aufregenden Kitzel in der Magengegend.
„Ich bring dich um!“ Das letzte bisschen Farbe war aus Schwarzers Gesicht gewichen. Er bebte.
„Nur ein Hochopfer kann dir das Ansehen der Unsichtbaren und des Fürsten wieder zurückbringen. Blut von deinem Blut.“
„Die Reihe bleibt bei Schwarzer! Täusch dich nicht! Du wirst die Macht des Hochpriesters zu spüren bekommen! An jenem Tag wirst du deine Geburt verfluchen!“
„Die Zeit drängt, *Hochpriester“,* reizte ihn Hannes Schindler weiter. „Dein Stern verblasst, deine Kräfte schwinden. Tu es bald oder verrecke!“ Er spuckte aus.
Eine gespenstische Stille trat ein, und es war, als ob die letzten Worte mehrfach im Wald widerhallten. Stumm standen sich die Kontrahenten gegenüber und fochten ihren Kampf mit Blicken weiter. Hugo Beelzer wartete gespannt, wer die Oberhand behielt. Es gab Momente, in denen der Hochpriester schwankte und fast unter Schindlers Blicken zerging, doch am Ende zog er sich immer wieder aus der Bedrängnis und setzte seine gesamte finstere Erfahrung ein, um den jüngeren Herausforde-

rer Stück für Stück zurückzudrängen. Hannes Schindler wurde schwächer und konnte schließlich dem Blick Schwarzers nicht mehr standhalten. Er schlug die Augen nieder und trat einen Schritt zurück. Der „Platzhirsch" hatte die Oberhand behalten. Noch.

Matt erhob Schwarzer die Stimme: „Wer ist *Herr der Herren?*"

„*Der Hochpriester*", antworteten die beiden anderen.

„Wem seid ihr zum Gehorsam verpflichtet?"

„*Dem Hochpriester.*"

„So sei es." Schwarzer straffte sich, wandte sich dem Feuer zu und sprach: *„Hört, was der Hochpriester verkündet: Beim Fürsten und unserem Leben schwören wir, dass der Eindringling vertrieben oder vernichtet werde!"*

„Beim Fürsten und unserem Leben, wir schwören!"

„Durch Abtrünnige wurde die Gefolgschaft geschwächt! Wir verfluchen Otto und Elise Wider!"

„Verflucht und dem Zorn des Fürsten anbefohlen!"

„Blut von ihrem Blut muss wieder in die Gefolgschaft! Widerspruch duldet der Fürst nicht! An Samain werden Stefan und Elke Wider in die Gefolgschaft eingeführt! In Anwesenheit aller Geister werden sie dem Fürsten opfern und ihren Platz einnehmen!"

„So sei es!"

„Ehre dem allmächtigen Fürsten, unserem Gott!"

„Ehre dem Fürsten!"

„Beugt euch vor seinem Hochpriester! Der die Ansprüche seiner Majestät im Sichtbaren wahrt und schützt, der treu über Leben und Tod waltet, der in Ehre und Vollmacht die Geheimnisse kennt und allein sich seiner Majestät nahen darf! Gebt dem Hochpriester die Ehre!"

„Wir beugen uns vor seiner Hoheit, dem Hochpriester seiner Majestät, des Fürsten!"

Schwarzer bemerkte sehr wohl, dass nur Hugo Beelzer die Huldigung in voller Lautstärke gesprochen und sich angemessen tief verbeugt hatte.

„Erweise dem Hochpriester den nötigen Respekt!", zischte er Schindler zu. „Beuge dich!"

„Ehre seiner Hoheit, dem Hochpriester seiner Majestät, des Fürsten!“, sagte dieser stockend, aber lauter und verbeugte sich nun auch tiefer.
„Auf die Knie!“, forderte Schwarzer weiter.
Zähneknirschend sank Hannes Schindler vor dem Hochpriester auf die Erde. Dies war keine Ehrerbietung mehr. Dies war eine Demütigung! Öl auf das Feuer seines lodernden Hasses! „Nur noch ein Hochopfer kann dir deinen Arsch retten!“, dachte er sich und meinte, er müsste unter den verzehrenden Flammen seines Herzens vergehen.
„Schon bald wird der Hochpriester seinem edlen Fürsten ein besonderes Geschenk machen! Ein Geschenk, das seiner würdig ist und das sonst niemand bringen kann!“, versprach Schwarzer feierlich, als ob er Schindlers Gedanken gelesen hätte.
Schindler und Beelzer wussten, worauf der Hochpriester anspielte. Keiner von ihnen hatte eigenes Fleisch und Blut vorzuweisen.
„Ihr seid entlassen! Solange, bis der Hochpriester euch ruft. Geht!“ Gebieterisch streckte Heinrich Schwarzer die Hand aus.
„Ehre dem Fürsten und seinem Hochpriester!“ Rückwärts, mit gebeugtem Körper, zogen sie sich aus dem Feuerschein zurück und durchschritten so die Prozessionsschneise bis zum Waldrand. Erst dort richteten sie sich wieder auf und wandten sich von Grabhügel und Feuer ab. Die Zeremonie war zu Ende.
Hannes Schindler ging auf der Wiese ein paar Meter den Hang hinunter. Dann drehte er sich um, ballte eine Hand zur Faust und drohte zurück zum Wald: „Der Teufel soll dich holen und dich in seinem höllischen Feuer grillen wie ein Hähnchen!“ Dreimal spuckte er vor sich auf den Boden, erst dann wandte er sich mit großen, schnellen Schritten dem Nachhauseweg zu.
„Er ist stark!“, keuchte Beelzer. Es fiel ihm schwer, dem jüngeren, ungestümen Mann nachzukommen.
„Noch“, grollte Schindler, die Demütigung von eben brannte wie glühende Kohlen. „Schon bald wird es einen neuen Hochpriester in Hügelhain geben, das kannst du mir glauben!“

„Mit Sicherheit!“, stimmte Hugo Beelzer zu. „Doch du Grünschnabel wirst es nicht sein“, dachte er im Stillen und freute sich diebisch darüber, dass Schindler Schwarzers ganze Aufmerksamkeit auf sich gezogen hatte.
„Ich werde das zu nutzen wissen! Der Fürst darf sich auf edles Blut freuen“ Außer Puste sagte er zu Schindler: „Hannes, ich kann bei deinem Tempo nicht mithalten. Geh ruhig vor, ich komme nach.“ In Wahrheit hatte er noch etwas anderes im Sinn, doch davon brauchte Schindler ja nichts zu wissen.
„Mach, was du willst!“ Schindler beschleunigte seine Schritte weiter. Schon bald hatte er den älteren Beelzer zurückgelassen, was ihm gelegen kam. Hugo war irgendwie schleimig und kaum zu fassen. „Man neigt dazu, ihn zu unterschätzen“, murmelte er und hatte in seiner rastlosen Eile die ersten Häuser des Dorfs erreicht. An Schlaf war heute nicht mehr zu denken. Viel zu sehr hatte ihn der Kampf mit Schwarzer aufgewühlt. Es war das erste Mal gewesen, dass er sich auf ein offenes Kräftemessen eingelassen hatte.
„Zu früh! Viel zu früh!“ Am liebsten hätte er sich eine Ohrfeige gegeben! Wieder mal hatte ihn sein ungezügeltes Temperament getrieben. Diesen offenen Angriff würde der Hochpriester nicht mehr vergessen, nun war er gewarnt und sann bestimmt auf Rache. Schindler sah nur eine Konsequenz: Einer von ihnen war zu viel.
Der Fürst wünschte ein Hochopfer. Wie Schuppen fiel es ihm von den Augen: Seine Majestät würde sich auf jeden Fall an Blut laben, nur wessen, das stand noch offen.
„Meines nicht!“, rief Schindler und zertrat mit voller Gewalt eine Nacktschnecke, dass es nur so spritzte. „Meines bekommt er nicht!“

Armenhaus

Gegen Morgen kam Wind auf. Ein Wetterwechsel kündigte sich an. Vom nahen Waldrand war deutlich das Rauschen der Bäume zu hören.
„Der Wind trägt nichts Gutes zu uns herüber", sagte Nathanael und schaute besorgt den Hang hinauf.
„Ja", antwortete Jalon ruhig und blickte in dieselbe Richtung.
„Macht euch bereit!", rief er den anderen zu. „Ihr kennt den Auftrag! Keiner von ihnen darf hindurch!"
Sie nickten und rückten enger zusammen. Der Ring wurde geschlossen.
„Bald wird er da sein. Und mit ihm seine Begleiter."
„Sie werden sich an die Grenze halten müssen, Nathanael."

Hugo Beelzer hatte sich zurückfallen lassen und trottete gemächlich den Hang hinunter, aber nur so lange, bis Hannes Schindler aus seinen Augen verschwunden war. Dann hielt er inne, horchte für einen Moment in die Dunkelheit. Es herrschte die Stille vor Tagesanbruch. Nur der auffrischende Wind war zu hören. Beelzer wandte sich um und blickte zurück zur Prozessionsschneise. Auch dort oben konnte er nichts erkennen.

„Gut." Er setzte sich wieder in Bewegung und erreichte nach ein paar Schritten den geteerten Feldweg, der von Hügelhain heraufführte. Hugo klopfte seine nassen und erdigen Stiefel aus, anschließend folgte er dem Weg hinunter.

„Ich muss wissen, was vorgeht! Sie hat bestimmt schon etwas herausgefunden! Wehe, wenn sie etwas vor mir verheimlicht, dann soll sie mit einem Hugo Beelzer Bekanntschaft machen, der reich an Macht ist!" Getrieben von einer inneren Unruhe eilte er durch die schwindende Nacht dem alten Häuschen entgegen. Kurz darauf konnte er dessen Silhouette wahrnehmen, und wenige Augenblicke später stand er am geschlossenen Gartentürchen. „So, Frederike, ein bisschen bald zum Aufstehen, aber wenn ein *Herr* kommt, dann haben die Untertanen zu gehorchen!" Hugo drückte die Klinke des Türchens und trat entschlossen in den eingezäunten Vorgarten des Armenhauses. Kaum hatte er den ersten Schritt getan, verharrte er plötzlich.

„Was zum Teufel?" Er schaute sich um, konnte aber nichts entdecken.

„Warum fühle ich mich mit einem Mal so komisch? Es ist, als ob ein Teil von mir vor dem Garten zurückbleiben musste." Er ging zurück und stellte sich vor das Türchen. Sofort floss ihm wieder eine bekannte Präsenz zu, und er fühlte sich so wie sonst auch. Nun betrat er erneut den Garten. Augenblicklich verließ ihn die Präsenz.

„Verflucht! Was geht hier vor?" Beelzer war verunsichert. Noch nie hatte er so etwas wahrgenommen. Er konnte sich keinen Reim darauf machen. Irgendwie fühlte er sich nackt und weit weniger mächtig als üblich. Ein wesentlicher Teil seiner Kraft blieb vor dem Gartentürchen zurück.

„Hm", murmelte er und ging weit weniger entschlossen als zuvor auf die Tür des alten Armenhauses zu. Sein ganzer gieriger Elan war wie weggeblasen. Fast schon schämte er sich, jemanden zu so früher Stunde aus dem Schlaf zu reißen. Mühsam rief er sich seine Ziele zurück ins Gedächtnis: „Ich werde *Herr der Herren!* Ich muss Schwarzer und Schindler ausschalten! Ich muss ihnen einen Schritt voraus sein! Ich brauche Botschaften aus der Geisterwelt, welche die zwei nicht haben! Frederike ist mein Werkzeug! Nur ich weiß um ihre Fähigkeiten! Sie ist mein!" Er begann, gegen die Tür zu poltern, immer lauter, und entfachte so die Glut seiner Gier neu zu einem lodernden Feuer.

Der erste Schlag gegen ihre Haustür reichte, um Frederike Gottlieb erschrocken, wie von einer Tarantel gestochen, aus dem Schlaf auffahren zu lassen.

„Meine Güte! Was ist das?" Ihr Atem raste und sie merkte, wie das Blut in ihrer Magengrube zusammenfloss. Sie brauchte eine ganze Weile, bis sie überhaupt in der Lage war, einen klaren Gedanken zu fassen. Pausenlos hielt das Hämmern an.

„Aufmachen! Frederike! Verdammt noch mal! Wird's bald?"

„Hugo?", flüsterte sie leise und wurde bleich. „Um diese Zeit?" Frederike schaute auf den Wecker. „Halb fünf?"

Mühsam wälzte sie sich aus den Federn und blieb auf der Bettkante sitzen. Schwindel umfing sie.

„Frederike! Himmel, Arsch und Zwirn! Du faules Weibsstück! Beweg dich endlich! Oder muss ich erst die Tür einschlagen?"

„Moment noch!"

Das Toben vor der Tür ebbte ab. Beelzer hatte sein Ziel erreicht, Frederike Gottlieb war wach.

„Was geht hier vor?", fragte sie sich nochmals, sobald ihr Geist einigermaßen auf der Höhe war. „Um diese Uhrzeit ist er noch nie gekommen! Draußen ist's ja noch dunkel!" Ein seltsames Gefühl beschlich sie. Es mahnte zur Vorsicht. Nur ein außergewöhnlicher Grund konnte Hugo zu diesem Schritt verleiten. Es musste für ihn so dringend sein, dass er nicht bis zum Tag warten wollte.

„Er war in der Nähe", fiel es ihr wie Schuppen von den Augen: „Beim Burgstall! Bestimmt ist eine Schurkerei im Gange!" Sie stand auf, warf sich ihren Morgenmantel über und ging zur Haustür.

„Was willst du, Hugo? Weißt du eigentlich, wie früh es ist?“, rief Frederike durch die verschlossene Tür.
„Mach auf! Ich habe mit dir zu reden!“
„Ich wüsste nicht, was das sein sollte!“
„Verflucht, du altes Miststück! Wenn du nicht augenblicklich öffnest, dann kannst du was erleben! Ich werde dir jeden Knochen im Leib einzeln brechen! Glaub ja nicht, dass mich die Tür hier aufhalten kann!“, zischte er drohend durch seine ans Holz gelegten Lippen. „Auf jetzt!“
Frederike zweifelte nicht einen Moment am Wahrheitsgehalt seiner Worte. Seufzend schob sie den Riegel zurück und schaute, dass sie hinter ihren großen Tisch kam. Er sollte wenigstens für einen minimalen Abstand zu Hugo Beelzer sorgen. Kaum war der Riegel zurückgeschoben, da stand Hugo auch schon im Häuschen. Sein Gesicht war verzerrt, er schnaufte tief und heftig. Mit einem Fuß stieß er heftig die Tür zu. Krachend fiel sie ins Schloss.
„Verdammt noch mal! Wie kannst du es wagen, einem *Herren,* dem zukünftigen *Herrn der Herren,* den Eintritt zu verweigern?“ Er trat an den Tisch und begann ihn zu umrunden, damit er näher an Frederike herankäme. Doch sie wich so zurück, dass er ihr ständig gegenüber blieb.
„Verflucht, bleib stehen, wenn ich mit dir rede!“
„Wenn du stehen bleibst, dann bleibe ich auch stehen“, antwortete Frederike ruhig. Sie verspürte nicht die geringste Lust, Beelzers stinkenden Atem zu riechen.
„Das Tischchen wird dir auch nicht helfen können“, sagte er verächtlich.
„Ja, aber es schafft im Moment angenehmen Abstand.“
„Du elendes Stück! Ich werde dich kleinschnippeln!“
„Meinetwegen. Wenn du mich in Einzelteilen besser gebrauchen kannst.“
„Kommt drauf an, wie du mir mehr nützt“, antwortete er kalt, „vielleicht bist du ja tot wertvoller als lebendig.“ Ein irres Grinsen spielte um seine Lippen, und er begann, das Katz-und-Maus-Spiel um den Tisch herum fortzusetzen.

„Vielleicht aber auch nicht. Du hättest mich dann verloren."
Hugo Beelzer lachte laut heraus: „Du bist mein, tot oder lebendig! Dein Geist gehört mir! Ich werde immer über dich verfügen!"
„Täusch dich mal nicht", sagte Frederike so ruhig und überzeugend, dass Beelzer innehielt und sie abschätzend musterte.
„So sicher?", fragte er zweifelnd.
„So sicher", bestätigte sie mit Gewissheit.
Es entstand eine Pause. Hugo Beelzer erinnerte sich an die Begebenheit draußen vor dem Gartentürchen, noch immer trug er das seltsame Gefühl der Nacktheit und Kraftlosigkeit mit sich herum.
„Mit wem bist du im Bunde?" Seine Augen verengten sich. „Mit Schwarzer? Hat er einen magischen Gürtel gezogen? Spielst du ein doppeltes Spiel?" Lauernd begann er wieder, um den Tisch zu schleichen.
„Nun wird's ernst", durchfuhr es Frederike. Ihr Leben stand auf Messers Schneide. „Wenn ich ihn nicht gleich beruhigen kann, dann ist's um mich geschehen!" Sie wich vor Beelzer zurück.
„Oder gar mit Schindler, diesem hirnlosen Hitzkopf?"
„Weder noch", erwiderte sie.
„Und was war das eben draußen?"
„Was war draußen? Ich weiß nicht, wovon du redest."
„Da draußen ist eine Kraft! Sie hat mich geschwächt! Manches von mir musste vor dem Garten zurückbleiben."
Nun fiel Frederike ein, was Beelzer meinte: „Die Wächter! Die Wächter sind immer noch da! Du liebe Zeit! Ich kann doch Hugo nicht von den Wächtern erzählen! Der dreht mir ja durch!"
Beelzer bemerkte ihr Zögern: „Du elendes Weibsstück meinst wohl, du könntest mich zum Narren halten, was? Aber mir entgeht nichts!" Er griff an den Tisch und schleuderte ihn zur Seite. Klirrend zerbrachen die Vase und die gläserne Obstschale. Mit unheimlicher Geschwindigkeit war er bei Frederike, packte sie am Kragen und hob sie hoch, als ob sie das Gewicht eines Kindes hätte.

„Nenn mir einen Grund, warum ich dein Leben schonen sollte!"
„Weil du es nicht riskieren kannst, auf mich zu verzichten!"
„Dein Leben ist keinen Pfifferling wert!"
„Na, wenn es so ist – viel Spaß!" Frederike bot ihm ihren Hals an.
Beelzer überlegte. „Du bist mir zu nichts mehr nütze! Bevor du einem anderen *Herren* dienst, mache ich dich lieber kalt. Aber sei gewiss, wir sehen uns wieder! Aufgeschoben ist nicht aufgehoben!" Er setzte sie ab, griff nach ihrer Kehle und begann genüsslich, seine Hände wie ein Schraubstock zusammenzudrücken.
Panik stieg in Frederike auf. Mit gurgelnder Stimme presste sie hervor: „Maria!"
Hugo lockerte seinen Griff. „Maria? Welche Maria?"
„Maria Schwarzer", keuchte Frederike und rieb sich ihren Hals.
„Maria ist schon lange tot", runzelte er die Stirn. „Sie starb bei einem Unfall."
„Du weißt ebenso gut wie ich, dass dies eine Lüge ist. Sie ist euch zum Opfer gefallen. Oder sollte ich besser sagen *geopfert worden?*"
Beelzer zeigte Verunsicherung: „Wer hat dir das gesagt?"
„Niemand, aber ich habe da so eine Ahnung."
„Ich hab da so 'ne Ahnung!", säuselte er spöttisch, um abzulenken. „Und wenn es so gewesen wäre, wen sollte das heute noch interessieren?"
„Dich."
„Warum?"
„Weil sie mir erzählt hat, dass große Unruhe im Schattenreich herrscht."
„Du hast sie getroffen? Wo?"
„Sie war bei mir."
„Hier?" Hugo ließ seinen Blick durchs Zimmer schweifen.
„Was hat sie dir erzählt?"
„Etwas steht bevor."
Um Beelzers Lippen spielte ein grausames Grinsen: „Du willst doch nur deinen Arsch retten! Du weißt gar nichts!" Wieder griff er mit seinen Pranken nach Frederikes Hals.

„Es soll ein Hochopfer geben!", stieß sie hastig hervor.
Augenblicklich ließ er die Hände sinken, wurde aschgrau im Gesicht und stammelte: „Ei ... ein Hochopfer?"
Sie nickte schweigend.
In Hugos Kopf begann es, rasant zu arbeiten: Nur die *Herren* und treue, bewährte Mitglieder der Gefolgschaft wussten von der Möglichkeit des Hochopfers. Darüber mit Novizen oder Fremden zu reden, war ein todeswürdiges Vergehen, falls es die anderen herausbekämen. Niemand außer ihnen durfte jemals etwas davon erfahren.
„Wer hat's dir gesagt?", wollte er finster wissen. „Und versuch ja nicht, mich zu täuschen!"
„Ich weiß es von ihr."
„Von Maria?", vergewisserte sich Beelzer.
Frederike nickte.
„Damit hast du dein endgültiges Todesurteil gesprochen!", dachte er. „Ich werde dich nun umbringen. Du weißt zu viel."
Sie erriet seinen Gedanken. „Mach's schnell, was du meinst, tun zu müssen."
Entschlossen griff Hugo Beelzer erneut nach ihrer Kehle und begann zuzudrücken. Sie wehrte sich nicht und hatte nur einen Gedanken: „Hoffentlich verliere ich rasch das Bewusstsein."
Plötzlich durchfuhr es ihn: „Was, wenn sie recht hat? Wenn sie mir wirklich entgleitet? Regel der *Herren* hin oder her! Ich kann doch diesen kostbaren Trumpf nicht aus meiner Hand geben! Sie ist immer wieder gut für eine Botschaft aus dem Geisterreich. Ich wäre ein Idiot, wenn ich auf sie verzichten würde!"
Frederikes Gesicht war inzwischen blau angelaufen, ihre Augen quollen aus den Höhlen, sämtliche Adern spannten sich im Gesicht.
Augenblicklich löste Beelzer seinen Griff. Sie sackte zusammen und blieb regungslos auf dem Boden liegen. Unheimliche Stille legte sich auf das alte Armenhäuschen.
„Aufstehen!", befahl er, stieß ihr mit den Schuhen in die Seite und öffnete anschließend die Fensterläden, damit das Licht des neuen Tages hereinfallen konnte. Düster starrte er ins Freie.

Endlose Minuten verstrichen, bis sich Frederike langsam regte. Ihr Hals brannte wie Feuer, und jedes Schlucken verursachte schreckliche Schmerzen. Apathisch blieb sie auf dem Boden liegen. Beelzer kam zurück und versetzte ihr einen Tritt: „Hoch mit dir! Ich hab nicht den ganzen Tag Zeit."
„Dann geh doch." Nur mit Mühe konnte sie sprechen.
„Noch bin ich nicht mit dir fertig. Also beweg dich!"
In Etappen richtete sich Frederike auf und zog sich schließlich auf einen Stuhl. Völlig erschöpft blieb sie dort schweigend sitzen. Hugo gab ihr noch ein paar Minuten, dann wandte er sich um, ging zu ihr und beugte sich so, dass er ihr direkt in die Augen sehen konnte: „Ich möchte jetzt, dass du mir alles erzählst, was du von Maria weißt! Sei versichert, wenn ich herausfinde, dass du mich an der Nase herumgeführt hast, dann werde ich mit dir ein paar Spielchen spielen, die den Tod als Ausflug in einen Vergnügungspark erscheinen lassen! Also?"
„Der Fürst wünscht sich ein Hochopfer", begann Frederike unter Anstrengung.
„Wer hat dir, verdammt noch mal, vom Fürsten erzählt?", unterbrach Hugo sie barsch.
„Du selbst. Falls du das schon vergessen haben solltest."
„Werde nicht frech!" Er schlug ihr mit dem Handrücken ins Gesicht und ärgerte sich über seine unbewusste Leichtsinnigkeit. „Weiter!", befahl er.
„Maria gehört zu den geketteten Geistern, aber sie sehnt sich nach Freiheit. Sie ist verfolgt von Fängern, die unmittelbare Helfer des Fürsten sind."
Beelzer nickte und wusste, dass Frederike seinen besonderen Anhang meinte, der aus unerfindlichen Gründen vor dem Gartentürchen geblieben war.
Stück für Stück kamen die Lebenskräfte in Frederikes Körper zurück. Auch ihre Gedanken konnte sie nun wieder besser sortieren. Sie wagte eine Gegenfrage: „Hast du eine Ahnung, wer die Fänger sind?"
Hugo zuckte mit den Schultern: „Was kümmert's mich? Es ist mir egal, woher seine Majestät die Dienstgeister beruft."

„Es sollte dir aber nicht *egal* sein, denn es könnte auch dein Los werden, wenn du so weitermachst."
„Wie, mein Los?"
„Die Fänger sind die verstorbenen *Herren* der Vergangenheit."
Beelzer lachte lauthals heraus: „Wer hat dir diesen Mist erzählt? Schon immer gilt, dass den *Herren* ein besonderer Platz in der Nähe seiner göttlichen Herrlichkeit gewährt wird! Je größer der Gehorsam zu Lebzeiten, desto grandioser der Ruhm in Ewigkeit!"
„Du Narr!"
Frederike erhielt eine weitere Ohrfeige. „Du machst dich über mich lustig?", brüllte ihr Hugo ins Gesicht und schob gleich noch eine hinterher.
„Nein. Ich möchte dir nur sagen, dass deine Annahme ein großer Irrtum ist. Vielleicht kommst du ja noch aus dieser Sackgasse heraus."
„Irrtum?", schrie er. „Sackgasse?" Beelzer schlug mit voller Kraft auf den Tisch. Das Möbel ächzte unter der Gewalt. „Der Ruhm der *Herren* ist seit Jahrhunderten verbürgt! Ich habe die Herrlichkeit in seiner Gegenwart gesehen! Das Gold, die drallen Weiber, den Überfluss!"
„Vielleicht sollst du ja glauben, dass dem so ist. Vielleicht sollst du in Sicherheit gewogen werden?"
Mit offenem Mund starrte Beelzer Frederike an: „Wer, wer hat dir solches erzählt?", flüsterte er mit bebender Stimme.
„Maria."
„Maria?", rief er aufbrausend. „Maria? Was weiß die schon? Die war doch schon immer ein bedeutungsloses Anhängsel! Gerade gut genug für ..."
„Ein Menschenopfer", beschloss Frederike seinen Satz.
„Ja, von mir aus!", zischte er giftig. „Soll sie sich doch da draußen rumtreiben!" Er deutete zum Fenster hinaus. „In seine göttliche Nähe wird sie nie kommen, und die rauschenden Feste am Hof des *Fürsten* wird sie nie erleben, sie war nur *Fleisch.*" Verächtlich spuckte er auf den Boden.
„Wenn du meinst. Aber denk dran, ich habe dich gewarnt. Und ich habe dir erzählt, was Maria mir mitgeteilt hat."

„Lüge! Alles erstunken und erlogen!“ Beelzers Stimme überschlug sich, er lief wie ein wütender Löwe im Käfig hin und her.
„Warum so aufgebracht? Wo du doch weißt, dass alles Lüge ist?“
„Du elende Hexe! Ich werde dich ...“ Er verharrte kurz. Dann wandte er sich unvermittelt zur Tür und stürmte hinaus.
„Denk über meine Worte nach!“, rief ihm Frederike hinterher und war erleichtert, als er endlich fort war.
„Lieber Gott im Himmel!“ Ein tiefer Stoßseufzer kam über ihre Lippen. Nur ganz langsam entspannte sie sich. Das Blut pochte in den Schläfen, sie zitterte am ganzen Leib. Gerade wäre sie fast umgebracht worden. Sie spürte den Hauch des Todes in jeder Faser ihres Körpers. Glücklicherweise saß sie schon, sonst wäre sie umgekippt. „Du brauchst mich wohl noch“, sagte sie mit zur Zimmerdecke gerichtetem Kopf. „Aber, wenn es geht, dann treib es beim nächsten Mal nicht mehr so auf die Spitze.“ Sie fuhr mit ihren Fingerspitzen über die Haut am Hals. Besonders der Kehlkopf schmerzte furchtbar. Sobald sie aufstehen konnte, ging sie zum Kühlfach, holte sich ein paar Eiswürfel heraus, schlug diese in ein Geschirrtuch ein und nahm das Päckchen mit in die Schlafkammer. Frederike kroch zurück ins Bett und legte das Eis auf ihre Kehle. Die Kühlung linderte und besserte nach und nach das Schlucken.
„Gott sei Dank, er hat nichts über die Wächter erfahren“, flüsterte sie erleichtert. Frederike war überzeugt, wenn Hugo seinen gesamten „Anhang“ dabei gehabt hätte, wäre sie jetzt nicht mehr am Leben. In der unsichtbaren Welt begannen sich Dinge zu verschieben. Eine neue Kraft brach in die Herrschaft des Fürsten ein. Eine starke Kraft. Jedenfalls so stark, dass die Fänger nicht mehr schalten und walten konnten wie ehedem.
„Gott, willst du hier etwas verändern?“, fragte sie laut.
Niemand antwortete darauf, doch in Frederikes Herz formte sich ein Gefühl, dass sie noch einen Beitrag zu leisten hatte und dass ihr zwar das leibliche Leben genommen werden konnte, aber dass niemand sie darüber hinaus versklaven durfte. Tief in

ihrem Innern spürte sie einen gewaltigen Frieden, der es nach und nach schaffte, auch ihren geschockten Leib in die Ruhe zurückzuführen. Sie schloss die Augen.

Es war heller Vormittag, als Frederike sie wieder öffnete. Für den ersten Moment dachte sie an einen unheimlichen Albtraum. Doch als sie sich drehte um aufzustehen, holte sie ein dumpfer Schmerz am Hals in die Realität zurück. Sie hatte nicht geträumt.
Im alten Armenhaus war es klamm. Sie stieg aus dem Bett und stieß die Fensterläden der Schlafkammer auf. Draußen herrschte regnerisches Nieselwetter, der Wind pfiff ums Haus. Über Nacht hatte der Herbst den Spätsommer abgelöst. Frederike ging in die Stube. Sie war Wohnzimmer, Esszimmer und Küche in einem. „Schnell ein Feuer machen!" Ihr war kalt, und die Erschöpfung von Beelzers nächtlichem Angriff saß ihr in den Knochen.
Gleich darauf knisterten die Flammen im Herd. Frederike ging ins gegenüberliegende kleine Bad. Sie erschrak, als sie ihren blau unterlaufenen Hals im Spiegel sah. Sie wusch sich und zog ihre Kleider an. Anschließend machte sie Kaffee, stellte den Tisch wieder auf und räumte die Scherben vom Boden weg. Nach erledigter Arbeit setzte sie sich erschöpft an den Tisch und schenkte sich eine dampfende Tasse Kaffee ein. „Puh!" Sie versuchte, ihre Gedanken zu sortieren, als es plötzlich an die Tür klopfte. Frederike zuckte zusammen.
„Das wird doch nicht schon wieder ..." Sie ging zur Tür. „Wer ist da?"
„Luise", schnarrte es von der anderen Seite herein.
„Luise?", runzelte Frederike die Stirn und öffnete.
„Guten Morgen! Ah, ich rieche, es gibt Kaffee!" Wie selbstverständlich schlurfte Luise an Frederike vorbei ins Häuschen.
Frederike war fünf Jahre älter als Luise Otter, dennoch wirkte sie ein paar Jahre jünger. Die Bitterkeit hatte Luise gebeugt und früher altern lassen. Zielgerichtet steuerte sie einen Stuhl am Tisch an und ließ sich darauf nieder. Dass sie mit ihren

schlammverschmierten Gummistiefeln Schmutz hereintrug, störte sie nicht im geringsten.
Verblüfft stand Frederike immer noch am Türrahmen.
„Es zieht. Du lässt ja die ganze schöne Wärme hinaus!", krächzte Luise mit rauer Stimme. „Danke, ich nehme gern ein Tässchen."
Angewidert schloss Frederike die Tür, holte eine zweite Tasse aus dem Küchenschrank und stellte sie Luise vor die Nase: „Eingießen kannst du dir ja selbst."
„Nicht sehr gastfreundlich!", maulte Luise mit einem spöttischen Grinsen um die faltigen Lippen.
„Willkommene Gäste halten sich an die Regeln der Höflichkeit", entgegnete Frederike trocken und nippte an ihrer Tasse.
„Ach, ich war zufällig in der Nähe, und da habe ich mir gedacht, schau doch mal bei der Frederike vorbei. Du bekommst hier draußen ja so selten Besuch." Luise spähte unter ihren schmalen Lidern hervor.
Frederike spürte die Blicke: „Du tust nie etwas zufällig. Schon gar nicht mich besuchen!"
„Na, na, na, wer wird denn gleich misstrauisch sein, wenn eine alte Dame der anderen einen Besuch abstattet."
„Du besuchst mich so gut wie nie, und wenn, dann war bisher immer ein Hintergedanke dabei. Du magst mich nicht, Luise."
„Davon gibt's wohl noch mehr", mit einem Nicken deutete sie auf Frederikes geschundenen Hals. „Hat er dich ein bisschen *gepflegt?*"
„Wer?"
„Unser lieber Freund Hugo."
„Ich glaub nicht, dass dich das etwas angeht."
„Es ist doch Bürgerpflicht, darauf einzugehen, wenn jemandem Schaden zugefügt wurde."
„Mir kommen die Tränen. Warum werde ich das Gefühl nicht los, dass du mich aushorchen willst?" Frederike war leicht gereizt. „Aber reden wir einmal von dir: Warum treibst *du* dich eigentlich hier draußen herum?"
„Wie gesagt, ich kam zufällig vorbei".

„Dein Feld ist aber auf der anderen Seite des Dorfs und dein Apfelgrundstück auch. Du warst in der falschen Richtung unterwegs. Nur für den Fall, dass du es nicht bemerkt haben solltest. Es sei denn, du hast dich oben im Wald rumgetrieben."

„I wo." Luise machte eine abfällige Handbewegung und griff nach ihrer Tasse.

„Für euresgleichen übt der Burgstall ja magische Anziehungskraft aus. Aber wenn ich es recht betrachte", Frederike schaute auf Luises mit sandigem Schlamm verschmierte Gummistiefel, „warst du wohl eher bei der Quelle."

„Du hast wirklich einen messerscharfen Verstand!", witzelte Luise Otter. „Ja, ich war bei der Quelle und habe Brunnenkresse gesammelt."

„Brunnenkresse? Das Jahr ist viel zu weit fortgeschritten für frische Brunnenkresse! Halt mich nicht zum Narren!" Frederike hatte ein umfassendes Kräuterwissen. „Ich mag mir lieber nicht ausmalen, was du an der Quelle getrieben hast", fügte sie mit Ekel in der Stimme hinzu.

„Vielleicht ist's besser so", gab Luise spitz zurück und entdeckte ein paar übriggebliebene Scherbensplitter auf dem Boden. „Dir ist wohl etwas heruntergefallen?"

„Ja, eine Vase."

„Schade um das schöne Porzellan. Ich hoffe, es war kein Erinnerungsstück."

„Luise, jetzt mal ohne Umschweife: Was willst du bei mir?" Frederike hatte genug von ihrer Gegenwart. Was um alles in der Welt suchte dieses alte, schreckliche Weib hier? Als ob sie gerochen hätte, dass es im alten Armenhaus heute schon dramatisch zugegangen war.

„Ach, ich wollte nur mal nach dem Rechten sehen."

„Ich brauche keinen, der sich um mich kümmert, schon gar nicht *dich!* Ich wäre froh, wenn du nun verschwinden würdest."

„Irgendwie hat sich bei dir etwas verändert." Luise ignorierte Frederikes Aufforderung. „Früher war's hier angenehmer." Sie hob prüfend die Nase und sog pfeifend die Luft ein.

„Möglicherweise ist dieser Ort für deinesgleichen nicht mehr schmutzig genug“, gab Frederike zurück und ahnte, was wohl auch Luise bemerkt hatte.
„Frederike, Frederike“, krächzte Otter mitleidsvoll, „ich mach mir ernsthaft Sorgen um dich! Und ich bin erleichtert, dass du noch lebst. Aber ich glaube, du hast dringend Hilfe nötig! Willst du dich mir nicht anvertrauen? Ich weiß, was gespielt wird.“
„Wer dich zum Freund hat, braucht keinen Feind mehr fürchten.“
„Nun, falls dir dein Leben lieb ist und falls du dir Gedanken über das Danach machst, weißt du ja, wo du mich findest“, klang Luise bedeutungsschwer und musterte Frederike erwartungsvoll, ob sie nach dem hingeworfenen Brocken schnappen würde.
„Vielen Dank, ich habe kein Interesse. Nett, dass du jetzt aufbrichst, ich habe noch zu tun!“
Luise Otter verlor ihre aufgesetzte Ruhe. „Du starrsinniges Weib!“, keifte sie. „Du wirst schon noch sehen, wo das hinführt! Glaub ja nicht, dass dein Treiben unbemerkt bleibt! Es wird ein schlimmes Ende mit dir nehmen! Du bist mehr als schwachsinnig, wenn du meine helfende Hand verweigerst! Aber ich habe dich gewarnt! Beklag dich nicht, wenn du in die Finsternis fährst!“
„Schon gut, ich werde dir dann keine Vorwürfe machen. Zufrieden?“
„Werd nicht frech! Du tust undurchsichtige Dinge! Glaubst du, ich merke nicht, dass hier im Armenhaus eine andere Macht eingezogen ist?! Sei versichert: Es gibt noch andere, denen dies aufgefallen ist! Denen dein Fremdgehen überhaupt nicht schmeckt!“
„Du willst mich doch bloß für deine eigenen Absichten gewinnen! Aber ich diene keinem von euch! Und was den Weg in die Finsternis betrifft“, Frederike sah Luise tief in die Augen, „das Zwischenreich ist voll von Verzweifelten deines Kalibers! Vielleicht solltest du dir besser Gedanken um deine eigene Zukunft machen anstatt um meine.“

„Du hast keine Ahnung, mit *wem* du es zu tun hast“, flüsterte Luise Otter.
„Du offensichtlich auch nicht!“, hielt ihr Frederike gelassen entgegen, erhob sich, ging zur Tür und öffnete sie: „Ich glaube, das Wetter wird noch schlechter. Besser du gehst jetzt, bevor dich der Regen völlig durchweichen wird. In unserem Alter kann eine Lungenentzündung tödlich sein.“
Wüste Flüche ausstoßend, kam Luise Frederikes Aufforderung nach und blitzte sie an, als sie auf gleicher Höhe mit ihr war: „Es wäre besser für dich, dich gut mit mir zu stellen! Der Friedhof ist voll von solchen, die sich nicht an die Gegebenheiten in Hügelhain halten wollten.“
„So wie die alten Widers?“, fragte Frederike unbeeindruckt zurück.
„Ach, die hat unglücklicherweise ein Ast erschlagen“, grinste Luise breit und entblößte dabei ihren fast zahnlosen Kiefer. „Wir wollen doch nicht, dass dir Ähnliches widerfährt.“
„Bestimmt nicht.“ Frederike schob die boshafte Otter mit Nachdruck über die Schwelle ins Freie hinaus.
„Der Geißheimer[14] soll dich holen!“, giftete Luise und spuckte drei Mal vor Frederike auf den Boden.
„Wer im Glashaus sitzt, werfe nicht mit Steinen!“, ließ diese den Fluch kühl an sich abgleiten und schloss ohne weitere Worte die Tür.
Wütend trat Luise dagegen und entfernte sich anschließend laut schimpfend aus dem Garten. Frederike achtete nicht mehr darauf. In ihrem Kopf drehte sich alles.
„Fehlt nur noch, dass Schwarzer ebenfalls im Armenhäuschen erscheint!“ Sie fuhr sich durchs graue Haar und spürte, wie ein Schauer über ihren Rücken lief.
„Es braut sich etwas zusammen“, murmelte sie und dankte im Stillen den Wächtern. Ohne deren Schutz würde es ihr bestimmt gerade schlechter gehen! Falls es sie überhaupt noch gäbe.
Draußen wurde Frederikes Dank laut und deutlich gehört. Jalon, Nathanael und ihre Schar fühlten sich dadurch gestärkt.

„Gute Arbeit!“, rief Jalon ihnen zufrieden zu. „Nicht nachlassen! Die Kraft des Gebets wächst! Diesmal könnte der Durchbruch zu schaffen sein! Lasst uns weiterhin wachsam bleiben!“

Hügelhain

„Mauz, mauz, mauz!" Max beugte sich ziemlich verschlafen über den Käfig der jungen Katze. Sie war inzwischen ordentlich gewachsen. Er schaute nach dem Futter, gab ihr ein Gemisch aus Milch und Wasser zu trinken und war versucht, das Kätzchen herauszunehmen und das weiche Fell zu streicheln. Irgendwie hatte er sich in den letzten Wochen an seine Hausgenossin gewöhnt. Müde schaute er auf die Küchenuhr: „Kurz nach fünf." Er verschloss die Käfigtür und schlurfte ins Bad. Ihm lagen die Frühschichtwochen nicht. Schon gar nicht, wenn es morgens noch dunkel war. Schröcker merkte es unmittelbar, wenn sich die Tage verlängerten oder, wie in dieser Jahreszeit, kürzer wurden. Ein kräftiger Schwall kaltes Wasser übers Gesicht half ihm, wach zu werden: „Brr!" Rasch trocknete er sich mit einem Handtuch ab. Das sollte an Morgentoilette genügen. Max schlüpfte in seine Arbeitskleidung und kehrte zurück in die Küche. Erschrocken zuckte er zusammen, als er die große, hagere, in einen grünen Lodenmantel gehüllte Gestalt sah, die unbemerkt hereingekommen war.
„Guten Morgen, Max", grüßte Heinrich Schwarzer und hielt seine Hände im zugeknöpften Lodenmantel verborgen.

„Guten Morgen, Heinr ...“ Max Schröcker stockte und setzte neu an: *„Ehre und Würde dem vollmächtigen Herrn und Priester! Kenner der Geheimnisse und Sohn der Gottheit! Ich verehre dich!“* Er verbeugte sich tief.
Zufrieden nickte Schwarzer. So musste der Umgang mit dem Hochpriester sein! Jedes Mitglied der Gefolgschaft war ihm zur Ehrerbietung verpflichtet. Egal zu welcher Tages- oder Nachtzeit. *„Ehre dem allmächtigen Fürsten, unserem Gott!“*, antwortete er würdevoll.
„Ehre dem Fürsten!“ Schröcker verbeugte sich nochmals tief.
„Wie geht's dem Opfer?“ Schwarzer wandte sich dem Käfig zu und ging davor in die Hocke. „Sieht gut aus! Ich bin zufrieden!“ Er erhob sich wieder.
Max strahlte übers ganze Gesicht. Ein Lob vom Hochpriester war etwas Besonderes! „Ich gebe mir auch viel Mühe!“, erwiderte er stolz.
„Es soll dir nicht zum Schaden sein! Der Fürst und sein Hochpriester sehen es mit Wohlwollen, wenn Glieder der Gefolgschaft verlässlich und gehorsam sind.“
„Danke, *Herr!*“ Max senkte unterwürfig das Haupt.
„Bewährung bringt Ehre und bedeutet Empfehlung für Höheres!“, deutete Schwarzer an.
„Hm?“
„Es gibt manche in der Gefolgschaft, deren Verlässlichkeit und Gehorsam zu wünschen übrig lassen. Von ihnen wird Gunst genommen. Sie müssen weniger werden!“
„Franz?“, fragte Max flüsternd.
„Sei treu und nicht neugierig.“
„Verzeihung, *Herr.*“
„Kümmere dich weiterhin gut! Bald ist *Samain!* Blut und Fleisch werden den Fürsten milde und großzügig stimmen! Das Wasser der Quelle wird sich rot färben und Weisung geben! Das Tor wird sich öffnen! Die Treuen werden Ehre empfangen und die Ruchlosen Schande! Der Tag des Fürsten naht! *Ehre dem allmächtigen Fürsten, unserem Gott!*“
„Ehre dem Fürsten!“ Schröcker sank in Ehrfurcht zu Boden.

Der Hochpriester schmunzelte höhnisch. In Max Schröcker hatte er einen treuen Gefolgsmann! Er fraß ihm aus der Hand und hing gierig hechelnd an seinem Rockzipfel. Ein Werkzeug!
„Erhebe dich und empfange!"
Max leistete der Aufforderung Gehorsam. Der Hochpriester legte die rechte Hand auf seine Stirn und flüsterte unverständliche Worte. Max spürte, wie ihn eine Kraft durchströmte und sich kribbelnd in der Magengegend sammelte. Schrecklich und schön zugleich. Je länger es dauerte, desto unerträglicher und erregender! Er begann am ganzen Körper zu zittern und wurde schließlich völlig durchgeschüttelt. Eine wilde Achterbahn! Immer schneller und heftiger! Schröcker fiel weggetreten zu Boden, um seine Lippen spielte ein breites Grinsen. Er konnte sich nicht mehr bewegen und war auch nicht mehr ansprechbar.
Schwarzer genoss seine Macht: „Na, das ist besser als Sex! Du bekommst mehr davon, glaub mir! Und du wirst Wachs in meinen Händen, dummer, hasenschartiger Trottel!" Er verließ die Küche mit einem neuen Ziel.
Nach einer Weile erlangte Max sein Bewusstsein wieder. Noch immer war er durchflutet von dem unbeschreiblichen Kribbeln, das gigantischer gewesen war als alles andere, was er zuvor an Hochgefühlen erlebt hatte.
„Wahnsinn! Wahnsinn!", rief er in Euphorie und spürte es bis in die Lenden. Im selben Maß, wie sein Befinden zurück in die Normalität fand, wuchs eine verzehrende Gier nach Wiederholung.
„Mehr! Mehr! Ich will mehr davon!" In Max brannte von nun an eine lodernde Ungeduld. *„Ehre dem Fürsten und seinem Hochpriester!"*, pries er lauthals lachend, süchtig nach weiterer Berauschung, und er war bereit, dafür alles zu tun.

„Weg da, Lore!" Mit sanfter Gewalt schob Stefan Wider den Kopf der ungeduldigen Kuh vom Futtertrog. „Musst halt warten, bis ich aufgefüllt habe!" Rasch verteilte er mit der Gabel das restliche Gras im Trog. Er hatte es gestern Abend geholt.

Darüber streute er ein paar Schaufeln Kraftfutter. „So, es ist angerichtet! Guten Appetit!"
Widers hatten noch eine Handvoll Kühe im Stall stehen, die über den Sommer so oft wie möglich draußen auf der Weide waren. Zwei, drei Kälbchen versorgten sie übers Jahr auch, mästeten ein Schwein, besaßen etliche Hühner und einige Wiesen und Äcker. Stefan betrieb mit seiner Familie einen kleinen Nebenerwerbshof. Ein zeitaufwendiges Hobby, sagte er immer, aber andere hatten in ihrem Keller eine Modelleisenbahn stehen und vertrödelten so ihre Freizeit. Er besaß einen gut bezahlten Job als Ingenieur in einer mittelständischen Metallfirma in Sulzbach und hatte viel Freude daran. Die Familie war nicht auf das Einkommen aus der Landwirtschaft angewiesen. Aber irgendwie schaffte es Stefan nicht, mit der jahrhundertealten Tradition zu brechen. Er fühlte sich den Eltern und Vorfahren gegenüber verpflichtet, den kleinen Bauernhof weiterzubetreiben, wenn auch auf sehr niedrigem Niveau. Immerhin wussten die Widers, was sie auf den Tisch bekamen und vor allem in welch guter Qualität, aber Geld war damit kaum zu verdienen. Der Preis für diese Art von „Doppelleben" waren kurze Nächte und frühes Aufstehen. Jeden Morgen ging er vor dem Frühstück in den Stall, um die Tiere zu versorgen. Dennoch schaffte er es, immer pünktlich um acht Uhr im Betrieb zu stehen, dank einer relativ kurzen Fahrtzeit von etwa zwanzig Minuten mit dem Auto. Viele seiner Studienkollegen ließen Stunden am Tag auf der Strecke, nur um zur Arbeit und wieder nach Hause zu kommen. Glücklicherweise hatte Stefan in Elke eine Frau gefunden, die diese nicht immer leichte Art von Leben unterstützte und mittrug. Er hätte es nicht besser treffen können!
Während die Kühe genüsslich fraßen, mistete Stefan aus. Er war gerade dabei, den dritten Schubkarren zu füllen, als die Tiere unruhig wurden, nervös schnaubten, an ihren Ketten zerrten und eigenartig ängstlich erschienen.
„Ho, ho, ho! Was ist denn mit euch los?", versuchte er sie zu beruhigen. Gleichzeitig forschte er nach dem Grund dieser plötzlichen Aufgeregtheit.

„Schon auf den Beinen, Stefan?“, hörte er eine Stimme hinter sich und fuhr erschrocken zusammen. Ein Schauer lief ihm über den Rücken. Er drehte sich um und schaute in ein bekanntes, aber unangenehmes Gesicht.
„Heinrich Schwarzer.“ Stefan hatte den Grund für die Unruhe seiner Kühe gefunden. Argwöhnisch runzelte er die Stirn. „Was willst du hier?“
„Die Zeit für die neue Generation ist bald reif! Der Platz der Familie Wider muss wieder neu besetzt werden!“
Stefan schluckte. In ihm krampfte sich alles zusammen. Unwillkürlich presste er die Zähne zusammen, so dass sich seine Wangenmuskeln spannten.
„An Samain werdet ihr in die Gefolgschaft treten und die Geheimnisse kennenlernen. Blut und Leben werden den Bund besiegeln und euch Macht und Herrschaft zukommen lassen.“
„Steck dir's sonst wohin!“, dachte sich Stefan und fühlte nicht das geringste Verlangen, an dem Ritual teilzunehmen.
„Mitglieder der Gefolgschaft sind treu und zuverlässig! Sie halten sich an die Regeln!“ Finster blickte Schwarzer in Stefans Augen und schien dessen Widerstand zu spüren.
„Ihr werdet es entfernen! Es hat keinen Platz im Dorf der Gefolgschaft!“
„Ich weiß nicht, wovon du redest!“ Stefan klang ablehnend.
„Ich meine das Schandmal auf dem Friedhof!“, zischte Schwarzer so zornig, dass es Stefan wieder einen Schauer über den Rücken jagte. Er spürte einen heftigen Kommentar in sich aufsteigen, biss sich aber lieber auf die Lippen. Vielleicht war es im Augenblick besser zu schweigen.
„Papi, Papi! Frühstück ist fertig Bist du soweit?“ Jens, Stefans älterer Sohn, kam in den Stall gelaufen, weil Elke ihn geschickt hatte, seinen Vater zu holen.
„Strammer Junge geworden, dein Jens! Hoffentlich mit Zukunft!“
„Lass meine Jungs aus dem Spiel!“, zischte Stefan Heinrich Schwarzer zu.
„Papi, was macht denn der Herr Schwarzer bei dir im Stall?“

„Wir haben etwas zu bereden. Geh zu Mami und sage, ich käme gleich.“ Er schob Jens in Richtung Stalltür.
„Okay“, zuckte dieser mit den Schultern und rannte nach draußen.
„Wäre schade, wenn ihm oder seinem Bruder etwas zustoßen würde“, nahm Schwarzer seine Andeutung wieder auf.
„Noch mal: Lass meine Jungs aus dem Spiel!“ Stefans Stimme klang gepresst, und er musste alle Kraft aufwenden, um zumindest äußerlich ruhig zu wirken.
„Oder gar ein weiterer schlimmer Trauerfall ihre Entwicklung stören würde“, setzte Schwarzer ungerührt fort. Er rückte noch ein Stückchen näher an Stefan heran: „Wider, ich sage dir: Der Platz eurer Familie ist seit Generationen besetzt und wird es auch in Zukunft bleiben! Wir sehen uns an Samain beim Burgstall! Haben wir uns verstanden?“ Er machte auf dem Absatz kehrt und ging. Kurz bevor Schwarzer den Stall verließ, hob er den Arm in die Höhe, dann verschwand er.
Augenblicklich spürte Stefan eine Veränderung vor sich gehen. Die Kühe wurden unruhiger und wilder als zuvor. Rasch presste er sich gegen die Wand, um nicht von ihnen in ihrer Panik erdrückt zu werden.Ein großer Aufruhr entstand. Die Tiere brüllten vor Angst, dass das Gebälk erzitterte. Starr vor Schock sah Stefan, wie sich die Schwänze von Lore und Liesel verknoteten und die beiden Kühe dabei schier verrückt wurden. Zitternd vor Schreck schob er sich an der Wand entlang nach draußen. Keine Sekunde länger wollte er hier bleiben! Er rannte über den Hof ins Haus. Kreidebleich trat er in die große Küche, wo Elke und die Söhne am Frühstückstisch saßen.
„Geht's dir nicht gut?“ Elke erhob sich und führte Stefan zu einem Stuhl. Er setzte sich und atmete ein paar Mal tief durch.
„Mir ist irgendwie schlecht geworden. Vermutlich habe ich Hunger“, log er, um die Jungs nicht zu beunruhigen.
Elke ahnte dies und ging nicht weiter auf sein Befinden ein. Sie stellte ihm eine Tasse Kaffee hin und werkelte weiter in der Küche. Jens hatte ihr schon von Schwarzers Besuch erzählt, so konnte sie sich ungefähr vorstellen, was geschehen war. Nach

und nach bekam Stefan wieder Farbe ins Gesicht und versuchte sogar, etwas zu essen. Es ging heute ungewöhnlich still am Frühstückstisch zu. Schließlich machten sich die Jungs auf zum Schulbus. Mit einem „Tschüss“ und einem hastigen Kuss auf die Wangen der Eltern rannten sie aus der Küche und kurz darauf vom Hof. Stefan schaute ihnen durchs Fenster nach.
„Er hat mir tatsächlich gedroht“, murmelte er mehr zu sich selbst.
„Hm?“
„Schwarzer hat mir gedroht, dass uns ein *Unglück* widerfährt, wenn wir nicht an Samain am Ritual teilnehmen, dieser Satan!“ Stefan begann, am ganzen Leib vor Wut zu beben und ballte die Fäuste. „Er hat auf das Grabkreuz der Eltern angespielt.“
„Inwiefern?“
„Es sei ein Schandmal und hätte im Dorf nichts zu suchen! Spätestens nach der Aufnahme in die Gefolgschaft erwartet er, dass wir es entfernen!“
„Kann er nicht mal den Toten ihre Ruhe lassen?“, rief Elke empört.
„Ich weiß nicht, was alles gespielt wird, aber eines weiß ich sicher: Schwarzer ist mit dem Teufel im Bunde! Du hättest sehen sollen, was sich im Stall abgespielt hat, als er draußen gewesen ist!“
„Du warst weiß wie die Wand, als du hereingekommen bist.“
„Ich habe zum ersten Mal in meinem Leben gesehen, wie es ist, wenn es spukt. Die Tiere haben schier durchgedreht! Es war schrecklich! Ich hatte Angst, dass sie mich gegen die Wand drücken! Und dann, wie von Geisterhand geführt, verknoteten sich die Schwänze von Lore und Liesel! Die armen Viecher! Ich kann dir sagen: Drüben war gerade die Hölle los oder zumindest so etwas Ähnliches! Stell dir vor: Dies alles geschah nur auf ein Handzeichen Schwarzers hin! Unheimlich!“
„Und du meinst, weil Schwarzer mit dem *Teufel* im Bunde ist, mag er das Kreuz auf dem Grab der Eltern nicht leiden?“
„Vielleicht.“ Stefan zuckte mit den Schultern. „Ich kann dir nicht sagen, was uns in dieser finsteren Gefolgschaft erwartet.

Ich weiß nur eins: Seit ich denken kann, herrscht in Hügelhain ein furchtbarer Hass gegen alles Christliche. Schau doch nur, wie die Kirche seit einer Ewigkeit zerfällt! Oder sieh dir die Gräber auf dem Friedhof an! Das Grab der Eltern ist wirklich das einzige mit einem Kreuz! Wann gab es hier zum letzten Mal eine christliche Beerdigung? Ganz zu schweigen von einem Hausbesuch des Pfarrers? Oder denk an die Ruine des alten Pfarrhauses und die Geschichte, die sich darum rankt. Du kannst mir erzählen, was du willst, aber im Dorf ist es noch nie mit rechten Dingen zugegangen!"

„Und jetzt sollen auch wir hineingezogen werden", seufzte Elke traurig.

„Auf Hügelhain liegt ein Fluch. Weiß der Himmel, wie lange schon!" Stefan ging zum Kühlschrank, um neue Milch zu holen. „Aber es dauert ja nicht mehr lange, dann werden wir wohl etwas mehr eingeweiht sein in die hehre Ordnung der *Gefolgschaft"*, fügte er bitter hinzu.

„Was wohl dahintersteckt?" Elke goss Kaffee nach.

„Keine Ahnung. Die Eltern haben mir nie etwas darüber erzählt. Ich weiß nur, dass schon immer eine große Bedrückung auf unserer Familie lag und dass es immer wieder Verwandte gegeben hat, die nicht eines natürlichen Todes gestorben sind."

„Jedenfalls spielt in der ganzen Geschichte der Burgstall eine bedeutsame Rolle. Schauderhaft ist es dort oben", fröstelnd rieb sich Elke über die Arme.

„Ja, ja, der Burgstall", nickte Stefan, „mit seinem Hügel und der Quelle."

„Niemand kann genau sagen, wie alt die ganze Anlage ist. Komisch, dass noch nie Archäologen hier oben gewesen sind."

„Ein geheimnisvoller Ort. Ich glaube fast, dieses Geheimnis soll gewahrt werden. Je weniger die Öffentlichkeit über die Anlage weiß, desto besser ist's wohl für die, denen der Burgstall *heilig* ist", überlegte Stefan.

„Seltsam still ist es dort. Als ob eine dunkle Decke über dem ganzen Hügel liegt und nichts Unerwünschtes hinzu oder hin-

weg lässt.“ Elke hatte ihre Stimme zu einem Flüstern gesenkt.
„Und Lästiges beseitigt“, ergänzte Stefan und dachte an den grausamen Tod seiner Eltern. „Du hättest sehen sollen, wie sie unter dem riesigen Ast der Eiche gelegen sind! Der pure Horror hatte sich in ihre Gesichtszüge eingegraben!“ Er würde diesen Anblick niemals vergessen können. „Mach nicht den gleichen Fehler wie wir. Der Preis ist zu hoch! So waren Vaters letzte Worte, die er lebend zu mir gesprochen hatte. Meine Güte! Was für eine Wahl haben wir denn, Vater?“, schrie er mit zur Zimmerdecke gerichtetem Kopf. „Sag mir, wie wir heil aus dieser unheimlichen Gebundenheit herauskommen! Es liegen Ketten um unsere Familie! Niemand hat es bisher geschafft, sich von ihnen zu befreien! Wie soll's dann uns gelingen?“, schluchzte er laut vor Verzweiflung.
„Beruhig dich!“ Elke legte sanft ihre Hände auf seine Schultern und streichelte darüber. „Es wird schon einen Weg geben.“
Stefan schüttelte den Kopf und schwieg. Nach dem, was er gerade erlebt hatte, konnte er sich keinen Ausweg vorstellen, außer Hügelhain für immer den Rücken zu kehren. Er hatte nicht übel Lust, das zu tun, obwohl die verfügbaren Tage für diesen Schritt zu wenige geworden waren. Es sei denn, sie würden alles sofort in kopfloser Flucht hinter sich lassen. Seine insgeheim gehegte Hoffnung, vielleicht doch irgendwie die *Herren* täuschen zu können oder den Kult auffliegen zu lassen, hatte gerade einen herben Rückschlag erlitten. Schwarzers dunkle Kraft würde es fertigbringen, größtes Unheil anzurichten, bevor alles zu einem Ende käme. Außerdem: Wer wusste schon, ob sein langer Arm nicht auch die entlegensten Winkel der Welt erreichen konnte?
„So oder so: Uns steht ein Leben in Angst bevor“, sprach er leise und spürte, wie ihn dieselbe Bedrückung einholte, die schon auf seinen Eltern und Großeltern gelastet hatte, und er sich um seiner Söhne willen auf das Ritual einzustellen begann. Vielleicht war mitmachen das kleinste aller möglichen Übel. Vielleicht gab es ja später doch noch irgendwie eine Chance zum Ausstieg? Vielleicht.

Beziehungen

Es war kurz nach halb eins mittags. Lärmend hüpften die jüngeren Kinder aus dem Schulbus, während die älteren schon etwas gemächlicher ausstiegen. Jens und Marc lagen irgendwie dazwischen. Ihnen fehlte die coole Gesetztheit der Oberstufenschüler, aber aus dem Kreischen der Grundschüler waren sie längst heraus. Heute hatten beide zur gleichen Stunde Schluss gehabt und waren mit demselben Bus heimgekommen. Etwas matt trotteten sie die Dorfstraße hinunter, jeder in seine eigenen Gedanken vertieft.
„Schau mal!“, rief Marc plötzlich erstaunt, als sie auf der Höhe des alten Pfarrhauses waren und dort einen Wohnwagen stehen sahen.
„Boah! Wie kommt denn der dahin? Ist mir heute Morgen gar nicht aufgefallen! War der da auch schon da?“ Jens starrte mit offenem Mund in den Pfarrgarten.
„Keine Ahnung. Komm, den sehen wir uns genauer an!“
„Wem der wohl gehört?“
„Hm.“ Marc zuckte mit den Schultern und lief über die Straße. Einen Moment später standen sie direkt beim Wohnwagen und versuchten neugierig, etwas im Inneren zu erspähen.

„Scheint niemand da zu sein." Jens schlich naseweis um den Wohnwagen herum und blinzelte in jedes Fenster hinein. „Sieht gar nicht schlecht aus, da drin!", nickte er anerkennend.
„He sei nicht so neugierig! Wenn jemand kommt!" Marc war die Situation nicht ganz geheuer. Wer konnte schon ahnen, wie der Besitzer des Wohnwagens reagierte, wenn er zwei allzu neugierige Schüler beim Schnüffeln ertappte?
„Ach, was soll's!" Jens juckte das wenig. „Ich frag mich, wer sich hier einquartiert hat. Das hat's im Dorf noch nie gegeben! Und auch noch im Garten der unheimlichen Ruine!"
„Jedenfalls habe ich keinen Bock darauf zu warten, bis der geheimnisvolle Camper kommt! Außerdem knurrt mir gewaltig der Magen! Ich geh dann!"
„Ja, ja, ist ja schon gut. Komm ich eben mit", maulte Jens und trat etwas enttäuscht gegen einen herumliegenden Kiesel, der klackernd auf die Dorfstraße hinausrollte. Beinahe traf dieser den Kombi, der gerade in den alten Pfarrgarten einbog.
„Holla!" Jens wurde ein wenig bleich um die Nase.
„Prost, Mahlzeit", knurrte Marc und setzte seine Unschuldsmiene auf. „Nun bin ich mal gespannt."
Der Motor des Kombis erstarb, Micha stieg aus. Er lächelte die Brüder freundlich an: „Mit so etwas habt ihr hier oben wohl nicht gerechnet!" Er deutete auf den Wohnwagen. „Mögt ihr ihn euch mal ansehen?", fragte Micha einladend.
„Ähem, wir wollen nicht stören", Marc war es unangenehm. Er versuchte, sich am Kombi vorbei auf die Straße hinauszustehlen.
„Ihr könnt mir nicht erzählen, dass ihr nicht durch die Fenster gelugt habt! Also, guckt's euch doch direkt an!", schmunzelte Micha wieder.
„Komm, Marc! Was soll schon passieren?" Jens fand die Einladung klasse.
Widerwillig stimmte Marc zu aber nur, weil er nicht das Gesicht verlieren wollte.
„Hereinspaziert!" Micha schloss freundlich die Tür auf und machte eine einladende Handbewegung. „Übrigens, ich bin Micha!" Er streckte den Jungs die Hand entgegen.

Erstaunt ergriffen die beiden nacheinander die angebotene Hand. Das hatten sie noch nie erlebt, dass ein fremder Erwachsener sie zuerst grüßte und dann auch noch gleich das Du anbot.
„Ich bin Jens." „Und ich Marc", antworteten sie verblüfft und stiegen in den Wohnwagen.
„Mann, der wirkt ja von innen viel größer als von außen!", rief Jens erstaunt und fühlte sich sofort wohl. „Und der gehört dir?" Bewunderung klang in seiner Stimme.
„Nicht ganz", lächelte Micha, „er gehört Friedreichs aus Spiegelbach. Sie haben ihn mir als Wohnung zur Verfügung gestellt."
„Friedreichs?", runzelte Marc ungläubig die Stirn. „Den Pfarrern?"
„Was ist daran so ungewöhnlich? Das sind sehr nette Leute."
„Hm. Hier oben mag die niemand", stellte Marc trocken fest. „Weiß eigentlich gar nicht recht, warum", setzte er nachdenklich hinzu.
„Und du? Was willst du im Dorf? Freiwillig zieht doch keiner nach Hügelhain!", wollte Jens wissen.
„Stimmt", gab Micha offen zu. „Ich bin ja auch nicht freiwillig hier, sondern weil ich hergeführt worden bin."
„Hergeführt?"
„Tja, wie soll ich sagen, es hört sich vielleicht ein bisschen komisch an, aber es war Gott, der mir euren Ort gezeigt hat", wand sich Micha ein bisschen um die Antwort, weil er nicht gleich als Verrückter von den Jungs abgestempelt werden wollte.
„Du glaubst an Gott? Du bist Christ?", staunte Marc.
Micha nickte.
„In Hügelhain will aber niemand etwas mit Gott und seinen Christen zu tun haben!", erklärte Jens.
„Das habe ich auch schon gemerkt."
„Und trotzdem bist du hergezogen?"
„Was tut man nicht alles, wenn man einen Auftrag bekommt." Micha zuckte schmunzelnd mit den Schultern. „Wollt ihr mit Christen auch nichts zu tun haben?"

„Keine Ahnung. Darüber haben wir uns noch nie Gedanken gemacht. Du scheinst jedenfalls ganz okay zu sein“, meinte Marc offen.
„Dankeschön.“
„Aber jetzt weiß ich immer noch nicht, warum du eigentlich hier bist?“, setzte Jens hinzu.
„Wenn ich alles bisher richtig verstanden habe, dann hat Gott mit eurem Dorf etwas vor. Deshalb hat er mich wohl hergeschickt. Er will in Hügelhain etwas bewegen.“
„Das ist schon ein wenig abgefahren!“ Marc zog die Mundwinkel nach rechts und wiegte den Kopf hin und her. „Im Dorf ist wirklich niemand gut auf den Glauben an Gott zu sprechen! Die meisten Kinder sind von den Eltern vom Religionsunterricht abgemeldet worden!“
„Und ihr?“
„Mama und Papa haben es uns freigestellt. Bis jetzt gehen wir noch.“
„Warum?“
„Unser Relilehrer ist cool und macht den Unterricht echt interessant!“, nickte Jens anerkennend. „Irgendwie kann ich mir vorstellen, dass an der Sache mit Gott etwas dran ist.“
„Da ist ne ganze Menge dran!“, lachte Micha und klopfte ihm auf die Schulter.
„Jedenfalls müssen wir jetzt los! Das Mittagessen wartet!“, gab Marc zu verstehen.
„Hat mich gefreut, euch getroffen zu haben! Kommt doch bald mal wieder vorbei! Ich kann Hilfe gebrauchen!“, verabschiedete sie Micha.
„Hilfe? Wobei kannst du Hilfe gebrauchen?“, fragte Marc verblüfft.
„Ich möchte die Sakristei und die Kirche wieder in Schuss bringen, damit es Räume für Jugendarbeit und Gottesdienste gibt.“
„Jugendarbeit? Gottesdienste?“, runzelte Jens kritisch die Stirn.
„Leute, die an Jesus glauben, brauchen doch einen Platz, wo sie sich treffen und gemeinsam Dinge erleben können. Oder

nicht?“, Micha grinste die Jungen an und wartete auf eine Reaktion.
„Keine Ahnung.“ Die Brüder zuckten mit den Schultern.
„Ein bisschen komisch bist du ja“, fügte Marc halb bewundernd, halb an Michas Verstand zweifelnd hinzu. „Du sprichst von etwas, das es hier oben noch nie gegeben hat!“
„Irgendwie cool“, grinste Jens. „Ich komme jedenfalls wieder vorbei! Scheint spannend zu werden!“
„Mit Sicherheit!“, atmete Micha durch und wusste, dass die Jungs bei weitem nicht die Dimension erkannten, die hinter dem Projekt stand.
„Also, tschüss!“ Die beiden hüpften nach draußen und liefen eilig aus dem Pfarrgarten.
„Ein Anfang ist gemacht!“, freute sich Micha. Er ging zu seinem Auto und räumte ein paar Lebensmittel aus. Anschließend musste er noch ein Formular bezüglich seiner Anstellung bei der Gemeinde Spiegelbach ausfüllen. Zu seiner großen Freude hatte alles geklappt. Morgen war sein erster Arbeitstag!
„So kann's weitergehen!“, murmelte er zufrieden und dankte innerlich für Gottes Wirken.
Es klopfte an die Wohnwagentür.
Micha erhob sich und öffnete. Draußen stand Sonja. Sie war von ihrer Arbeit im Supermarkt direkt hergekommen.
„Grüß dich!“, rief er freudig. „Komm rein! Kleine Erfrischung?“
„Kann nicht schaden“, dankte sie und nahm Platz.
„Und, alles klar?“ Micha stellte ihr Glas, Saft und Mineralwasser hin.
„So weit.“ Sonja schenkte sich ein. „Bisher war ich noch nicht zu Hause. Keine Ahnung, was mich dort erwartet und wie die Stimmung ist. Darum kümmere ich mich, wenn wir von Frederike zurück sind. Und bei dir?“
„Oh, prima!“, grinste Micha und erzählte von seinem erfolgreichen Vormittag im Rathaus. „Und Besuch habe ich heute auch schon gehabt!“, fügte er stolz hinzu.

„Besuch? Wer besucht dich denn? Aus dem Dorf?"
„Als ich hergekommen bin, sind zwei Jungs neugierig um den Wohnwagen geschlichen. Elf oder zwölf Jahre alt, schätze ich. Jens und Marc!"
„Ach, die Jungs von Widers! Patente Kerle, die beiden! Mit denen kann man etwas anfangen!", wusste Sonja. „Die Familie macht gerade eine schwierige Zeit durch."
„Weshalb?"
„Die Großeltern von Marc und Jens waren die Letzten, die in Hügelhain auf sonderbare Weise aus dem Leben geschieden sind. Um es mal vorsichtig zu formulieren."
„Ach, und wie?"
„Sie wurden vom Ast einer Eiche erschlagen. In der Nähe des Burgstalls."
„Hm, der Burgstall. Dieser Ort scheint ein Schlüssel zu sein." Micha schob den Unterkiefer vor. „Allerdings kann es durchaus möglich sein, dass mal ein alter Ast abbricht."
„Genau so lautet die offizielle Version. Aber ich habe da meine Bedenken. Ich glaube viel eher, dass sie *beseitigt* wurden."
„Gehörten sie auch dazu?"
„Zu den *Herren?"*
Micha nickte.
„Ich weiß es nicht. Darüber herrscht im Dorf Schweigen. Letztlich wissen es nur jene, die tatsächlich in all die geheimen Vorgänge einbezogen sind. Ich vermute, dass die alten Widers irgendwie dazugehört hatten. Man konnte es ihnen ansehen, wie unglücklich sie darüber waren."
„Vielleicht wollten sie aussteigen?"
„Und sind so zu einer Gefahr geworden", führte Sonja den Gedanken fort.
„Oder war es wirklich ein tragischer Unfall."
Für eine Weile herrschte Schweigen im Wohnwagen.
„Mir tut die Familie leid", meinte Sonja schließlich. „Ich fürchte, für sie geht die Geschichte noch weiter."
„Jedenfalls habe ich zu den Jungs Kontakt bekommen. Ich glaube, wir mögen uns."

„Und ich habe den Eindruck, dass jeder, der mit dir Kontakt bekommt, in Schwierigkeiten gerät."
„Da gehörst du aber auch dazu", schmunzelte Micha.
„Ich nehme allen Ärger der Welt inkauf, wenn sich hier oben nur etwas verändert!", entgegnete sie trocken und entschlossen.
„Gut, dann lass uns aufbrechen! Ich bin auf meine zweite Begegnung mit Frederike gespannt!"
Sie verließen den Wohnwagen und fuhren in Michas Kombi hinaus auf die Felder. Es fiel ihnen nicht auf, dass jemand ihre Abfahrt genauestens beobachtete.

Die Fahrt dauerte nicht lange. Aus einiger Entfernung erkannten sie, dass Frederike im Garten tätig war. Als der Wagen am Zaun zum Stehen kam, unterbrach sie ihre Arbeit und steckte den Spaten in die Erde. Interessiert betrachtete sie die Ankömmlinge. Das Auto war ihr unbekannt.
„Ach, Sonja, du bist das!", freute sich Frederike, als Sonja aus dem Wagen stieg, und rückte den Kragen ihrer Bluse zurecht, weil sie ihren geschundenen Hals nicht zeigen wollte. „Du hast Besuch mitgebracht!" Frederike legte die Handkante an die Stirn, um besser sehen zu können. Blinzelnd kniff sie die Augen zusammen: „Irgendwie kommt mir der junge Herr bekannt vor."
Sonja und Micha traten durch das Gartentürchen.
„Wir haben uns auch schon mal gesehen. Aber das ist ein paar Monate her."
„Ach, Sie sind der Wanderer, der vom Burgstall heruntergekommen ist!", fiel es Frederike schlagartig wieder ein.
„Genau!" Micha hielt ihr lächelnd die Hand zur Begrüßung hin.
„Die ist aber schmutzig!", entgegnete sie.
„Macht nichts!" Er schüttelte Frederikes Hand fröhlich. „Da bin ich wieder! Micha Peters ist mein Name!"
„Ja, da sind Sie wieder!", bestätigte Frederike tief berührt, ohne genau zu wissen warum. Sofort spürte sie die gleiche Verbundenheit von damals. „Kommt rein! Kommt rein! Ich koch uns

einen guten Kaffee!“ Eilig ging sie zum Häuschen und hielt den beiden jungen Leuten die Tür auf.
Sonja und Micha traten ein und nahmen am großen Tisch Platz. Staunend schaute sich Micha um. Das alte Armenhaus verströmte den Charakter von Jahrhunderten, gleichzeitig herrschte eine Atmosphäre der Freiheit und Offenheit, wie er sie schon lange nicht mehr gespürt hatte. „Es fühlt sich richtig gut an!“, dachte Micha, lehnte sich entspannt im Stuhl zurück und schaute Frederike beim Werkeln zu. Als sie vor ihren dampfenden Tassen saßen, nahm Frederike das Gespräch wieder auf: „Wie kommt's, dass ihr euch kennt? Und was hat euch zu mir geführt?“
„Nun ja, kennen tun wir uns seit letzter Nacht“, begann Micha. „Wir haben uns auf dem Friedhof getroffen.“
„Auf dem Friedhof? Bei Nacht?“
„Es hat sich seit unserem Spaziergang gestern manches ereignet.“ Sonja verzog die Mundwinkel.
„Das ist gewisslich wahr!“, stimmte Frederike zu und dachte an ihre eigenen Erlebnisse vom Morgen. „Schlimme Dinge sind im Gange.“
Sonja nickte: „Deine Vermutung war richtig. Tobias ist in den Fängen des Vaters. Ich weiß nicht, was dieses Monster mit ihm vorhat und wie tief er tatsächlich schon gefangen ist – aber es ist viel schlimmer, als ich jemals befürchtet hatte.“ Große Sorge klang in ihrer Stimme. „Fast wäre es mir gelungen, nach einer Balgerei zu seinem Innern vorzustoßen und er wäre bereit gewesen, mit mir zu fliehen, da hat uns der Vater überrascht. Das Folgende war der Horror!“ Sonja stockte. Sie begann zu schluchzen und vergrub ihren Kopf in den Händen. „Frederike!“, schrie sie, „Tobias steht unter einem furchtbaren Zauberbann! Er ist nicht mehr Herr seiner selbst! Heinrich hat ihn! Oder wer auch immer!“
„Komm, Kindchen, es wird einen Weg geben.“ Tröstend legte die alte Erzieherin ihren Arm um Sonja und streichelte ihre Schultern. „Ich spüre eine Kraft, die diese Geschehnisse nicht widerspruchslos dulden wird. Alles wird gut werden!“

„Du hast nicht die Macht Heinrichs gespürt, Frederike! Du bist nicht dem grenzenlosen Grauen begegnet! Du kannst dir nicht vorstellen, wie grässlich das ist!"
„Sonja, glaub mir, ich weiß, wovon du redest. Nicht nur du hast die Macht der Finsternis erlebt", sagte die Alte traurig und war ebenfalls den Tränen nahe. „Aber es gibt auch das Licht! Und es scheint in die Finsternis! Es wird hell werden in Hügelhain!"
„Ein Fluch liegt auf uns! Seit ewiger Zeit werden im Ort Menschenleben gefressen! Niemand kann sich dieser vernichtenden Gier entziehen! Früher oder später sind wir auch dran! Niemals wird sich das ändern!", schrie Sonja.
„Das glaube ich nicht", äußerte Micha mit ruhiger Stimme.
Mit verweinten Augen blitzte Sonja ihn an: „Komm mir bloß nicht mit deinem Gott! Den kannst du vergessen! Hier oben reicht sein Arm nicht hin!"
„Nur deswegen bin ich hier. Er ist mächtig! Die Macht der Finsternis muss brechen!"
Während Micha sprach, hatte Frederike ihn genau in den Blick genommen. Nun plötzlich verstand sie die unerklärliche Verbundenheit, die vom ersten Augenblick an zwischen ihnen geherrscht hatte. Es kribbelte ihr auf der Haut. Gerade geschah etwas Bedeutsames. Sie konnte es förmlich mit den Händen greifen: Eine Zusammenführung fand statt. „Bist du das, Herr?", fragte sie leise und spürte im selben Moment, wie das Armenhäuschen kräftig von jener unsichtbaren Präsenz erfüllt wurde, die seit Jahren sachte zu wachsen begonnen hatte. Nur einen Wimpernschlag später riss Sonjas laute Stimme Frederike unsanft aus ihren Gedanken:
„Er ist mächtig! Er ist mächtig! Was haben denn die fetten Pfaffen deines Gottes in Hügelhain ausgerichtet? Nichts als Ruinen sind übrig geblieben! Seit fast 200 Jahren wagt sich keiner mehr her, und da sagst du, die Zeit der Finsternis gehe vorbei? Mach dich nicht lächerlich!", schrie sie ihm ins Gesicht.
„Gott sammelt sein Volk zum Kampf", antwortete er voller Gewissheit. „Möglicherweise sind alle zuvor allein gegen diese

finstere Macht gestanden und deshalb überwunden worden. Aber gemeinsam mit der himmlischen Heermacht werden wir dem Treiben ein Ende bereiten können."
„Träum weiter! In Hügelhain gibt's keine Christen! Entweder du fügst dich in die Regeln des Dorfes oder du ziehst fort oder du bist tot! Ich kenne niemand im Ort, der an die Kraft deines Gottes glaubt!", beharrte Sonja.
„Doch, du kennst jemanden."
Sonja blickte Frederike an: „Wen?"
„Mich", sprach die alte Erzieherin, der es bei diesem ersten öffentlichen Bekenntnis ihres Glaubens gleichzeitig heiß und kalt wurde.
„Dich?", rief Sonja erstaunt. „Du glaubst an denselben Gott wie Micha?"
„Ja."
Sprachlos schüttelte Sonja ihren Kopf und musste das Gehörte erst verdauen.
„Sie glauben an Jesus Christus?" Micha war genauso überrascht wie Sonja, aber mit tiefer Freude erfüllt.
„Ein paar Jahre. Leider habe ich den Glauben mit keinem teilen können. Es war zu gefährlich."
„Und wie sind Sie zum Glauben gekommen?"
„Schon als Kind hatte ich Begegnungen mit der unsichtbaren Welt. Von daher war mir immer bekannt, dass es mehr gibt als jenes, was wir mit Augen sehen können."
„Begegnungen mit der unsichtbaren Welt? Wie kann ich das verstehen?"
Frederike zögerte. Noch nie in ihrem Leben hatte sie mit Fremden über ihren Zugang zum Geisterreich gesprochen. Der Einzige, der mehr darüber wusste, war Beelzer, und er übte Gewalt aus. „Es fällt mir schwer", entschuldigte sie sich und wurde etwas rot um die Nase.
„Oh, ich will Sie keinesfalls ausfragen!" Micha bemerkte ihre Unsicherheit.
„Nein, nein, ist schon in Ordnung! Ich muss mich nur etwas sammeln", lächelte sie verlegen und gab sich schließlich einen

Ruck, weil sie fühlte, dass das Zusammentreffen mit Micha nicht zufällig geschehen war. „Seit ich denken kann, gibt es in meinem Leben seltsame Begegnungen. Eine schlimme Last, weil mich keiner ernst genommen hat, einschließlich meiner Eltern. Lange Zeit habe ich mich selbst für verrückt gehalten, bis ich nach Hügelhain kam und Hugo Beelzer sofort meine Begabung gerochen hat. Er wusste vom ersten Tag an, dass ich nicht verrückt bin, und er setzte mich zu seinem Nutzen ein." Traurig stockte Frederike. „So lernte ich unter Qualen die unsichtbare Welt kennen. Zumindest jenen Teil, in dem Beelzer sich bewegt. Das Reich der Totengeister."

Blass, mit trockenen Mündern, blickten Sonja und Micha auf die alte Erzieherin.

„Die Unsichtbaren", flüsterte Sonja und dachte an die rätselhaften Worte, die Frederike vor einigen Wochen in Trance zu ihr gesprochen hatte.

Frederike bemerkte dies: „Nun weißt du es, ich habe Kontakt zu der Welt der Unsichtbaren. Glaub mir, es ist nicht schön dort. Es herrschen Verzweiflung und Hoffnungslosigkeit im Schattenreich. Keine schönen Aussichten, wenn du an Jahren zunimmst und der Tod näher rückt." Sie senkte ihre Stimme: „Es geht danach weiter. Doch furchtbar, wie. Ich wollte nicht wahrhaben, dass so unser Schicksal aussähe und nach dem Sterben nur Hoffnungslosigkeit und Finsternis warteten. Durch Beelzer war für mich die unsichtbare Welt zur Wirklichkeit geworden, zwar der schreckliche Teil davon, aber ich sagte mir, wo Schatten fallen, da muss es auch Licht geben. So machte ich mich auf die Suche und begann bei dem, was mir in der Kindheit von der Kirche beigebracht worden war." Ein Lächeln spielte sanft um ihre faltigen Lippen. Sie erhob sich und ging in ihre Schlafkammer.

Sonja und Micha tauschten fragende Blicke aus, als sie es von dort rumpeln hörten und kurz darauf Frederike mit einem blechernen Lebkuchenkästchen in die Stube zurückkehrte.

„Hier drin ist mein größter Schatz!", verkündete sie stolz mit feuchtglänzenden Augen. „Ich halte ihn gut im Dielenboden

verborgen, damit ihn Beelzer nicht entdecken kann!", schmunzelte sie schelmisch, doch Micha ahnte, welche Angst hinter solch einem Geheimversteck lauern musste.
Liebevoll stellte Frederike das Kästchen auf den Tisch und öffnete es vorsichtig. Sie griff hinein und holte ein Buch heraus.
„Ich habe sie mir heimlich besorgt. Nicht auszudenken, wenn Beelzer etwas davon mitbekommen hätte. Er hasst alles, was darin geschrieben steht."
„Eine Bibel!", staunte Micha und war davon berührt, mit welch großer Liebe und Behutsamkeit Frederike sie in den Händen hielt. Das Buch war ihr heilig.
„Eine Bibel?" Sonja runzelte die Stirn und konnte nicht begreifen, was ihre alte Erzieherin daran so besonders fand.
„Ja, Sonja, eine Bibel, ein lebendiges Buch!", bestätigte Frederike und erzählte weiter: „Immer, wenn ich mich einigermaßen sicher fühle, hole ich es heraus und lese darin. So bin ich dem Licht begegnet."
„Dem Licht? Welchem Licht?"
„Dem Licht der Welt, Kindchen. Es scheint in die Finsternis. Zugegeben, in Hügelhain noch sehr schwach, aber immerhin so stark, dass es in der Schattenwelt wahrgenommen wird."
„Das begreife ich nicht. Tut mir leid!" Sonja verschränkte die Arme.
„Als ich begonnen habe, in der Bibel zu lesen, sind plötzlich immer häufiger und in immer größerer Zahl Unsichtbare zu mir gekommen und wollten daran teilhaben. Bis heute! Oft muss ich ihnen laut vorlesen."
„Die Toten wollen Worte der Bibel hören?", rief Micha verblüfft.
„Sie können nicht genug davon kriegen", bestätigte Frederike. „Ein Teil zumindest", fügte sie traurig hinzu.
„Es gibt wohl auch im Totenreich Unterschiede, wenn ich Sie gerade richtig verstanden habe." Micha hatte den Schatten bemerkt, der über Frederikes Gesicht gehuscht war.
„Es gibt gewaltige Unterschiede!", bebte ihre Stimme und dachte mit Grauen an die Fänger. „Es herrschen schreckliche

Zustände dort. Ihr könnt euch nicht vorstellen, wie armselig und verzweifelt es da zugeht! Wie Angst und Misstrauen herrschen, wie Verräter und Gewalttäter unterwegs sind! Und wie viele einen unstillbaren Hunger nach Frieden und Befreiung haben! Alle unruhigen Seelen im Schattenreich sind gekettet! Verkauft an eine finstere Macht! Manche von abgrundtiefer Bosheit, zahlreiche in Angst und hoffnungslos, aber mit verzehrender Sehnsucht nach Erlösung! Dort herrschen erbarmungsloses Hauen und Stechen! Es ist die Hölle!" Tränen sammelten sich in Frederikes Augen. Sie atmete schwer und senkte das Gesicht. Eine Stille trat ein, gefüllt mit Bedrückung.

„Wisst ihr nun, warum ich es nicht annehmen wollte, dass so unser aller Zukunft aussähe?", fragte Frederike nach einer Weile leise und wischte sich mit einem Taschentuch die Augen trocken.

„Und du hast wirklich das Licht in dieser Finsternis gefunden?", wollte Sonja zweifelnd wissen.

„Ich habe es *hier* gefunden, meine Kleine!" Frederike legte die flache Hand auf den Buchdeckel.

Sonja schwieg und schaute auf das Buch unter Frederikes Hand. In ihrem Kopf schwirrten Sätze des Vaters, die er über den christlichen Glauben ausgespuckt hatte. Kein gutes Haar hatte er an den Christen gelassen. Sie als Lügner und Heuchler verurteilt und den Glauben als Eindringling und Störenfried bezeichnet. Für ihn waren christliche Missionare des Mittelalters bekehrungswütige Monster, die den guten Naturglauben des Volk mit Gewalt ausgerottet und einen fetten Kirchenapparat mit Geld gestopft hatten. „Dieser Glaube ist ungerecht und lieblos! Er hat die freien Menschen versklavt und unter das Joch einer besitzgierigen Kirche gespannt!", antwortete sie kalt mit einer abwertenden Handbewegung.

„Das sind nicht deine Worte!", gab Micha postwendend zurück.

„Natürlich sind das meine Worte!"

„Wer hat dir so vom Glauben an Gott erzählt?"

„Ich kenne es nicht anders, und ich habe nichts anderes erfahren!"
„So bist du aufgewachsen?"
„Ja, so bin ich aufgewachsen!", erwiderte Sonja schnippisch.
Bedrückende Stille erfüllte die Stube.
„Dann haben die giftigen Worte deines Vaters ihre Wirkung erzielt!"
„Lass dieses Scheusal aus dem Spiel!"
„Kindchen, beruhig dich!" Beschwichtigend legte Frederike ihre Hand auf Sonjas Arm und spürte deren Zittern.
„Du schenkst den Worten deines Vaters mehr Glauben als den unseren."
„Micha, in meinem Leben gab's nie andere! Mein ganzes Leben spielt in diesem schrecklichen Kaff, wo es nur eine halb verfallene Kirche und das Wirken unheimlicher Mächte gibt! Mir ist die Stärke eures Glaubens noch nie begegnet! Ich kenne nur furchtbare Einsamkeit und ein Verlassensein von denen, die behaupten, sie seien Gesandte eines Gottes, der alles gemacht habe und überall herrsche. Meine Güte, Hügelhain ist wohl von seiner Liste heruntergepurzelt!", bemerkte sie bitter, holte kurz Atem und fuhr fort: „Mein Vater ist mit einer dunklen Macht im Bunde! Keiner hat sich jemals seinem Willen auf Dauer widersetzen können! Sämtliche Christen und Pfaffen habe ich nur als weiche, erbärmliche Schwächlinge kennengelernt! Alle haben vor ihm gekuscht! *Er* bestimmt, was im Dorf geschieht! Verdammt noch mal, nur *seine* Wahrheit zählt!"
Sonja bebte. Erschöpft legte sie den Kopf auf die Arme und flüsterte leise: „Leider."
Micha und Frederike tauschten sorgenvoll fragende Blicke aus. Was sollten sie dazu sagen? Sonjas Lebenserfahrung sprach eine deutliche Sprache. Micha musste an Friedreichs aus Spiegelbach denken. Auch sie hatten sich ängstlich und entmutigt vor Heinrich Schwarzer zurückgezogen und ihm das Dorf überlassen. Furchtbar für jemanden wie Sonja, die sich nach Unterstützung und Befreiung sehnte und nicht wusste, woher diese kommen sollte.

„Die Warnung gestern habe ich mir nicht ausgedacht“, setzte Frederike an.
Sonja wandte ihr das Gesicht zu.
„Ich habe sie von jemandem aus der Schattenwelt empfangen. Es beginnt sich etwas zu verändern in Hügelhain.“
„In der Schattenwelt weiß man um Tobias und mich?“ Sonja richtete sich wieder auf. „Wie ist das möglich?“
„Das tut im Moment nichts zur Sache“, wich Frederike aus. „Die Sehnsucht nach Erlösung ist dort groß, so groß, dass manche Unsichtbare für ein paar Worte aus der Bibel schlimme Qualen riskieren und Geheimnisse aus der Schattenwelt offenbaren. Glaub mir, Kindchen, sie würden es nicht tun, wenn sie nicht von der ungeheuren Kraft der Befreiung wüssten, wenn sie keine Ahnung davon hätten, dass sie mit ihrem Leiden bei Gott zur Ruhe kommen könnten. Und“, fügte sie bedeutungsvoll hinzu, „es sind Engel aufgezogen. Sie halten hier beim Häuschen Wache.“
„Engel?“, riefen Sonja und Micha gleichzeitig und schauten sich suchend um.
„Sie haben sich mir auch noch nicht gezeigt“, lächelte Frederike, „aber die Unsichtbaren haben mir von ihnen erzählt. Ich sagte doch, dass sich etwas zu verändern beginnt.“ Sie warf Sonja einen ermutigenden Blick zu.
Die Worte der alten Erzieherin taten ihr gut. „Ich wünschte, du hättest recht“, seufzte sie und fühlte, wie etwas Mut in ihr Herz zurückkehrte.
„Ich glaube, die Befreiung des Ortes wird vorbereitet. Vielleicht sandte mich Gott deswegen vor vielen Jahren nach Hügelhain?“, überlegte Frederike. „Dann hätten die schrecklichen Jahre hier oben wenigstens einen Sinn gehabt. Ihr könnt euch nicht vorstellen, was für ein furchtbarer Mensch Hugo Beelzer ist!“
„Beelzer, Beelzer“, dachte Micha laut nach, „den Namen hat mir Paul Friedreich auch schon genannt.“
„Von Anfang an hat er Informationen über das Schattenreich aus mir herausgepresst. Gnadenlos. Seine Gier nach Macht ist

unersättlich, und er wünscht sich, die Position Heinrichs einzunehmen! Ich glaube, das geht allen so, die in irgendeiner Art und Weise hier oben mitmischen. Undurchsichtige Verkettungen und Bündnisse beherrschen das Dorf! Unmöglich für einen Einzelnen, dagegen zu bestehen! Nur vereint gibt es möglicherweise eine Chance, gegen das Bollwerk dieser finsteren Gemeinschaft etwas auszurichten."

„Gott sammelt seine Truppe." Anders konnte Micha sich die Ereignisse in den letzten Tagen und Wochen nicht erklären, „Und jeder von uns ist ein Teil davon."

„Ja", bestätigte Frederike, „ich sehe es genauso!"

Sonja runzelte die Stirn: „Ich soll Teil der Truppe eines Gottes sein, von dem ich so gut wie keine Ahnung habe? Und diese Truppe soll die Herrschaft der *Herren* über Hügelhain beenden? Ihr habt zu viele Fantasyromane gelesen!"

„Wirst du nicht alles tun, um Tobias aus den Klauen eures Vaters herauszureißen?"

„Und wenn es mich das Leben kostet!" Sonja sah Micha entschlossen in die Augen.

„Siehst du", lächelte er, „du bist kampfbereit und kannst jede Hilfe gebrauchen, die sich dir bietet. Und seien es Engel eines unbekannten Gottes oder schwache Menschen, welche an die große Kraft ihres HERRN glauben, ganz egal, ob sie Gottlieb, Friedreich oder Peters heißen."

„Hm, so gesehen." Sie rieb sich am Kinn. In ihr wuchs ein neues, nie gekanntes Gefühl. Es begann, jenen Raum in ihrem Herzen einzunehmen, wo bisher Einsamkeit und Verlassenheit gewohnt hatten, und dieses Gefühl tat unheimlich gut.

„Wollen wir gemeinsam aufstehen und der finsteren Macht entgegentreten?" Micha schaute Frederike und Sonja erwartungsvoll an.

„Mit Gottes Hilfe, ja!", erwiderte Frederike kraftvoll.

„Mit Gottes Hilfe?", zögerte Sonja, obwohl sie sich nach einem befreiten Ja sehnte. „Ich bin bereit aufzustehen, auch dazu, alles zu geben, aber ich brauche Zeit, mich auf euren Gott einzulassen."

„Wir werden dich nicht drängen. Du wirst sehen und erleben, wie groß seine Kraft ist. Wenn die Zeit da ist, wird er dich persönlich ansprechen. Am Ende ist es deine ganz eigene Entscheidung, ob du mit ihm leben möchtest oder nicht."
Sonja spürte, wie Michas Worte sie entlasteten. Sie war dankbar dafür.
„Nun, da wir so etwas wie eine verschworene Gemeinschaft geworden sind, möchte ich euch von den Dingen berichten, die mir in letzter Zeit gezeigt worden sind." Frederike rieb sich eifrig die Hände. Endlich kam Bewegung in den unsäglichen Zustand Hügelhains. Diese Aussicht beflügelte die alte Erzieherin derart, dass sie ihre Unternehmungslust kaum zügeln konnte. „Manches ist im Gange! Ziemlich seltsame Dinge geschehen in letzter Zeit, und die *Herren* sind nervös und gereizt!", begann sie und nahm dabei Sonja und Micha scharf ins Visier. „Es fällt mir auf, dass vor allem Beelzer Fehler unterlaufen, die es früher so nicht gab. Er plaudert manches Geheimnis aus, ohne dass er etwas davon merkt, außerdem macht er einen verunsicherten Eindruck und neigt zu gefährlichen Kurzschlusshandlungen." Frederike zog den Kragen ihrer Bluse ein Stück nach unten. Deutlich traten die blaurot unterlaufenen Würgemale hervor.
„Was ist denn das?", rief Sonja schockiert. Übelkeit kroch ihr die Kehle hinauf. Sie fühlte, wie ihre Muskeln weich wurden und ihre Ohren zu summen begannen.
„Das war Beelzer. Heute früh, noch vor Tagesanbruch. Fast wäre es um mich geschehen gewesen. Aber die Wächter wollten das nicht zulassen."
„Warum wollte er Sie töten?" Auch Micha war fassungslos.
„Mir sind Dinge bekannt, die ich aus Sicht der *Herren* niemals wissen dürfte! Hugo Beelzer hat heute Morgen gegen den Kodex seiner unheimlichen Gefolgschaft verstoßen, indem er mir das Leben schenkte, obwohl er wusste, dass meine Kenntnisse mich zu einer Bedrohung für sie machen."
„Was macht Sie für die Herren zu solch einer großen Gefahr?"
„Jenes, was ich über Beelzers Unvorsichtigkeit und von den unruhigen Seelen aus der Schattenwelt erfahren habe."

„Und das wäre?“ Micha konnte die Spannung schier nicht mehr aushalten.
„Es wird Blut fließen. Menschenblut“, flüsterte Sonja leise. „Blut aus dem Hause des Meisters.“ Ihr Gesicht hatte eine bleiche, wächserne Farbe bekommen.
„Blut aus dem Hause des Meisters?“ Micha kroch eine Gänsehaut über die Arme. Unwillkürlich strich er sich über die Ärmel seines Shirts.
Frederike nickte: „Ein Hochopfer steht bevor.“
„Hochopfer? Ihr sprecht in Rätseln! Helft mir bitte auf die Sprünge!“
Die alte Erzieherin holte tief Luft: „Hört her: Es gibt in Hügelhain eine Macht. Vor einiger Zeit erzählte Hugo von einem *Fürsten.* Für die *Herren* muss jener Fürst so etwas wie ein Gott sein. Ihr ganzes Leben dreht sich um die Beziehung zu ihm, und es geht wohl darum, in seiner Gunst möglichst hoch angesiedelt zu sein. Je besser man beim Fürsten angesehen bist, desto größer ist die Macht über die sichtbare und unsichtbare Welt. Sie glauben auch, dass kompromissloser Gehorsam gegenüber dem Fürsten im Leben zu grenzenloser Befriedigung ihrer Gier im Jenseits führt, die Narren!“
„Scheint wohl ein Irrtum zu sein, wenn ich dich gerade richtig interpretiere.“ Sonja schaute Frederike mit großen Augen an.
„Irrtum ist gar kein Ausdruck!“, rief Frederike. „Alle sind sie versklavte Marionetten! Sie denken, sie würden die Fäden in Händen halten und sind doch nur manipulierte Figuren in den Klauen des geheimnisvollen Fürsten! Könnt ihr euch vorstellen, was mit ihnen nach dem Tod geschieht?“
Micha und Sonjas blickten sie mit ahnungslosen Augen an.
„Sie werden zu Fängern!“, flüsterte sie rau und blickte sich dabei prüfend im Raum um. Gedämpft sprach sie weiter: „Abgrundtief böse Totengeister, zerfressen von ihrer ungestillten Gier! Nach jedem bisschen Lebendigkeit schnappend, wie ein ausgehungerter Wolf nach einem Brocken Fleisch. Endgültig angekommen in der Sphäre ihres Fürsten, doch ganz und gar nicht in Macht und Herrlichkeit, sondern in noch schlim-

merer Sklaverei als jemals zuvor!" Nervös erhob sich die Alte von ihrem Stuhl. Unruhig inspizierte sie das Armenhäuschen. Sie war bis aufs Äußerste angespannt. „Vor ihnen müssen wir auf der Hut sein! Sie sind dem Fürsten direkt unterstellt und zum Gehorsam verpflichtet. Die *Herren* denken, sie hätten die Fänger unter Kontrolle, aber in Wirklichkeit ist es umgekehrt!"
„Was ist mit dir?" Frederike hatte Sonja mit ihrer Unruhe angesteckt.
„Sie kommen, wenn man an sie denkt oder von ihnen spricht. Viele unserer Gedanken sind ihnen bekannt und manche unserer Schwächen!"
„Das gibt ihnen Macht über uns", murmelte Micha.
„So ist es! Je mehr wir unseren dunklen Seiten Raum geben, umso leichteres Spiel haben sie mit uns." Unablässig durchstreifte Frederike das Armenhäuschen.
„Sie müssen wohl noch immer da sein und aufpassen", sagte sie leise zu sich selbst und trat einen Schritt zum Fenster. Frederike schaute hinaus und ließ ihren Blick durch den Garten schweifen. Plötzlich verharrten ihre Augen beim Gartentürchen. Schemenhaft nahm sie die Umrisse zweier Personen wahr, jeweils eine an einem der Türpfosten. Sie kniff die Augen zusammen und rieb sie sich mit Daumen und Zeigefinger. Danach schaute sie nochmals zum Türchen. Für einen kurzen Moment sah sie zum zweiten Mal die Umrisse. Danach verblassten sie, doch konnte Frederike ihre Gegenwart weiterhin fühlen.
„Ja, sie sind noch da." Erleichtert wandte sie sich wieder Sonja und Micha zu: „Wir sind gerade einigermaßen sicher!" Sie deutete mit dem Daumen über die Schulter zum Fenster hinaus. „Ich habe sie entdeckt! Sie beschützen uns!"
„Die Engel?", hauchte Sonja und ließ ihren Blick zum Fenster hinauswandern.
„Ja, die Wächter", nickte die Alte.
„Boten und Helfer unseres Gottes!", fügte Micha ergriffen hinzu. Er bewunderte Frederike wegen ihrer Begabung, verspürte aber nicht das geringste Interesse, mit der dunklen Seite

der unsichtbaren Welt Bekanntschaft zu machen. Er ahnte, dass es wohl das eine nicht ohne das andere gab und dass der Zeitpunkt erster Konfrontationen nicht mehr lange auf sich warten ließ.
„Trotzdem würde ich nun gerne erfahren, um was es sich bei diesem Hochopfer handelt!“, nahm er den Faden von vorhin auf.
Frederike nickte: „Der Fürst fordert Zeichen der Verehrung von seinen Anhängern durch Opfergaben. Es gibt irgendwelche geheimen Rituale, die das Band zwischen den *Herren* und ihm stärken sollen.“
„Was wissen Sie davon?“
„Niemand im Dorf spricht darüber. Es ist ein Tabu. Jeder hat Angst nachzufragen, doch alle ahnen, dass der Burgstall und die dortige Quelle eine Bedeutung haben.“
„Mehr nicht?“ Micha runzelte die Stirn. „Der Burgstall ist doch gleich da oben. Haben Sie über all die Jahre denn gar nichts mitbekommen?“
„Ich habe niemals an ihren Ritualen teilgenommen. Ihnen heimlich nachzuspionieren, habe ich nicht gewagt. Ich hänge an meinem Leben“, antwortete Frederike und fügte nach einer kurzen Pause hinzu: „Ohne Zweifel ist der Burgstall für sie ein heiliger Ort. Dort oben muss es einen Zugang zu diesem geheimnisvollen Fürsten geben.“
„Und die Quelle? Was ist mit ihr?“, fragte Sonja.
„Über sie weiß ich auch nur sehr wenig, aber die Quelle spielt garantiert eine wichtige Rolle im Kult der *Herren.* Heute Morgen, ein paar Stunden nach Beelzers schrecklichem Besuch, kam auch Luise Otter bei mir vorbei.“
„Was wollte denn diese furchtbare Schnepfe von dir? Es ist bekannt, dass sie dich hasst!“, verzog Sonja ihr Gesicht.
„Frag mich nicht wie, aber scheinbar witterte sie mit ihrem Hakenzinken, dass Hugo mich malträtiert hatte. Nun wollte sie sich als Helfer aufspielen.“
„Luise und helfen?“, lachte Sonja laut auf. „Ich kenne kein selbstsüchtigeres und berechnenderes Weibsstück als sie!“

Micha hatte dem Gespräch der Frauen mit wachsender Verwirrung gelauscht. Langsam verstand er gar nichts mehr: „Luise Otter? Wer ist das schon wieder?"
„Sie gehört auch zum engeren Kreis um Vater und steht ihm in Gehässigkeit und Bosheit in nichts nach. Ich glaube, es gibt im Dorf keinen, der nicht von ihr angewidert ist! Sie dürfte in deinem Alter sein, Frederike, oder?"
„Sie ist ein bisschen jünger. Aber die Bosheit hat sie schneller altern lassen und ihr ein habichtartiges Gesicht verliehen!"
Micha zuckte mit den Schultern und schob die Unterlippe vor. „Nie kennengelernt."
„Keine Sorge, das wirst du noch früh genug. Luise ist unverwechselbar!", antwortete Sonja abschätzig. „Sie wollte dich also auf ihre Seite ziehen, Frederike?"
„Offenbar. Sie spielte sich als bedeutende Person auf, die wisse, wie es in der Schattenwelt zugehe und die in der Lage wäre, mich vor üblem Schaden nach meinem Ableben zu bewahren. Alte Schlange!"
„Meinst du, sie ist nur deinetwegen vorbeigekommen?"
Frederike schüttelte den Kopf. „Sie war oben!", deutete sie in Richtung des Burgstalls. „Bei der Quelle."
„Woher wissen Sie das?", fragte Micha neugierig.
„Ihre Schuhe waren voller Schlamm. Luise hatte sich nicht einmal die Mühe gemacht, ihn im feuchten Gras abzuwischen. Sie schlurfte mit ihren Dreckstiefeln einfach herein, als ob es eine Selbstverständlichkeit wäre!" Frederike war immer noch wütend darüber. „Oh, dieses eklige Frauenzimmer!"
„Was wollte sie bei der Quelle?"
„Angeblich Brunnenkresse sammeln. Die Saison dafür ist längst vorüber! Alte Lügnerin!"
„Was dann?"
Bestimmt nichts Gutes. Vielleicht versuchte sie, sich beim Fürsten einzuschmeicheln."
„Ein Opfer?", rätselte Micha.
„Möglicherweise. Irgendeiner musste sie ja auf die Idee gebracht haben, mich heimzusuchen."

„Und über Beelzers Stippvisite informiert haben“, ergänzte Sonja mit einem Schaudern.
„Meint ihr etwa, sie habe dort oben Weisung empfangen?“, runzelte Micha die Stirn.
„In Hügelhain ist alles möglich!“, antwortete Frederike. „Vielleicht haben ihr die Fänger einen Tipp gegeben. Sie lieben es, Lebende gegeneinander auszuspielen.“ Kaum hatte die Alte dies ausgesprochen, durchlief sie ein Zittern, und sie wurde augenblicklich kreidebleich.
„Frederike, ist dir nicht gut?“ Besorgt stand Sonja auf und trat zu ihr.
Im selben Moment, als in der alten Frau die Veränderung vor sich gegangen war, hatte auch Micha einen kalten Hauch am Rücken gefühlt. Er wurde den Eindruck nicht mehr los, dass plötzlich jemand ins Häuschen gekommen war: „Ist da wer?“ Micha schaute sich um. Er konnte nichts erkennen. Trotzdem ließ ihn das unangenehme Gefühl nicht mehr los.
Frederike starrte wie gebannt in die linke Ecke der Stube und konnte den Blick nicht mehr davon lassen. Nun richteten auch Sonja und Micha ihre Aufmerksamkeit darauf, doch für sie sah es dort aus wie zuvor. Micha meinte, einen leichten Grauschleier festzustellen, doch das konnte auch Einbildung sein. Das Gefühl der Bedrohung ließ ihn nicht mehr los. In ihm keimte das tiefe Bedürfnis zu beten. Ohne zu zögern, begann er damit sofort im Stillen. Im Raum vollzog sich eine Veränderung, die auch Frederike wahrnahm. Sie entspannte sich etwas, dennoch behielt sie die Ecke fest im Auge. Sie fühlte die Kraft von Michas stillem Gebet und hätte gerne mit eingestimmt, wenn sie in der Lage dazu gewesen wäre.
„Was geschieht hier?“, rief Sonja. Sie konnte die Spannung deutlich fühlen. So wie zu Hause, wenn der Vater da war. Eine unsichtbare Bedrohung schlug ihr dann entgegen. Es waren solche Momente, in denen sie am liebsten weit weglaufen wollte. Sie spürte das tiefe Verlangen, aus dem Armenhäuschen zu flüchten. Zitternd umkrallte sie Frederikes Schultern und starrte mit weit aufgerissenen Augen in den unheimlichen Winkel der Stube.

Micha sah einen kurzen Moment zu Frederike. Erschrocken nahm er wahr, dass sie völlig weggetreten war, vollkommen gebannt. Sein Blick traf sich mit dem aus Sonjas ängstlich flackernden Augen. Hilflos zuckte er mit den Schultern. Was hatte sich bloß da drüben eingenistet? Er versuchte, wieder ins Gebet zu kommen, doch es wurde für ihn zu schwer, seine Gedanken auf Gott zu richten. Stattdessen fühlte er sich gedrängt, seine Gedanken schweifen zu lassen. „Meine Güte", murmelte er und wurde innerlich fortgetragen. Immer weiter weg vom engen Kontakt zu Jesus, hin auf einen Röntgentisch mit sofortiger Durchleuchtung. Tiefe Entmutigung und Verzweiflung umfingen Micha und saugten ihn aus. Sämtliche Kraft erschlaffte, und sein Glaube erlahmte zu einer gestaltlosen Gleichgültigkeit. Der Gebetsfaden war endgültig gerissen, und einem geborstenen Staudamm gleich, floss das Innerste seiner Persönlichkeit einem Sog folgend in jene düstere Ecke der Stube.
Sonja hatte beobachtet, was mit Micha geschah. Trotz ihrer Angst war sie wohl noch die Einzige, die einen klaren Gedanken fassen konnte, wohl nur deshalb, weil keinerlei Aufmerksamkeit auf sie gerichtet war.
„Okay", sagte sie halblaut, um sich etwas Mut zu machen. „Wollen mal sehen, was dieser Jesus so drauf hat." Sonja holte tief Luft und rief laut: „Keine Ahnung, ob es dich wirklich gibt oder nicht, Jesus! Aber wenn ja, dann hilf uns jetzt! Du siehst doch, was hier gerade geschieht! Mach was!" Augenblicklich merkte Sonja, wie die Bedrohung in der Ecke sie in den Fokus nahm und sie sofort ein Gefühl der Lächerlichkeit über ihren ersten lauten Gebetsversuch in sich aufsteigen fühlte. „Wie kann man nur so naiv sein!", hörte sie sich selbst sagen. Eine nie gekannte Panik stieg in Sonja auf. Es war, als ob eine dunkle Hand aus dem Winkel auf sie zukam und nach ihrem Leben griff.
„Im Namen Jesu: verschwinde!" Micha war vor Sonja und Frederike gesprungen. Abwehrend streckte er den Arm in die Ecke aus. „Im Namen Jesu: Du hast keine Macht!" Er fühlte, wie die

Bedrückung das Armenhäuschen verließ. „Es geht“, flüsterte Micha ohne jeden Triumph. „Es geht, weil es genug erfahren hat.“ Matt ließ er sich auf seinen Stuhl zurücksinken und fuhr sich mit der Hand übers Gesicht. „Das habe ich noch nie erlebt!“

In Frederike kehrte Leben zurück: „Das war einer.“ Ihr tat jeder Knochen weh. „Das war ein Fänger.“ Mühsam erhob sie sich und ging zum Fenster. „Warum ist er durchgekommen?“ Ihr Blick wanderte zum Gartentürchen.

„Und?“, fragte Sonja.

„Sie sind immer noch da!“ Unverständnis klang in Frederikes Stimme.

„Offensichtlich sind die Engel eures Gottes doch nicht so stark!“ In Sonja blieb das Gefühl, sich zum Narren gemacht zu haben.

„*Noch* nicht so stark“, korrigierte Micha sie. Er war davon überzeugt, dass der Fänger es fertiggebracht hatte, ihn vom Beten abzuhalten. „Wir dürfen uns nicht mehr ihre Spielregeln aufzwingen lassen! Sie sind nur so stark, weil wir Angst vor ihnen haben und gleichzeitig Jesus nichts zutrauen! Sie werden es immer wieder versuchen, uns in den Zweifel zu treiben, uns abzulenken und unsere Gedanken in Gefangenschaft zu nehmen! Je schwächer unser Glaube an die Kraft Gottes ist, desto stärker ist ihre Herrschaft über uns!“

„Dass sie nicht eingegriffen haben ...“ Frederike war erschüttert über die Macht des Fürsten und seiner Diener sowie über die Untätigkeit der Engel.

„Wir wissen nicht, vor was sie uns sonst noch bewahrt haben“, versuchte Micha, die Engel in Schutz zu nehmen.

„Ja, das wissen wir nicht“, nickte die Alte. „Aber wir wissen nun, dass unser Sieg keineswegs als sicher gilt, und wir können jetzt davon ausgehen, dass der Fürst und seine Konsorten seit eben gewarnt sind.“

„Hm“, stimmte Micha nachdenklich zu. *„Denn wir haben nicht mit Fleisch und Blut zu kämpfen, sondern mit Mächtigen und Gewaltigen, nämlich mit den Herren der Welt, die in dieser*

Finsternis herrschen, mit den bösen Geistern unter dem Himmel“, zitierte er die Worte aus dem Brief des Paulus an die Epheser.[15]
Sonja verzog das Gesicht: „Wir *haben* mit Fleisch und Blut zu kämpfen!“, sagte sie mit Grausen und dachte an ihren Vater und die Gefolgschaft. „Dein schlaues Sprüchlein ist nur die halbe Wahrheit!“
Micha fühlte sich wegen der abwertenden Bemerkung gekränkt, doch ging er nicht darauf ein. „Wie dem auch sei, das Wort aus der Bibel spricht von einem Kampf mit Mächten aus der unsichtbaren Welt. Hier liegt unsere eigentliche Front, auf dieser Seite müssen wir stark werden! Gegen den Fürsten und seine Fänger können wir mit Fäusten nichts ausrichten. Es wird einen geistlichen Kampf geben. Am Ende werden unser Mut und unser Vertrauen auf Jesus darüber entscheiden, ob sich in Hügelhain etwas ändert oder nicht.“
„Nur die Kraft Gottes kann hier siegen!“, stimmte Frederike zu. „Wir müssen viel beten und viel glauben, denn es kommt eine schlimme Zeit. Das Jahr neigt sich dem Ende, und die hohe Zeit der *Herren* und Geister beginnt.“
Sonja begriff, was Frederike meinte. Bald war Allerheiligen, und die langen Nächte des Winters standen bevor. Es kamen die schrecklichsten Wochen des Jahres. Arroganz und Unausstehlichkeit des Vaters würden schier ins Unermessliche wachsen, ganz zu schweigen von den anderen *Herren*. „Vielleicht hilft ja beten doch“, murmelte sie leise, mehr zu sich selbst, doch laut genug für Micha, um es gehört zu haben.
„Es ist unsere einzige Chance, der Kraft des Fürsten und der Bosheit der Herren etwas entgegenzusetzen. Wir brauchen gegen eine übernatürliche Macht auch einen übernatürlichen Beistand!“, antwortete er ihr zugewandt.
„Wäre schön, wenn du recht hättest.“
„Kopf hoch, Kindchen!“ Frederike strich Sonja über die Wange. „Wir werden uns der bösen Macht über Hügelhain entgegenstellen! Die Zeit des Widerstands hat begonnen! Wir werden uns nicht mehr einschüchtern lassen! So wahr der Herr Jesus lebt!“

„Ich hoffe es", seufzte Sonja und schaute zum Fenster hinaus. Die warmen Strahlen der Herbstsonne tauchten den Burgstall in ein goldenes Licht. „Ich hoffe es."

Burgstall

Seltsam still war es hier oben. Das lag zum einen an der Jahreszeit, im Herbst wurde es immer ruhiger im Wald, aber nicht nur. Hier herrschte ständiges Schweigen, egal zu welcher Jahreszeit. Die Tiere schienen diesen Ort zu meiden und machten, wenn es ging, einen weiten Bogen um ihn. Offenbar spürten sie die Präsenz einer dauerhaft anwesenden Kraft, die sie als unangenehm empfanden.
Die Nacht war eben vergangen, und die ersten Sonnenstrahlen kitzelten die Wipfel der Bäume. Gemächlich wanderten sie nach unten und tauchten den Wald in ein sanftes, milchiges Licht, hervorgerufen durch den leichten Nebeldunst, der im Laufe der Nacht zwischen die Bäume gezogen war. Wie eine Insel ragte der Burgstall als höchster Punkt der Gegend aus einem dichten, weißen Meer, das die Strahlen der Herbstsonne nur mühsam auflösen konnten.
Noch bei Dunkelheit war Franz mit seiner alten Reisetasche von zu Hause fortgegangen. Er hatte auf das Auto verzichtet. Stattdessen führte ihn sein Weg in einem deutlichen Abstand um das Dorf herum. Er liebte den dichten Nebel des Herbstes,

und er liebte die Dunkelheit. Sie waren für ihn wie schützende Mäntel, und er fühlte sich unter ihnen sicher und gedeckt. So konnte er ungestört seinem Eigenen nachgehen.
Deutlich hatte er am frühen Morgen den Ruf vernommen. Mit Genugtuung war er aufgestanden, sehnsüchtig, ja, ungeduldig hatte er schon lange darauf gewartet. Ein verzehrendes Feuer loderte in seinem Herzen, und ein abgrundtiefer Hass höhlte ihn von innen her aus. Die Demütigungen konnte er nicht überwinden. Eigentlich genoss er diese Gefühle sogar, denn sie waren wie Benzin auf seine lodernde Leidenschaft: explosiv, anheizend, beschleunigend. Nach und nach wurden sämtliche Hemmungen seines Lebens verschlungen, und die Achtung der *Regeln* wurde ihm zunehmend gleichgültig. Franz Trüb spürte den Tag der Entscheidung nahen.
Zuversichtlich hatte er seine braune Kunstledertasche gepackt. Sie beherbergte ein Präsent. Gut gesichert durch den schwergängigen, aber noch funktionstüchtigen Reißverschluss. Eilig huschte er über die feuchten Obstbaumwiesen und sah zu, dass er möglichst rasch im Wald verschwinden konnte. Trotz Nebel und Dunkelheit suchte er den Schutz der Bäume.
Als er die alte Forststraße erreicht hatte, hielt er einen Moment inne und holte ein paar Atemzüge lang Luft. Die letzten Reste seiner Loyalität ließen seinen Puls höher schlagen. Er wollte nicht entdeckt werden. Es war seine Angelegenheit, die er vorantrieb. Etwas langsamer setzte er seinen Weg fort. Sanft ansteigend führte dieser, der Hangkante des Hochplateaus folgend, in einem Bogen hinauf zum Burgstall, ohne diesen zu überqueren. Ein ganzes Stück vor jener höchsten Erhebung schlängelte er sich, fast schon ein bisschen verschämt, um sie herum.
Hier war die Stelle, an der Franz die Forststraße verließ, sich ins Unterholz schlug und dort, seinem persönlichen Pfad folgend, die letzten Höhenmeter zum Burgstall erklomm. Allerdings wollte er gar nicht bis ganz hinauf, der Hügel interessierte ihn nicht. Ein schmatzendes Geräusch unter seinen Sohlen kündigte an, dass er gleich am Ziel angekommen war. Er betrat

eine üppige Feuchtwiese, und je weiter er ging, desto tiefer sanken seine Stiefel im schlammigen Boden ein. Kurz darauf umschloss ihn eine kalte, braune Wasserbrühe, und wiederum nur einen Moment später stand er vor dem sanft sprudelnden Quelltopf.

Sein ganzes Leben lang bewunderte er diesen Ort. Es war für ihn ein großes Rätsel, wie eine Quelle, mit dieser beachtlichen Schüttung, fast am höchsten Punkt der Gegend überhaupt möglich war. Welcher Druck musste wohl im Untergrund herrschen, damit das Wasser so hochgepresst wurde? Wie undurchdringlich musste das umgebende Gestein sein? Dabei war es doch nur Sandstein! Franz spürte, dass es diese Geheimnisse waren, welche die Quelle von jeher zu dem magischen Ort gemacht hatten, der ihn jedes Mal mit seinem Zauber umfing.

Keuchend stellte er seine Reisetasche im sumpfigen Boden ab: „Herr, hier bin ich!“, schnaufte er schwer und verneigte sich vor der Wasserfläche. „Und ich habe dir etwas mitgebracht! Ein Geschenk! Eine Gabe für den höchsten Herrscher! Herr, für dich!“ Er kicherte leicht, um seine Unsicherheit und Angst zu verbergen. Schließlich wusste er, dass ihm dieses Nahen von seiner Stellung her nicht zustand.

„Aber du hast mich ja gerufen“, sagte er ein bisschen entschuldigend und fummelte eilig am Reißverschluss der Tasche herum. „Verflucht, das Ding klemmt schon wieder!“ Mühsam ließ sich der Verschluss öffnen.

Bevor Trüb fortfuhr, griff er sich sicherheitshalber an seinen Gürtel. Zufrieden nickte er, nahm dann in die Tasche, packte hart und gefühllos zu und zerrte an den Hinterpfoten ein Kaninchen hervor. Das ängstlich zappelnde Wesen hielt er der bewegten Wasseroberfläche entgegen: „Herr, für dich!“ Sein Gesicht zeigte ein breites Grinsen. Dann zog er seinen Dolch aus der Scheide am Gürtel und durchtrennte mit einem raschen, gekonnten Schnitt die Kehle des Tieres.

Das Kaninchen zuckte ein wenig, während das Herz das Blut aus dem Körper hinauspumpte. In einer breiten Spur rann es

über das Haupt und tropfte mit dicken Tropfen in das Quellwasser. Sich auflösende Blutschlieren begannen, es rot zu färben.
„Herr, für dich!“, flüsterte Franz, dessen Mund vor Erregung trocken geworden war. Am ganzen Körper hatte er eine Gänsehaut. Er zitterte und fühlte, wie sich ein Kraftfeld um ihn schloss. Gierig schien es die Lebensenergie des Kaninchens aufzusaugen. Bis zum letzten Rest. Dann war das Tier tot.
Franz band den leblosen Körper an einem massiven Sandsteinbrocken fest. „Herr, für dich!“
Mit einem Stöhnen hob er den Brocken hoch und warf ihn mit aller Kraft ins gluckernde Wasser der Quelle. Spritzend versank das Opfer spurlos im breiten Quelltopf. Niemand würde je davon etwas ahnen. Schwer schnaufend wusch sich Franz die Hände im Wasser. Ein komisches Gefühl beschlich ihn. Irgendwie hatte er den Eindruck, dass seine Gabe nichts anderes als ein Appetithappen gewesen war. Er spürte, es wurde mehr verlangt. „Das war alles, was ich auf die Schnelle auftreiben konnte“, entschuldigte er sich ängstlich und schaute nervös hin und her, als ob er jeden Moment einen Angriff aus dem Hinterhalt erwartete. „Herr, mehr habe ich gerade nicht!“, heulte Franz auf wie ein kleines Kind.
Eine tiefe Geringschätzung schlug ihm entgegen. Sie raubte ihm die Luft.
Schluchzend sank er auf die Knie: „Mehr habe ich nicht.“ Seine Hose saugte sich voll Wasser. Klamme Kälte zog über die Haut in die Knochen. Beißender Schmerz, der sich in eine dumpfe Taubheit verwandelte.
Die ausgehende Nacht verschwand, und das volle Licht des Morgens erhellte schließlich den Ort der Quelle.
Franz verharrte noch immer in seiner Haltung. Eine starke Last hielt ihn unten. Es war, als ob zwei schraubstockartige, unsichtbare Hände ihn an den Schultern gepackt hätten und ihn immer weiter nach vorne drückten. Stück für Stück beugte er sich unter der Gewalt, und sein Gesicht näherte sich der Wasseroberfläche.

„Nein, bitte nicht!“, hauchte er kraftlos. „Es darf nicht enden!“ Panik stieg in ihm auf. Franz versuchte aufzustehen, doch seine tauben Beine versagten ihm den Dienst.
„Bitte nicht! Ich bin doch gehorsam! Ich werde alles tun! Erbarmen!“ Trübs Nasenspitze berührte das Wasser. Panisch riss er beide Arme nach vorne und klatschte mit den Handflächen ins kalte Wasser. Mit letzter Kraft stemmte er sich nach oben, doch der schlammige Grund gab nach und umschloss seine Hände. Nun wurde er nicht nur von oben geschoben, sondern auch von unten gezogen. Sollte die heilige Quelle sein nasses Grab werden?
Verzweifelt drehte Franz sein Gesicht von der Wasseroberfläche weg. Wasser floss in sein Ohr, und das gluckernde Geräusch, welches ihn umfing, klang wie eine Vielzahl von Stimmen. Stimmen aus der dunklen Tiefe: drohend, verachtend, auslachend. Ein unbarmherziger Chor in einer unheimlichen, unterirdischen Halle. Abgrundtiefe Todesangst erfüllte Franz.
„Gnade!“, schrie er heulend auf. „Ich werde alles tun! Gnade! Herr, Ihr werdet zufrieden sein! Haltet ein!“
Er wand sich wie ein Aal und stürzte mit dem ganzen Körper ins kalte Wasser.
„Herr“, gurgelte er, doch der Sog nach unten blieb gnadenlos. Sein Kopf wurde unter Wasser gezogen. Franz spürte, wie die Luft knapp wurde und seine Lungen zu schmerzen begannen. Lichtblitze zuckten vor seinen Augen und nahmen immer mehr fratzenhafte Züge an. Klauen streckten sich nach ihm aus. Sie bohrten sich mit Genuss in sein Fleisch, den Abstieg in die Tiefe unterstützend. Gleich würden ihm die Sinne schwinden. Mit Grausen stellte er fest, dass er Gegenstand einer wilden Orgie war. Seine Angst im Todeskampf erfüllte dabei die Wirkung eines starken alkoholischen Getränks.
Plötzlich wurde von ihm abgelassen. Die Festlaune in der dunklen Halle erstarb. Etwas furchtbar Unheimliches war hereingetreten, das sämtliches Grauen in den Schatten stellte.
Mit einem Gefühl, in den Abgrund der Hölle geblickt zu haben, wurde Franz aus dem Wasser gespien und landete im

Matsch neben der Quelle. Minutenlang blieb er dort regungslos liegen, unfähig, auch nur das kleinste Glied zu rühren. Heftig hustend rang er nach Luft. Ein tiefer Schrecken erfüllte ihn. Eiseskälte ließ ihn vom Innern seiner Seele her erschauern. Unaussprechliche Erschütterung hielt ihn mit kalter Hand im Griff. Er hatte noch nie dergleichen erlebt. Es überstieg seinen Verstand, doch eines fühlte er: Sein Leben würde nie mehr sein wie früher. Er kam sich unendlich klein und zerbrechlich vor. Seine erbärmliche Existenz war keinen Pfifferling wert und das Ende nur aufgeschoben. Tief in seinem Herzen verspürte er eine unlösbare Gebundenheit. Er war verkauft. Ein Sklave, einzig abhängig vom Wohlwollen seines Herrn. Auf Leben und Tod. Doch mit dem Hirn begriff er dies nicht. Es waren nur Gefühle. Gefühle unbeschreiblicher Hoffnungslosigkeit, deren Zugang zum Bewusstsein mit voller Absicht blockiert und die mit zunehmender Rückkehr der Leibeskräfte in undefinierbaren Kitzel und leichten Grusel verwandelt wurden und schließlich ganz verblassten. Zurück blieb ein Franz Trüb, der sich mühsam auf die Beine stellte und mit Ergriffenheit zur sanft bewegten Quelle blickte, erfüllt von tiefem Gehorsam und dem irren Gefühl, etwas ganz Besonderes zu sein. Er hob seine Reisetasche auf. Ihm taten alle Knochen weh, trotzdem verneigte er sich immer wieder tief und zog sich in gebückter Haltung rückwärts vom heiligen Ort zurück.
Erst als er wieder festen Grund unter den Füßen spürte und es wagte, der Quelle den Rücken zu kehren, fühlte er, dass er vor Kälte schlotterte und völlig durchnässt war.
Franz wollte nur noch nach Hause. Er sehnte sich nach dem warmen Feuer seines Herdes und hatte auch nicht vor, seine Stube in absehbarer Zeit zu verlassen. Unerklärlicherweise hungerte er nach Sicherheit und Geborgenheit. Etwas, das er gar nicht von sich kannte. Ein bisschen menschliche Nähe und Wärme würden ihm jetzt auch gut tun. „Werd nicht sentimental!“, zischte er zu sich selbst und wandte sich heimwärts. Ein leichtes Zucken durchfuhr seinen Bauch, als er nun die gebeugte Gestalt entdeckte, die genau auf ihn zuhielt.

„Oh nein!“, stöhnte er matt. „Nicht *die!*“ Er schaute an sich hinunter und wusste, dass sein Erscheinungsbild Fragen aufwerfen würde. Er fühlte sich ertappt und verfluchte jetzt schon die anstehende Begegnung. Was hatte sie auch um diese Zeit, hier oben auf seinem persönlichen Weg zu suchen?
„Guten Morgen, Franz!“, schnarrte es ihm aus einigen Metern Entfernung zu. „Wird einen schönen Tag geben! Bist aber früh auf den Beinen!“ Redend und keuchend schleppte sich die Alte den Hang hinauf.
„Morgen, Luise“, gab Franz wortkarg zurück, als er zu ihr aufgeschlossen hatte, und wollte rasch vorübergehen.
„Du bist ja ganz nass!“, rief Luise laut aus. Sie griff nach seinen Kleidern. „Bist wohl ins Wasser gefallen?“ Sie runzelte die Stirn. „Viele Möglichkeiten dazu gibt es in dieser Gegend aber nicht.“ Ihre Augenschlitze verengten sich noch etwas mehr. „Hm?“, zog sie die Stimme nach oben.
„Was geht’s dich an?“, knurrte Franz mürrisch.
„Vielleicht mehr, als dir lieb ist“, entgegnete die Alte mit einem Grinsen. Ihr Blick fiel auf die Reisetasche in seiner Hand: „Gehst du in Urlaub?“
„Du bist mir zu neugierig. Kleine Gegenfrage: Was führt dich zu so früher Stunde auf meinem Pfad herauf?“
„Ich konnte nicht mehr schlafen und fühlte mich hergezogen“, gab sie mit einem Nicken in Richtung Burgstall offen zu. „Du wohl auch, oder?“
Leugnen würde eh nichts mehr bringen. „Ja.“ Franz fragte sich, was dies alles zu bedeuten hatte. Bestimmt war es kein Zufall, dass sie sich gerade begegneten. Nicht zu dieser Stunde. Ihr Zusammentreffen war gewollt doch warum nur? Es konnte nur der *Herr* dahinter stecken. Hatte er mit ihnen *gemeinsam* etwas vor? Plötzlich sah Franz Luise mit anderen Augen und erinnerte sich dabei an ihre frühere Liebschaft. Ekel und Erregung stiegen gleichzeitig in ihm auf. Irgendwie fühlte er sich zu ihr hingezogen und im selben Moment abgestoßen.
„Wenn das der Hochpriester erfährt, dann wird er gar nicht darüber erfreut sein!“ Luise machte ihren Mund spitz.

„Wird er es erfahren? Doch wohl nur, wenn du es ihm zusteckst!“ Sein Puls schlug schneller, denn Schwarzer durfte keinesfalls etwas von dem Geschehen heute Morgen mitbekommen. „Abgesehen davon: Du wirst dir dann auch ein paar unangenehme Fragen anhören müssen. Du hast hier alleine ebenfalls nichts zu suchen!“

„Nun, so sind wir offensichtlich beide in der Hand des anderen“, stellte sie grinsend fest. „Vielleicht soll es ja so sein?“

Franz schob die Unterlippe vor und schwieg für einen Moment. „Du bist eine Schlange! Nenn mir einen Grund, warum ich dir trauen sollte? Schon immer treibst du ein doppeltes Spiel und bist peinlichst darauf bedacht, dass der Hochpriester mit dir zufrieden ist! Ganz zu Schweigen davon, wie du dich bei den anderen *Herren* anbiederst.“

„Mag ja sein. Aber wer wurde zu so früher Stunde unabhängig voneinander hergeführt?“, sie machte eine kleine Pause. „Du und ich!“, raunte sie rau und konnte ihre Aufregung dabei nicht verbergen. „Das ist ein Zeichen!“

Luise hatte seine Gedanken laut ausgesprochen. Franz bekam eine Gänsehaut. Das Feuer in ihm brannte heißer als jemals zuvor. „Ein Zeichen!“, nickte er. „Wir sind aneinander gebunden. Wie früher!“ Mit funkelnden Augen schaute er Luise an: „Weißt du noch?“

„Wie könnte ich das jemals vergessen?“, kicherte sie und fühlte einen angenehmen Schauer im Unterleib.

„Der *Herr* hat uns gerufen!“ Franz’ Stimme klang feierlich. „Er hat uns gerufen, weil wir würdig sind, den Platz einzunehmen! Weil er den Wechsel wünscht! Weil Schwarzer versagt hat! Der Hochpriester ist in Ungnade gefallen! Wir sind seine Erben! Die Zeit ist gekommen!“ Voll irrer Euphorie war seine Stimme immer lauter geworden. Er hatte völlig vergessen, dass er noch vor wenigen Minuten um Gnade für sein erbärmliches Leben gewimmert hatte. Franz war erfüllt von einem berauschenden Gefühl der Macht. Heute hatte eine neue Zeitrechnung begonnen. Die Zeit bis zum Sturz des Hochpriesters! Die Gefolgschaft würde sich neu formieren! Er würde den Lotterhaufen

ordentlich aufräumen! Mit eisernem Besen kehren und die Ehre des Herrn wieder herstellen! „Nur Blut kann die Schande vom Thron des Herrn spülen! Blut!“, schrie er so laut, dass der Wald davon widerhallte.
Mit Staunen beobachtete Luise die Veränderung, die in Franz vorgegangen war. Sie konnte sich dem nicht entziehen. Es sah so aus, als ob sie der Fürst, im letzten Abschnitt ihres Lebens, auf den Höhepunkt der Macht führen wollte. Zum Greifen nah lag ihr sehnlichster Traum nun vor ihr. Sie war für würdig befunden worden, und sie würde das in sie gesetzte Vertrauen keinesfalls enttäuschen! Der Fürst wollte den Wechsel! Sie würde den Thron erklimmen!
„Wir werden hier neue Saiten aufziehen!“, stimmte sie Franz aufgekratzt zu und war von derselben Hochstimmung gepackt wie er. „Wir werden die Gefolgschaft reinigen! Seine Majestät wird sich laben dürfen! Reinigendes Blut!“
Franz nahm Luise bei den Schultern und schaute ihr tief in die Augen: „Wir sind aneinander gebunden, weil der *Herr* uns gerufen hat! Damit stehen wir auf Leben und Tod zusammen!“, sagte er ernst.
„So sei es!“, bestätigte Luise.
„Nur wenn der Hochpriester tot ist, werden wir seinen Platz einnehmen!“
„So sei es!“
„Blut vom Hause des Meisters!“
„So sei es!“
„Blut von den Unwürdigen!“
„So sei es!“
„Dein Leben in meiner Hand!“, klang Trüb kalt und drückte ein wenig seine Hände zusammen.
Luise spürte den Druck um ihre Schultern, ohne Wimpernzucken gab sie zurück: „Und deines in meiner!“ Ihr fast zahnloser Mund verzog sich zu einem breiten Grinsen. „Wir sind aneinander gebunden, auf Leben und Tod!“
„Ja. Unser Blut hat sich verbunden. Vor langer Zeit schon! Wir kommen nicht mehr voneinander los, nur durch Tod“ Er hielt

einen Moment inne. „Wenn du dein doppeltes Spiel weiter treibst, dann werde ich dich umbringen!“
Luise hielt seinem Blick stand: „Glaube nur nicht, weil ich ein altes Weib bin, dass du im Fall deiner Untreue vor mir sicher bist.“
„Dann sind wir uns einig.“ Er ließ Luise los. „Wir werden die Gunst der Stunde nutzen. Lass uns gehen!“ Sie kehrten auf die alte Forststraße zurück und machten sich beratschlagend auf den Heimweg.
Es kehrte wieder Stille ein im Wald beim Burgstall und bei der Quelle. Allerdings war der Ort erfüllt von einer boshaften Zufriedenheit, die sich wie ein zähes Gel über den Hügel legte. Der Durst würde gestillt werden. Es stand Edleres bevor als Kaninchen. Bald.

Wohnwagen

„Mir geht Micha nicht aus dem Kopf! Ich bin so unruhig! Wir haben schon eine ganze Weile nichts mehr von ihm gehört." Susanne nippte an ihrer Kaffeetasse. Es war Frühstückszeit im Haus Friedreich.

„Ich habe die ganze Nacht miserabel geschlafen. Kam gar nicht richtig zur Ruhe", bestätigte Paul und rieb sich den Nacken.

„Wie es ihm gerade geht? Ich mache mir Sorgen!"

Paul nickte, er teilte die Gefühle seiner Frau. Normalerweise verfügte er über einen sehr guten Schlaf. Es kam recht selten vor, dass er darin gestört wurde. Deshalb hatte es sich Paul Friedreich zur Angewohnheit gemacht, diese Schlafstörungen als Signale ernst zu nehmen. Sie bedeuteten für ihn Vorahnungen, die sich sehr oft bewahrheiteten. Leider waren diese Vorahnungen meist nur sehr ungenau, aber bedeutend genug, dass sie ihn ins Gebet drängten. Susannes Sorge um Micha wertete er als Impuls, sein Gebet auf ihn zu lenken: „Wir wollen für ihn beten!" Er faltete die Hände auf dem Esszimmertisch.

Stille senkte sich über die beiden, einzig unterbrochen durch das monotone Ticken der alten Standuhr und dem Knarzen des Gebälks im Pfarrhaus. Die Gedanken der Pfarrleute wan-

derten zu Micha, und sie hofften, dass sie konkrete Hinweise für die Art ihres Gebets empfingen.
„Hast du eine Idee?“, fragte Paul seine Frau nach einer Weile.
Susanne zuckte etwas unschlüssig mit den Schultern: „Nichts Klares, nur dieses unangenehme Gefühl, dass etwas in der Luft liegt. Vielleicht ist es ja völlig unbegründet, und ich bilde mir das alles nur ein.“
Paul schüttelte ablehnend den Kopf: „Nein, du bildest dir nichts ein. Ich fühle Ähnliches.“
Es wurde wieder ruhig zwischen ihnen. Schließlich durchbrach Susanne die Stille: „Herr Jesus, wir machen uns Sorgen um Micha! Wir wollen Dich um Deinen Schutz für ihn bitten!“
Paul setzte fort: „Stell Deinen Engel in seiner Nähe auf! Mach ihn wachsam und schenke Bewahrung! Du siehst unsere Unruhe, und Du kennst die Kräfte und Mächte, die Hügelhain besetzt halten. Sie sind größer und grässlicher, als wir sie mit Worten beschreiben könnten.“ Ein tiefes Gefühl der Schwäche erfasste sein Herz. Mit einem Mal standen ihm die verzweifelten Anstrengungen vor Augen, mit denen er in den vergangenen Jahren versucht hatte, einen Fuß in das Dorf zu bekommen. Eine unheimliche Kälte und Ablehnung schlugen ihm von dort oben entgegen. Er brauchte nur die Kreisstraße hinaufzufahren, um mit jedem Meter, dem er Hügelhain näher kam, etwas entmutigter zu werden. „Herr, erbarme Dich!“, flüsterte Paul leise, zu mehr war er nicht in der Lage. Selten in seinem Leben hatte er sich so sehr als Versager gefühlt wie im Hinblick auf sein Wirken in dem Teilort Spiegelbachs.
Die Pfarrleute spürten, wie sie der Kampf über die Jahre zermürbt hatte und wie es ihnen schwerfiel, im Gebet für Micha einzustehen.
„Jesus, verzeihe unsere Schwäche! Lass unseren kleinen, wackeligen Glauben kein Hindernis sein! Stehe Micha zur Seite, bei allem, was da auf ihn zuzukommen droht! Wir bitten Dich!“
Ein quälendes Gefühl der Ohnmacht hatte Susanne erfasst. Es ließ ihr die Augen feucht werden und senkte sich wie ein grauer Schleier über ihr Gebet. Von nun an konnte sie keinen kla-

ren Gedanken mehr fassen. Es drängte sie, das Gebet abzubrechen. Am liebsten wäre sie aufgestanden und hätte das Esszimmer fluchtartig verlassen. „Furchtbar!“, murmelte sie und hüllte sich fortan in Schweigen.
Sie saßen noch einige Zeit gedankenverloren am Tisch. Beiden fehlten die Worte. Sie hielten ihr mattes und sorgenvolles Herz in der Stille vor Gott.
„Amen“, sprach Paul schließlich, um die Gebetszeit irgendwie abzuschließen. Er fuhr sich mit beiden Händen über das Gesicht: „Es ist schwer. So schwer. Hoffentlich bewegt unser Gebet etwas.“
„Kein Gebet geht verloren“, antwortete Susanne mehr mit Verstand als mit Glauben. Sie räumte den Tisch ab. Ihre Unruhe hatte sich kaum gelegt. Heute würde noch etwas geschehen, davon war sie überzeugt. „Wir wollen wachsam sein!“ Sie verschwand mit dem Tablett in der Küche.
„Wir wollen wachsam sein“, wiederholte Paul. Er fürchtete sich vor dem Eintreten seiner Ahnungen. Mit einem Gefühl, Blei in den Knochen zu haben, ging er in sein Amtszimmer, wo sich die Verwaltungsaufgaben stapelten. Tiefe Sinnlosigkeit über sein Tun und Sein hatte ihn gepackt.

Nachdem die Kreisstraße die Hügelhainer Ebene erreicht und den Wald hinter sich gelassen hatte, führte sie in einem sanften Linksbogen zum Dorf hin. Die Hügelhainer Ebene war allerdings nicht flach, auch sie war wiederum mit leichten Erhebungen übersät, die jedoch nicht annähernd die Höhe des Burgstalls erreichten. Eine dieser Geländeerhebungen lag direkt rechts neben der Kreisstraße, ein paar hundert Meter vom Rand der Ebene entfernt, gegenüber Dorf und Burgstall, auf freiem Feld, und war mit Apfel- und Birnbäumen bewachsen. Von hier aus konnte die gesamte Landschaft rings umher gut betrachtet werden. Das Hügelchen war weitgehend frei von dunklen Belastungen. Vielleicht deshalb, weil es vor langer Zeit ein gottgeweihter Platz gewesen war. Im Dorf sagten sie nur das „Klausnerbuckelchen“ zu ihm. Ein Name, der sich auch auf topografischen Karten durchgesetzt hatte, und dessen eigentlicher Sinn weitgehend in Vergessenheit geraten war. Doch die kleine Schar, die sich darauf versammelt hatte, kannte die Bedeutung des Hügelchens sehr wohl und fühlte die Präsenz einer längst vergangenen Kraft noch deutlich. Hier war eine der wenigen angenehmen Stellen der Hochebene, und es konnte etwas von der Gegenwart Gottes geahnt werden. Vor mehr als Tausend Jahren war das Klausnerbuckelchen ein Ort des Gebets gewesen, Wohnstätte eines namenlosen Eremiten, der auf dem Hügelchen in der finsteren Zeit des Mittelalters die Nähe Gottes gesucht und eine kleine Kapelle errichtet hatte. Geblieben war von ihm nur der Flurname, doch ragte die Erhebung unter den Bewohnern der unsichtbaren Welt wie eine helle Insel aus dem dunkelgrauen Sumpf hervor, der sich über die Hügelhainer Ebene gelegt hatte.

Die uralte Kraft längst vergangener Gebete stärkte die Gruppe. Das Klausnerbuckelchen war für sie so etwas wie ein Stützpunkt. Immer wieder, über die Jahrhunderte hinweg. Eine Insel in Feindesland: lästig, gemieden, verflucht und dennoch ein Fels in der Brandung eines dunklen Meeres.

Jalon nahm seinen Blick weg vom Burgstall. Ein innerer Impuls lenkte seine Aufmerksamkeit hinunter zum Dorf. Er runzelte die Stirn. Es war etwas im Gange. Er fühlte das.

„Was ist nur?", fragte er und konnte sich keinen Reim auf sein Gefühl machen.

Nathanael trat hinzu: „Bei der Kirche", raunte er, „es ist bei der Kirche!"

Jalon nickte. „Dennoch ist es im Grau verborgen."

„Es hat mit dem Jungen zu tun." Nathanael war besorgt. „Reicht die Kraft für eine Sendung?"

„Ich spüre Entmutigung und Schwäche, dennoch fühle ich uns gerufen. Es wird gebetet." Jalon zuckte leicht mit den Schultern, ein Zeichen seiner Unschlüssigkeit. „Wir müssen es wagen. Die Situation ist zu heikel, als dass wir auf mehr Unterstützung warten könnten." Nach einer kleinen Bedenkzeit rief er: „Jaasanja!"[16]

„Hier!“ Der Gerufene trat einen Schritt vor.
„Geh hinunter und sieh, was du herausbekommen kannst! Sei aber vorsichtig! Wir sind nicht stark!“
Jaasanja nickte und machte sich auf den Weg.
„Lass dich leiten! Friede mit dir!“, gab ihm Jalon auf den Weg mit und winkte zum Abschied.

Noch bei Dunkelheit hatte Stefan das Haus verlassen und war auf seinen Traktor gestiegen. So lange es frisches Gras auf den Wiesen zu mähen gab, wollte er es seinen Tieren nicht vorenthalten. Bald mussten sie mit Heu vorlieb nehmen, und die frühmorgendliche Fahrt zum Grasschnitt fiele aus. Schon gestern Abend hatte er den Ladewagen angehängt, so konnte er gleich starten. Stefan drehte den Zündschlüssel um und zog den Knopf zum Vorglühen. Es dauerte einen Moment, bis die Glühkerzen bereit waren. Er zog den Knopf ganz heraus. Ächzend und schnaufend kam der Anlasser in Schwung. Immer schneller drehte er sich. Die ersten Zündungen setzten ein. Ein Rumpeln und Vibrieren schüttelte die Maschine. Dann war der Motor angesprungen und nagelte laut vor sich hin. Stefan wartete noch eine Weile, bis sämtliche Leitungen genug Druck hatten, dann fuhr er los, hinaus auf seine Wiesen. Kurz vor sieben Uhr, beim ersten Tageslicht, war er dort. Vorne am Traktor hatte er das Kreiselmähwerk montiert. Er senkte es ab und begann den Mähbetrieb. Dann setzte er den Ladewagen in Gang und fuhr los. Auf diese Weise wurde das Gras gleichzeitig gemäht und aufgeladen. Stefan erinnerte sich noch an früher, als dies alles einzelne Arbeitsgänge gewesen waren. Nur der technische Fortschritt ermöglichte es ihm überhaupt noch, diese Form der Landwirtschaft zu betreiben, sie war eh schon zeitaufwendig genug.
Nach etwa zwanzig Minuten war der Ladewagen zu einem Drittel mit frischem, feuchtem Gras gefüllt. Genug für heute. Er schaltete Mähwerk und Ladewagen ab und verließ die Wiese. Der Blick auf die Uhr zeigte zehn Minuten vor halb acht an. „Gut in der Zeit“, brummte er zufrieden und gab Gas.

Zuhause würde er rasch das Futter im Trog verteilen, anschließend duschen und zur Arbeit fahren. Gegen halb neun wäre er dann in der Firma. So gestaltete sich meistens der Tagesbeginn unter der Woche, so würde es auch heute sein. Stefan lenkte den Traktor vom Feldweg auf die Kreisstraße und erreichte nur wenig später die ersten Häuser des Dorfs. Mit der Höchstgeschwindigkeit von fünfundzwanzig Kilometern in der Stunde tuckerte er am Friedhof und an der Kirche vorbei. Doch plötzlich erstarb schlagartig der Motor. Das Getriebe blockierte, das Gespann kam aus voller Fahrt abrupt zum Stillstand, so heftig, dass Stefan aus seinem Sitz gehoben und ihm das Lenkrad unangenehm in den Unterleib gerammt wurde. Stöhnend fiel er zurück auf den Sitz: „Autsch!" Er rieb sich den Bauch und brauchte einen Augenblick, um sich der Situation bewusst zu werden. „Was ist da bloß los?", fragte er sich und stieg mit den schlimmsten Vorahnungen aus der Kabine. Stefan rechnete mit allem und sah seinen alten Deutz schon auf dem Schrottplatz stehen. Er löste die Gummiverankerung der Motorhaube, ging um den Traktor herum, um es auf der anderen Seite genauso zu tun. Erst jetzt fiel ihm auf, dass er sich genau vor der Einfahrt des alten Pfarrgartens befand. Dort stand auch der Wohnwagen, von dem ihm seine Jungs erzählt hatten. Doch was er nun sah, das ließ ihm das Blut in den Adern gefrieren. „Du liebe Zeit!" Stefan erbleichte.

Ein paar Minuten nach sechs Uhr hatte der Wecker geklingelt. Micha stand einen Moment danach auf und stellte gleich die Gasheizung an, über Nacht war es klamm im Wohnwagen geworden. Etwas fröstelnd huschte er ins Bad, wusch sich das Gesicht und zog seine dort deponierten Kleider an. Anschließend kochte er sich einen Kaffee, schmierte sein Frühstücksbrot und begab sich mit beidem zur Sitzgruppe. Bevor er mit dem Frühstück startete, nahm er sich Zeit zur Stille vor seinem Herrn. Jeden Tag begann er so, denn er wusste und hatte schon oft erfahren, welche Kraft aus der Beziehung zu Jesus strömte. In Gedanken legte er sein Leben Gott zu Füßen und bat ihn um Schutz für diesen neuen Tag. Gerne hätte er mehr Zeit mit Jesus verbracht, doch der Raum dafür war begrenzt. In ein paar Minuten musste er los, damit er pünktlich zum Arbeitsbeginn im Bauhof von Spiegelbach stand. Micha war ziemlich müde, so ging der Tagesanfang recht mechanisch vonstatten, worunter auch die Begegnung mit Jesus zu leiden hatte. „Besser so, als gar nicht", war Michas Motto. Er murmelte ein halblautes Amen und nahm schlürfend den ersten Schluck Kaffee aus seiner Tasse. Die Wärme des Getränks wirkte belebend. Es half ihm beim Wachwerden. Micha kaute sein Brot. Er versuchte, in die Gänge zu kommen. Kurz vor sieben Uhr erhob er sich, ging ins Bad zum Zähneputzen, anschließend packte er seine Arbeitsausrüstung zusammen und verließ den Wohnwagen. Die Motorsäge sowie sonstige Utensilien zur Waldarbeit waren in den beiden Plastikwannen im Kofferraum seines Kombis. Micha legte einfach was er in den Händen hielt dazu, stieg ein und fuhr los.

Er war schon unten im Ginstertal angekommen, als ihm ein Gedanke durch den Kopf schoss: „Mein Helm! Habe ich meinen Helm dabei?" Micha fuhr das Auto an den Straßenrand und schaute im Kofferraum nach. Es war kein Helm zu sehen. „Mist!", schimpfte er und stampfte mit einem Fuß auf den Boden. Nun fiel es ihm wieder ein: Er hatte das Schweißband gewechselt und dann den Helm auf der anderen Polsterbank der Sitzgruppe liegen lassen. „Daran habe ich nicht mehr daran gedacht!" Er war davon ausgegangen, dass der Helm, wie üblich, im Auto lag. Verärgert sprang Micha in den Wagen und fuhr zurück nach Hügelhain. So hatte er sich seinen ersten Arbeitstag nicht vorgestellt! Gleich mit einer Verspätung!

Viel zu schnell raste er durchs Dorf und bog polternd in den alten Pfarrgarten ein.

War da eben nicht ein Schatten über die Friedhofsmauer gehuscht? Micha hatte keine Zeit, darüber nachzudenken. Er hüpfte bei laufendem Motor aus dem Auto, hastete zum Wohnwagen, fasste an den Türgriff aus Aluminium und wollte den Schlüssel ins Schloss stecken. Doch sobald er das Metall berührte, durchfuhr es ihn mit unbändiger Kraft. Sein ganzer Körper wurde durchgeschüttelt und verkrampfte sich. Er schien am Türgriff festzukleben und hatte keinerlei Kontrolle mehr. Stöhnend sackte er zusammen, unfähig loszulassen. Schmerzhafte Wellen durchwogten ihn, sein Gesichtsfeld verengte sich, er konnt nicht mehr klar denken. Einzig der Tod stand vor seinen Augen und Fetzen der Worte „Gnade" und „Erbarmen". Mit Zunahme der Schmerzen rückte die sichtbare Welt in den Hintergrund. Eine andere Wirklichkeit öffnete sich. Dann war es plötzlich still, dunkel, schmerzfrei. Micha hatte das Bewusstsein verloren. Sein Kreislaufsystem stand kurz vor dem vollständigen Zusammenbruch, seinem Herz fehlte der Rhythmus.

Bestimmt waren es nur wenige Sekunden gewesen, in denen der Schock Stefan stocksteif gemacht hatte. Doch nun kam Leben in ihn. Er rannte in den alten Pfarrgarten, hinüber zum Wohnwagen. „Strom! Nichts anfassen!", schoss es durch seinen Kopf. Er war wenige Schritte von dem krampfenden jungen Mann entfernt, da schrie es in ihm: „Stoß ihn weg! Stoß ihn weg!"

Stefan kam die Stimme fremd vor, doch er konnte nicht darüber nachdenken. Mit voller Geschwindigkeit setzte er zu einem Hechtsprung an. In bester Torwartmanier packte er den Bewusstlosen im Flug an der Brust und erhielt dabei einen heftigen, betäubenden Stromschlag. Zusammen purzelten sie ins feuchte Gras.

„Uff!", stöhnte Stefan. Er war für einen Moment bewegungsunfähig. So schnell es ging rappelte er sich auf und beugte sich über den Bewusstlosen. „Die Atmung ist ganz schwach! Aber immerhin, er lebt noch!" Mit seinem Mobiltelefon rief er rasch den Rettungsdienst. Danach eilte er zurück zum Traktor. Stefan hatte immer ein paar alte Säcke mit dabei. Nun konnte er sie gut als Unterlage und Decke gebrauchen. So gut es ging, machte er es dem jungen Mann warm. Hoffentlich käme bald der Krankenwagen.

Unendlich langsam krochen die Minuten dahin. Er verharrte bei dem Bewusstlosen. Ab und zu kontrollierte er dessen Atmung. Sie blieb schwach, aber gleichmäßig. Stefans Blick wanderte zum Wohnwagen: „Wie kann das Ding bloß unter Strom stehen?", murmelte er und erschrak zum zweiten Mal an diesem Morgen. Mit blutroter Farbe war auf die Wohnwagenwand gesprüht: VERSCHWINDE ODER STIRB!!!
„Das war kein Unfall!" Stefans Mund wurde trocken, und seine Nackenhaare stellten sich auf. Nun sah er auch, wie am Stromkabel manipuliert worden war. „Meine Güte!"
„Hm?", brummte es von unten.
Stefan wandte sich dem Verletzten zu und stellte erfreut fest, dass dieser wieder bei Bewusstsein war.
„Was ist denn?", fragte Micha matt mit rollenden Augen.
„Junge, du bist dem Tod von der Schippe gesprungen!", antwortete Stefan erleichtert.
„Oh."
„Der Krankenwagen müsste bald da sein."
„Der Krankenwagen?" Micha bewegte ein bisschen die Glieder. „Geht doch alles."
„Du hättest dich vor ein paar Minuten sehen sollen."
Micha versuchte, sich aufzurichten. Stefan half ihm in eine sitzende Position. Nun konnte auch er die Schmiererei auf dem Wohnwagen lesen. „Es geht also los", stellte er matt fest.
Von ferne war das Martinshorn zu hören.
„Ich muss ja noch den Traktor wegfahren!", fiel Stefan ein. Er rannte zu ihm hin, glühte vor und zog den Anlasser. Wie selbstverständlich sprang der alte Deutz an und bewegte sich willig ein paar Meter vorwärts, um die Einfahrt freizumachen. Erst hinterher merkte Stefan: „Der geht ja wieder!" Er runzelte die Stirn und ließ den Motor sicherheitshalber weiterlaufen Den Kombi machte er dagegen endlich aus. Nun fand er auch Zeit, das Verlängerungskabel im Friedhofsschuppen auszustecken. Somit bedeutete der Wohnwagen für niemanden mehr eine Gefahr.
Stefan hüpfte über die Friedhofsmauer und sah, wie der Krankenwagen in den Garten bog, direkt gefolgt von einem Polizei-

auto. „Hm, die sind aber fix!" Stefan war froh darüber, dass dieser Anschlag nicht im Verborgenen blieb.
Micha staunte über den Aufwand, der seinetwegen getrieben wurde. Doch was ihn noch ein bisschen mehr erstaunte, war die Tatsache, dass sich niemand aus dem Dorf der Szene neugierig näherte. Dies war wirklich ungewöhnlich!
Professionell kümmerten sich die Rettungsassistenten um Micha. Erleichtert stellten sie nach kurzer Zeit fest, dass er die Stromstöße recht gut verkraftet hatte. Dennoch überprüften sie seine Herztätigkeit mit einem EKG. Dazu legten sie Micha in den Krankenwagen. Inzwischen begutachteten die Polizisten den Ort des Geschehens und befragten Stefan Wider nach den Vorkommnissen.
„Immer wieder Hügelhain", verzog einer der Beamten den Mundwinkel und machte ein Foto von dem Wohnwagen.
„Wir werden Fingerabdrücke nehmen. Ich glaube aber kaum, dass das zu etwas führt. Wir kennen das ja!", fügte sein Kollege resigniert hinzu. Im Grunde hofften beide Polizisten, dass Micha auf eine Anzeige verzichtete, obwohl die Anzeichen für einen Anschlag mehr als deutlich auf der Hand lagen.
„Es darf doch nicht sein, dass in diesem verdammten Dorf ständig irgendwelche Dinge geschehen, die niemals aufgeklärt werden!", rief Stefan voller Enttäuschung und Wut. Die Haltung der beiden Polizisten kam ihm so bekannt vor. Ähnlich mut- und ratlos waren die Ermittler auch vor seinen erschlagenen Eltern gestanden.
„Haben Sie einen Verdacht?", fragte der Beamte. Er fühlte sich durch Stefans Äußerung angegriffen. „Sie leben doch im Dorf!"
Stefan wurde es heiß und kalt zugleich. Natürlich hätte er Namen nennen können, die Köpfe waren allen in Hügelhain bekannt, doch jeder von ihnen hätte ein wasserdichtes Alibi und er wäre danach seines Lebens nicht mehr sicher. Zumal das Ritual kurz bevorstand. „Ich möchte niemanden beschuldigen. Tut mir leid, ich hatte vor nicht allzu langer Zeit einen schlimmen Verlust, da habe ich mich wohl zu einer

unüberlegten Äußerung hinreißen lassen." Er wandte sich ab. „So ist das hier!", kommentierte der Polizist Stefans Verhalten. „Eine Mauer des Schweigens!" Kopfschüttelnd ging er zum Rettungswagen und klopfte an die Tür. Einer der Rettungsassistenten öffnete.
„Ist der Verletzte ansprechbar?"
„Ja, er will auch nicht ins Krankenhaus. Auf eigene Verantwortung. Wir hätten ihn zur Beobachtung lieber für einen Tag mitgenommen."
Der Polizist stieg ein und fand Micha auf der Liege sitzend.
„Geht's wieder?"
Micha lächelte zustimmend und ließ sich bereitwillig befragen.
„Wollen Sie Anzeige gegen unbekannt erstatten?", wollte der Beamte am Ende wissen.
Micha zuckte mit den Schultern.
„Sie wissen ebenso gut wie ich, dass dies kein Dumme-Jungen-Streich gewesen ist."
Micha nickte. „Was ändert eine Anzeige?"
„Nun, es werden Ermittlungen aufgenommen, die möglicherweise den oder die Täter überführen."
„Glauben Sie wirklich?" Micha schaute dem Polzisten in die Augen.
„Die Erfolgsquote hier oben ist nicht sonderlich hoch", gab dieser zu, „aber das hier spricht eine eindeutige Sprache!" Er deutete mit dem Daumen über die Schulter nach draußen. „Sie sind unerwünscht! Falls Sie der Aufforderung nicht nachkommen, werden wir uns höchstwahrscheinlich wiedersehen. Hoffentlich lebend."
Micha nickte wieder. Was sollte er sagen? Über seine von Gott empfangene Berufung sprechen? Vermutlich hätte ihn der Polizist für verrückt erklärt. Abgesehen davon: So falsch wäre er mit seiner Einschätzung da nicht gelegen.
„Wir können im Moment nichts tun. Dazu braucht es eine Anzeige." Er blickte Micha genau in die Augen: „Junge, wenn dir dein Leben lieb ist, dann nimm das ernst! Du bist zu jung!"
„Ich soll Hügelhain verlassen?"

Der Polizist nickte und ging wieder auf Abstand. „Wollen Sie nun eine Anzeige erheben?“
Micha schüttelte den Kopf.
„Dann sind wir hier fertig. Passen Sie auf sich auf!“ Er griff zum Gruß an seine Mütze und verließ den Krankenwagen.
Micha stand auf. Er fühlte sich zwar noch etwas wackelig auf den Beinen, aber bedeutend besser. Er stieg nach draußen, so konnten die Rettungsassistenten ihr Fahrzeug wieder startklar machen. Nachdem Micha noch einige Formulare unterschrieben hatte, rückte der Krankenwagen ab.
„Vielen Dank!“, rief Micha der Besatzung zu. „Schön, dass ich nicht drin bin!“
„Zum Glück!“, antwortete der Fahrer aus dem offenen Fenster.
„Nein, nicht zum Glück: Gott sei Dank!“, lächelte Micha zurück.
„Ja, Gott sei Dank! Tschüss!“ Der Fahrer ahnte, dass für Micha diese Redewendung nicht so eine Floskel war wie für ihn.
Der Krankenwagen schaukelte zur Einfahrt hinaus. Stefan und Micha schauten ihm nach, bis er hinter der Johanniskirche verschwunden war.
Micha streckte ihm die Hand entgegen: „Danke, ich bin Micha.“
„Ich weiß. Meine Jungs haben mir von dir erzählt. Ich bin Stefan.“
„Ach, der Vater von Jens und Marc!“, rief Micha erfreut.
„Genau“, lächelte er und fühlte, dass die Chemie zwischen ihnen stimmte. Micha brachte etwas Frisches mit. In seiner Nähe fiel das Atmen leichter, und die Verzweiflung hatte weniger Raum. Stefan hätte augenblicklich zu ihm Vertrauen fassen können, doch Angst und Vorsicht hielten ihn zurück. „Man mag dich nicht.“
„Tja, offensichtlich.“
„Ich erinnere mich nicht daran, dass jemals ein Neuer in so kurzer Zeit so massiv angegriffen worden wäre! Etwas an dir muss bedrohlich sein! Du bist Christ?“
„Das haben dir wohl deine Jungs erzählt“, schmunzelte Micha.

„Ja."
„So ist es. Ich glaube an Jesus Christus. Deshalb wollen sie mich loswerden. Ich passe nicht zu ihnen."
„Zu wem?", fragte Stefan vorsichtig.
„Zu den *Herren!*" Mit Absicht verwendete Micha die übliche Betonung.
Stefan schwieg betroffen. Michas Aussage hatte ihm einen Stich versetzt. Mit Bedacht erkundigte er sich: „Du weißt von ihnen?"
„Nicht allzu viel."
Stefan starrte ihn mit großen Augen an: „Was willst du in diesem verfluchten Kaff?" Seine Stimme zitterte.
„Klingt vielleicht ein bisschen absonderlich, aber ich fühle mich nach Hügelhain gesandt. Ich glaube, im Dorf soll sich etwas verändern! Der Schatten muss weichen!"
„Der Schatten muss weichen?" Stefans Herz tat sich auf. Ein Gefühl, zu schön, um wahr zu sein. Gleichzeitig begriff er auch, was vorhin geschehen war. Sein Blick verfinsterte sich: „Wenn dir dein Leben lieb ist, dann nimm die Botschaft ernst und verschwinde!"
„Das habe ich eben schon einmal gehört. Von einem der Polizisten."
„Ich weiß, wovon ich rede! Und die Polizei auch!", flüsterte Stefan. „Sie werden dich umbringen! Hau ab, solange du noch den Kopf auf dem Hals trägst! Schlimme Zeiten stehen bevor."
„Samain?"
Stefan blieb für einen Moment die Luft weg. Mit offenem Mund konnte er nur noch nicken. „Ich muss gehen!", sagte er hastig. „Wahrscheinlich habe ich schon viel zu lange mit dir geredet! Ganz zu schweigen davon, dass ich dir möglicherweise das Leben gerettet habe!" Nervös schaute er sich um. Inneres Grauen hatte ihn erfasst. „Ich mag dich! Und ich fürchte, dass dein Leben keinen Cent mehr wert ist! Verlasse Hügelhain noch heute und komm nie wieder zurück! Hier sind Mächte am Werk, denen du nicht gewachsen bist! Wenn du bleibst, wirst du innerhalb eines halben Jahres unter der Erde sein. Wie alle zuvor, die aufbegehrten und geblieben sind!" Tränen standen in seinen Augen.

„Meine Haare auf meinem Kopf sind gezählt[17], und ich ruhe in der Hand meines Herrn!", antwortete Micha äußerlich ruhig, doch wusste er, dass Stefans Sorge verzweifelnd berechtigt war. „Ich wünsche dir, dass es stimmt!" Stefan eilte davon. „Was hab ich nur getan?" Mit dieser bohrenden Frage schwang er sich auf seinen Deutz und fuhr rasch weg. Der pure Horror machte sich in ihm breit. Was hatte er nur getan?

Zufrieden lehnte Jaasanja im Türbogen der Pfarrhausruine. Ihm war ein kleines Kunststück gelungen. Ohne selbst erkannt zu werden, hatte er den Schergen des Fürsten fürs Erste einen fetten Strich durch die Rechnung gemacht. Er fühlte ihre ohnmächtige Wut und den Aufruhr in ihren Reihen. Eine sichergeglaubte Beute war ihnen entrissen worden. Voller Enttäuschung verließen sie die Umgebung des alten Pfarrgartens. Jaasanja spürte auch die Dankbarkeit Michas wie ein erfrischendes Getränk. Freudig kehrte er dem Dorf den Rücken und näherte sich dem Klausnerbuckelchen, wo er von den anderen erwartet wurde.
„Das war knapp!", begrüßte ihn Jalon, erleichtert darüber, dass er unbeschadet zurückgekommen war.
„Ja, es hätte kippen können", stimmte Jaasanja zu.
„Ihr Zorn und ihre Enttäuschung sind grenzenlos!" Nathanael rieb sich das Kinn. „Wenn sie herausfinden, dass wir dahinterstecken, werden sie sich das nicht gefallen lassen!"
„Wir sind noch schwach", stimmte Jalon zu. „Aber die Kraft wächst! Heute haben wir einen kleinen Sieg errungen! Dank des Gebets von Paul und Susanne. Jahwe, unserem Vater, sei Dank! Sie haben den Ruf des Heiligen Geistes vernommen und sind ihm nachgegangen."
„Hoffentlich werden die Beter zusammengeführt. Hoffentlich erkennen sie die Stärke des gemeinsamen Gebets! Die Zeit wird knapp, und die Stunden der Dunkelheit nahen!" Besorgt schaute Nathanael hinüber zum Burgstall.
Jaasanja nickte: „Sie fühlen sich stark und übermächtig! Aber sie sind auch hochmütig und selbstgefällig! Darin liegt unsere Chance."

„Das Land und die Menschen gehören dem Fürsten. Ihr wisst, wem noch.“ Jalon wandte sich dem Burgstall zu. Deutlich konnte er die Prozessionsschneise erkennen. „Noch ist er in der Vormacht, doch seit den Tagen des Eremiten waren wir nicht mehr so nahe an der Befreiung dran wie heute! Jahwe, führe die Gebete zusammen und erwecke weitere Menschen für dich! Vereine das Flehen in der sichtbaren und in der unsichtbaren Welt! Wir sehnen uns nach dem Durchbruch!“ Jalon streckte die Arme gen Himmel: „Gib mehr Kraft! Unsere Reihen sind zu lückenhaft, als dass wir alle schützen könnten! Unschuldig Blut ist in Gefahr, und die Nacht der Dunkelheit steht bevor! Es eilt!“

Alle Engel fielen auf die Knie und wurden eins in der Bitte Jalons. Ihre Liebe für die Menschen im Dorf trieb ihnen die Tränen in die Augen, denn sie spürten die massive, unsichtbare Fessel, die sich um sie gelegt hatte. Schon vor mehr als zweitausend Jahren. Der Griff des Fürsten war kalt und unbarmherzig und der Burgstall eine schier uneinnehmbare Festung.

Burgschlag

Der Motor des Fendt erstarb. Augenblicklich kehrte die Ruhe des Waldes ein, nur unterbrochen durch das Ticken der heißen Maschine. Langsam kühlte der Motor des Traktors ab. Tobias hatte ein leichtes Pfeifen in den Ohren, auch eine Nachwirkung der Fahrt. Der hohe Ton des auf Hochtouren laufenden Fahrzeugs war in seinem Kopf hängen geblieben, für ihn ein tierisch guter Sound. Mit maximaler Geschwindigkeit hatte er den Fendt über Feld- und Waldwege gejagt. Es war wie ein Rausch. Endlich hatte er den Traktorführerschein, und endlich konnte er legal über die Straßen heizen! Tobias lehnte glücklich über dem Lenkrad. Er genoss diesen Augenblick. Erst als das Pfeifen in seinem Kopf verklungen und das Ticken des Motors deutlich seltener geworden war, stieg er aus dem Sitz und holte hinter diesem Motorsäge, Benzinkanister und Fällhebel hervor. „Mach Brennholz! Oben im Burgschlag!“, hatte ihm der Vater aufgetragen. Widerspruchslos gehorchte Tobias. Ihm machten Traktorfahren und Waldarbeit Spaß. Überhaupt liebte er die Land- und Forstwirtschaft. Er konnte sich nichts anderes für sich vorstellen und war fest entschlossen, in die

Fußstapfen seines Vaters zu treten. Endlich verlief sein Leben gut! Wie lange hatte er sehnsüchtig auf die Liebe seines Vaters gewartet, darauf, dass dieser ihn in das Wesen der Landwirtschaft einwies. Das Warten hatte sich gelohnt! Plötzlich wurde ihm alles von ihm gezeigt und fast alles erlaubt, sogar das illegale Traktorfahren, solange er noch keinen Führerschein besaß. Den hatte ihm auch der Vater großzügig finanziert.

„Ich werde mich des Vertrauens würdig erweisen!", sagte Tobias zu sich selbst, als er in den Bestand hineinging, um die erste Buche zu fällen.

Der Burgschlag war seit Menschengedenken im Besitz der Familie Schwarzer. Er bildete den südlichen Abhang des Hochplateaus, auf dem der Burgstall mit seinem Grabhügel lag. Starke, alte Bäume wuchsen hier. Vor allem Tannen und Buchen, von denen diejenigen in den Ofen wanderten, die nicht für gutes Geld an die Sägewerke verkauft werden konnten.

„Such dir ein paar verastete Bäume aus, und mach sie klein!", lautete der Auftrag des Vaters an den Sohn. Nun stand Tobias am Fuß einer mächtigen Buche und überlegte, wohin er den Baum werfen sollte, ohne dass dieser beim Fallen zu viel Schaden anrichtete. Er versuchte, durch Geschäftigkeit sein komisches Gefühl zu überdecken. Tobias mochte den Burgschlag nicht. Genauso wenig wie den Burgstall. Das war ein Relikt aus Kindertagen. Er wusste, dass sein Vater sich zu diesem Ort hingezogen fühlte, also versuchte auch Tobias, sich an hier oben zu gewöhnen. Er wollte es sich nicht eingestehen, aber es fiel ihm unendlich schwer. Obwohl ihn der Vater schon häufiger bei Tag und Nacht hergeführt hatte, verspürte er immer noch ein flaues Gefühl im Bauch. Ständig meinte er, beobachtet zu werden. Von wem auch immer. Ihm graute vor diesem Gefühl.

„Also dann!", machte er sich Mut, warf die Motorsäge an und begann, den Fallkerb am Stamm einzusägen. Die innere Linie des Fallkerb, die Bruchkante, wirkte wie ein Scharnier, das dem Baum beim Fällen eine bestimmte Richtung gab. Wenn alles richtig gemacht wurde, dann fiel der Baum genau so wie vom

Holzfäller gewünscht. Dazu gehörte aber eine gewisse Erfahrung.
Tobias schnitt einen Keil aus der Stammwalze heraus. Dann überprüfte er den entstandenen Fallkerb. „Passt doch!“, schnaufte er und begann sofort, den Fällschnitt zu führen. Je näher die Kette der Motorsäge an die Bruchkante heranrückte, desto stärker neigte sich die Buche langsam in die Fällrichtung. Vorsichtig sägte Tobias weiter. Keinesfalls durfte er die Bruchkante durchtrennen, sonst purzelte der Baum unkontrolliert irgendwohin. In der Baumkrone krachten die ersten Äste, ein Ächzen und Stöhnen ging durch die alte Buche, sie neigte sich noch weiter. Bald würde sie mit einem dumpfen Ton auf den Waldboden schlagen, darin war sich Tobias sicher. Doch plötzlich blieb der Baum hängen. Ein großer Ast hatte sich in einem der Nachbarbäume verfangen.
„Mist!“, schimpfte Tobias. Dieses Hindernis war ihm vorhin gar nicht aufgefallen, sonst hätte er den Baum ein bisschen weiter nach links gezielt. Nun war es zu spät. Die Buche saß fest. Wütend stellte Tobias die Motorsäge ab und trat zornig gegen den Baum: „Die bewegt sich nicht mehr!“,schimpfte er enttäuscht und überlegte, was zu tun sei. Er schaute sich im Bestand um. Dabei entdeckte er, dass ein paar Schritte weiter oben ebenfalls eine Brennholzbuche stand.
„Man könnte ja ...“, murmelte er und hatte im selben Moment seinen Entschluss gefasst. Tobias packte die Motorsäge, ging zu dieser Buche hin, um sie auf die hängende zu werfen. Seine Hoffnung war, dass unter der Wucht des zweiten Baumes der Ast des ersten bräche und schließlich beide zu Boden fielen. Diesmal machte Tobias alles richtig: Die obere Buche traf genau auf die untere, allerdings ohne den gewünschten Erfolg. Es gab zwar ein Knacken und Krachen, doch der Schwung reichte nicht aus. Wütend stellte der Junge fest, dass er zwei Bäume hängen hatte. Er wagte einen weiteren Versuch, nun mit einer Tanne, und gleichem Ergebnis. Missmutig gab Tobias auf. So konnte es nicht weitergehen. Der Schweiß lief ihm in Strömen herunter, und sein Puls raste.

Kopfschüttelnd ging er zum Schlepper, um etwas zu trinken, da sah er, wie Hannes Schindler mit seinem Traktor die Forststraße entlang kam.
„Morgen Tobias! Am Holz machen?“, rief er aus der Kabine hervor, als er zu ihm aufgeschlossen hatte.
„Ja.“ Ihm passte diese Begegnung gerade überhaupt nicht.
Hannes beugte sich vor und spähte den Hang hinauf: „Bist du am Mikadospielen?“ Er grinste breit, nicht ohne eine gewisse Häme.
Tobias zuckte mit den Schultern und nahm einen Schluck aus seiner Flasche.
Unaufgefordert stieg Hannes vom Traktor herunter. Er ging ein Stück in den Bestand hinein, um Tobias’ „Glanzleistung“ näher zu begutachten: „Holla, holla“, schmunzelte er in sich hinein, „hochinteressantes Kunstwerk! Respekt!“
Tobias war ihm gefolgt, ließ aber Schindlers Schadenfreude unkommentiert.
„Dafür könntest du Eintritt verlangen!“ Hannes ging noch näher an die übereinander geworfenen Bäume heran. „Da wird der alte Heinrich bestimmt begeistert sein!“, stichelte er aus dem Mundwinkel, für Tobias deutlich vernehmbar. Verstohlen blickte Hannes zu dem Jungen hinüber: „Er wird wohl enttäuscht sein und erkennen, dass er dir zu viel Vertrauen entgegengebracht hat.“
Schindlers Worte versetzten Tobias einen Stich. Ein Gefühl von Scham durchzog ihn, und Panik erwachte, dass Hannes recht haben könnte. Schrecklich, wenn sich das Verhältnis zum Vater wegen seines Versagens wieder verschlechterte.
„Aber du kannst es ja noch richten“, setzte Schindler fort. „Eine bewährte Methode in solch einem Fall, garantiert erfolgversprechend, ist, den Baum abzusägen, auf dem die anderen hängen.“ Er machte eine kleine Pause. „Nicht ganz ungefährlich, zugegeben, aber todsicher!“
„Ich will den Vater nicht enttäuschen!“, dachte Tobias. „Ich will, dass er stolz auf mich ist!“, durchfuhr es ihn weiter. Was sollte an Schindlers Vorschlag schlecht sein? Die Bäume lägen

anschließend alle auf dem Waldboden, und wenn sie zersägt und aufgeschichtet waren, würde kein Mensch mehr etwas von seinem Murks erfahren.

Hannes Schindler beobachtete Tobias genau. Er genoss die Panik des Jungen. Ihm lief das runter wie Öl. Seit der Auseinandersetzung neulich mit Schwarzer hatte er eine Rechnung offen. Vielleicht war dies die erhoffte Gelegenheit zur Rache? Es sähe aus wie der Unfall eines unvernünftigen Jungen, der keine Ahnung von den Gefahren der Waldarbeit gehabt hätte. Auch Heinrich bekäme gewaltigen Ärger, weil er es zugelassen hätte, dass sein Sohn allein, minderjährig, zum Holzfällen gegangen wäre. Schindler rieb sich die Hände und leckte sich genussvoll die Lippen.

„Und?", drängte er nach einer Weile, um Tobias zu einer Entscheidung zu bewegen.

„Das klappt wirklich?"

„Wie gesagt: todsicher!", grinste Hannes breit in dessen Gesicht.

„Na gut." Tobias bückte sich nach der Motorsäge.

„Sei aber vorsichtig! Sag nicht, ich hätte dich nicht gewarnt!" Nur mit Mühe gelang es Hannes, seiner Stimme einen neutralen Klang zu geben. Innerlich jubelte er und konnte es kaum erwarten, bis das Schauspiel begann.

Zögernd begab sich Tobias hinüber zu den verkeilten Bäumen. Wie eine Säule stand vor ihm der Baum, der die anderen drei trug. Eine schöne, gerade Buche mittleren Alters. Ein Zukunftsbaum. Er schaute an ihm hinauf.

„Nur Mut!", rief Schindler aus sicherer Entfernung. Kein Mensch erführe jemals, dass er hier gewesen wäre.

„Du wirst doch den Jungen nichts tun lassen, wovon er keine Ahnung hat", hörte es Hannes kalt neben sich sagen. Erschrocken fuhr er herum und erbleichte augenblicklich, als er die hohe, hagere Figur Schwarzers neben sich sah.

„Hei-Heinrich?", stammelte er völlig konsterniert.

„Ich denke, es wäre angemessen, wenn *du* ihm zeigst, wie diese Methode in der Praxis funktioniert. *Du* hast ja schließlich

Ahnung von der Waldarbeit und von den besonderen Tricks, die in keinem Lehrbuch stehen."
Schindler schluckte. Er konnte sich nicht den geringsten Reim auf Schwarzers unvermitteltes Auftreten machen. Fast schon geisterhaft!
„Tobias!", rief Heinrich Schwarzer seinen Sohn. „Tobias! Komm her! Hannes wird dir demonstrieren, wie man so etwas macht! Lass die Säge gleich dort!" Zu Schindler gewandt knurrte er: „Wenn dir dein beschissenes Leben lieb ist, dann sieh zu, dass du den Job tust!" Für den Bruchteil einer Sekunde ließ Schwarzer die Klinge seines Ritualdolchs aus der Tasche seines Lodenmantels blitzen.
Schindler verstand. Er wusste, wie präzise der Hochpriester die Klinge zu führen in der Lage war. „Das ist ein Himmelfahrtskommando!", flüsterte er zu sich selbst.
„Todsicher!" Schwarzer bleckte die schlechten Zähne. „Nur Mut, das klappt bestimmt!"
Tobias trat zu ihnen. „Hallo Vater", murmelte er unterwürfig. Schwarzer beachtete ihn nicht. Seine ganze Aufmerksamkeit galt Schindler: „Los jetzt!", drängte er.
Hannes machte sich auf den Weg. Er hatte ein ganz mieses Gefühl. Jeden Moment konnten die Bäume zu Boden donnern, aus welchen Gründen auch immer. Dort oben hatten sich Tonnen aufgetürmt. Er nahm die Motorsäge, schaute hinauf und überlegte, wie der beste Fluchtweg auszusehen hätte. Doch keine der Möglichkeiten, die er in seinem Kopf durchspielte, versprach wirkliche Sicherheit. Am Ende galt es, so schnell wie möglich aus der Reichweite der stürzenden Bäume zu kommen. Egal in welcher Richtung.
Schindler startete die Motorsäge. Erst danach traute er sich unter die Bäume. Außer dem Blubbern der Säge war nichts zu hören. Hannes atmete etwas auf. Die „Konstruktion" schien zu halten. Er wollte versuchen, der tragenden Buche eine bestimmte Fallrichtung zu geben, damit sie die anderen Bäume mitzog und er in der entgegengesetzten Richtung abhauen konnte. Vorsichtig schnitt er den Fallkerb ein, immer ein Auge

nach oben gerichtet. Bisher war alles gut gegangen. Plötzlich kam Wind auf.
„Verdammt! Wo kommt der Wind jetzt her?", fluchte Hannes laut auf. Den ganzen Tag über hatte sich kein Lüftchen geregt. Er wandte sich um und sah, trotz der Entfernung, Schwarzers breites Grinsen. „Keine Ahnung, wie du das anstellst, aber du bist der Satan!"
Schindler musste sich jetzt beeilen. Der Wind setzte die Wipfel der Bäume in Bewegung. Über ihm begann es zu stöhnen, zu ächzen und zu quietschen. Getrieben setzte er zum Fällschnitt an. Mit Vollgas fraß sich die Kette in das Holz. Plötzlich gab es zehn Meter über ihm einen lauten Knall. Ohne hinzusehen wusste er, was geschehen war. Hannes ließ die Motorsäge los und sprang mit aller Kraft zur Seite. Innerhalb eines Wimpernschlags donnerten die Bäume unter der Last ihres eigenen Gewichts auf den Waldboden. Zu schnell für Hannes Schindler. Einer der Stämme erwischte ihn auf Beckenhöhe, zertrümmerte seinen Unterleib und klemmte ihn unter sich ein.
Tobias erschrak fürchterlich, als er den Knall der brechenden Buche hörte. Die Bäume rauschten zu Boden, und sein Gesicht wurde aschfahl. Anschließend war es gespenstisch still. So still, dass er das Rieseln der Blätter hören konnte, die langsam nach unten schwebten. Nach dieser Schrecksekunde kam Leben in ihn: „Schnell, wir müssen schauen, ob wir Hannes helfen können!"
„Natürlich, Sohn!", stimmte Heinrich zu. „Geh schon mal vor, du bist jünger!"
Tobias stürmte davon, während Schwarzer gemächlich folgte.
„Er lebt!", rief Tobias unter dem Gewirr von Ästen und Stämmen hervor. „Er lebt, aber es sieht schlimm aus!"
Schwarzer stieg zwischen den Bäumen hindurch. „Ja, das sieht nicht gut aus! Wir müssen ihn befreien! Such die Maschine!"
Tobias kletterte los. Nur einen Moment später rief er enttäuscht: „Die Bäume haben die Säge zerstört!"
„Dann fahr rasch ins Dorf und hole Hilfe! Ich bleibe solange bei Hannes!"

Der Junge nickte und rannte zum Traktor. Er wusste, dass jede Sekunde zählte.
Schwarzer kniete sich neben Schindler nieder. Dieser war bei Bewusstsein, spürte aber keinen Schmerzen. „Todsichere Angelegenheit, nicht?", säuselte Schwarzer süßlich mit breitem Grinsen.
Hannes konnte nicht sprechen, doch ihm war klar, welche Stunde geschlagen hatte.
„Ein tragischer Unfall! Dabei müsste ein so erfahrener Waldbesitzer wie du wissen, dass man solche Dinge nicht macht. Tststs", schüttelte er mit gespieltem Bedauern den Kopf.
„Du bist ein Monster!", presste Schindler mit letzter Kraft hervor.
„Vielen Dank für dein Kompliment!" Schwarzer verbeugte sich bösartig. „Wir wollen unser letztes gemeinsames Ritual feiern, Hannes. Bist du bereit?" Heinrich kicherte hämisch, wurde aber augenblicklich ernst. Er hob an, in der Geheimsprache der Priester zu singen.
Voll Panik riss Schindler die Augen auf, denn im Moment des beginnenden Gesangs öffnete sich der Vorhang zur anderen Seite. „Nein!", schrie er in abgrundtiefem Horror.
„Doch, mein Lieber, doch!", widersprach Heinrich. „Lugaid wird sich über dich freuen! Er wartet schon zu lange auf eine ordentliche Gabe und wird sich an dir laben! Und nun geh!" Er steigerte den Gesang, und einen Moment später fiel er in Trance.
Das Tor auf dem Burgstall öffnete sich. Eine unheimliche Meute ergoß sich daraus und stürmte den Hang zum Burgschlag hinunter.
„Hilfe! Zu Hilfe! Gott im Himmel, hilf!", wimmerte Hannes mit ersterbendem Leben.
„Zu spät! Zu spät!", dröhnte ihm schallendes Gelächter entgegen. „Willkommen! Willkommen!" Ein wilder Reigen umschloss Schindler. Er wurde emporgehoben und wie ein Stück Beute davongetragen. Das Tor schloss sich wieder.
Heinrich Schwarzer erwachte aus seiner Trance. Er sah auf Hannes Schindlers entstelltes Gesicht. Das Licht seiner weit

aufgerissenen Augen war gebrochen, aus seinem Mundwinkel tropfte gerinnendes Blut. „Du Wurm! So geschieht's jedem, der es wagt, dem Hochpriester seiner Majestät die Stirn zu bieten. Sei mein Werkzeug!" Schwarzer stand auf und schob sich durch die Äste ins Freie.
Genau in diesem Moment trafen Feuerwehr und Notarzt ein. Dem gefühlten Augenblick in der unsichtbaren Welt entsprach mehr als eine halbe Stunde Zeit in der sichtbaren Welt. Der Hochpriester setzte ein betrübtes Gesicht auf: „Wir können leider nichts mehr für Hannes Schindler tun. Er ist ein Opfer seiner Unvernunft geworden. Alle meine Warnungen und Verbote schlug er in den Wind. Ich konnte ihn nicht zurückhalten. Schrecklich!" Schwarzer trat zur Seite, damit die Retter ihr Werk tun konnten, es handelte sich nur noch um einen Bergungseinsatz.

Dorf

„Es hatte mir keine Ruhe gelassen!“ Erleichtert schaute Paul Micha in die Augen. „Ich musste einfach vorbeikommen und nachsehen.“ Er streichelte über Michas Schulter. Seine Augen waren feucht und gezeichnet von der Sorge, die ihn den Tag über gequält hatte. Nun wusste er, was sie ins Gebet getrieben hatte. Seine Vorahnung war dramatisch bestätigt worden.
Micha freute sich über die väterliche Anteilnahme Pauls: „Ja, es war schrecklich knapp! Ohne die Hilfe von Stefan Wider würde ich wohl nicht mehr da sein!“ Er lag in seinem Bett, um sich noch ein bisschen von den Nachwirkungen des Stromschlags zu erholen.
„Ist dieser hohe Einsatz wirklich gerechtfertigt?“ Paul drückte das schlechte Gewissen, weil er damals Micha nicht von seiner Idee abgehalten hatte.
„Können wir uns den Zeitpunkten Gottes widersetzen?“, fragte Micha zurück. „Ich spüre die Hand Gottes auf mir und würde vergehen, wenn ich mich aus dem Staub machte.“[18]
„Es kann nicht Gottes Wille sein, dass du stirbst! Immerhin ist es seine Sache, ob in Hügelhain eine Tür für das Evangelium aufgeht oder nicht! Er ist schließlich Gott!“

„Es ist das Wesen des Krieges, dass es Opfer gibt! Ich bin es, der ins Feindesland eingedrungen ist. Selbstverständlich wird sich unser Gegner nicht kampflos ergeben."
Von Ferne waren Martinshörner zu hören. Sie kamen rasch näher. Paul schaute zum Fenster hinaus. Nur einen Moment später rasten ein Krankenwagen und ein Fahrzeug der Spiegelbacher Feuerwehr am alten Pfarrgarten vorbei. „Da ist was passiert!" Plötzlich fröstelte es ihn. Schweigend wandte er seinen Blick vom Fenster ab. Obwohl er Theologe war und sich schon viele Jahre im Amt befand, hatte er immer wieder ein Problem mit der Allmacht Gottes. Gott nahm diese für sich in Anspruch, warum nur war seine Kraft so selten zu sehen? Paul fühlte eine große Müdigkeit. Das Schlachtfeld war so unübersichtlich und der Sieg Gottes über die Finsternis im Dorf keineswegs sicher.
„Euer Gebet hat mich gerettet", riss ihn Micha aus seinen Gedanken.
„Hm?"
Micha wiederholte seine Worte und fügte hinzu: „Irgendwie wurde Gottes Arm bewegt. Vielleicht durch Engel. Aus eigener Kraft wäre ich jedenfalls nicht mehr freigekommen!"
„Wir wurden regelrecht zur Fürbitte gedrängt", erinnerte sich Paul an den Morgen.
„Jesus hat schon seine Wege, um seine Ziel zu erreichen!", lächelte Micha. „Und offensichtlich will er es nicht ohne die Mitwirkung von uns Menschen tun. Er bindet seine Kraft an unseren Glauben. Auch auf die Gefahr hin, dass es für ihn Niederlagen gibt."
„Gottes Sache kann geschlagen werden?" Paul runzelte die Stirn. Ein Gedanke, den er schon so oft gedacht hatte, aber noch nie akzeptieren konnte.
„So sieht es wohl aus", bestätigte Micha nüchtern, „nur durch Glauben und Gebet können die Machtverhältnisse in Hügelhain entlarvt werden. Das ist die Chance zum Sieg Gottes! Ob es gelingt, ist völlig offen, und wie viele Opfer es kostet, auch."
„Micha geh weg von hier! Ich könnte es mir nie verzeihen, wenn dir etwas zustieße!", beschwor Paul ihn voller Sorge.

Micha schüttelte den Kopf: „Das hier muss zu Ende gebracht werden! Was sollte ich in Zukunft tun, wenn ich vor dieser Herausforderung davonliefe? Es wäre dann besser, ich würde meinen Glauben an den Nagel hängen! Niemals könnte ich Gott mehr unter die Augen treten, so schäbig und verräterisch käme ich mir vor."
„Aber du wärst am Leben geblieben!"
„Es gibt etwas danach, das länger dauert als die paar Jahre hier auf Erden. Dem fühle ich mich verpflichtet!"
Erneut war ein Martinshorn zu hören. Gleich darauf schoss ein Polizeiauto vorbei.
„Die Schlacht hat begonnen", sagte Micha ruhig, „und Gott will uns darin gebrauchen. Beten wir für den Sieg."

Angespannt durchstreifte Frederike die wenigen Zimmer ihres Häuschens. Innerlich aufgekratzt, fand sie keine Ruhe. Jeder Versuch, sich hinzusetzen und etwas zu entspannen, war misslungen. Sobald sie saß, hatte sie das Gefühl, platzen zu müssen. „Etwas geschieht! Etwas geschieht!", flüsterte sie schon zum hundertsten Mal und warf einen besorgten Blick zum Fenster hinaus. „Und dann dieser Wind!" Sie fröstelte. Frederike wusste genau, dass der Wind keines natürlichen Ursprungs war. „Sie sind fort!" Die Alte fürchtete sich. „Ich bin so schutzlos!" Frederikes Kehle war wie zugeschnürt. Sie versuchte, sich über Beschäftigung abzulenken. Im Stillen schickte sie ein Stoßgebet nach dem anderen zum Himmel. Dieser Tag hatte schon sonderbar angefangen! Noch vor Tagesanbruch hatte sie eine innere Stimme geweckt und zum Gebet gedrängt. Doch ruhiger war sie davon nicht geworden. Im Gegenteil: Von Stunde zu Stunde steigerte sich ihre Aufgewühltheit. Ein schlimmes Grauen hatte sie gepackt und ließ sie nicht mehr los.
„Etwas versetzt die Schattenwelt in Aufruhr! Sie sind unterwegs! So aggressiv! So siegessicher! So arrogant!" Ihr Herz war erfüllt mit Sorge. „Wenn ich nur wüsste, was passiert ist! Ich ahne Schlimmes!" Sie spähte zu jedem Fenster hinaus und blickte in jeden Winkel, ob sich dort etwas versteckt hielt. Fre-

derike fürchtete einen Angriff. Bei dem Gedanken, dass auf der Höhe ein unsichtbares Heer stand, nur darauf wartend, den Hang herunterzustürmen, lief es ihr kalt den Rücken hinunter. „Dabei ist doch noch gar keine Zeit! Was gibt ihnen diese Frechheit? Was wird erst sein, wenn Zeit ist?“ Frederike gefror das Blut in den Adern. So einen Herbst hatte sie schon lange nicht mehr erlebt, das letzte Mal im Jahr von Maria.

Ihre Gedanken schwebten zur Mutter von Sonja und Tobias. Wie es ihr erging? Unwillkürlich schoss Frederike ein kleines Schutzgebet für sie durch den Kopf. Sie fühlte, dass es gerade schlimmer um die Geistin stand als jemals zuvor. „Du hast viel auf dich genommen!“, sprach die Alte laut aus, in der Hoffnung, dass Maria es vielleicht hören oder spüren konnte, wenn im Gebet an sie gedacht wurde.

Im nächsten Augenblick bereute Frederike ihren in die Schattenwelt gesprochenen Satz. Wie ein Sturm brach es über sie herein. In unbeschreiblicher Dreistigkeit streckten sie ihre unsichtbaren Klauen nach ihr aus. Furchtbare Angst und Hoffnungslosigkeit überwältigten Frederike schlagartig. Atemlose Panik durchflutete die ehemalige Erzieherin. Frederike schrie laut auf und schlug sich die Arme über den Kopf. Gleich einem gehetzten Stück Wild flüchtete sie durchs Häuschen, doch es gab keinen sicheren Platz. Überall waren die Peiniger, und immer wieder fielen neue über sie her. Türen und Fenster sprangen auf, kalt pfiff der Wind herein. Der *Wind.*

Mühsam versuchte Frederike, die klappernden Fenster zu schließen. Da sah sie oben in der Prozessionsschneise einen geisterhaften Reiter stehen, der triumphierend etwas Rundes in den Händen hielt. Sie erstarrte.

„Wer um alles in der Welt bist du?“, hauchte sie und sank kraftlos auf die Knie. Eine tiefe Lähmung erfasste sie. Um ihren Brustkorb legten sich unsichtbare Ketten und schnürten ihn zusammen. Ein grauer Schleier schob sich vor ihre Augen. Er ließ die sichtbare Welt verblassen. Im gleichen Maß trat die unsichtbare Welt deutlicher hervor, und sie konnte den Reiter in einer schrecklichen Klarheit erkennen. Zu ihrem größten

Erschrecken wandte er sein Pferd dem Armenhäuschen zu und galoppierte mit unheimlicher Geschwindigkeit heran. Frederike spürte, wie ihr ein Schmerz den Arm hinunterzog und ihr die Luft wegblieb. Erlitt sie gerade einen Herzinfarkt? Der Reiter war fast nackt, nur mit einer altertümlichen kurzen Hose bekleidet, an deren Gürtel ein Schwert baumelte. Das Gesicht trug einen Vollbart und zeigte feurige Augen. Ein roter Umhang bekleidete seinen Hals und wehte im Wind.
Dergleichen hatte Frederike noch nie erlebt. Sie war sich gewiss, dass sie nun sterben würde. Ihr gestresstes Herz konnte jeden Augenblick den Dienst versagen. Immer näher kam der Reiter. Sie meinte, sein schreckliches Lachen zu hören. Nun erkannte Frederike auch, was das Runde in seiner Hand war: ein abgeschlagener Kopf! Ihr Grauen steigerte sich. Das Donnern der Hufe wollte ihr den Schädel sprengen. In Verzweiflung hielt sich Frederike die Ohren zu und starrte mit weit aufgerissenen Augen in die des Enthaupteten. Mit einem riesigen Satz sprang das Pferd auf sie zu. Der Reiter schien ihr den abgetrennten Kopf ins Gesicht zu schlagen. Frederike entfuhr ein Schrei des Entsetzens: Es war das Haupt von Hannes Schindler. Ohnmächtig brach sie zusammen. Der Wind legte sich augenblicklich, erdrückende Stille kehrte ein. Regungslos lag die alte Erzieherin auf dem Boden. Erst nach einer Weile kam wieder Leben in sie. Benommen setzte sich Frederike auf. Ihr war es speiübel.
„Hannes Schindler!“, stöhnte sie und rieb sich den Kopf. „Es war Hannes Schindler! Sie haben ihn geholt!“ Frederike hatte Hannes nie gemocht, doch dieses Schicksal wünschte sie nicht einmal ihrem schlimmsten Feind.
Ihre Übelkeit legte sich. Nun wagte sie es aufzustehen und zog sich am Fenstersims hoch. Der Wind war vorbei, dennoch fühlte Frederike die Spannung in der unsichtbaren Welt. Die Wachen waren noch nicht zurückgekehrt. Ihr blieb einzig das Gebet. Allen Ängsten vor den Fängern zum Trotz holte sie aus dem Geheimversteck in der Kammer ihre Bibel. Bestimmt beruhigten sie die Worte aus dem Buch Gottes. Frederike setzte sich an den Tisch,

schlug das Evangelium nach Markus auf und begann, sich selbst laut vorzulesen. Es tröstete sie ungemein, dass schon im ersten Kapitel dieses Evangeliums die Mächte der Finsternis vor dem Sohn Gottes in die Knie gingen und sich vor dessen Überlegenheit fürchteten. Sie wünschte sich, dass es in Hügelhain genauso geschehen sollte, und fragte sich, warum die Kraft Gottes so verborgen war. Für Frederike war es keinesfalls ausgemacht, dass die Seite Gottes den Sieg davontrug. Warum sollte das gerade jetzt sein? Die dunkle Geschichte des Dorfs sprach dagegen. Vielleicht hatte es ja auch schon früher ein paar gläubige Christen gegeben? Wie auch immer: Durchgesetzt hatten sie sich nicht.

„Ob er das gewesen war?", fragte sie sich selbst. „Der Fürst?" Ihr wurde unheimlich. Schon allein der Gedanke an diesen Geist oder was immer er war, rief in ihrem Herzen Furcht hervor. Nur mit Mühe wagte sie, über die Begebenheit von eben nachzudenken.

„Warum habe ich überhaupt diese Szene gesehen?" Große Verunsicherung griff nach ihrem Herzen. „War es eine Drohung? Eine Warnung? Ein Zeichen seiner Überlegenheit?" Vor ihrem Innern liefen die schrecklichen Augenblicke nochmals ab: „Ein Ritt des Triumphs!", hauchte Frederike mit aufgerichteten Nackenhaaren. Neu erwachte ihre Panik: „Ein Siegesritt!"

Auf leisen Sohlen, aber mächtig, schlichen wieder Entmutigung und Hoffnungslosigkeit in sie. Frederike konnte nichts mehr dagegensetzen. Gleich einem tönernen Gefäß war ihre Glaubenszuversicht zerbrochen. Was nun kam, war pure Folter. Wie Fledermäuse umschwirrten sie, ohne Vorankündigung, die grässlichen Fänger. Als ob diese durch ihre Angst erneut herbeigerufen worden waren. Sie saugten das letzte Quäntchen Mut aus ihr heraus und stürzten sie noch tiefer in das Dunkel der Anfechtung und Verzagtheit. Frederike verging schier vor Angst. Sie sackte in sich zusammen. Ihre seelische Not verursachte schlimme Schmerzen am ganzen Leib, und bei jeder Welle des Schmerzes, die ihren alten Körper durchfuhr, schien der Genuss der unsichtbaren Folterknechte zu wachsen. Todesangst bemächtigte sich ihrer. Plötzlich sah sie vor ihrem inneren

Auge das breite Grinsen Hugo Beelzers, und mit ihm stand dieser furchtbare Gedanke da: Er würde recht behalten! Ihr Weg ginge nicht in die Nähe Gottes, in den Frieden, ihr Weg ginge in die ewige Sklaverei! Zu sehr hatte sie sich in ihrem Leben durch die Machenschaften Beelzers in den dunklen Sphären bewegt! Zu viele Anrechte hatten die Fänger an ihr und damit dieser grässlich geheimnisvolle Fürst! Sie war verkauft und verloren! Nichts konnte sie mehr retten! Die Ketten waren fest um sie geschlungen, und eine rücksichtslose, unsichtbare Hand zerrte sie hinab in die Schattenwelt, hinab in eine furchtbare Halle, überfüllt mit bitterbösen Gestalten, die gierig die Finger nach ihr leckten und lechzend ihr das Leben aussaugen wollten. Unbeschreibliches Grauen überwältigte sie, denn viele dieser abscheulichen Wesen kamen ihr bekannt vor. Obwohl sie nur noch Schatten ihrer früheren Gestalt waren, sichtbar zerfressen von dem, wofür sie ihr Leben gegeben hatten, erkannte Frederike etliche Alteingesessene, die während ihrer Zeit in Hügelhain gestorben waren. Doch es gab auch noch andere, lange vor Frederikes Geburt Verstorbene, schlagartig erkannte sie diese und wusste, wer sie zu Lebzeiten gewesen waren.
Frederike wurde gefesselt durch dieses Spalier des Schreckens geführt, an dessen Ende ein großes, geschlossenes Tor stand. Instinktiv ahnte sie, dass hinter dem Tor ihr Tod wartete. Er würde sie völlig zu einer Sklavin dieser abscheulichen Welt machen.
Ein Beben erschütterte die Halle, und das Tor öffnete sich mit quälender Langsamkeit. Frederike ergab sich ihrem Schicksal. Nichts in ihr erinnerte sich an Gott und seinen Christus. Die Finsternis siegte.

Atemlos polterte Sonja gegen die Tür des Wohnwagens: „Ist jemand da?“, rief sie aufgeregt.
Paul saß beim Ausgang, er öffnete.
Verblüfft starrte Sonja ihn an: „Pfarrer Friedreich?“
„Ja, so ist es“, lächelte er. „Treten Sie doch ein, Frau Schwarzer!“ Er setzte sich zurück auf seinen Platz.

Sonja stieg in den Wohnwagen und zog hinter sich die Tür zu: „Es ist etwas Schreckliches geschehen! Hannes Schindler ist tot! Vom Baum erschlagen!“
Micha tauschte mit Paul einen Blick aus. Deswegen also das Aufgebot an Rettungsfahrzeugen und Polizei! Er richtete sich im Bett auf: „Woher weißt du das?“
„Von Tobias! Er war dabei. Er hat auch die Rettungskräfte gerufen!“
„Ihr redet wieder miteinander?“ Erstaunt hob Micha die Augenbrauen.
„Ich kam von der Arbeit, als er gerade die Feuerwehr gerufen hatte. Er war völlig durch den Wind und erzählte total durcheinander! Jedenfalls ist das Unglück im Burgschlag passiert. Vater war auch dabei.“
„Heinrich Schwarzer war dort?“, schaltete sich Paul ein und fühlte nun schon zum zweiten Mal an diesem Nachmittag wie ihm kalt wurde.
Sonja nickte verstört. Erst jetzt fiel ihr auf, dass Micha im Bett lag: „Ist dir schlecht?“
„Jetzt nicht mehr“, lächelte Micha. „Hier hat es einen ‚Beinahe-Unfall’ gegeben.“
„Du kannst es ruhig Anschlag nennen!“, korrigierte Paul.
„Anschlag?“
„Jemand hatte das Stromkabel manipuliert und die ganze Kiste heftig unter Spannung gesetzt.“ Micha klang ruhig und gefasst.
„Man wollte dich töten?“, rief Sonja schockiert.
„So könnte man es nennen. Aber Gott sei Dank wurde ich bewahrt! Irgendein guter Engel hat wahrscheinlich im entscheidenden Moment Stefan Widers Schlepper genau vor dem alten Pfarrgarten ausgehen lassen. So konnte er mir das Leben retten.“
„Und das erzählst du so gelassen?“, Unverständnis klang aus ihrer Stimme.
„Micha spielt es herunter! Nur einen Augenblick später wäre er tot gewesen“, schimpfte Paul. Er ärgerte sich über Michas Verharmlosung.

Sonja setzte sich. Micha bot ihr etwas zu trinken an. „Danke", atmete sie durch, nachdem sie einen Schluck getrunken hatte. Sie lehnte sich matt zurück. „Es ist so schlimm!" Die Geschehnisse erinnerten sie an jenes Jahr, als ihre Mutter das Leben verlor. Sonja fühlte die gleiche Ohnmacht wie damals. „Die Mächte sind so unberechenbar! Dabei fängt die dunkle Jahreszeit erst an! Dieses Dorf ist die Hölle, und mein eigener Vater ist der Anführer!" Sie fröstelte.
„Glaubst du, er hat etwas mit Schindlers Tod zu tun?"
„Tobias erzählte, dass er plötzlich da gewesen sei und Hannes zum Baumfällen gedrängt habe, obwohl der Burgschlag uns gehört."
„Langsam, ich versteh kein Wort! Warum war Hannes Schindler bei euch im Wald?" Fragend schaute Paul Sonja an.
„Wenn ich Tobias richtig verstanden habe, dann hatte er ein paar Bäume übereinander geworfen. Da kam Hannes dazu und riet ihm, jenen Baum abzusägen, auf dem die andern vier hingen."
Micha wurde bleich: „Das ist lebensgefährlich! Schindler wusste das!"
„Tobias traute ihm und folgte seinem Vorschlag", fuhr Sonja fort.
„Und dann?", drängte Paul ungeduldig.
„Tja, dann tauchte Vater auf, pfiff Tobias zurück und meinte, Hannes, als erfahrener Waldbauer, sollte ihm demonstrieren, wie das ginge."
Betroffenes Schweigen erfüllte den Caravan.
„Die Sache stinkt!", knurrte Paul.
Micha nickte zustimmend. Er rieb sich nachdenklich das Kinn: „Ganz schön viel für einen Tag im Oktober", murmelte er und ließ die Wochen seit seiner Ankunft in Hügelhain in Gedanken an sich vorbeiziehen. „Kaum sammeln sich ein paar Menschen, die gegen dieses finstere System angehen wollen, geschehen sofort seltsame, unheimliche und gefährliche Dinge." Seine Gedanken wanderten zur alten Erzieherin draußen im Armenhaus. Plötzlich, aus heiterem Himmel, wurde Micha von einer

Unruhe gepackt: „Wir sollten nach Frederike sehen! Ich mache mir Sorgen. Schließlich gehört sie auch zu uns!“ Rasch stieg er aus dem Bett und zog seine Schuhe an.
„Ich fahre“, entschied Paul, „es ist besser, wenn du noch ein bisschen vorsichtig bist.“
Sonja entschloss sich, die beiden zu begleiten. Michas Sorge um Frederike ließ ihr keine Ruhe.
Sie verließen das Dorf und fuhren über den geteerten Feldweg zum Armenhäuschen. Während der gesamten Fahrt konnten sie den Burgstall sehen. Drohend stieg er vor ihnen auf. Sonja deutete hinüber: „Da, von uns aus gesehen links, liegt der Hang des Burgschlags.“ Sie schauderte, wenn sie sich vorstellte, was dort gerade stattfand.
Nach kurzer Fahrt stellte Paul das Auto vor dem Gartenzaun des kleinen Anwesens ab. Sie stiegen aus, gingen durch den herbstlichen Garten und standen schließlich vor Frederikes Haustür. Micha klopfte. Sie warteten, aber nichts rührte sich drinnen. Noch einmal klopfte Micha gegen die Tür.
Sonja trat auf den Rasen und spähte von außen durch das Stubenfenster: „Gott im Himmel!“, rief sie und verlor alle Farbe im Gesicht. „Schnell! Wir müssen rein!“
Sofort drückte Micha die Klinke. Zum Glück war nicht abgeschlossen. Er stürmte mit Paul ins Häuschen. Erschrocken durchfuhr es sie, als sie die Alte mit zusammengesunkenem Oberkörper am Tisch sitzen sahen.
„Rasch, wir legen sie hin!“, befahl Micha. Er griff ihr unter die Arme und zerrte sie vom Stuhl.
Paul packte Frederikes Beine. Sie trugen die Alte zum Sofa. Frederike hatte weit aufgerissene, starre Augen. Ein Anblick, der beiden Männern hart zusetzte.
„Was ist mit ihr?“ Sonja hatte Tränen in den Augen und fürchtete, sie wären zu spät gekommen.
Paul untersuchte Frederike. „Schwacher Puls, aber diese Starre, wie bei einer Toten.“
„Das geht nicht mit rechten Dingen zu!“ Micha war an ihrer Seite niedergekniet und beobachtete sie genau. „Da sind

Mächte im Spiel!" Laut begann er zu beten: „Herr Jesus Christus! Du bist gekommen, die Werke der Finsternis zu zerstören![19] Ich kann nicht glauben, dass Frederike auf den Tod krank ist. In deinem Namen befehle ich: Weicht, ihr Mächte der Finsternis! Jesus ist Sieger! Er hat der teuflischen Schlange den Kopf zertreten! Er hat am Kreuz auf Golgatha über die Dunkelheit triumphiert! Er ist der Herr des Lebens! Weicht, ihr finsteren Geister! Gebt uns Frederike frei!" Mit erhobenen Händen sprach Micha dieses Gebet.
Sonja und Paul lief es eiskalt die Rücken hinunter. Sie fühlten die Spannung im Armenhäuschen. Es war unheimlich. Während Michas Beten hatte der Boden zu zittern begonnen. Gläser und Krüge klirrten in den Regalen, die Stubenlampe fing an zu schaukeln. Plötzlich kam Wind auf.
Sonja runzelte die Stirn. Wind im Armenhäuschen? „Ach ja", sie schlug sich gegen den Kopf, „die Tür!" Sie eilte zur Haustür und drückte diese zu. Das Rauschen blieb. Entsetzt sah Sonja zu Paul hinüber.
Er zuckte mit den Schultern und schüttelte hilflos den Kopf. So etwas hatte selbst er noch nie erlebt. Sein Inneres wurde von einer machtvollen Schwere gelähmt, ein Schleier der Teilnahmslosigkeit legte sich auf ihn. Schlaff saß er neben Frederike auf dem Sofa und hielt deren kalte Hand.
Sonja sah, wie sich Micha im Gebet mühte. Er rang um das Leben der alten Erzieherin. Ihr Blick wanderte zu Pfarrer Friedreich. Er schien weggetreten zu sein. „Was geht hier ab?", murmelte sie leise und fühlte nun selbst, wie etwas nach ihr greifen wollte. „Verschwinde", knurrte sie mit wachsendem Zorn, „du kriegst mich nicht und Frederike auch nicht!"
Sonja setzte sich neben Micha. Im Stillen sprach sie jedes einzelne seiner Worte nach, auch wenn sie kaum etwas davon verstand. Micha sollte wissen, dass er nicht alleine für Frederike eintrat. Außerdem konnte sie es nicht ertragen, dass die Macht, welche ihr gesamtes Dasein geprägt hatte, nun auch noch einen der letzten wichtigen Menschen ihres Lebens rauben wollte.

Micha fühlte tatsächlich Sonjas Unterstützung. Es war, als ob sie ihm den Rücken deckte. Gemeinsam standen sie für die alte Erzieherin ein.

Hysterie erfasste die Meute in der Halle. Irre Schreie hallten von den Wänden wider. Unbeschreiblich aufgewühltes Chaos herrschte in einer Atmosphäre gieriger Geilheit, gepaart mit hündischer Unterwürfigkeit und furchtbarer Angst.
In sabbernder Erwartung schlossen sich die Totengeister hinter Frederike zusammen und gierten der vollständigen Öffnung des Tors entgegen. Noch wagte keiner von ihnen, die Alte zu berühren. Sie trug etwas an sich, das ihnen zutiefst zuwider war und gleichzeitig anziehend wirkte. Eine sanfte Helligkeit umhüllte ihre Gestalt. Ein leichtes Leuchten, das nicht in die Halle passte. Eine unbekannte Wärme in dieser dunklen, kalten und erbarmungslosen Welt.
Frederike hatte sich ergeben. In ihr bäumte sich nichts mehr gegen das Kommende auf. Gleichgültig nahm sie die schreckliche Dunkelheit hin, die aus dem sich öffnenden Tor strömte. Sie fühlte dahinter die Gegenwart des Reiters, doch da war noch mehr. Viel mehr.
Je weiter sich das Tor öffnete, desto stärker kippte die Spannung der Totengeister in Richtung der Angst. In seltsamer Distanz zu der gesamten Szenerie fragte sich Frederike, wovor sich Verstorbene noch fürchten konnten. Ihr Blick wanderte in die tiefe Dunkelheit. Dort lag die Ursache der Angst. Noch war Frederike nicht ganz in der Sphäre der Toten angekommen. Noch gab es Leben in ihr, was ihr diese Überlegungen ermöglichte. Wenn sich das Tor hinter ihr geschlossen hatte, würde sie ein Teil dieser gequälten, hoffnungslosen Welt werden und sich ihre Erkenntnis auflösen.
Unwiderstehlich setzte sich der Zug in die Dunkelheit fort. Die Geister blieben zurück. Niemand wagte, ihr durch das Portal zu folgen. Frederike wurde von der Finsternis geschluckt und fühlte, wie das Tor sich seinem unheimlichen Schloss näherte. Ihr schlug eine Präsenz des Hasses entgegen. Hier

herrschte eine lähmende Macht des Todes, und dennoch spürte sie, dass sie sich nur in einer Art Vorkammer befand. Der Reiter war da. Frederike konnte ihn nicht sehen, wusste aber, dass er vor ihr auf einem Thron saß. Seine unaussprechliche Verachtung schlug ihr entgegen und sein tiefer Wunsch, ihr das Leben zu rauben. Wieder fühlte Frederike diese Distanz zu all dem und fragte sich, wann er sie endlich zu seiner Sklavin machte. Doch der Reiter zögerte. Ja, es schien sogar, dass er nicht die Hand an sie legen durfte. Frederike spürte seine Verunsicherung. Auch so etwas wie Angst nahm sie an ihm wahr. Warum nur? Und vor wem?

Ein Beben erschütterte die Dunkelheit. Das Tor war zu. An Frederikes Zustand änderte sich aber nichts. Sie blieb für den Reiter unberührbar, was diesen schier rasend machte. So standen sie sich in einer pattähnlichen Situation gegenüber. Frederike vermochte nicht zu sagen, worin dieses Patt begründet lag und was sie vor dem Zugriff des schäumenden Kriegers bewahrte.

In unbegreiflicher Weise wurde sie nun von sich selbst abgeschieden und fand sich als außenstehende Betrachterin wieder. Sie sah, wie eine gebrechliche Frauengestalt einem Übermächtigen gegenüberstand. Ein wachsendes Leuchten fing an, die Frau zu umhüllen. Dieses Leuchten wurde für jenen in der Dunkelheit zunehmend unerträglicher und schmerzhafter. Das Leuchten erinnerte Frederike an etwas. Plötzlich hörte sie, wie ein machtvoller Satz, gleich einem Donnern, die Finsternis erschüttern: „Niemand wird sie aus meiner Hand reißen!“[20]

Der Stimme folgte eine blitzartige Welle von Licht, die für den Bruchteil eines Augenblicks die Finsternis jenseits des geschlossenen Tors vertrieb. Für diesen winzigkleinen Moment sah Frederike den Reiter auf seinem Thron: eine hagere, abgemagerte Gestalt des Todes, erfüllt mit uralter Gier und uraltem Hass. Er kam mit dem unangekündigten Einbruch von Licht in seinen Palast der Dunkelheit nicht zurecht. Hilfesuchend wandte er sich nach hinten. Das Licht schaffte es nur schwach, jenen Bereich zu erhellen, zu dicht war dort die Nacht. Doch das,

was im dämmrigen Grau enthüllt wurde, ließ Frederike erstarren. Sie sah die Fundamente eines riesigen Throns aus schwarzen Steinen. Dieser Thron erfüllte die gesamte Finsternis. Oben, vom Licht kaum erreichbar, saß einer. Viel älter als der Krieger. Viel mächtiger und viel zorniger! Ein wahrhaft schrecklicher Herrscher. Drohend, mit brennender, verzehrender Feindseligkeit. Grausam schleuderte er Frederike seine Bosheit entgegen. Tödliche Kälte traf sie. Sie fühlte das Flackern ihres Lebens, ähnlich einer Kerzenflamme, einem unbarmherzigen Wind ausgesetzt. Dies war also das Ende.
Sie fand sich zurückgeholt in ihre gebrechliche Gestalt vor dem Thron des Reiters und weiterhin den unaussprechlichen Todesworten des Dunklen ausgesetzt. Gekettet in Finsternis erwartete sie, was kommen mochte. Erneut staunte sie über ihre Gelassenheit. Auch darüber, dass sie keinerlei Angst befiel. Sie spürte die Vehemenz des Angriffs sowie die furchtbaren Kräfte der Todesflüche, doch sie drangen nicht in ihr Inneres ein. Ein unsichtbarer Schirm umgab sie. Er schien zu wachsen und stärker zu werden. Verblüfft fand sie sich in etwas Ähnlichem wie einer schützenden Glaskugel wieder. Frederike wurde emporgehoben und schwebte sicher eingehüllt über dem Thron des Reiters. Plötzlich war dieser all seiner Schrecklichkeit beraubt. Je mehr sie sich in der Kugel von ihm entfernte, desto erbärmlicher und kläglicher war der Eindruck, den er abgab. Im Hintergrund fühlte Frederike die schäumende Wut des Dunklen. Er bebte vor überquellender Bosheit. Die Schutzhülle entzog Frederike seinem Zugriff. Ihr Leben war ihm im Augenblick verwehrt. Die sichere Beute verschwand vor seinen Augen. Daran war er nicht gewohnt. Zu selten hatte man ihm derart dreist die Stirn geboten!
Geborgen und seltsam unbeteiligt nahm Frederike den bebenden Hass des Dunklen wahr. Sein unbändiger Wunsch nach Rache kochte wie Lava. Diese Schande wollte er nicht auf sich sitzen lassen. Er würde nicht eher Ruhe geben, bis diese bodenlose Unverschämtheit beglichen wäre! Doch fürs Erste war er im Nachteil. Immer weiter trug die Kugel Frederike von jenem Ort

der Verzweiflung und des Grauens weg. Die Dunkelheit blieb mehr und mehr zurück. Frederike sah sich von milchigem Weiß umgeben, als ob sie mit geschlossenen Augen in ein kräftiges Licht blickte. Wärme kehrte in sie ein, und sie fühlte plötzlich ihren Körper wieder. Unvermittelt bekamen ihre aufgerissenen Augen die Klarheit des Wachseins. Wind und Beben verschwanden aus dem Armenhäuschen. Stille erfüllte die Stube.

„Frederike!", rief Sonja voller Freude. Sie fiel ihrer alten Erzieherin glücklich um den Hals.

„Kindchen?", fragte die Alte verwirrt. „Micha?"

„Gott sei Dank!", murmelte der Angesprochene erleichtert. Er atmete tief durch und senkte den Kopf. Dieses Ringen hatte ihn viel Kraft gekostet. Er spürte die Erschöpfung in jedem Knochen. Über dem Beten waren ihm die Beine eingeschlafen. Mühsam und steif stand er aus der Kniehaltung auf. Micha ließ sich ächzend auf den nächstbesten Stuhl fallen: „Meine Güte!", schnaufte er, schon wieder mit einem Lächeln auf den Lippen. Auch in Paul kehrte das Leben zurück. Es war ihm anzusehen, dass die Lähmung ihm äußerst peinlich war.

„Pfarrer Friedreich!", rief Frederike erstaunt, als sie merkte, wer ihr da die Hand hielt.

„Seien Sie gegrüßt, Frau Gottlieb." Paul wirkte verlegen und tätschelte ihre Hand. Er warf Micha einen entschuldigenden Blick zu: „Tut mir leid. Ich weiß nicht, was gerade mit mir los war."

„Jemand hat dich blockiert, damit du uns nicht im Gebet unterstützen konntest", antwortete Micha.

Sonja nickte: „Bei mir wurde dasselbe versucht."

„Was ist hier geschehen?" Frederike richtete sich auf und sah ernst in die Runde.

Sonja erklärte ihr, wie sich Micha plötzlich um sie gesorgt hatte, sie gemeinsam herausgefahren waren und sie schließlich gefunden hatten. „Du warst starr und kalt wie eine Tote", schloss Sonja ihren Bericht mit einem Schaudern.

„Ich war auch mehr bei den Toten als bei den Lebenden." Frederike machte eine kurze Pause. „Hannes Schindler ist tot."

Erstaunt zogen die drei anderen ihre Augenbrauen hoch: „Woher wissen Sie das?“, fragte Micha verblüfft. „Das ist doch erst vor zwei Stunden oben im Wald passiert!“
„Er hat ihn sich geholt! Grauenvoll!“
„Wer?“ Sonja sah den Schrecken in Frederikes Augen.
„Der Krieger auf dem Pferd.“ Sie spürte wieder die Beklemmung in ihrer Brust. „Wie eine Trophäe hielt er seinen abgeschlagenen Kopf in der Hand.“ Voll Ekel verzog Frederike das Gesicht. „Er kam von der Prozessionsschneise heruntergeritten. Ich frage mich, warum ich dies alles mit ansehen musste.“
„Habe ich das richtig verstanden? Sie haben eine Vision gehabt?“ Vor Aufregung wurde Michas Mund trocken.
Frederike schwieg.
„Vielleicht wollte ja der Geist Gottes, dass wir eine Ahnung davon bekommen, wie es im Totenreich aussieht?“, überlegte Paul laut.
Frederike sah den Pfarrer genau an. Dann wanderte ihr Blick zu Micha und schließlich zu Sonja. Friedreichs Worte bewegten sie tief. „Euer Einsatz hat mich gerettet, und gleichzeitig habe ich wirklich einen Eindruck von der Schattenwelt bekommen, so wie es Pfarrer Friedreich vermutet.“
„Nennt mich doch einfach Paul“, meinte dieser, „wir sind so intensiv miteinander verbunden, da stört die förmliche Anrede doch nur!“
„Das gilt dann aber für jeden! Also, Micha, ab jetzt Frederike!“
„Sehr gerne, Frederike!“, freute sich Micha.
Auch Sonja fühlte sich geehrt, plötzlich mit dem Ortspfarrer per Du zu sein, ein nie gekanntes Gefühl der Verbundenheit erfüllte sie. „Wir sind zusammengestellt“, murmelte sie leise für sich selbst und spürte ein warmes, angenehmes Kribbeln auf der Haut. Dieser Gedanke ermutigte sie. Auch wenn die Gemeinschaft in ihren Augen nicht unterschiedlicher sein konnte. Gerade darin sah sie eine Handschrift, die nicht menschlich war.
„Frederike, was hast du gesehen?“, wollte Micha wissen.
Die alte Erzieherin war es nicht gewohnt, über ihre Erfahrungen mit der unsichtbaren Welt zu sprechen. Micha wusste das

inzwischen, doch zu wertvoll konnten ihre Einblicke sein, als auf sie zu verzichten. Frederike verstand und gab sich einen Ruck. In quälender Breite erzählte sie ihren Freunde über die Reise in die Dunkelheit. Besonders Frederikes Erfahrungen jenseits des Tors weckten bei Micha, Paul und Sonja das größte Interesse.
„Da ist noch einer", grübelte Micha laut.
„Viel größer und mächtiger als der Reiter", bestätigte Frederike mit Grauen.
„Wer von beiden ist nun der Fürst?" Sonja rieb sich das Kinn.
„Der Krieger jedenfalls gebärdete sich als Herrscher, aber gegenüber dem Dunklen war er ein jämmerlicher Vasall. Fast schon bedauernswert, wenn von ihm nicht diese Bosheit und Gier ausgegangen wäre", erklärte Frederike.
„Hannes Schindler war einer der Herren?", fragte Paul.
Frederike und Sonja nickten zustimmend.
„Sein Platz wurde frei." Paul schob den Unterkiefer vor. „Was geschieht nun?"
„Es ist nicht der einzige vakante Platz, die alten Widers müssen ebenfalls ersetzt werden. Sie gehörten auch zu den Alteingesessenen", ergänzte Sonja.
„Da steckt einige Bewegung drin!" Micha war aufgestanden und ging in der Stube nachdenklich auf und ab. „Die Verhältnisse sind nicht geklärt! Möglicherweise brechen nun Rivalitäten offen hervor. Das könnte unsere Gelegenheit sein, mehr über den Kult und die Macht der Herren zu erfahren!"
„Und über den Fürsten!", fügte Sonja hinzu.
„Vielleicht finden wir auf diesem Weg eine Schwachstelle, mit der wir die Dunkelheit über dem Dorf brechen können. Ich warte schon so viele Jahre darauf!" Paul seufzte sehnsüchtig.
„Dein Herz schlägt für Hügelhain?", rief Frederike erstaunt.
„Seit dem Tag meiner Einsetzung."
„Es ist wirklich eine besondere Zeit, wenn Gott die Menschen sammelt, die er für eine Aufgabe ersehen hat!", meinte Frederike ergriffen. Schon lange fühlte sie sich zu Pfarrer Friedreich hingezogen, aber die Angst vor den *Herren* hatte sie immer auf

Abstand gehalten. „Es ist gut, dass du bei uns dabei bist!“ Sie lächelte ihn an.
„Nicht nur ich, sondern auch Susanne wird mit um das Dorf ringen!“ Paul merkte, wie ihn die Gemeinschaft und das gemeinsame Ziel anspornten. Nun wurde der dunklen Macht über Hügelhain endlich der Kampf angesagt. Allein mit Susanne hätte er das nie gewagt.
„Was wird als Nächstes kommen?“, fragte Micha in die Runde.
„Samain!“, sagten Frederike und Sonja wie aus einem Mund.
„Es beginnt die Zeit der Geister“, seufzte Frederike schwer.
„Und die Zeit der *Herren“,* ergänzte Sonja, „sie wissen die dunkle Herbst- und Winterzeit gut für ihren Terror zu nützen! Es ist furchtbar, wie sie die Dorfbewohner unter Druck setzen und diese zum Schweigen und Dulden verdonnern! Ganz abgesehen davon, wie sie auch Geld und Güter für ihren Kult herauspressen.“
„Hm. Was geschieht an Samain?“
„Für die *Herren* und ihre Brut beginnt an diesem Tag das neue Jahr. Und es beginnt die Zeit, in der die Totengeister unter den Lebenden mit ungewöhnlicher Präsenz anwesend sind“, erklärte Sonja.
„Wenn es danach geht, dann ist bei mir das ganze Jahr Samain“, fügte Frederike bedrückt hinzu.
„Was kann das für uns heißen?“, wollte Paul wissen, „findet an diesem Tag etwas Besonderes statt?“
„O ja!“, rief Sonja ohne zu zögern.
„Und?“
„In der Nacht zu Samain findet oben am Burgstall eine Feier statt.“
„Aha. Das bedeutet?“
„Die Feier ist geheim. Ich weiß nicht, was die dort treiben, aber hinterher ist im wahrsten Sinn des Wortes im Dorf die Hölle los.“ Sonjas Stimme klang dumpf.
„Sie feiern ein Ritual. Vermutlich mit einem Opfer“, setzte Frederike hinzu.
„Mehr wisst ihr nicht?“ Micha hatte sich Ausführlicheres erhofft. „Das ist alles?“

„Wie gesagt: Es ist geheim. Nur Mitglieder des Kults dürfen daran teilnehmen“, wiederholte Sonja.
„Habt ihr sie niemals dabei heimlich beobachtet?“
„Nein, Micha, haben wir nicht, denn was dort oben geschieht, ist kein Kinderspiel! Ein ungebetener Gast ist, wenn er entdeckt wird, so gut wie tot! Noch hänge ich an meinem Leben!“ Sonja wirkte ein bisschen ärgerlich.
„Hm“, brummte Micha und schaute durch das Fenster zum Burgstall, „vielleicht sollten wir dabei sein.“
„Micha, du hast gehört, was Sonja gesagt hat. Das ist zu gefährlich!“, winkte Paul ab.
„Es sind ja noch ein paar Tage bis dahin. Zeit genug, um die Aktion zu planen und im Gebet vorzubereiten. Hat jemand eine bessere Idee?“ Er schaute in die Runde.
Die anderen schlugen die Augen nieder. Der Gedanke, sich an Samain beim Burgstall auf die Lauer zu legen, verursachte ihnen tiefes Unbehagen. Insbesondere Sonja und Frederike wussten um die Brutalität Schwarzers und Beelzers.
„Das Ritual an Samain ist ihnen heilig“, gab Sonja zu bedenken, „ich kann mir nicht vorstellen, dass Spionage unentdeckt bleibt.“
„Die sichtbare und die unsichtbare Welt begegnen sich. Die Geister sind entfesselt! Nach allem, was ich vorhin erlebt habe, weiß ich, dass der Fürst oder wen es auch immer noch in der Dunkelheit geben mag, auf furchtbare Rache sinnt! Wenn uns die *Herren* nicht bemerken, dann werden es auf jeden Fall die Geister tun“, meinte Frederike düster.
„Und die Wächter?“, fragte Micha.
„Welche Wächter?“ Paul runzelte die Stirn.
„Die Wächter sind Engel“, erklärte Frederike und erinnerte sich unangenehm daran, wie ihre Reise in die Schattenwelt begonnen hatte. „Sie waren nicht da. Schutzlos war ich den Angriffen der Fänger ausgeliefert und alles Flehen brachte sie nicht zurück.“ Die Alte klang enttäuscht. „Ich weiß nicht, ob wir uns auf ihre Unterstützung verlassen können.“
„Die Engel Gottes sind nicht launenhaft!“ Paul schüttelte energisch den Kopf.

„Aber in ihrem Wirken nicht berechenbar!“, beharrte Frederike.
„Immerhin gibt es sie! Sie sind so real wie die Fänger, und wir haben ihr Eingreifen schon erfahren“, verteidigte sie Micha, „und sie sind Diener und Boten Jesu! Ihm gehorchen sie! Wenn wir nicht das Vertrauen aufbringen, dass wir bei der Mission unter Jesu Schutz stehen, dann ist es wirklich besser, alles abzublasen.“
„Ja, am Glauben liegt alles!“, nickte Paul zustimmend.
Sonja hatte dem Gespräch schweigend gelauscht, doch nun musste sie sich einklinken: „Wenn es am Glauben hängt, wie kann ich da überhaupt Teil der Gemeinschaft sein? Ich habe so gut wie keine Ahnung von Jesus und seinen Engeln! Ganz zu schweigen von Gott und diesem Heiligen Geist! Es ist besser, wenn ihr ohne mich in diesen Kampf zieht. Dazu bin ich nicht reif genug!“
„Moment, junge Dame“, wehrte Paul ab, „du warst es, die Micha im Ringen um Frederike unterstützte, während ich alter Hase, völlig ausgeschaltet war.“
„Paul hat recht. Ich habe gespürt, wie dein Mitbeten mir den Rücken gestärkt hat“, bestätigte Micha und fügte hinzu: „Jesus verachtete das bisschen Vertrauen in dir nicht und nahm dein Gebet ernst.“
„Meint ihr?“
„Am Ende meiner Reise in die Dunkelheit wurde ich von einer Schutzhülle umgeben. Sämtliche Todesflüche aus der Finsternis konnten mich nicht erreichen. Ich bin mir sicher, dass diese Schutzhülle aus euren Gebeten geformt war.“
„Gebete werden in der unsichtbaren Welt sichtbar? Ist es das, was du meinst, Frederike?“, zweifelte Sonja immer noch.
„Kindchen, im Wort Gottes steht geschrieben, dass Vertrauen so groß wie ein Senfkorn Berge versetzen kann.[21] Euer beider Glauben hat es dem Dunklen verwehrt, mich in sein Reich zu ziehen! Ja, eure Gebete sind für mich zu einer sichtbaren Rettungskapsel geworden! Dein bisschen Vertrauen zu Jesus hat zu meiner Rückkehr beigetragen!“, lächelte Frederike sie an.

Sonja atmete tief durch. Bei Frederikes Worten war es ihr ganz anders geworden. Es würde wohl noch ein wenig brauchen, bis sie völlig verstanden und angenommen hatte, dass Jesus sie trotz ihrer Fragen in der Gemeinschaft haben wollte und ihren zaghaften Gebetsversuchen Gehör schenkte.
„Wir wissen, dass du dazugehörst!“ Micha legte seine Hand auf Sonjas Schulter. „Und wir wissen nun auch, dass die Gegenseite immer unser Vertrauen zu Jesus angreifen und versuchen wird, uns im Beten zu lähmen!“ Er sah Paul in die Augen: „Wie gesagt: Du wurdest mit voller Absicht am Mitbeten gehindert! In Zukunft müssen wir uns auf einen derart geführten Schlag einstellen! Bis Samain sind es noch ein paar Tage. Wir haben viel zu beten! So wie der Kult und das Wirken der Herren das Dorf seit undenklichen Zeiten in Gefangenschaft halten, so beginnen wir nun, in der Kraft Gottes dagegen aufzustehen! Wir stellen der Finsternis den Namen Jesu entgegen! Wir werden uns im Gebet auf den Abend zu Samain vorbereiten!“
„Und wir werden uns nicht mehr ins Bockshorn jagen lassen!“, bestätigte Paul mit Nachdruck in seiner Stimme.
Sie beendeten ihre Zusammenkunft mit einer intensiven Gebetsgemeinschaft, verpflichteten sich zu gegenseitiger Verschwiegenheit und planten das nächste Treffen am Abend in vier Tagen, zur Sicherheit im Pfarrhaus von Spiegelbach.

Friedhof

Irgendwie wollte es an diesem 30. Oktober nicht richtig hell werden. Dunkelgrau lag eine feuchte Nebelsuppe über dem Dorf, aus der es beständig nieselte. Ungeduldig trat Max Schröcker vor dem schmiedeeisernen Tor von einem Fuß auf den anderen. Seine Hände hatte er tief in den Taschen vergraben, mit hochgezogenen Schultern versuchte er zu vermeiden, dass ihm die kühle Feuchtigkeit in den Nacken kroch. „Ich hol mir noch den Hund!“, schnatterte er vor sich hin und schaute zum hundertsten Mal die Dorfstraße entlang. „Wo bleibt der nur?“ Nach weiteren endlosen Minuten sah er die Scheinwerfer eines Autos im Nebel auftauchen.

„Na endlich!“, rief er, als er das Fahrzeug identifizieren konnte. „Du hättest ruhig pünktlich sein können!“, empfing er den Fahrer vorwurfsvoll, als dieser die Wagentür öffnete.

„Halt's Maul!“, knurrte Franz Trüb beim Aussteigen zur Begrüßung, ohne Schröcker eines Blickes zu würdigen.

„Gestern Abend haben sie ihn gebracht“, setzte Max unbeeindruckt fort, „bringen wir's hinter uns!“ Er drückte die Klinke des Tors, das sich quietschend nach innen öffnen ließ.

Schweigend betraten die beiden Männer den Friedhof und gingen hinüber zum Geräteschuppen. Max steckte den Schlüssel ins Schloss, zog die Tür auf und machte das Licht an.
„Ist wohl immer noch da“, brummte Franz, als er das eingesteckte Verlängerungskabel in der Steckdose sah.
„Noch“, gab Schröcker mit einem Schulterzucken zurück und kramte nach Spitzhacke, Schaufel und Spaten. „Da, nimm!“ Er streckte Trüb die gefundenen Werkzeuge entgegen.
„Wer?“, fragte dieser, als er sie in Empfang nahm.
„Was geht's dich an?“, grummelte Max.
„Du?“
„Vielleicht.“
„Oder der?“ Franz deutete über die Schulter zum Leichenhäuschen.
Schröcker schwieg. Er nahm Trüb die Hälfte der Werkzeuge ab und verließ den Schuppen. „Mach's Licht aus!“, murmelte er mürrisch.
„Du bist ein jämmerlicher Versager! So wirst du seinen Platz nie einnehmen! Mach dir da mal keine falschen Hoffnungen!“, stichelte Trüb weiter, dem es sichtlich Spaß machte, Max zu ärgern.
Kommentarlos ging dieser zu einer freien Stelle in der Nähe der Friedhofsmauer. „Hier.“ Er stach mit dem Spaten in den feuchten Boden.
Trüb nickte, legte bis auf die Spitzhacke die Werkzeuge ab und begann, mit ihr den Boden zu lockern. „Das wird spannend, morgen! Was sich der Alte wohl überlegt hat?“, sagte er wie beiläufig, wartete jedoch verstohlen auf Schröckers Reaktion.
Max hielt es für besser, den Mund zu halten. Ihm war Trüb noch nie sympathisch gewesen. Außerdem konnte es nur von Vorteil sein, wenn Franz über seine gewachsene Gunst beim Hochpriester im Unklaren gelassen wurde. Um seine gespaltene Lippe spielte ein leichtes Grinsen.
„Werd nicht hochnäsig!“, zischte Trüb gehässig. „Hochmut kommt vor dem Fall!“ Er legte die Spitzhacke zur Seite und schaufelte die gelockerte Erde weg. Sollte sich doch dieser

hochpriesterliche Schleimer als etwas Besseres fühlen. Abgerechnet würde am Schluss. Schwarzers Tage waren gezählt und Schröckers damit auch.

Es war klamm im Wohnwagen. Verschlafen zog Micha die Rollos hoch und schaute mit müden Augen in den dunklen Garten. Von Straßenbeleuchtung fiel etwas Licht herüber, ausreichend genug, um festzustellen, dass es richtiges Schmuddelwetter gab. „Brr." Micha kroch aus dem Bett und zündete augenblicklich die Gasheizung. Glücklicherweise wurde die Luft im Caravan schnell warm. Während der Kaffee durchlief, machte er seine Morgentoilette und konnte sich nach deren Abschluss über eine Tasse des dunklen Gebräus freuen.
Draußen war es nur unwesentlich heller geworden. Dieser Tag würde wohl so grau bleiben, wie er begonnen hatte. Micha zog sich warm an, bevor er den Wohnwagen verließ. Als er in der Tür stand, schlug ihm kalte, mit Nieselregen erfüllte Luft ins Gesicht. „Eklig", brummte er und beeilte sich, ins Auto zu kommen. Da hörte er vom Friedhof Geräusche herüberdringen. „Hm?", fragte er sich leise und folgte dem Klang von Schaufel und Spaten. Vorsichtig spähte er im Schutz eines Holunderbusches in den Gottesacker. Im fahlen Licht des erwachenden Tages sah er ganz in der Nähe zwei Männer beim Ausheben eines Grabes. Sofort spürte er einen Schauer den Rücken hinunterkriechen. Ihm war klar, wessen Grab das sein sollte. „Das sieht wie eine Nacht-und-Nebel-Aktion aus", murmelte er und konnte sich gut vorstellen, dass Schindler ohne großes Aufheben versenkt werden sollte. Dieser Gedanke widerstrebte ihm. Wer Hannes Schindler auch immer gewesen sein mochte, Micha empfand es als schäbig, ihn einfach würdelos zu verscharren. „Auch wenn es euch nicht passen wird, ich werde ihm eine letzte Ehre erweisen", flüsterte er und zog sich zurück.
Telefonisch benachrichtigte er seinen Vorgesetzten und entschuldigte sich für den Vormittag. Micha empfand es als Geschenk des Himmels, dass ihm der Bürgermeister eine Son-

derstellung eingeräumt hatte. So konnte er, ohne größere Konsequenzen fürchten zu müssen, seine Dienstzeiten annähernd frei wählen. Im Anschluss an das Telefonat schickte er Sonja eine SMS, auch Susanne und Paul informierte er über das Bevorstehende und seine Absicht, dabei zu sein. Danach schlich er zurück zum Holunderbusch, um den Fortgang der Arbeit zu beobachten.

Von den beiden Männern war inzwischen nichts mehr zu sehen. Nur noch ihre Schaufeln schauten in regelmäßigen Abständen über den Rand des Grabes hinaus und luden ihre erdige Last auf einem Haufen daneben ab.

„Wer die beiden wohl sind?“ Micha interessierte sich sehr für die Totengräber. Ein Grund mehr, bei der Bestattung mit dabei zu sein. Lange würde es nicht mehr dauern, dann wäre das Grab ausgehoben. Er verließ den Beobachtungsposten, stieg in den Wohnwagen und legte für die Beerdigung eine angemessene Kleidung an. Zum Aufwärmen trank er noch eine Tasse Kaffee. Danach ging er wieder nach draußen, wandte sich der Dorfstraße und dem Friedhofstor zu. Micha hatte es noch nicht erreicht, da sah er ein Auto mit großer Geschwindigkeit aus dem Nieselregen auftauchen. Es war Sonja.

„Nach deiner SMS habe ich mich sofort auf den Weg gemacht“, sagte sie, als sie den Wagen abgestellt hatte.

„Schön, dass du gekommen bist“, freute sich Micha aufrichtig. „Ich hoffe, das hat für dich im Dorf keine schlimmen Folgen.“

Sie überlegte einen Moment, dann meinte sie: „Es wird auf jeden Fall Folgen haben. Aber das ist mir egal. Ich habe ohnehin keinerlei Interesse daran, in dieser verdammten Kungelei irgendeinen Platz einzunehmen. Sollen sie doch in ihrer Meinung über mich bestätigt sein!“ Energisch drückte Sonja die Klinke des Friedhofstors herunter und trat ohne das geringste Anzeichen von Furcht ein.

Micha war beeindruckt und wollte ihr gerade folgen, als er aus dem Augenwinkel Stefan und Elke Wider die Straße herunterkommen sah. „Die Widers!“, raunte er Sonja zu und war gespannt, ob auch sie den Friedhof betreten würden.

Links neben dem Eingang war das Leichenhäuschen an die Mauer der Johanniskirche gelehnt. Die Tür stand offen, von drinnen waren Geräusche zu hören. Micha tippte Sonja an die Schulter und wies sie darauf hin. Sie unterbrach ihren Gang zum Grab. Still warteten sie auf das Kommende. Nach weiterem Gerumpel erschienen Max Schröcker und Franz Trüb in der Tür. Schröcker zog den Wagen, auf dem Schindlers Sarg stand, während Trüb hinten schob. Beide erschraken, als sie Sonja und Micha bei der Eingangspforte entdeckten.
Nicht ohne Genugtuung stellte Micha fest, dass ihre Anwesenheit Eindruck machte. „Wer sind die?“, flüsterte er Sonja zu.
„Max Schröcker vorne und hinten Franz Trüb“, gab sie leise zurück.
Besonders Schröcker wirkte durch die Begegnung verunsichert. Nach einem kleinen Moment des Verharrens setzten sich die beiden mit dem Wagen wieder in Bewegung. Sie mussten direkt an Micha und Sonja vorbei, würdigten sie aber keines Blickes.
Inzwischen waren auch Widers angekommen: „Guten Morgen“, grüßte Stefan etwas gedämpft von hinten.
Sonja und Micha drehten sich um: „Guten Morgen“, antworteten sie freundlich.
Elke Wider nickte ihnen zum Gruß wortlos zu, dann folgten sie still dem Sarg in einigem Abstand. Keiner von ihnen bemerkte, dass noch zwei weitere Personen den Friedhof betraten.
Nach einem kurzen Gang erreichte die Gruppe das offene Grab.
Schröcker und Trüb gaben sich keine Mühe, das Ablassen des Sargs besonders stilvoll zu gestalten. Sie packten ihn und trugen ihn zur Grube. An deren Rand stellten sie ihn ab. Trüb kletterte auf einer Aluminiumleiter nach unten und nahm den Sarg in Empfang, der oben so lange von Schröcker über den Grabrand geschoben wurde, bis er kippte. Trüb ließ ihn unsanft auf den Boden rumpeln. Anschließend befestigte er an den vorderen Tragegriffen jeweils einen langen Kälberstrick,

deren Enden er über das Grab hinauswarf. Er stieg an der Leiter wieder nach oben und zog diese aus dem Grab. Schröcker hatte die Stricke aufgehoben und gab einen davon Trüb. „Auf drei!", sagte dieser.

Schröcker nickte.

„Eins, zwei, drei!"

Mit einem gemeinsamen Ruck zogen beide kräftig an ihren Stricken. Polternd rutschte der Sarg vollends ins Grab. Sonja musste für einen Moment die Augen schließen. Zu sehr setzte ihr dieser achtlose Umgang mit einem Verstorbenen zu. Ekel stieg in ihr auf. Auch Widers und Micha waren bei dem lauten, dumpfen Geräusch zusammengezuckt. Sie hatten für Schröckers und Trübs Verhalten nur Unverständnis übrig.

Max' breites Grinsen zeugte davon, dass er die Abscheu der Anwesenden genoss. Mit einer etwas theatralischen Handbewegung warf er seinen Strick ins Grab. Unangenehm schlug dieser auf dem Holz des Sargs auf.

Trüb ließ seinen Strick einfach über den Rand der Grube ins Grab gleiten. Dies geschah fast geräuschlos. Anschließend begannen er und Schröcker sofort mit dem Verfüllen des Grabes.

Micha schloss die Augen. Nur so konnte er in dieser Situation ein stilles Gebet für Hannes Schindler sprechen. Trotz allem wollte er ihn der Gnade Gottes anbefehlen. Er konnte nur ahnen, welche Flüche und Verwünschungen die anderen über ihm ausgesprochen hatten. Wenigstens dieses eine Gebet sollte den bösen Worten der anderen am offenen Grab entgegengestellt werden. Im selben Moment, als er die Augen geschlossen und sich Jesus für Hannes Schindler zugewandt hatte, fühlte er sich plötzlich in eine andere Wirklichkeit hineinversetzt. Er war schockiert, weil er nicht mit solch einer Vehemenz gerechnet hatte. In einem inneren Bild sah er einen ängstlichen und panischen Schindler, der sich sehnsüchtig nach seinem Gebet ausstreckte. Schindlers Gesicht war von Qualen verzerrt. Es schien, als ob er zwischen Hammer und Amboss geraten war, umschlungen von gewaltigen Fesseln, schutzlos dieser Tortur

ausgeliefert. Sein ganzes Wesen war ein einziger stummer Schrei nach Gnade, doch dafür erntete er von den Schmieden nur Hohngelächter. Sie würden ihn schon zurechtbiegen! Micha versuchte gegen dieses schreckliche Bild anzubeten, doch er musste feststellen, dass kaum etwas von seinem Ringen bei Schindler ankam und dieser in seiner Gebundenheit hinweggetragen wurde. Mit aller zur Verfügung stehenden Kraft bat Micha Jesus um Erbarmen und um Rettung für Hannes, aber er verschwand mehr und mehr in einem undurchdringlichen Grau. Micha fühlte darüber eine große Traurigkeit und versuchte in Gedanken, Schindler in den Nebel zu folgen. Es blieb ihm verwehrt. Ein Zupfen am Ärmel holte ihn in die Gegenwart des Friedhofs zurück. Er schlug die Augen auf und sah auf der gegenüberliegenden Seite des Grabs einen Mann und eine ältere, gebeugte Frau stehen. Noch ganz unter dem Eindruck des gesehenen Bildes vermischten sich für einen Moment sichtbare und unsichtbare Welt. Zu Michas großem Erschrecken sah er, dass die beiden nicht allein waren. Sie standen umringt von dunklen Gestalten, die sie wie unheimliche Schildwachen flankierten. Micha kniff die Augen zusammen. Als er sie wieder öffnete, war die Erscheinung vorbei, obwohl er noch immer die dunkle Präsenz fühlen konnte. Ihm war klar, dass die beiden zur anderen Seite gehörten. Mit fragendem Blick wandte er sich Sonja zu.
„Luise Otter und Hugo Beelzer“, flüsterte sie als Antwort zurück.
Ihnen schlug eine Welle von Abscheu und Verachtung entgegen. So sehr, dass es Micha im Magen spürte. Er schaute zu Widers. Sie standen neben Sonja. Beelzers und Otters Gegenwart war ihnen mehr als unangenehm, und die Blicke, die sie von den beiden ernteten, waren mehr als beunruhigend. Stefan und Elke hielten die Situation nur noch kurz aus. Sie verneigten sich vor dem fast mit Erde bedeckten Sarg und zogen sich grußlos zurück. Offensichtlich lag eine große Last auf ihnen. Widers hatten beinahe den geteerten Hauptweg erreicht, da warf ihnen Max Schröcker mit seiner Schaufel einen Haufen

feuchte Erde nach. Die schmierige Masse traf Stefan genau in der linken Kniekehle. Platschend spritzte der Dreck nach allen Seiten. Stefan sackte ein bisschen zusammen und drehte sich augenblicklich um. Sprachlos starrte er Schröcker an. Dieser ließ sich in seiner Arbeit nicht stören, aber er schaute Stefan herausfordernd und zugleich wütend an, als ob dieser ihm irgendwo einen Strich durch die Rechnung gemacht hätte.
Stefan Wider verstand und wusste, was Max Schröcker so verärgerte. In der zukünftigen Hackordnung stände das immer zwischen ihnen. Elke nahm ihren Mann beim Arm und zog ihn fort. Wenn sie an morgen dachte, überkam sie Übelkeit. Rasch verließen die beiden den Friedhof.
Micha hatte sich von Schröckers herausforderndem und würdelosem Verhalten noch nicht erholt. Wie ein Fisch auf dem Trockenen schnappte er nach Luft.
„Hast du ein Problem?“, giftete ihn Max an, während die anderen drei breit grinsten.
„Ihr seid keine Menschen!“, hauchte Micha fast stimmlos. In seinem ganzen Leben war ihm noch nie eine derartige Menschenverachtung begegnet. Das eben Geschehene überstieg bei weitem seine Vorstellungskraft.
„Steck deinen Grünschnabel nicht in Dinge rein, die dich nichts angehen!“, ergriff Hugo Beelzer mit kalter Stimme das Wort.
„Hier gibt's noch jede Menge Platz!“, zischte Luise Otter und deutete auf die freiliegenden Grabstellen.
Beelzer wandte sich Sonja zu: „Da wird der Hochpriester nicht erfreut sein, wenn er mitbekommt, dass sich seine Tochter auf Abwegen befindet!“ Er machte eine leichte Kopfbewegung in Michas Richtung.
„Er hasst mich ohnehin“, gab Sonja nicht minder kalt zurück, „lieber sterbe ich, als in eurem Sinn eine gute Tochter zu sein!“
„Es gibt Dinge, die spricht man besser nicht aus, sonst könnte es sein, sie bewahrheiten sich.“
„Soll das eine Drohung sein, Herr Beelzer?“, wollte Micha schlagfertig wissen.

„Bürschchen, du redest nur, wenn du gefragt wirst!“, blaffte Hugo bösartig. „Reingeschmeckte tun gut daran, bald wieder zu verschwinden, oder sie bleiben gleich für immer hier, wie Luise schon angedeutet hat.“

Micha lag ein spitzer Kommentar auf den Lippen. Er behielt ihn lieber für sich. Tatsächlich hatte er sich über das offene Grab hinweg auf einen Schlagabtausch eingelassen! Darüber erschrak er ein wenig. Doch er ahnte auch, dass in der Gegenwart dieser vier Gestalten normales Verhalten fast unmöglich war. Zu viel Boshaftigkeit konzentrierte sich in ihnen. Schindler hatte dazugehört, war bestimmt keinen Deut besser gewesen, trotzdem tat er Micha leid, denn er musste nun qualvoll für den größten Irrtum seines Lebens zahlen, annähernd unerreichbar für ein gutes Gebet, gefangen im unmenschlichen Jenseits. Nicht Herr, sondern Sklave! Welch grandiose Verblendung! Wirksam seit Jahrtausenden. „Wacht endlich auf!“, rief er den vieren zu. „Seht ihr denn nicht, dass es im Dorf nur Tod und Zerstörung gibt? Glaubt ihr wirklich die Mär von unbegrenzter Macht im Diesseits und im Jenseits? Ihr könnt sicher sein: Hannes Schindler würde gerade alles dafür geben, um seinen Lebensweg rückgängig zu machen!“

„Er war ein Schwächling und zu Höherem nicht bestimmt“, erklärte Beelzer lapidar.

„Mensch, Hugo, er war einer von euch! Einer der *Herren!* Wenn selbst er unterging, um wie viel mehr ihr?“ Sonja schaute vor allem Luise, Franz und Max an. „Ihr seid ja noch nicht einmal im Status eines *Herren.* Wenn ihr morgen sterbt, glaubt ihr wirklich, dass ihr im Jenseits zu Ehre und Macht kommt?“

„Schindler hat versagt. Er war es nicht wert!“, antworteten sie wie aus einem Mund mit einer Überzeugung, die Sonja das Blut in den Adern gefrieren ließ. Gleichzeitig gingen alle einen halben Schritt auf Micha und sie zu; Max und Franz hoben sogar ihre Schaufeln hoch. Eine unmissverständliche Geste der Drohung.

„Komm, wir gehen“, sagte Micha ruhig zu Sonja, „unsere Worte sind vergebliche Liebesmüh. Sie verstehen nicht. Noch

nicht.“ Die beiden verließen das Grab, vermieden es aber, direkt an der Gruppe vorbeizugehen und wählten den Weg an der Friedhofsmauer entlang.
„Paktieren mit dem Feind ist Verrat! Du weißt, was darauf steht!“, rief Hugo Beelzer Sonja nach. Er genoss es, das letzte Wort zu haben. Gleichzeitig empfand er eine tiefe, dunkle Freude darüber, dass die Tochter des Hochpriesters zu den Gegnern übergelaufen war. Er, Hugo Beelzer, wüsste das reichlich auszunutzen. Was war das für ein Führer der Gefolgschaft, der nicht einmal in der Lage war, im eigenen Haus für Ordnung zu sorgen?

Spiegelbach

Frederike holte die Milch vom Feuer, sie war warm genug. Es wurde Zeit, dass sie endlich etwas zu sich nahm. Seit dem Aufwachen hatte sie keinen Bissen herunterbekommen. Nun, fast zur Mittagszeit, versuchte sie, ein bisschen in Milch eingebrockten Hefezopf zu essen. Die Alte goss die warme Milch über den Zopf und trug das Ganze zum Esstisch. Sie setzte sich und begann lustlos, im Teller herumzustochern. Widerwillig quälte sich Frederike einen um den anderen Löffel hinein. Obwohl niemand sie darüber unterrichtet hatte, wusste sie, dass Hannes heute früh begraben worden war. Schon in der Nacht war ihr dieses Bild im Traum begegnet, und so hatte sie sich gleich nach dem Aufstehen jenem Ereignis in Gedanken zugewandt. Mehr als Beten konnte sie nicht tun, aber wenigstens das sollte nicht zu kurz kommen. So verbrachte Frederike den ganzen Vormittag im Gebet für Hannes und die Umstände der Bestattung, bis sie gegen elf Uhr den Eindruck verspürte, dass es jetzt genug war. Matt und unzufrieden unterbrach sie ihr Beten. Frederike fühlte die Spannungen, die auf dem Friedhof geherrscht hatten, und ahnte, dass es für sie ein Nachspiel geben würde.

Das ließ nicht lange auf sich warten. Kaum hatte sie den Löffel aus der Hand gelegt, da polterte, wie üblich ohne die geringste Vorankündigung, Hugo Beelzer ins Häuschen. Frederike erschrak, als er plötzlich in ganzer Größe vor ihr stand und sie mit Augen anstarrte, in denen Überheblichkeit und Wahnsinn zugleich brannten.
„Du bringst den Geruch des Todes mit", sagte sie ruhig und hielt kurz die Luft an, damit Milch und Hefezopf im Magen blieben.
„Vielleicht *bin* ich ja auch der Tod."
„Ganz schön geladen", murmelte Frederike.
„Ja, ganz schön geladen und in einer Mords-Stimmung!", zischte er boshaft und nahm sie unter seinen buschigen Augenbrauen genau in den Blick: „Gehörst du auch zu ihnen?"
„Zu wem?", fragte Frederike vorsichtig, ihr wurde es heiß und kalt.
„Zu diesem Grünschnabel und zu Sonja", knurrte Hugo ungeduldig.
„Du weißt doch selbst, dass ich mich schon seit vielen Jahren gut mit Sonja verstehe. Das ist kein Geheimnis im Dorf", versuchte sie auf neutralen Boden auszuweichen und erhob sich vom Tisch, weil sie gerne etwas mehr auf Augenhöhe mit Hugo kommen wollte.
Dieser musterte sie genau, während sie den Tisch abräumte sowie Herd und Spüle sauber machte. „Du hast meine Frage nicht beantwortet", sagte er schließlich und stellte sich neben sie.
Frederike fiel das Atmen in Beelzers unmittelbarer Gegenwart nochmals schwerer. Seine Ausstrahlung drückte ihr die Luft ab, auch wenn er ihr nicht mit den Händen an den Hals ging. Was sollte sie ihm sagen? Sie war nie eine gute Lügnerin gewesen und wünschte sich, dass sie irgendwie aus dieser Zwickmühle befreit würde.
„Nun?", drängte Hugo und rückte heran. Ihre Arme berührten sich.
Frederike richtete ihre Augen zur Stubendecke und seufzte leise. In das Seufzen legte sie die Bitte zur Vergebung, denn

ohne Flunkern glaubte sie kaum, Hugo zufriedenstellen zu können. „Was meinst du mit deiner Frage, ob ich auch zu ihnen gehöre?“ Vielleicht wäre er ja in ein Gespräch zu verwickeln.
„Dieser Grünschnabel ist ein reingeschmeckter Störenfried! Wie heißt er eigentlich?“ Verstohlen schaute Hugo die Alte an. Frederike zuckte mit den Schultern und machte den ahnungslosesten Gesichtsausdruck, zu dem sie in der Lage war.
Hugo schob den Unterkiefer vor, nickte und ging zum Fenster. Er schaute zum Burgstall hinauf. „Du willst mich also glauben machen, dass du den Jungen nicht kennst.“ Er holte Luft. „Gut. Im Moment ist's mir egal, ob du mich anlügst oder nicht. Zu gegebener Zeit werde ich darauf zurückkommen, und für jede einzelne Lüge wirst du dann bezahlen, ich freu mich schon darauf!“ Er warf ein bösartiges Grinsen über die Schulter Frederike zu. „Fürs Erste ist mir gerade alles recht, was Schwarzer in Verlegenheit bringt.“
„Was sollte für euch schon zur Gefahr werden?“
„Natürlich nichts!“, brauste Beelzer auf. „Die Gefolgschaft und der Fürst sind unbezwingbar! Aber ...“, er kicherte, „die Gefolgschaft bedarf immer wieder der Reinigung. Der Fürst mag keine Schwächlinge oder Verräter.“
Frederike staunte über Hugos Gesprächigkeit. „Und du meinst, der Junge und Sonja schwächen Schwarzer?“
„Unbedingt! Ich werde sie gewähren lassen und euch alle, wenn ihr für mich nicht mehr von Nutzen seid, ausradieren! Dann, wenn ich endlich der Hochpriester bin!“ Aus Beelzers Mundwinkel tropfte etwas Speichel auf den Stubenboden.
„Hugo, du bist krank“, bemerkte Frederike mit ungespielter Sorge. „Such dir Hilfe, solange es noch möglich ist! Du glaubst doch nicht allen Ernstes, dass euer Tun unentdeckt bleibt oder ungesühnt?“
Beelzer ging zu Frederike und zischte ihr ins Gesicht: „Wenn du nicht mehr bist, dann werden der Fürst und seine Gefolgschaft immer noch sein. Wir werden jeden zerquetschen, der unwürdig ist oder uns feindlich begegnet! Glaub mir, es stehen

große und grausame Tage bevor! Mach dich bereit!" Er spielte mit seinem schmutzigen Zeigefinger um Frederikes Blusenkragen.

„Dasselbe gilt wohl auch für dich", entgegnete sie. „Hannes wird nicht der Letzte gewesen sein. Macht dich das gar nicht nachdenklich? Was, wenn du der Nächste bist?"

Beelzer lachte lauthals heraus. Ein irres, abartiges Lachen, von dem Frederike Gänsehaut bekam. „Wer oder was will dem Hochpriester schaden?", brüllte er, so dass die Gläser im Schrank klirrten und Frederike für einen Moment den Eindruck hatte, es werde im Häuschen dunkler. Unweigerlich trat sie einen Schritt zurück. Sie wagte nicht, etwas weiteres zu sagen. Offensichtlich war Hugos Geist verfinstert. Er war nicht mehr zurechnungsfähig, ihm war alles zuzutrauen.

„Morgen! Morgen", flüsterte er heiser und wandte sich wieder dem Fenster zu, „ist der Tag des Wandels! Neues bricht an und Altes vergeht! Ein neues Jahr, mit neuer Führung! Die sichtbare und die unsichtbare Welt werden den neuen Hochpriester empfangen! Das Ritual wird den vom Fürsten Auserwählten bestätigen. Seine Majestät selbst wird sprechen!"

Leise war Frederike zur Tür geschlichen. Mit wachsendem Grauen hatte sie die Worte Beelzers vernommen. Sie hielt es mit ihm zusammen nicht mehr im Häuschen aus und fürchtete um ihr Leben. Es war heller Mittag. Sie konnte sich nicht vorstellen, dass er ihr im Freien etwas antäte. Geräuschlos öffnete sie und flüchtete, so schnell sie ihre alten Beine trugen, zum Garten hinaus in Richtung des Dorfes. Irgendjemand würde ihr schon begegnen. Hauptsache, sie war mit dem wahnsinnigen Beelzer nicht mehr alleine. Tatsächlich kam ihr auf dem Fahrrad Elke Wider entgegen. Sie war unterwegs, um das Gartengrundstück der Familie winterfest zu machen.

„Frederike, wie siehst du denn aus?", fragte sie erstaunt, als sie auf gleicher Höhe mit der alten Erzieherin war, und brachte ihr Rad zum Stillstand.

„Elke! Elke, dich schickt der Himmel!", keuchte Frederike. Sie musste sich am Fahrradlenker festhalten.

Besorgt stieg Elke vom Rad. Beruhigend legte sie ihre Hand auf Frederikes Schulter. „Man könnte meinen, du hättest den Leibhaftigen gesehen!“ Erschrocken fuhr sie mit der anderen Hand über den Mund, als sie sah, mit welchem Blick Frederike sie aufgrund ihrer Worte anstarrte. „Entschuldige, ich wollte dich nicht kränken“, stammelte sie verlegen.
„Schon in Ordnung“, schnappte die Alte nach Luft. Sie schaute hinüber zum Armenhäuschen, aus dem Hugo gerade mit großen Schritten herausstürmte. Frederike zitterte am ganzen Leib und suchte Elkes Hand.
„Keine Angst, es wird nichts geschehen“, flüsterte Elke und nahm Frederike in den Arm. Mit mulmigem Gefühl im Bauch schauten die beiden Frauen Hugo entgegen.
Dieser verlangsamte seinen Schritt, nachdem ihm auffiel, dass Frederike nicht mehr alleine war. Dennoch zeigte sein Gesicht eine dunkelrote Farbe, als er zu ihnen aufschloss. Nur mit Mühe konnte er sich im Zaum halten. „Morgen, morgen!“, zischte er und starrte abwechselnd die Frauen an. „Winseln, winseln!“, nuschelte er weiter und riss sich von ihnen los. Hastig eilte er Hügelhain entgegen.
„Meine Güte! Diese Kälte!“, hauchte Elke fröstelnd.
Frederike verstand, was Elke meinte, denn sie sah die schattenhaften Gestalten, die sich an Beelzers Rücken geheftet hatten und ihn wie ein Stück Vieh vor sich hertrieben. „Ja, morgen“, sagte sie leise und wollte sich gerade bei ihr bedanken, als diese ihre Schultern in beide Hände nahm und sie ängstlich ansah: „Frederike, morgen ist ...“
„Die Nacht zu Samain, ich weiß“, vervollständigte die Alte.
„Es ist so furchtbar!“ Tränen schossen Elke in die Augen.
„Ihr sollt den Platz einnehmen.“
Schluchzend nickte Elke. „Woher weißt du ...?“
„Es war nur eine Frage der Zeit.“
„Was sollen wir denn tun? Ich bin in großer Sorge um Stefan! Dieser Fluch ist unser Untergang! Uns gegen ihn aufzulehnen bedeutet den Verlust von allem und in die Gefolgschaft einzutreten den Abstieg in die Kälte!“

Frederike schaute Elke an. Sie mochte die Widers, weil sie sich trotz Zugehörigkeit zu den Alteingesessenen Weichheit und Menschlichkeit bewahrt hatten. Doch die familiären Bindungen und Anrechte reichten viele Jahrhunderte zurück und hatten sich wie eine Sklavenkette um ihren Hals gelegt. Eine schreckliche Maschinerie war in Gang gekommen, aus der es menschlich gesehen keinen Ausweg gab. Frederike wusste nicht mit Sicherheit, wo Stefan und Elke standen, doch deren Mut, das Grab der Eltern mit einem Kreuz zu schmücken, machten es Frederike leichter, Elke etwas von ihrem Herzen zu zeigen: „Die schlimmen Zeiten über dem Dorf gehen zu Ende. Es gibt Hoffnung!"

Fragend schaute Elke sie an.

„Es gibt Gedanken des Friedens und der Heilung über Hügelhain."[22]

„Davon merken wir nichts", verneinte Elke bitter.

„Das gilt für jeden, der sich dem Leben zuwendet", ließ sich Frederike nicht beirren.

„Wo gibt es in diesem Vorhof der Hölle Leben?"

„Ihr habt selbst ein Zeichen gesetzt, bestimmt nicht aus Gründen der Dekoration! Geht dem Zeichen auf den Grund, und ihr werdet das Leben finden", verabschiedete sich Frederike. „Und nochmals vielen Dank! Du warst ein Engel für mich."

Sie drehte sich um und ging zurück zum Armenhäuschen. Auf der Türschwelle schaute sie nochmals hinüber zum Feldweg. Elke war fort. Sie dagegen wurde bereits erwartet: „Ihr seid lange nicht mehr da gewesen", sagte sie in die leere Stube hinein, als sie hinter sich die Tür schloss und die Präsenz der Geister fühlte.

„Wir können uns wieder nahen. Sie sind da", hörte es Frederike in ihrem Kopf sagen und wurde von unsichtbarer Hand zum Fenster geführt.

Draußen am Gartentor hatten zwei Wächter Stellung bezogen. Komisch, dass die beiden ihr vorhin nicht aufgefallen waren.

„Ihr wagt euch wohl nur her, wenn die Engel da sind?"

„Alles andere wäre für dich und uns zu gefährlich."

Frederike fühlte in das Zimmer hinein und fragte unvermittelt: „Maria?"
Es herrschte für eine Weile Stille. Die Geister waren zwar noch da, doch verharrten sie ohne Regung.
„Hier bin ich", hörte Frederike die bekannte Stimme in ihrem Innern.
„Ich sehe dich nicht."
„Zu schlimm war es das letzte Mal. Zu qualvoll die Tortur."
„Viel ist seitdem geschehen." Frederike setzte sich auf ihr Sofa und meinte, beim Ofen einen schattenhaften Umriss zu sehen. Sie verbeugte sich etwas zum Gruß.
Ihre Verbeugung wurde von dort erwidert.
„Willkommen", sagte Frederike laut und wartete das Weitere ab. Ihre Stube war voller armer Seelen, die ihr Tun zu Lebzeiten tief bereuten und sich nach Frieden sehnten. Auch spürte Frederike eine große Angst und Verunsicherung unter ihnen. Sie schienen sich vor der morgigen Nacht ebenso zu fürchten wie sie selbst. Wie dem auch war: Jede Seele im Armenhäuschen hatte an den Wachen vorbei dürfen, ein untrügliches Zeichen dafür, dass sie sich schon ein gutes Stück von der Finsternis entfernt hatten. Auf der anderen Seite machte sie gerade dieser Gesinnungswechsel zu Zielscheiben für die Angriffe der Boshaften, besonders der Fänger. Dank Frederike und der Wächter war das Armenhäuschen für sie zu einem Ort des Friedens in ihrer verzweifelten Schattenexistenz geworden. Ein Platz, der sie dem Himmel ein Stück näher brachte, weil sie hofften, sich hier etwas von ihrer Schuld erleichtern zu können; ja, vielleicht sogar das eine oder andere wieder in Ordnung zu bringen. Dies war ein großer Wunsch der unruhigen Seelen, doch keine, bis auf Maria, hatte es bisher gewagt, näher mit Frederike in Kontakt zu treten. Zu groß waren ihre Ängste, hinterher aufs Schlimmste gepeinigt zu werden.
Außer der fühlbaren Präsenz der Geister und dem Ticken der Wanduhr war es völlig still im Häuschen. Nach einer Weile traute sich Maria, das Wort zu erheben: *„Schlafmittel"*, sprach sie traurig, *„sie haben mich mit Schlafmittel betäubt."* Die Geistin stockte.

Frederike runzelte die Stirn und konnte sich zunächst keinen Reim auf das Stichwort machen. Aber sie fühlte, dass damit die ganze Tragik der schattenhaften Existenz Marias verbunden war. *„Ich hätte ihn verlassen sollen, als es noch möglich war. Mein Zögern habe ich bitter bezahlt. Nun bin ich eine Gefangene und meine Kinder sind in furchtbarer Gefahr! Wäre ich damals nur rechtzeitig gegangen!"*

Langsam verstand Frederike. Maria erzählte über ihren Weg in die Schattenwelt.

Die Geistin setzte fort: *„Es war die Nacht zu Samain. Meine Koffer waren gepackt. Ein bitteres Getränk. Die Klinge des Ritualdolchs. Der Schnitt."* Marias Gestalt flackerte. Sie konnte erst nach ein paar Augenblicken weitererzählen: *„Mein irdisches Leben wurde durchtrennt. Geweiht dem Schrecklichen. Eine Gabe für seinen Blutdurst. Der Schnitt legte mich an die Kette der Sklaverei, machte mich zum Objekt von Hass und Willkür. Hält mich gefangen jenseits des Friedens. Zusammengepfercht mit anderen Gestalten in der Dunkelheit. Abgrundtief boshafte Gesellen, sehnsüchtig nach Befreiung. Vor Neid geifernd über jeden, der dem Frieden ein Stückchen näher rückt. Furchtbare Schmarotzer und Kletten, die niemand den Fortschritt gönnen und meinen, sie könnten sich auf Kosten anderer in die Erlösung schmarotzen. Ganz zu schweigen von dem Einen im Hintergrund. Himmel, sei mir Sünderin gnädig!"* Pures Grauen schwang in Marias letzten Worten mit.

Frederike glaubte, ein Seufzen zu hören. So klar wie eben war der alten Erzieherin noch nie eingeleuchtet, wie schrecklich es für arme Seelen im Schattenreich sein musste, wenn sie ihre Taten bereuten und dennoch kaum der Erlösung näherkamen. Dies war wirklich die Hölle. Sie blieben ganz auf sich gestellt. Verständlich, wenn sie nach jedem Strohhalm griffen, um ein bisschen mehr Frieden zu finden. „Sie suchen über mich Zugang zu der Welt der Heiligen! In mir sehen die unruhigen Seelen jemanden, der in der Lage ist, ihre Not im Gebet vor Gott zu tragen", murmelte sie und spürte, wie die Geister enger heranrückten. Um sie schloss sich ein Kreis.

Einer Welle gleich überfluteten die Geister Frederike mit ihren Geschichten, baten um Vergebung und um die Möglichkeit, ihre Schuld zu begleichen. Sie bedrängten die Alte, für sie zu beten und sichtbare Auswirkungen ihres Treibens zu Lebzeiten zu beseitigen. Doch in den meisten Fällen waren ihre Spuren schon Jahrhunderte lang verwischt. Frederike schossen die Tränen in die Augen. Niemals zuvor war sie von so viel Leid und Schuld derart überrollt worden. Sie fühlte alle Verzweiflung und alle Ohnmacht und auch, wie ihr selbst der Boden unter den Füßen weggezogen wurde. Unaussprechliche Not raubte ihr den Atem. Sie schrie aus Leibeskräften: „Herr, erbarme dich!“, und gab sich hemmungslos ihren Tränen hin.
Da geschah etwas, was es zuvor noch nie gegeben hatte: Mit tränenverschwommenem Blick sah Frederike in der Stubentür zwei weiß leuchtende Gestalten stehen. Ihre Strahlkraft durchflutete das Häuschen mit einem Glanz von Wärme und Liebe. Frederike rieb sich die Augen. Nun erkannte sie diese besser und wusste, sie waren Engel des lebendigen Gottes. Ihre linken Hände ruhten auf den Griffen ihrer Schwerter, die rechten Hände hatten sie zum Gruß erhoben: „Fürchtet euch nicht“, rauschte es wie ein Wasserfall durch die Stube, „eure Erlösung ist nahe!“
Frederike erstarrte, denn sie hörte diese Worte mit ihren Ohren, und die Wände warfen sie zurück wie ein Echo. Der Aufruhr unter den Geistern legte sich im Nu, und sie schauten die Engel voller Ehrfurcht an. Es war überwältigend. Die Boten Gottes traten im Armenhäuschen den verlorenen Seelen des Schattenreichs gegenüber. Frederike meinte, sie müsste innerlich zerspringen, so ergreifend war für sie dieser Anblick. Gerade geschah etwas Wunderbares, etwas, das selbst in der unsichtbaren Welt alles andere als gewöhnlich war. Die Kluft zwischen dem Reich der armen Seelen und der Welt der Heiligen war mit einer Brücke überspannt.[23] Zwei Engel brachten eine Botschaft des lebendigen Gottes, sprachen ihre heilenden Worte hinein in das Reich der Sehnsucht und Verzweiflung. Frederike sah, wie etwas zwischen den Geistern und den

Engeln hin und her floss. Unhörbare, aber sichtbare Worte, gleich einem Energiestrom, der wie Balsam auf die Verstorbenen wirkte. Es war eine heilige und intime Begegnung. Das, was sich zwischen ihnen ereignete, war nicht für Frederike bestimmt. Dennoch fühlte sie, dass ihr eine wichtige Rolle im Geschehen zukam. Frederike ging ins Gebet und bat im Stillen um Gottes Schutz und seine Liebe für diesen Austausch zwischen den Welten. Es war ihr eine Freude und Ehre, so gebraucht zu werden. Jesus traute ihr diesen Dienst zu, obwohl sie sich klein, schwach und unvollkommen vorkam. Christus hatte sie als Bindeglied eingesetzt, und so folgte sie gehorsam dem inneren Impuls zum Gebet. Ihr Gefühl für die Zeit ging verloren, und über dem Nachmittag neigte sich der Abend. Sie hörte auch nicht das Klopfen an der Haustür, genauso wenig nahm sie wahr, als Sonja nach unbeantwortetem Klopfen schließlich eintrat. Obwohl Sonja nur ihre betende Erzieherin sah, wurde sie beim Betreten der Stube sofort von der eigentümlichen Atmosphäre berührt. Alle Worte, die sich auf ihren Lippen formen wollten, verstummten. Sprachlos blieb Sonja stehen. Sie fühlte sich willkommen, merkte aber auch, dass sie das, was gerade stattfand, nicht durch unpassende Worte stören durfte. Plötzlich musste sie an früher denken. An die Tage ihrer Kindheit und an ihre Mutter. Auch daran, wie sehr sie diese über all die Jahre vermisste und auch an die Umstände ihres Todes. Je länger, je mehr widersprach es in ihrem Herzen, dass es ein Unfall gewesen war, der sie aus dem Leben gerissen hatte.
Seltsam, dass sie jetzt daran denken musste. Ihr kam das sonderbar vor. Sie konnte sich darauf keinen Reim machen. Genauso wenig auf das Gefühl, das sie im Moment viel mehr verspürte, als die Erinnerung an damals. Es war, als ob ihre Mutter in der Nähe stand. So stark war dieser Eindruck, Sonja konnte nicht anders, als sich in der Stube nach ihr umzusehen. Doch sie sah weiterhin nichts anderes, als die ins Gebet versunkene Frederike. Trotzdem blieb das Gefühl von der Nähe ihrer Mutter. Einerseits schön und berührend, andererseits auch mit

großer Traurigkeit behaftet. In ihrem Innern ahnte Sonja etwas vom heillosen Zustand Marias und deren Sehnsucht nach Frieden, und sie fühlte, wie dies mit den Umständen ihres Todes zu tun hatte. Unwillkürlich flehte die junge Frau im Herzen um Erbarmen für ihre Mutter. Sie wünschte sich so sehr das Ende ihrer Ruhelosigkeit. Zum ersten Mal in ihrem Leben trat sie aus eigenen Stücken im Gebet vor Jesus und bat ihn ohne Umschweife für die Erlösung der Mutter. Sonja wunderte sich selbst über diesen Schritt, hatte sie doch bis vor kurzem noch an der Kraft Gottes gezweifelt. Nun setzte sie ihre Hoffnung auf ihn. Sie traute ihm zu, dass er auch über den Tod hinaus Menschen noch in den Frieden führen konnte. Sonja staunte über sich selbst: In ihr betete es. Sie bekam Gänsehaut. „Ich bin Beobachter und Beter zugleich! Total verrückt!"
„Kindchen, du bist ja schon da", hörte sie es nach einer Weile neben sich sagen.
„Hm?", Sonja erschrak und schaute verwirrt in Frederikes Augen: „Was ist passiert?"
„Ich glaube, du hast gebetet", lächelte die Alte.
Sonja nickte schweigend und verspürte immer noch im Innern dieses seltsam wunderbare Gefühl. „Frederike", begann sie, „ich musste plötzlich für Mama beten! Ich konnte gar nicht anders!"
„Ja, sie war da, und dein Gebet hat ihr gutgetan", bestätigte Frederike. „Es war für sie mehr als nur Trost, es war ein Baustein zur Heilung."
„Sie war wirklich da?"
„Sie und viele andere."
„Ich kam herein und ich sah dich beten. In der Stube herrschte eine ganz besondere Stimmung. Irgendwie berührend und heilig! Wirklich abgefahren!"
„Du hast etwas von der unsichtbaren Wirklichkeit mitbekommen."
„Du erlebst solches öfter, nicht wahr?"
„Nun, ich habe schon manches, meist Beängstigendes, erlebt, doch das heute ist auch mir neu gewesen", lächelte sie, „und es

erfüllt mich mit tiefer Freude. Der Himmel kann das Reich der Schatten berühren. Es gibt Hoffnung, auch über den Tod hinaus. Selbst wenn sie klein ist und wundersame Vorgänge braucht. Nicht alle armen Seelen sind verloren! Unsere Gebete öffnen Türen in der unsichtbaren Welt. Glaube und Vertrauen lassen Unmögliches wahr werden. Dessen sind wir Zeuge geworden und das gibt Mut für alles Bevorstehende, egal, was es uns abverlangen mag!"

„Meine Güte!" Sonja schlug sich mit der flachen Hand an die Stirn. „Wir werden doch erwartet!" Sie schaute auf die Uhr. „Höchste Eisenbahn! Die anderen werden sich schon Sorgen machen."

Nun fiel es auch Frederike wieder ein: „Unser Treffen!", rief sie und beeilte sich, Schuhe und Mantel anzuziehen.

Kurz darauf saßen die beiden Frauen im Wagen. Sonja wollte es vermeiden, durchs Dorf zu fahren. Sie fürchtete ungebetene Beobachter. Deshalb wählte sie den Waldrandweg. Dieser gut ausgebaute Feldweg führte in einem weiten Bogen um Hügelhain herum und mündete am Rand der Hügelhainer Ebene in die Kreisstraße, die sich hinab ins Ginstertal schlängelte. Es dauerte nicht lange, dann konnten sie vor dem Pfarrhaus in Spiegelbach aussteigen. Inzwischen war es längst dunkel geworden. Ein Umstand, der Sonja gelegen kam. Sie klingelten, einen Moment später surrte der Türöffner, rasch traten sie ein.

„Hier herauf!", klang es durchs Treppenhaus.

Oben wurden sie von Paul Friedreich in Empfang genommen: „Schön, dass ihr da seid!", lächelte er freundlich und gab beiden die Hand. Er führte sie ins Wohnzimmer, wo sich Susanne und Micha bereits von ihren Plätzen erhoben hatten, um Frederike und Sonja zu begrüßen. Susanne bot ihnen sofort das Du an. Anschließend setzten sich alle und erzählten einander, wie es ihnen in den letzten Tagen ergangen war. Vor allem der heutige Tag hatte es in sich gehabt. Paul und Susanne kamen aus der Verwunderung nicht mehr heraus. Nach Michas Anruf am Morgen hatten sie sich viel Zeit zum Gebet genommen,

hatten auch gespürt, wie notwendig dies gewesen war, doch die Zusammenhänge erfuhren sie erst jetzt. Nicht nur ein Mal fuhr ihnen beim Gehörten ein Schauer über den Rücken.
Frederikes Bericht über die Begegnung mit Hugo Beelzer und Elke Wider hörten die anderen mit großer Besorgnis, und ihre Erfahrung mit den Verstorbenen und Engeln verursachte unter ihnen Gruseln und feuchte Augen der Ergriffenheit.
Schließlich waren alle auf dem gleichen Stand. Jeder benötigte eine kleine Pause, um die Informationen setzen zu lassen. Susanne nutzte dies und kochte eine Runde Tee für alle. Der Geruch und die Wärme des Getränks brachten das Gespräch wieder in Gang.
„Morgen ist also die Nacht zu Samain", begann Paul. Er verspürte dabei einen Druck in der Magengegend. „Gibt es inzwischen einen besseren Vorschlag für diesen Abend als den Michas?"
Das betretene Schweigen sprach für sich. Keiner wusste etwas anderes, doch jeder fürchtete sich vor dem Schritt, in den direkten Machtbereich des Fürsten einzutreten.
Micha durchbrach die unangenehme Stille mit einer Idee: „Teilen wir uns auf! Es ist sinnvoll, wenn während des Einsatzes Beter im Hintergrund die Kraft Gottes proklamieren und ihn andauernd um Schutz anflehen. Wer könnte sich das vorstellen?" Er schaute in die Runde.
„Ich werde auf meine alten Tage nicht mehr am Grabhügel herumklettern", antwortete Frederike mit Bestimmtheit, „und biete das Armenhäuschen als Gebetsstation an. Wir können uns morgen Abend gerne bei mir treffen. Immerhin sind der Burgstall und die Prozessionsschneise in Sichtweite."
„Gut", nickte Micha. „Wer mag Frederike unterstützen?"
„Ich", schloss sich Susanne Michas Vorschlag an, worüber sich Frederike freute.
„Nun, dann bleiben noch wir drei übrig", stellte Micha fest. „Ich für meinen Teil werde dem Ritual beiwohnen."
„Ich begleite dich", sagte Sonja entschieden, „schließlich hänge ich mit meiner Familie tief in dieser Geschichte drin. Meine

Sorge liegt bei Tobias. Ich will nicht, dass ihm das Gleiche zustößt wie Mutter."
„Ich gehe auch mit zum Burgstall", beschloss Paul als Letzter. Er hatte nicht recht gewusst, wo er am hilfreichsten wirken konnte. Am Ende hatte der Gedanke den Ausschlag gegeben, dass es wohl schwerer wäre, drei Personen verschwinden zu lassen als eine oder zwei.
„Schön", freute sich Micha. „Lasst uns nach Einbruch der Dunkelheit bei Frederike zusammenkommen und im Schutz der Nacht unseren Beobachtungsposten beziehen. Wir müssen auf jeden Fall deutlich vor der Zeremonie vor Ort sein. Weiß eine von euch, wann das Ganze beginnen könnte?" Er schaute Sonja und Frederike an.
Beide waren unsicher. „Bestimmt zieht sich das Ritual bis zum Morgen hin. Aber wann das losgeht?" Frederike rieb sich das Kinn.
„Vater verlässt nie vor Abschluss der Stallarbeit den Hof", meinte Sonja. „Die dauert meistens bis gegen halb neun Uhr."
„Dann werden wir spätestens um halb acht beim Burgstall sein", bestimmte Micha.
„Ziehen wir uns warm an! Das wird eine lange Nacht!" Paul fror jetzt schon ein bisschen. „Und noch ein Weiteres macht mir Kopfzerbrechen ... ", fügte er düster hinzu.
Die anderen ließen den Blick nicht von ihm.
„Was?", wollte Susanne schließlich wissen, nachdem es eine ganze Weile still im Zimmer geblieben war.
„Nun, unsere eigentliche Front sind nicht die Menschen, sondern dieser unbekannte, dunkle Fürst und weiß der Himmel, was noch mehr."[24] Er legte die Stirn in Falten. „Ich meine, vor den Geistern können wir uns nicht hinter einem Baum verstecken. Ganz zu schweigen davon, dass wir uns dort oben beim Grabhügel in der Höhle des Löwen befinden! Tausend unsichtbare Augen werden auf uns gerichtet sein! Ich kann mir beim besten Willen nicht vorstellen, dass jemand wie Heinrich Schwarzer, der über solch ein finsteres Machtpotenzial verfügt, von diesen Spionen uninformiert bleibt. Schließlich sind wir die ärgsten Feinde!"

Sonja gab Paul recht. Sie hatte schon häufig mit den dunklen Fähigkeiten ihres Vaters Bekanntschaft machen müssen: „Womöglich weiß er schon zu viel von unserer Gemeinschaft."
„Seine Stärke liegt in seiner Verbindung zu dem Fürsten und dessen Fängern. Unsere einzige Möglichkeit, diese zu stören, liegt in der Hoffnung, dass Jesus durch unser Gebet Blindheit und Verwirrung unter ihnen stiftet. Ohne den Schutz seiner Engel haben wir eh keine Chance. Ich kann nur darauf vertrauen, dass deren Kraft über mein Armenhäuschen hinausreicht."
„So ist es, Frederike." Micha sah die alte Erzieherin an. „Wenn in unseren Tagen wirklich der Zeitpunkt Gottes für Hügelhain gekommen ist, dann werden wir nicht scheitern. Der eigentliche Kampf wird in der unsichtbaren Welt ausgefochten. Wir müssen auf dessen Auswirkungen in der sichtbaren Welt gefasst sein und dürfen nicht zulassen, dass die bösen Geister noch mehr Menschenleben zerstören. Ich bin davon überzeugt, dass wir an oberster Stelle ihrer Liste stehen!"
„Was die Angriffe auf dich und Frederike auch schon gezeigt haben", fügte Paul hinzu.
Micha nickte. „Der Fürst benutzt die Herren und ihre Gefolgschaft, um seine finsteren, lebensfeindlichen Absichten zu Tatsachen werden zu lassen. Er hat unseren Tod im Sinn! Er wird seine Beute nicht kampflos hergeben. Für ihn geht es um alles! Nur wenn er über uns und unseren Glauben triumphiert, kann er bleiben und weiterhin im Dorf regieren."
„Hoffentlich sind wir stark genug", murmelte Sonja.
Diese letzte Unsicherheit blieb. Keiner trug in sich die absolute Gewissheit des Sieges. Die Gemeinschaft war Teil einer Armee, die schon seit langer Zeit im Kampf um Hügelhain stand. Bisher hatten die Heere der Dunkelheit immer die Oberhand behalten. Offensichtlich waren sie im Vorteil.
„Wir wollen uns nicht entmutigen lassen!" Paul spürte, wie unter ihnen der Zweifel an Raum gewann. „Jesus ist gekommen, die Werke der Finsternis zu zerstören![25] Daran halten wir uns fest! Im Vertrauen auf seinen Sieg gegen die Mächte des

Todes an Karfreitag und Ostern wollen wir wachsam und gehorsam in diese Schlacht ziehen! Lasst uns beten!"
Eine tiefe Gebetsgemeinschaft entwickelte sich. Sie entfaltete ihre Kraft in der Ohnmacht der Beter. Die Gemeinschaft konnte nichts anders tun, als Jesus anzurufen. Sie baten um Schutz, Glauben, Hoffnung und Engel.
Die Kraft des Gebets begann sie zu stärken, und der Zweifel verwandelte sich zu einer Wachsamkeit. Mit Micha geschah während der Zeit des Betens etwas Seltsames. Er hatte das Gefühl, als ob sich sein Horizont erweiterte. Sein Geist wurde freier, und plötzlich nahm er die Wirklichkeit der unsichtbaren Welt in einer Stärke wie niemals zuvor wahr. Erstaunt und verwirrt öffnete er die Augen, und was er sah, ließ ihm den Atem stocken. Das Wohnzimmer hatte sich gefüllt. Ihre Gebetsgemeinschaft war umschlossen von einem Ring Rüstung tragender Männer. Der Glanz ihrer Panzer hüllte die Beter in goldenes Licht. Michas Mund wurde trocken, und er konnte nicht anders, als jeden einzelnen Schwertträger zu bewundern. Sein Blick wanderte umher. Plötzlich traf er sich mit dem Frederikes. Auch sie hatte die Augen geöffnet und nickte Micha lächelnd zu. Da wusste er, dass er nicht verrückt geworden war. Frederike sah die Engel ebenfalls und freute sich wie er über deren Gegenwart. Ja, ihre Arme reichten über das alte Armenhäuschen hinaus! Ja, sie würden ihnen im Kampf beistehen!
Sonja, Paul und Susanne sahen die Engel nicht. Doch die Nähe Jesu und seiner Engel war auch für sie deutlich spürbar. Die Gegenwart Gottes verbreitete Mut und Zuversicht, dem Fürsten und seiner Brut entgegenzutreten. Klingeln unterbrach diesen heiligen Moment. Etwas verunsichert schaute Paul in die Runde. Susanne deutete freundlich zur Tür.
Er erhob sich und ging an die Sprechanlage: „Ja, wer ist da?"
Paul lauschte in den Hörer. Die Antwort der Untenstehenden ließ ihn aufhorchen. „Elke und Stefan Wider!", rief er voll Verwunderung ins Wohnzimmer.
Auch die anderen waren überrascht.
„Soll ich?"

Micha blickte auf die Engel. Sie hatten das Zimmer nicht verlassen. In großer Gelassenheit hielten sie ihre Position, was auch Frederike wahrnahm. „Es ist gut", sagte sie in der Erinnerung an die Begegnung mit Elke am Nachmittag.
Paul drückte den Öffner. Ein paar Augenblicke später traten die Widers zaghaft ins Wohnzimmer. Ihren Gesichtern war anzusehen, dass sie nicht im Geringsten mit dem Antreffen dieser Personengruppe gerechnet hatten.
„Keine Sorge, wir beißen nicht", lächelte Susanne und bot ihnen einen Platz in ihrer Runde an.
„Wir wollen keinesfalls stören", nuschelte Stefan verlegen und wäre am liebsten wieder gegangen.
„Reden Sie keinen Unsinn!" Susanne war aufgestanden und schob die beiden zum Sofa. Micha und Sonja rückten etwas zur Seite, so konnten sich die Widers niederlassen.
„Was führt Sie zu uns?" Paul hatte auch wieder Platz genommen.
Elke schaute zu Frederike: „Unser Gespräch heute Mittag hat mir keine Ruhe gelassen", begann sie. „Ich bin gleich nach Hause geeilt und habe Stefan im Betrieb angerufen."
„Es geht um morgen Abend." Stefan tat einen tiefen Atemzug. Sein Gesicht wirkte grau. „Wir haben schreckliche Angst, dass unsere Familie in den Abgrund gezogen wird."
„So wie Stefans Eltern", ergänzte Elke.
„Es wurde erzählt, dass ihr Tod ein unglücklicher Unfall gewesen sei."
„Das ist die offizielle Version, Pfarrer Friedreich. Sie wurden beseitigt, weil sie aussteigen wollten", antwortete Stefan finster.
„Wir haben Sie immer für den Mut bewundert, dieses Grabkreuz aufzustellen!" Susanne hatte die beiden sofort in ihr Herz geschlossen.
„Gerne hätten wir Opa und Oma auch christlich bestattet, doch ...", Elke verstummte.
„Nun ist die Reihe an uns. Wenn wir uns verweigern sollten, wird Schreckliches passieren! Und wenn nicht, genauso! Wir werden endgültig unter die Macht des Fürsten fallen!" Stefan war es inzwischen egal, ob er Geheimnisse der Gefolgschaft

erzählte. Er wusste ohnehin nicht viel. „Ich habe keinerlei Interesse daran, in diesem verfluchten System Karriere zu machen. Unser Ruf ist bei den *Herren* ohnehin ruiniert! Spätestens seit neulich!“ Er warf Micha einen Blick zu. „Dass ich dir geholfen habe, wird mir nie verziehen werden.“

„Was können wir für Sie tun?“, wollte Paul wissen.

Die Widers zögerten. Ja, was wollten sie eigentlich hier? Die pure Verzweiflung hatte sie hergetrieben und ein Gefühl, dass hier der letzte Strohhalm eines Auswegs greifbar wäre. „Wir wollen uns nicht in diesem Kult verlieren, haben aber keine Ahnung, wie wir da herauskommen“, seufzte Stefan mutlos.

„Der Fürst und was sonst noch hinter ihm steckt, ist eine dunkle geistige Macht. Über seine wahre Stärke fehlt uns der vollständige Durchblick. Wir jedenfalls hängen einer anderen Kraft an, die von sich behauptet, in der Lage zu sein, die Finsternis zu besiegen!“

Elke und Stefan hatten ihre Köpfe gehoben, als Micha das Wort ergriffen hatte. Nun schauten sie ihn mit Augen an, aus denen Zweifel und Hoffnung zugleich sprachen. Doch die Unvorstellbarkeit einer positiven geistigen Macht wurde durch die Erfahrungen ihres Lebens genährt. Falls diese Macht wirklich existierte, hatten sie außer der Sehnsucht nach Veränderung nichts davon gemerkt. Falls diese Sehnsucht eine Anrede dieser Macht war.

Es zeigte sich, dass die Widers seine Worte kaum begriffen, so gab er die verklausulierte Sprache auf: „Das Kreuz ist das Zeichen dafür, dass Jesus durch sein Sterben und seine Auferstehung von den Toten die Mächte des Todes besiegt hat. Wir glauben, dass dieser lebendige Jesus den Fürsten schlagen kann! Wir sind bereit, unser Leben für diesen Sieg einzusetzen!“

„Sie haben ein Kreuz auf das Grab Ihrer Eltern gesetzt. Für Sie ein Zeichen des Friedens, für uns Symbol des ewigen Lebens in einer ungeahnten, wunderbaren Qualität!“, fügte Paul hinzu.

„Für dich auch, Sonja?“ Elke konnte es immer noch nicht fassen, die Tochter des Hochpriesters im gegnerischen Lager anzutreffen.

Die Angesprochene zuckte kurz zusammen und ließ ihre Augen über die Mitglieder der Gemeinschaft wandern: „Ich, ich denke schon“, sagte sie unsicher. „Jedenfalls bin ich freiwillig hier und erlebe etwas, das mir vorher völlig unbekannt war.“
„Was ist das?“
„Ir ...“, Sonja stockte und überlegte, „irgendwie ein Gefühl von Frieden, Dazugehören und einer Ahnung von Geborgenheit oder so“, rang sie ein bisschen um Worte.
„Zu schön, um wahr zu sein“, murmelte Stefan, den die Gedanken an die morgige Nacht eingeholt hatten.
„Was haben Sie zu verlieren?“, schaltete sich Susanne ein.
„Wir haben Angst, Frau Friedreich! Wir haben Kinder, wir haben Land, ich habe eine Anstellung. Alles, was wir sind und haben, hängt an diesem Dorf. Was bleibt von uns übrig, wenn wir uns gegen die *Herren* und den Fürsten stellen? Vater und Mutter wären noch am Leben, aber sie mussten für ihre Auflehnung bitter bezahlen! Können Sie mir garantieren, dass es für uns besser ausgeht?“
Frederike hatte seit dem Eintreffen der Widers geschwiegen, aber aufmerksam das Gespräch verfolgt. Nun hielt sie es für an der Zeit, sich zu beteiligen: „Junge“, sprach sie Stefan an, „wir kennen uns seit deiner Kindheit. Glaube mir, ich leide nicht weniger unter der Gewalt des Fürsten als du und deine Familie, aber ich kann wirklich die Kraft der Liebe bezeugen, die mir in Jesus und seinen Engeln begegnet ist! Er ist da, und er wird rettend eingreifen! Selbst wenn es mich mein irdisches Leben kosten könnte, so ist mir das Leben nach dem Tod in der Nähe Gottes Tausend Mal lieber als eine qualvolle, unersättliche Gier nach Frieden und Lebendigkeit im Reich des Fürsten. Glaube mir, ich weiß, wovon ich rede! Für mich wiegt kein irdischer Preis die Gottesferne nach dem Tod auf!“
„Wer weiß“, fügte Micha hinzu, „vielleicht hat der Bruch mit dem Fürsten deinen Eltern eine Tür für die Ewigkeit bei Gott geöffnet und sie vor ewiger Verzweiflung bewahrt?“
Frederikes und Michas Worte beeindruckten Stefan und Elke. Sie fühlten deren Wahrheit. Gleichzeitig zerrte die jahrhun-

dertealte Bindung des Kultes an ihren Herzen. Sie waren gespalten, unfähig herauszutreten und abgrundtief traurig darüber.

„Denkt an uns." Stefan stand auf. Ihm glänzten Tränen in den Augen. „Vielen Dank für eure Zeit. Wir werden sehen." Er ging zur Tür. Elke folgte ihm.

„Auf Wiedersehen!", sagte sie scheu beim Verlassen des Zimmers.

Paul begleitete die beiden nach draußen: „Wir beten für euch! Wagt den Absprung! Es gibt Besseres als die Knute des Fürsten! Traut euch! Wir sind jederzeit für euch da!"

„Dankeschön!" Stefan und Elke drückten ihm zum Abschied fest die Hand und verschwanden im Dunkel des Abends, das sie wie ein Mantel der Ungewissheit einzuhüllen begann. Bald würde die bedeutungsvollste Kreuzung ihres Lebens erreicht sein, und sie wussten immer noch nicht, welchen Weg sie nehmen sollten. Es war schrecklich! Die Angst vor dem Fürsten und seinen unheimlichen Geistern zerrte wie Blei an ihnen und erstickte den Gedanken an die mögliche Stärke Jesu fast schon im Ansatz.

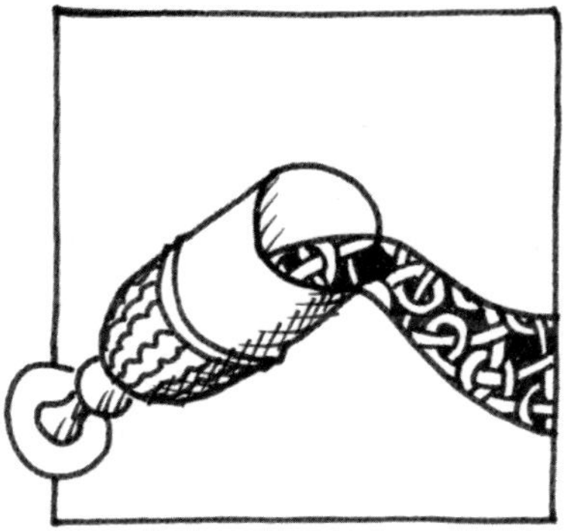

Schwarzer-Hof

Vor Müdigkeit gähnend machte sich Sonja auf die letzte Etappe ihres Heimwegs. Gerade hatte sie Frederike am alten Armenhäuschen abgesetzt, nun fuhr sie den Feldweg zum Dorf zurück. Es war fast Mitternacht, und Sonja war kaum noch in der Lage, die Augen offenzuhalten. Nachdem die Widers gegangen waren, hatten sie ihre Gebetsgemeinschaft wieder aufgenommen. Sonjas Schädel brummte. Für sie waren die Begebenheiten und Erfahrungen der letzten Zeit ein bisschen viel gewesen. In was war sie da bloß hineingeraten? Stundenlange Gebete, Gänsehaut, große Gefühle und viele Fragen. Sie schmunzelte und konnte nicht leugnen, dass sie etwas berührt hatte. Trotz ihrer Unerfahrenheit in christlichen Dingen verspürte sie eine neue Kraft in ihrem Leben. Die Gemeinschaft mit den anderen tat ihr wirklich gut. Auch das Spüren einer großen überirdischen Liebe ließ ihr Herz warm werden. Das waren wunderbare Regungen, die sie seit Mutters Tod nie mehr wahrgenommen hatte und die ungewohnte Begleiterscheinungen, wie lange und laut gesprochene Gebete, ohne Weiteres akzeptabel machten.

Der Gedanke an den morgigen Abend verursachte ihr dennoch Bauchschmerzen. In der Nacht zu Samain herrschte zu Hause der Ausnahmezustand. Trotz aller neuen Hoffnung. Seit sie denken konnte, hatte sie es an diesem Abend vorgezogen, von der Bildfläche zu verschwinden. Noch viel mehr, als in dieser Nacht ihre Mutter den Tod gefunden hatte. Der Vater war schon Tage vor Samain nicht ansprechbar, doch zu Beginn dieser Nacht entpuppte er sich jedes Mal neu als absolut kalter und herzloser Despot, dem alles andere egal zu sein schien. Sonja graute davor und sie hoffte inständig, dass ihr neuer Weg keine größeren Folgen hätte. Mit einem beklemmenden Druck unterhalb des Zwerchfells fuhr sie in die Einfahrt des Schwarzer-Hofs und bemühte sich, so wenig Geräusche wie möglich zu machen. Vorsichtig drückte sie die Wagentür zu und schlich die Treppe zum Hauseingang hinauf. Sachte steckte sie den Schlüssel ins Loch und drehte ihn fast lautlos um. Bevor sie eintrat, fingerte sie durch den geöffneten Türspalt nach dem Lichtschalter. Dann huschte sie ins Haus und schloss danach mit einem ganz leisen Klicken die Tür. Sie lauschte einen Moment. Die Stille entspannte Sonja ein bisschen. Offenbar waren Vater und Tobias schon schlafen gegangen. Sie stieg die Holztreppe in gewohnter Manier hoch und vermied so jedes verräterische Ächzen der alten Holzstufen. Oben angekommen hatte sie noch ein paar Schritte zu ihrer Zimmertür. Gerade in dem Moment, als sie die Klinke herunterdrückte, hörte sie es hinter sich sagen: „Guten Abend, Schwesterherz." Sonja zuckte zusammen und drehte sich rasch um. „Ach, du bist's, Tobias" Sofort war ihr der leicht hämische Unterton in der Stimme ihres Bruders aufgefallen. Ein ganz dummes Gefühl beschlich sie, und sie spürte, wie ihre Muskeln verspannten.
„Warst aber lange fort."
Ihr fielen Tobias' glasige Augen auf, und im nächsten Augenblick hatte sie nur noch einen Gedanken: „Raus hier! So schnell es geht! Raus hier!", schrie es mit schriller Stimme in ihrem Kopf. „Du, ich hab was im Auto vergessen, ich muss nochmal kurz runter." Sonja schob sich an Tobias vorbei und

eilte die Treppe hinunter. Diesmal war es ihr egal, dass das Poltern im ganzen Haus zu hören war. „Ich hätte niemals zurückkommen dürfen!“, schimpfte sie leise mit zusammengebissenen Zähnen. Zu ihrem größten Entsetzen wurde sie unten bereits erwartet: „Du willst nochmal weg?“, fragte Heinrich Schwarzer seine Tochter, als er ihr einen Schritt entgegentrat.
Der Weg zur Haustür war versperrt. Blieb nur noch die Tür zum Garten. Mit einem Satz sprang Sonja um das Treppengeländer herum und rannte geradewegs in Schröckers Arme.
„Max?“ Sie war völlig verblüfft, so dass sie jeden Widerstand vergaß.
„Komm doch für einen Moment in die Stube, ich habe etwas mit dir zu bereden“, sagte Schwarzer ungewöhnlich freundlich hinter ihrem Rücken und zog sie sanft ins Wohnzimmer, während Max und Tobias sämtliche Fluchtwege versperrten.
In Sonjas Schläfen pochte es. Vor Angst bekam sie kaum Luft. Aus der Stube schlug ihr ein schwerer, süßlicher Duft entgegen. Kaum war sie eingetreten, da begann der Geruch schon, ihre Sinne zu benebeln. Heinrich redete auf sie mit beschwichtigenden Worten ein. Nur mit wachsender Mühe konnte Sonja seiner Stimme folgen. Sie fand sich auf dem Sofa wieder und nahm wie durch einen Tunnel wahr, dass Tobias und Max sie rechts und links festhielten. Doch den Druck ihrer kräftigen Hände verspürte sie nur noch als entferntes dumpfes Ziehen an den Oberarmen. Sonja sah, wie ihr Vater mit einem tönernen Kelch auf sie zukam oder war das ein Traum? Etwas Herbes, Bitteres floss ihre Kehle hinunter. Sonja träumte, sie hätte sich dabei verschluckt.
Plötzlich explodierten vor ihren Augen bunte Farben. Es war das schönste Feuerwerk, das sie jemals gesehen hatte. Gleich einem Wasserfall überfluteten Sonja die Farben dauerhaft, ohne enden zu wollen.
„Ihr könnt jetzt loslassen!“ Zufrieden stellte Heinrich den Kelch auf den Tisch. Trotz der vielen Jahre Erfahrung hatte das Räucherwerk auch auf ihn immer eine leicht betäubende Wirkung. Er ging zum Fenster und öffnete es. Kalte Nachtluft

strömte herein. Ihre Frische half Max und Tobias, wieder mehr zu Sinnen zu kommen. Ein bisschen verunsichert starrte Max Schröcker auf Sonja. Seinem Gesicht war anzusehen, dass ihm das eben Geschehene Unbehagen bereitete.
„Der Hochpriester weiß deine Loyalität zu schätzen“, zerstreute Schwarzer sofort dieses letzte Aufbäumen von Schröckers Gewissen.
„Danke, vollmächtiger *Herr* und Priester!“, flüsterte er mit einer leichten Verbeugung unterwürfig.
Schwarzer ging zurück zu Sonja und hob ihren Kopf am Kinn hoch, damit er ihr in die Augen sehen konnte. Ihre Pupillen waren starr und groß.
„So, meine Liebe, nun wollen wir dich mal feinmachen! Bringt sie runter!“, befahl er den beiden anderen.
Ohne zu murren packten Schröcker und Tobias die junge Frau und zogen sie durch den Flur zum Kellerabgang. Schwarzer öffnete, machte Licht und stieg als Erster hinab.
„Setzt sie da hin und schaut mich dann an!“ Seine Augen funkelten dunkel im trüben Kellerlicht. Gehorsam wurden Schwarzers Anweisungen befolgt. Als sich ihm die Gesichter von Max und Tobias zugewandt hatten, rückte er nahe an sie heran und strich unter dem Murmeln unverständlicher Worte jeweils drei Mal über ihre Stirn. Sofort ging in beiden eine Veränderung vor. Ihr Gesicht erstarrte und bekam einen teilnahmslosen Ausdruck. Es war, als ob sich ein durchsichtiger Schleier über ihr Wesen legte, der sie zu willenlosen Werkzeugen in der Hand Heinrichs verwandelte.
„Schön“, grinste er breit und machte sich an einer kaum beleuchteten Seitenwand hinter einem alten, vergammelten Küchenbuffet zu schaffen. Nachdem er das alte Stück Möbel etwas nach vorne geschoben hatte, kam dahinter eine grobe, aber massive Eichentür zum Vorschein, die mit einem Vorhängeschloss gesichert war. Schwarzer zog den Schlüssel aus seiner Brusttasche. Mit einem metallischen Klicken öffnete das Schloss, und die Tür ging von selbst nach innen auf. Er trat ein und entzündete mit einem Streichholz ein paar Kerzen. Der

geheime Raum hatte so gar nichts von einem Kellerloch. Er war das verborgene Reich des Hochpriesters, seit ewigen Zeiten in der Hand derer, die diesen Grund besaßen.
„Ihr Narren", lachte Heinrich laut, „glaubt ihr wirklich, der Hochpriester ist so einfach zu stürzen? Nein, er geht freiwillig, wenn ihn der Fürst ruft und er zuvor seinen Nachfolger bestimmt hat! Nur der Herr dieses Hofes kann der *Herr der Herren* sein! Nehmt euch in acht bei euren Umsturzversuchen! Ihr seid nichts anders als Fleisch!" Er trat aus dem Raum heraus und rief Schröcker und Tobias. Sie brachten Sonja und legten sie auf einen großen, steinernen Tisch.
„Zieht sie aus!", herrschte Heinrich seine Handlanger an.
Die ganze Kammer war mit all ihren Utensilien eine einzige Brücke ins Reich der Geister. Alles hatte seinen Platz und seine Bedeutung. Jeder Historiker, Archäologe oder Ethnologe wäre ob der Vielfalt und Bedeutsamkeit der Gegenstände vor Neid erblasst. Hier war die Schaltzentrale der Gefolgschaft, hier beeinflusste der Hochpriester die sichtbare Welt mit der Kraft der unsichtbaren Welt. Hier sprach er mit den Geistern, hier bewegte er seine Vasallen wie Schachfiguren auf dem Spielbrett, und hier begann auch der Gang, der zum Burgstall führte.
Sorgfältig zwischen den Schädeln alter Feinde hingelegt, ruhte ein Stapel Kleidungsstücke auf einem kleinen Opferaltar. Behutsam und würdevoll nahm Schwarzer die Kleidung weg. Er trug sie zum steinernen Tisch, wo Sonja nun völlig nackt lag.
„Streift ihr diese Gewänder über! Wehe, wenn auch nur ein Fädchen reißt! Es wäre der Tod des Ungeschickten!"
Mit äußerster Vorsicht begannen Max und Tobias, Sonja ein schlauchförmiges Oberteil aus feinstem, handgewebtem Leinenstoff in leuchtend roter Farbe überzuziehen. An den Schultern wurde der Stoff mit jeweils zwei kunstvoll gearbeiteten Fibeln aus Bronze rechts und links zusammengeknüpft. Danach zogen sie ihr einen zylinderförmigen roten Rock, ebenfalls aus edelstem Leinen, an. Gehalten wurde dieser Rock von einem bronzebeschlagenen Gürtel. Rote, aus Rindsleder

geschnittene Schuhe, die in der Mitte durch Lederriemen zusammengehalten wurden, banden die Handlanger des Hochpriesters um Sonjas Füße und Knöchel.
„Richtet sie auf!"
Sie folgten seinem Befehl, zogen Sonja an den Handgelenken hoch und setzten sie so hin, dass ihre Beine von der Tischkante baumelten.
„Weg jetzt!", knurrte der Hochpriester und schob die beiden zur Seite. Behutsam, fast schon liebevoll, hängte Schwarzer seiner Tochter eine Kette aus Bernstein-, Glas- und Knochenperlen um den Hals. Ein Kleinod. Zum Abschluss warf er ihr ein wunderschönes wollenes Manteltuch über, das er Sonja vor der Brust mit einer goldenen Fibel zusammenknüpfte.
„Bestens!", flüsterte Heinrich leise, als er zwei Schritte zurücktrat, um sie zu betrachten. „Du bist wahrhaft würdig, seine Braut zu sein! Er wird dich wie ehedem erkennen, und du wirst ihn erfreuen. Großes steht dir bevor! Blut vom Hause des Meisters! Einen größeren Beweis der Treue gibt es nicht!" Er ging zu einem Regal, griff sich ein mit einem Korken verschlossenes Kölbchen und führte es Sonja an die Lippen: „Trink, trink, du Braut des Fürsten! Trink zum Ruhm und zur Ehre des Hochpriesters!" Schwarzer flößte ihr die Flüssigkeit ein. Als Folge davon verlor Sonja noch mehr die Körperspannung. Sie sackte in sich zusammen. Der Hochpriester hielt sie und legte sie sanft auf den Tisch zurück.
„Ruhe, ruhe deiner Hochzeit und dem Kuss des Fürsten entgegen!" Er verbeugte sich vor dem steinernen Tisch, trat zurück und füllte ein tönernes Schälchen mit verschiedenen Kräutern. Anschließend stellte er das Schälchen zwischen die beiden Totenschädel, wo vorhin die Gewänder gelegen hatten. An einer Kerze brachte der Hochpriester ein Stückchen Zunderschwamm zum Glimmen und legte es dann vorsichtig auf die Kräuter. Sofort begann sich ein betäubender Duft in der Kammer auszubreiten.
„Raus hier!", befahl er barsch und gab Tobias und Schröcker einen groben Stoß gegen ihre Schultern.

Rasch hatten alle drei den Raum verlassen und Schwarzer die Tür verschlossen sowie das Küchenbuffet davorgeschoben. Er bugsierte seine zwei Handlanger die Kellertreppe hinauf. Erst als sie wieder in der Stube waren, löste er den Bann über ihnen mit zwei magnetischen Strichen und fuhr dazu mit Zeige- und Mittelfinger über ihre Stirn. Schwarzer beherrschte den magischen Magnetismus außergewöhnlich gut. Er gehörte seit Generationen zu den dunklen Grundkenntnissen eines jeden Hochpriesters.

„Geh nach Hause und kümmere dich um das Opfer!“, befahl er Max Schröcker.

„Ehre und Ruhm dem Hochpriester seiner göttlichen Majestät!“, rief er unter vielfachen Verbeugungen und kroch mehr zur Tür hinaus, als dass er ging.

„Was denn sonst?“, erwiderte Heinrich Schwarzer sich selbst auf die Ehrenbekundung seines Werkzeugs. Zu Tobias zugewandt knurrte er: „Ab ins Bett mit dir! Morgen wird ein großer Tag werden, da brauche ich dich in Hochform!“

Wortlos verließ Tobias die Stube und ging nach oben. Schon lange war er nur noch eingeschränkt Herr seiner Sinne. Heinrich hatte ihn zu einer Marionette an seiner Hand gemacht.

Samain

Zuerst waren da nur die dunklen, glühenden Augenpaare. Augen, wie er sie zuvor noch nie gesehen hatte. Uralt. Unheimlich lebendig. Unersättlich. Aus dem konturlosen Nichts des Schlafs drängten sie sich in seinen Traum und zogen sofort seine ganze Aufmerksamkeit an. Ein ungewöhnlicher Schlaf und Traum. So präsent, so real. Schlafend und doch irgendwie hellwach!

Der zu den Augen gehörende Körper nahm Stück für Stück Kontur an. Ein alter, gebeugter Mann mit brauner, runzeliger Haut und völlig haarlosem Schädel. Buckelig schlurfte er ins Wahrnehmbare des Traums. Ein Löwenfell bedeckte seinen hageren Leib und verbarg ein bisschen seine Nacktheit. Über seinen Rücken hatte er einen Köcher mit Pfeilen und einen Bogen gehängt. In seiner Linken hielt er eine Keule und benutzte die Waffe wie einen Stock, auf den er sich stützte. So wurde er immer deutlicher sichtbar. Aus dem Mund des Alten hingen zahllose Ketten. Nicht irgendwelche, sondern es waren kostbare aus Gold, mit Bernsteinen besetzt. Er öffnete den Mund und zeigte lachend die Zunge. Durch deren Spitze liefen sämtliche Ketten hindurch und verloren sich im Nichts des Schlafs. Doch schon regte sich dort etwas, und es lösten sich Schatten aus dem Unsichtbaren.

Eine erste Gruppe trat ins Wahrnehmbare. Sie vollführte einen Tanz. Die einzelnen Körper der Gruppe schienen dem Alten freudig zu folgen. Doch etwas wirkte sonderbar: Die Köpfe auf den tanzenden Leibern gehörten irgendwie nicht dazu. Durch jedes einzelne Ohr war eine der goldenen Ketten gezogen. Ganz im Gegensatz zu den fröhlich hüpfenden Leibern zeigten die Köpfe sehr traurige Gesichtszüge.

Der Träumende erbebte mitten im eigenen Traum.

Der skurrile Greis zog eine seltsame Schar von Toten hinter sich her. An ihrer Tracht und ihrem Erscheinungsbild war ersichtlich, dass sie aus allen Zeiten seit dem Altertum kamen. Den Zug der Toten führte eine einzelne, kriegerische, einst wohl sehr mächtige Gestalt an.

„Der Fürst!“, beschrieb eine kraftvolle Stimme diesen ersten Geketteten des Zuges, der nun alles andere als mächtig erschien. Eigentlich bot er das Bild eines jämmerlichen und kläglichen Häufchen Elends.

„Die Fänger!“, hallte die Stimme erneut durch den Traum des Schlafenden. Eine schier endlose Reihe von Geketteten der vergangenen zweieinhalb Jahrtausende zog vorüber.

„Die Sklaven und Gebundenen!“ Der Träumende litt an dieser unübersichtlichen Masse von zum Tanzen verdammten, traurigen Seelen. Plötzlich erkannte er am Ende dieser Reihe die verzerrten Gesichtszüge Hannes Schindlers.

„Die Kommenden!“, posaunte es nochmals, und zu seinem größten Entsetzen sah sich der Schlafende mit lebenden, aber bereits geketteten Gestalten konfrontiert. Diese Gruppe führte Heinrich Schwarzer an, gefolgt vom Rest der Gefolgschaft. Ganz am Ende tauchten die Gesichter von Stefan und Elke Wider auf, den Schluss bildete eine Figur, die Sonja erschreckend ähnlich sah.

Die Leiber tanzten, und auf den Gesichtern zeichneten sich endlose Angst und Qual ab. Der lachende Alte nahm sie alle

mit. Hinaus aus dem Traum, hinab in undurchdringliche Finsternis.
„Nun erwache!", war das Letzte, was Micha hörte. Schweißgebadet fuhr er von seinem Bett auf. Er starrte minutenlang ins Leere, ganz unter dem Eindruck dieses gewaltigen Traums.
„Das war nicht irgendein Traum", flüsterte er leise, und versuchte das Grauen loszuwerden. Am meisten beunruhigte ihn der Zug der Lebenden in die Finsternis, vor allem die letzten drei Gesichter und davon besonders Sonjas. Was hatte das zu bedeuten? Wer war dieser runzelige Greis? Ihm hingen alle an. War er ein Gott? Micha fühlte wie sein Glaube ins Wanken geriet.
„Es gibt nur einen Gott des Himmels und der Erde, und er zeigt sich in dreifacher Gestalt: im Vater, im Sohn und im Heiligen Geist! Es ist der Gott der Bibel. Jahwe, der Gott Israels! Fleischgeworden im Sohn Jesus Christus! Heute noch spürbar und erlebbar durch die Kraft des Heiligen Geistes!" Trotzig sprach Micha dieses Bekenntnis in das Dunkel des Wohnwagens hinein. Die Proklamation der Gottheit Gottes entspannte ihn etwas. Auch wuchs in ihm das Gefühl, dass ihn Engel umringten. Dieses Gefühl brachte ihn auf einen Gedanken: Vielleicht war der Traum eine Botschaft? Möglicherweise eine Vision über die Verhältnisse in der unsichtbaren Welt Hügelhains? „Da könnte was dran sein", murmelte Micha und begann, den Traum aufzuschreiben. Das Aufschreiben tat ihm gut. Die Müdigkeit kehrte zurück, doch bevor er sich wieder ins Bett legte, sprach er über dem Traumbild ein Gebet. Besonderen Schutz legte er darin auf Sonja und die Widers. Anschließend kroch er unter seine Decke und war kurz darauf eingeschlafen. Am nächsten Morgen konnte er sich an keinen weiteren Traum erinnern, doch war er mit einem Wort auf den Lippen aufgewacht: „Ogmios!"

Paul und Susanne Friedreich hatten es sich zur Angewohnheit gemacht, an jedem Morgen, noch im Bett, den Kalender mit dem biblischen Tagestext gemeinsam zu lesen und den Tag mit

einem Gebet zu beginnen. Etwas verschlafen griff Susanne nach dem Kalender, blätterte das gestrige Blatt um und las die Überschrift für den einunddreißigsten Oktober: „Reformationstag. *‚Einen anderen Grund kann niemand legen, als den der gelegt ist, Jesus Christus.'* Erster Brief des Paulus an die Korinther, Kapitel drei, Vers elf."
„Der Tag, an dem Luther 1517 seine fünfundneunzig Thesen an die Tür der Schlosskirche zu Wittenberg schlug. Die Geburtsstunde unseres evangelischen Glaubens." Mit einem leichten Seufzen richtete sich Paul im Bett auf. „Wollen wir hoffen, dass dieser historische Tag für uns Gutes bringt."
„Es wird auf jeden Fall ein außergewöhnlicher Tag werden", meinte Susanne.
„Ein Tag des Kampfes, von dem nur der Herr weiß, wie er enden wird." Paul war sehr nachdenklich.
„Legen wir diesen Tag bewusst in die Hände Jesu und vertrauen auf seine Kraft. Er wird's wohl machen!" Susanne faltete die Hände.
Paul tat es ihr nach. Zusammen hielten sie ihre Sorgen und Ängste Jesus hin.
„Herr, wir bitten dich, gib uns noch die nötigen Hinweise für das, was wichtig ist. Amen", schloss Susanne das Gebet ab. „Wir wollen heute sensibel und wachsam sein!", schärfte sie Paul und sich ein. Danach standen sie zum Frühstück auf.
Es war später Vormittag, als Paul durch Klingeln an der Haustür aus seinem Büro gerufen wurde. Nach dem Öffnen sah er einen jungen Mann, Mitte zwanzig, vor sich stehen: „Sie wünschen?" Paul rätselte, was dieser Unbekannte von ihm wollte.
„Weidner ist mein Name!", stellte er sich vor. „Ich komme nicht aus der Gegend, bin auf der Durchreise. Vorhin habe ich mir beim Metzger etwas zum Vespern gekauft und es auf der Bank vor der Kirche gegessen. Da habe ich das da liegen sehen. Es war schon ganz feucht!" Er hielt Paul ein Buch mit dem Titel *„Die Religion der Kelten"* entgegen. „Ich dachte, gib es mal beim Pfarrer ab, schließlich lag es ja vor der Kirche."

„Danke", nuschelte Paul verwirrt, als er das Buch in Empfang nahm, „ich werde es aufbewahren. Vielleicht meldet sich der Besitzer ja noch. Nett von Ihnen, dass sie es abgegeben haben."
„Keine Ursache", lachte der junge Mann und wandte sich zum Gehen, „ich musste es einfach abgeben, sonst hätte ich keine Ruhe gefunden! Leben Sie wohl!"
„Wiedersehen", sagte Paul und ging zurück ins Haus. Er hatte noch nicht recht die Tür zugemacht, da fiel ihm auf, dass er gar keine Adresse von Herrn Weidner hatte. Schließlich gehörte ihm das Buch, falls es nicht abgeholt wurde. Rasch ging er wieder nach draußen, doch von dem jungen Mann war nichts mehr zu sehen. Paul verließ das Pfarrhaus, überquerte den Hof und eilte zur Dorfmitte. Nirgends war Herr Weidner zu finden. „Das gibt's doch gar nicht! Der kann sich doch nicht in Luft auflösen!" Spiegelbach war wirklich nicht groß und der Betrieb auf Straßen und Gehwegen überschaubar. „Der ist tatsächlich weg!", murmelte Paul. Nachdenklich machte er sich auf den Heimweg. Ihm kam das Ganze äußerst merkwürdig vor. Zu Hause angekommen nahm er das Buch mit in sein Büro, vielleicht stand ja eine Adresse drin. Er schlug die ersten Seiten auf, aber leider gab es da keine Hinweise auf einen möglichen Besitzer. „Schade." Paul blätterte weiter. Da sah er, wie ein Zettelchen, etwa in der Buchmitte, ein wenig herausragte. Rasch schlug er die Seite auf. Auch das Zettelchen war leider unbeschrieben. Dagegen hatte jemand mit Leuchtstift ein paar Zeilen markiert. Paul las laut vor: *„Er selbst habe in Gallien ein Bild gesehen, auf dem Ogmios als dunkelhäutiger, runzeliger und kahlköpfiger Greis mit Löwenfell, Keule, Köcher und Bogen dargestellt gewesen sei. Das Erstaunlichste an diesem Bild sei aber gewesen, dass jener gallische Herakles an feinen Ketten aus Gold und Bernstein eine große Menge Menschen hinter sich hergezogen habe. Diese Ketten seien an der durchbohrten Zungenspitze des Herakles und an den Ohren der ihm heiter und freudig nachfolgenden Menschen befestigt gewesen."*[26] Paul schluckte. Seine Kehle war plötzlich trocken geworden. Erst jetzt bemerkte er das Zittern seiner Hände. Er musste das Buch weglegen und fuhr sich aufgewühlt

durchs Haar. „Was ist denn jetzt los?“ Er fühlte das Pochen seines Herzens in den Schläfen, und seine Knie nahmen die Konsistenz von Wachs an. Er ließ sich auf den Bürostuhl fallen. Solche Körperreaktionen kannte er normalerweise von sich überhaupt nicht. Das machte ihn noch mehr stutzig.
„Wir wollen heute sensibel sein“, murmelte er Susannes Worte vom Morgen. Paul schlug sich mit der flachen Hand gegen die Stirn. Natürlich! Das war einer! Das war ein wichtiger Impuls Gottes! „Womöglich ist mir in diesem Weidner sogar ein Engel begegnet!“ Ihn kribbelte es. „Das muss Susanne erfahren!“ Doch bevor er nach oben ging, machte er noch eine Kopie von der markierten Seite des Buches. Das Blatt schob er in die Tasche. Dann zeigte er das Buch seiner Frau und erzählte ihr von der überaus sonderbaren Begegnung mit dem geheimnisvollen jungen Mann.

Noch vor Tagesanbruch hatte Heinrich seinen Sohn geweckt und ihn in die Scheune getrieben. Gemeinsam hängten sie den Zweiachsanhänger an den Traktor und holten aus einem Nebenraum eine übergroße menschliche Figur aus geflochtenem Reisig. Sie war wie ein Korb innen hohl. Mit vereinten Kräften wuchteten sie das Geflecht auf den Hänger. Im Verborgenen hatte es Schwarzer in monatelanger Arbeit hergestellt. Nun war der Zeitpunkt für dessen Einsatz gekommen. Der Beginn des neuen Jahres wurde schon immer mit einem Opferritual gefeiert. In den letzten Jahren waren es gewöhnliche Opfer gewesen, deren Darbringung bescheidenen Erfolg erbrachte. Der Fürst honorierte Kleinlichkeit nur sehr sparsam. Diesmal würde es an Samain etwas besonderes für seine Majestät geben!
„Hol eine Abdeckplane!“, knurrte er barsch und stieg auf den Hänger. Sorgfältig deckten sie die Reisigfigur ab und befestigten die Plane am Rahmen des Anhängers.
„Los jetzt!“ Heinrich setzte sich hinters Lenkrad und startete den Motor. Tobias nahm auf einem der Mitfahrsitze über den großen Hinterrädern Platz. Das Gespann verließ den Schwarzer-Hof. Jedoch nicht über die Dorfstraße, sondern über einen

unbefestigten Erdweg, der hinter der Scheune begann. Das Licht am Schlepper ließ Heinrich aus. Er wollte möglichst unbemerkt in den Wald zum Burgschlag kommen. Deshalb vermied er es ebenfalls, am alten Armenhäuschen vorbeizufahren, und wählte den Waldrandweg.
Am Burgschlag hatten die Schwarzers einen größeren Brennholzvorrat liegen. Gut abgelagertes und aufgespaltenes Meterholz aus Buche und Fichte sowie, als Anzündhilfe, jede Menge dürren Fichtenreisigs. Es war in handlichen Bündeln zusammengefügt und damit leicht zu verladen. Im ersten schwachen Tageslicht erreichten die beiden das Holzlager. Heinrich stellte den Motor ab. Anschließend hoben sie die Reisigfigur vom Anhänger und beluden dessen Pritsche mit trockenem Holz und Reisigbündeln bis über die Verschläge hinaus. Danach zogen sie die Reisigfigur wieder auf den Anhänger und fuhren hinauf zum Burgstall.
Etwa in der Mitte zwischen dem Grabhügel und der heiligen Quelle hielten sie an und begannen, das Holz in einer würfelähnlichen Form anzuordnen. Dazu schichteten sie die Meterstücke in vier einzelnen Stapeln auf. Jeder dieser Stapel war etwa einen Meter hoch. In die Zwischenräume stopften sie die Reisigbündel. Damit oben eine einigermaßen geschlossene Fläche entstand, legten sie Holzstücke dicht an dicht nebeneinander. Nach Abschluss der Arbeit platzierten Schwarzer und Tobias den Reisigkäfig darauf und stellten ein paar Holzscheite zu dessen Befestigung bereit. Das schweißtreibende Werk war erledigt.
Schwarzer hatte mit seinem Sohn nur das Nötigste gesprochen. Dieser war ohnehin nur eine Marionette. Der Hochpriester würde zu gegebener Zeit entscheiden, ob sich das jemals ändern sollte. Im Augenblick war er ihm als bewusstseinsloser Handlanger am liebsten.

Bedrückung lag über dem Frühstück der Familie. So sehr, dass es auch den Jungs auffiel: „Was ist denn heute Morgen los?“, fragte Jens, als er die Grabesstimmung nicht mehr aushielt.

„Ja, ihr macht ein Gesicht, da wird's mir ganz anders", bestätigte Marc.
Elke warf Stefan einen hilfesuchenden Blick zu. Doch der wusste auch nicht recht, was er sagen sollte. „Wir haben schlecht geschlafen", gab er eine ausweichende Antwort. Keinesfalls wollte er seine Jungs in den Abgrund ziehen, der sich vor ihnen auftat und auf den sie offenbar unausweichlich zutrieben.
„Alle beide?", runzelte Jens zweifelnd die Stirn.
„Solche Nächte gibt es eben", antwortete Elke gereizt.
„Entschuldigung", er hob abwehrend beide Hände, „ich dachte ja nur."
Sofort taten Elke ihre Worte leid. Die Jungs machten sich Sorgen. Durchaus berechtigt. Ihr ging es nicht anders, wenn sie an die kommende Nacht dachte. „Verzeih", sagte sie sanfter, „wir sind gerade etwas angespannt."
„Es ist wieder die Jahreszeit", nickte Marc.
„Welche Jahreszeit?" Stefan hob die Augenbrauen.
„Na, die Jahreszeit, in der es so komisch im Dorf zugeht. Irgendwie unheimlich. Ich mag das nicht."
„Ja, und den Schwarzer mögen wir auch nicht!", fügte Jens hinzu.
„Da geht es euch wie mir", dachte Stefan und war erschrocken, wie viel seinen Söhne von all dem wahrnahmen, was im Dorf vorging. „Egal was geschieht, ihr sollt wissen, dass wir zusammenhalten und dass wir euch lieben." Er nahm seine Jungs fest in den Blick: „Wir werden heute Abend für eine Weile fort sein. Sorgt euch nicht, ihr seid ja alt genug. Geht trotzdem nach Anbruch der Dunkelheit nicht mehr aus dem Haus, schon gar nicht, wenn wir weg sind."
„Was soll die Geheimniskrämerei?"
„Wir wollen euch nichts davon sagen. Zumindest jetzt noch nicht", antwortete Stefan Jens. „Nachbohren zwecklos!"
Die Brüder verzogen die Mundwinkel. Untrügliches Zeichen dafür, dass sie mit der Antwort ihres Vaters nicht zufrieden waren, doch nichts mehr dran ändern konnten. Das Verhalten

und die Äußerungen ihrer Eltern verstärkten ihre Besorgnis noch mehr. Die verbleibende Zeit des Frühstücks herrschte Schweigen. Ein Umstand, der Elke und Stefan zu schaffen machte. Der Einfluss dieser verfluchten Gefolgschaft auf ihre Familie wuchs von Minute zu Minute. Im gleichen Maß vergrößerte sich Stefans Abscheu gegenüber allem, was mit diesem Kult zusammenhing.

Der Aufbruch der Söhne zum Schulbus brachte wieder etwas Bewegung in die Küche, aber die Bedrückung verschwand dadurch nicht.

„Sollen wir aussteigen?" Mit großen, fragenden Augen schaute Elke ihren Mann an.

„Vielleicht wird ja alles gar nicht so schlimm, oder wir finden einen Kompromiss" Stefan glaubte seinen eigenen Worten nicht.

Elke spürte das, aber sie ließ es so stehen. Heute Abend gingen sie gemeinsam zum Burgstall, alles Weitere würde sich ergeben. Diese augenscheinliche Ausweglosigkeit verursachte ihr tiefes Unbehagen.

Stefan machte sich ebenfalls zum Gehen bereit: „Bis später", er strich Elke über die Schulter und gab ihr einen Kuss auf die Wange. Anschließend verließ er das Haus und fuhr mit dem Auto die Hofeinfahrt hinaus.

Außerhalb des Dorfes kam ihm Luise Otter zu Fuß entgegen.

„Was macht das schreckliche Weib bloß so früh hier draußen?", fragte er sich, als er nach rechts hinunter zum Ginstertal abbog. Stefan konnte ja nicht ahnen, dass Luise die Nacht bei Franz Trüb verbracht hatte, dessen Hof außerhalb des Dorfs lag.

Die ersten zaghaften Sonnenstrahlen berührten das kleine Hügelchen, das seit jeher „Der Klausnerbuckel" hieß. Stefan schaute hinüber und fühlte sich warm im Herzen berührt. Das Plätzchen war eine der wenigen friedvollen Stellen in der Hügelhainer Ebene. Ein Ort, zu dem sich Stefan seit seiner Kindheit hingezogen fühlte. Erst jetzt merkte er, dass eine Träne seine Wange hinunterlief.

Schweigend schaute die Gruppe dem Fahrzeug hinterher, bis es auf der abschüssigen Straße im Wald verschwunden war.
„Ich fühle seine Angst und Zerrissenheit." Nathanael atmete tief durch, als ob er die Last mit Stefan Wider teilte.
„Ja, es steht bei ihnen auf Messers Schneide", bestätigte ihn Jalon und wandte sich ab, um seine Schar anzusehen. „Bei uns auch. Wir sind wenig."
Fünf weitere Engel standen still im Hintergrund. Würden sie zur Befreiung reichen?
„Sie sind so dicht dran wie keine Generation vor ihnen."
„Das waren die Eltern auch schon."
„Ja, aber sie sind noch ein bisschen weiter." Selbst für einen Engel gab es viele Geheimnisse, obwohl er doch Teil der unsichtbaren Welt war und Raum und Zeit für ihn nur eine Nebenrolle spielten. Was Nathanael schon immer erschüttert hatte, war die Beharrlichkeit von Flüchen und Anrechten der anderen auf die Menschen über Generationen und Jahrhunderte hinweg.
„Die Kette ist lang und schwer belastet", erriet Jalon seine Gedanken, „am Ende wird sich zeigen, wem sie mehr Glauben schenken. Dem Fürsten und der Angst vor ihm oder unserem Herrn."
„Der Fürst", Jaasanja war zu ihnen gestoßen, „da hat der alte Fuchs schon ein kleines Meisterstück abgeliefert."
Nathanael nickte: „Einen Strohmann glaubwürdig als Gott aufzubauen, ist ohne Frage an Hinterhältigkeit kaum zu überbieten."
„Am Ende ist Lugaid nicht besser dran als all die anderen Gebundenen", bemerkte Jalon, „eine arme Seele auf dem Zug in die Dunkelheit."
„Er ist alt. Er war schon hier, bevor wir kamen."
„Aber er ist ein Gefallener wie die anderen auch, Nathanael, und am Ende wird er seine Beute herausgeben müssen."
„Noch ist es nicht so weit, und er ist der Starke über dem Land! Es ist nicht ausgemacht, ob wir diesmal triumphieren und die Ketten durchtrennen können." Nathanael war skeptisch. Zu

viele Jahrhunderte regierte der Alte über der Hochebene. Er saß fest im Sattel. „So viele Leben", schüttelte Jaasanja traurig den Kopf.
„Wir wollen uns nicht dem Elend und der Dunkelheit hingeben. Es ist Glauben gewachsen, und Hoffnung liegt über dem Dorf. Der Geist des Herrn spricht, und seine Stimme wird vernommen. Eine andere Zeit hat begonnen. Uns fließen Kräfte zu, die wir vorher nicht hatten!"
„Und wir haben dem Alten ein Schnippchen schlagen können, lieber Jalon! Auch ein Zeichen unserer wachsenden Stärke!", rieb sich Jaasanja freudig die Hände.
„Ja, vielleicht steht es für unsere Sache besser, als ich in meinem Herzen fühle, doch sind wir nach wie vor in Feindesland. Wollen wir beten, dass der Glauben fest bleibt und noch mehr wächst!"
„Ein Zeitpunkt ist gekommen. Vielleicht ist morgen die Festung zerbrochen." Nathanael schaute über das Dorf hinweg zum Burgstall.
„Wir wollen unseren Beitrag dazu leisten. Sammelt euch!", befahl Jalon laut.
Die Schar rückte zusammen und stimmte leise ein Lied an. Dieser Gesang begann als leichtes Plätschern eines Bächleins und brandete schließlich auf zu einer Woge des Gotteslobs. Das Lob strahlte und tauchte den Klausnerbuckel in ein wunderbares Licht. Wie ein Bannkreis umgab der Gesang das Hügelchen, und alles Finstere floh davor. Keine Dunkelheit konnte sich dort mehr halten. Der lichtgewordene Gesang der Engel breitete sich aus und rückte näher an das Dorf heran als jemals zuvor. Am Rande dieses Bannkreises sammelten sich die Seelen der Schattenwelt. Viele mit abscheulichen Flüchen auf ihren gestaltlosen Lippen, doch manche auch mit sehnsuchtsvollem Blick. Diese rückten so nahe wie für sie erträglich an die Wärme und an den Wohlklang der himmlischen Stimmen heran. Bange, fragende, ängstliche und zornige Erwartungen legten sich über die Hügelhainer Ebene. Morgen würde es andere Verhältnisse in der unsichtbaren Welt geben als heute. Wie auch immer, soviel stand jetzt schon fest.

Sanft, eigentlich liebevoll, hielt Max die fast ausgewachsene Siam in seinen Händen. Ihr Fell hatte einen wunderschönen Glanz, Zeichen ihrer Gesundheit. „Du bist würdig!", flüsterte er leise. Ein sonderbares Gefühl beschlich ihn dabei. Nur widerwillig schob er die Katze in ihre Transportbox zurück und verschloss die Tür. Heute war der Tag des Abschieds. Max vermisste seine Hausgenossin schon jetzt, aber das Ritual verlangte es, dass das Opfer in die Hände des Hochpriesters übergeben werden musste.
Schweren Herzens stand Schröcker auf, nahm die Box am Griff und verließ sein Haus. Der Weg hinüber zum Schwarzer-Hof wurde für ihn zur Tortur. Ihm war dieses Fellbündel tatsächlich ans Herz gewachsen.
Hätte er nicht die unsichtbaren Begleiter an der Seite gehabt, so hätten ihn diese sentimentalen Regungen wohl dazu verführt, die Siam zu unterschlagen. Schröcker begriff das alles nicht, doch seine ungewohnte Weichheit hatte ihre Ursache, und deshalb schirmten ihn dunkle Begleiter vor jedem weiteren Einfluss ab. Trotzdem konnten sie es nicht verhindern, dass sich in seinem Herzen so etwas Ähnliches wie Liebe breitgemacht hatte.
Max wurde mehr zum Schwarzer-Hof geschoben, als dass er selbst ging, und je näher er kam, desto kräftiger wurde der Nebel, der sich auf seinen Geist legte. Als er schließlich die Klingel drückte, war das positive Gefühl zu einem undefinierbaren Ziehen in seinem Herzen verkommen. Er konnte es nicht mehr zuordnen.
Schwarzer öffnete.
„Ehre dem Fürsten und seinem Hochpriester!", rief Max unter einer tiefen Verbeugung.
„Ehre dem Fürsten", erwiderte Schwarzer und nickte zufrieden, als er die Transportbox in Empfang nahm. „Du darfst gehen. Der Fürst wird dich heute noch rufen. Sei gehorsam und du wirst Ehre empfangen!" Zur Bestätigung führte er drei Striche mit Zeige- und Mittelfinger auf Schröckers Stirn aus, was in diesem sofort jenes Kribbeln auslöste, wonach er so

süchtig war. Die letzten Reste des anderen Gefühls wurden damit endgültig vertrieben. Schröckers unsichtbare Begleiter entspannten sich. Die Bewachung war im Moment nicht mehr nötig. Sie ließen ihn ziehen. Die magnetische Magie des Hochpriesters tat ein Übriges. Max Schröcker würde an diesem Tag im Nebel bleiben.

Schwarzer trug die Transportbox in die Kammer des Hochpriesters. Beim Betreten schlug ihm betäubender Geruch entgegen. Die gesamte Kammer war in bläulich-weißen Dunst gehüllt. Sobald die Siam diesen intensiv riechenden Dunst bemerkte, überkam sie eine tiefe Unruhe. Die Katze versuchte auszubrechen, kratzte am Gitter und zeigte Anzeichen von Panik. Nach kurzer Zeit setzte die Wirkung der Räuchermischung ein, und die Siam fiel in Schlaf.

„Warum nicht gleich so?“, knurrte Schwarzer. Er stellte die schlafende Katze auf dem Seitenaltar neben der Räucherschale zwischen den Totenschädeln ab. Danach zog er den hochpolierten Ritualdolch aus der Scheide und legte ihn oben auf die Transportbox. Das heilige Gerät und das Opfer sollten sich nahekommen.

Schwarzer wandte sich dem steinernen Tisch zu. Starr ruhte Sonja auf ihm. Noch nie hatte er für sie irgendwelche väterlichen Regungen empfunden. Sie war Fleisch. Mit ekelerregender Sachlichkeit überprüfte er ihre Lebensfunktionen. Ihren Geist hatte er erfolgreich weggesperrt, Puls und Atmung waren sehr ruhig, aber normal.

„Gut“, nickte er und legte noch ein paar Kräuter in die Räucherschale. „Damit das auch so bleibt und der Fürst mit seinem Hochpriester zufrieden ist.“ Anschließend ließ er es zu, dass der Dunst auch ihn davontragen durfte. Schwarzer fiel in Trance und betrat die Welt der Geister. Er ließ seinen Körper in der Kammer des Hochpriesters zurück. Von oben sah er sich selbst auf Knien mit erhobenen Händen sitzen. Nun nahm er auch sichtbar seine ständigen Begleiter wahr. Er kannte sie alle mit Namen. Sie waren die persönlichen Dienstgeister des Hochpriesters, die erfolgreichsten Fänger aus allen Jahrhunderten.

Besonders ein Fänger hatte es Schwarzer besonders angetan. Es war Sanwald. Ihn setzte er äußerst gerne ein, wie auch die anderen abgefallenen Christen, die sich zu Lebzeiten dem Fürsten ergeben hatten. Für ihn zeigte sich darin der Triumph der Gefolgschaft über alles Christliche. Schwarzer empfand es als spezielle Genugtuung, den ehemaligen Pfarrer auch über den Tod hinaus zu demütigen. Schon seine Vorgänger hatten dies mit Vorliebe getan. Auf diese Weise war Sanwald zu einem der schwärzesten Fänger überhaupt geworden. Angefüllt mit Hass gegen alles Lebendige und mit abgrundtiefer Verzweiflung wegen der nicht enden wollenden Qualen. Pausenlos wurde ihm die Abkehr vom lebendigen Christus vor Augen geführt und er so noch mehr in die Finsternis gestoßen. Schwarzer und seine Vorgänger im hochpriesterlichen Amt ahnten nicht, was sie damit angerichtet hatten und welche Folgen dies nach ihrem Ableben nach sich zog. Sanwald vergaß nichts.
Schwarzer war der festen Überzeugung, dass er der *Herr* der Geister war. So schickte er sie jetzt los. Sie sollten ihren Teil zur Feier für das neue Jahr beitragen. Seine Befehle waren eindeutig: „Bewacht die Glieder der Gefolgschaft, stellt euch auf am Burgstall, haltet fern die Feinde des Fürsten, führt seine Braut vor seinen Thron und wehrt allem Abfall!"
Die Fänger zogen davon, wobei es Sanwald vorbehalten blieb, Sonjas Geist in die Gegenwart des Fürsten zu führen.
Schwarzer selbst verließ die Kammer auch, schwebte hinaus ins Dorf und überprüfte selbst, ob die Fänger seinen Befehlen Folge leisteten. Zufrieden fand er alles so vor wie erwartet. Bei jedem im Dorf machte er einen kurzen Abstecher, schaute in seine Gefühle und Gedanken und zog daraus ein mächtiges Gefühl der eigenen Überlegenheit. Er wusste nicht, dass vieles, was er sah, Trugbilder waren, die ihm die Fänger vorgaukelten. Sie waren schließlich nur einem gehorsam, und es bereitete ihnen ein grausames Vergnügen, den Hochpriester in entscheidenden Punkten fatal zu täuschen. Doch ahnten sie ebenso wenig, dass auch sie nur Facetten der unsichtbaren Wirklichkeit wahrnahmen, und zwar nur jene, die ihnen erlaubt waren.

Den ganzen Tag über beschäftigte Micha das Traumgesicht der Nacht. Am Morgen hatte er auf den Zettel noch jenen geheimnisvollen Namen geschrieben, den er zuvor noch nie gehört hatte. Seitdem trug er das Stück Papier bei sich und schaute nun schon wieder darauf. Der Inhalt ließ ihm keine Ruhe und hielt ihn permanent in einem Zustand des Gebets. Inständig hoffte er, dass dieses Bild in jener Form nicht wahr wäre, doch stellte sich bei ihm diesbezüglich über den ganzen Tag keine Gewissheit ein. Ungeduldig fieberte Micha dem Abend entgegen und hatte dabei nur einen Wunsch: Er wollte Sonja sehen. Das Ende der Arbeitszeit war für ihn eine Erlösung, und er beeilte sich, nach Hause zu kommen. So schnell es ihm möglich war, wechselte er die Kleider und packte ein paar Utensilien in seine Umhängetasche, darunter eine Taschenlampe und die Bibel.

Die Unruhe trieb ihn hinaus zum Wagen und zum alten Armenhäuschen. Micha scherte sich nicht um irgendwelche Beobachter, er wollte nur wissen, ob Sonja bei Frederike war. Viel zu schnell fuhr er durchs Dorf und über die Felder. Dort angekommen, sprang er aus dem Wagen, hastete durch den Garten und trat ohne anklopfen in Frederikes Häuschen ein.

„Ist Sonja da?", bestürmte er unvermittelt die alte Erzieherin.

Frederike musste sich erst einmal vom Schreck seines überfallartigen Eintretens erholen und konnte Micha zunächst nur mit einem Kopfschütteln antworten.

Erschöpft sank er auf einem nahebei stehenden Stuhl und raufte sich nervös die Haare.

„Junge, du bist über eine Stunde zu früh!", sagte die Alte, als sie sich gefangen hatte und deutete auf die Wanduhr. Micha folgte ihrer Bewegung mit den Augen und blieb auf dem Zifferblatt hängen. „Eine Hoffnungsfrist, mehr nicht."

„Du machst dir also auch Sorgen?"

„Ich hatte letzte Nacht einen furchtbaren Traum", begann er zu erzählen.

„Ogmios", wiederholte Frederike am Ende von Michas Geschichte den ihr unbekannten Namen. Sie rieb sich mit der

Hand über den Unterarm, um das Frösteln zu vertreiben. Michas Traum erinnerte sie an ihre eigene Reise in die Schattenwelt. „Vielleicht ist das sein Name. Der Mächtige, der den Fürsten wie alle anderen auch gekettet hält. Der eigentliche Herrscher über Land und Leute“, ihr Frösteln wollte nicht enden. Ein verlässliches Zeichen dafür, dass an diesem Gedanken etwas dran war. Ihr fielen die Worte Marias wieder ein: „Blut vom Hause des Meisters!“ Kaum hatte sie das ausgesprochen, wurde ihr schwarz vor Augen. Rasch hielt sie sich am Herd fest, damit sie nicht umfiel. Auf schreckliche Art und Weise begann sich ein Bild zu formen. Wie bei einem Puzzle schienen sich die Teile zusammenzufügen. Letzte Gewissheit fehlte zwar, doch jenes, was an Ahnungen zu greifen war, übertraf sämtliche Vorstellungskraft.
„Hoffentlich irren wir“, flüsterte die Alte leise. Gemeinsam mit Micha begann sie, die Minuten bis zum Beginn des Treffens zu zählen.

Mit einer langen Stange rollte Heinrich Schwarzer die runde, fast mannshohe, mühlsteindicke Steinscheibe zur Seite. Sie lief in einer Steinrinne wie auf einem Geleis. Dahinter kam der uralte Gang zum Vorschein. Er hatte die Jahrhunderte ohne sonderliche Beschädigungen überdauert. Nur Magie konnte so etwas bewirken. Der Hochpriester griff sich die beiden Schädel und verstaute sie sorgfältig in einer Tasche. In die andere Hand nahm er eine Laterne. Danach brach er auf.
An der Höhe des Gangs war ersichtlich, dass die Menschen früher kleiner gewesen waren. Schwarzers große, hagere Gestalt huschte nach vorne gebeugt durch das Dunkel. Der Gang bestand aus einem Sandsteingewölbe. Seine längst vergessenen Erbauer hatten dafür die gesamte Strecke zwischen dem Dorf und dem Burgstall aufgegraben, das Gewölbe eingebaut und es danach wieder mit Erde überdeckt. Oberirdisch waren diese Bauspuren seit Langem verwischt, und niemand ahnte mehr etwas von dem unterirdischen Weg. Er erlaubte es dem Hochpriester, unvermittelt am Burgstall zu erscheinen, ohne dass

ihn jemals einer dabei beobachten konnte. Wald und Wiesen in unmittelbarer Nähe zum Burgstall waren seit jeher im Besitz der Hochpriester, so auch das Ende des Geheimgangs, das schon der Großvater Heinrichs in einem Wasserreservoir getarnt hatte. Dieser künstliche Erdhügel, durch eine Stahltür von außen gesichert, verbarg hinter dem Wasserspeicher eine Tür zum Gang. Beide Türen blieben fest verschlossen, und nur der Hochpriester besaß die Schlüssel. Das Wasserreservoir lag ein paar Meter jenseits des Grabens der alten, in viereckiger Form befestigten Kultstätte. Auch heute noch waren die Reste von Graben und Wall deutlich sichtbar. Dort, außerhalb des heiligen Hains, endete der Gang.

Wegen seiner Körpergröße bereitete es Schwarzer Mühe, den unterirdischen Weg zu bewältigen. Es herrschte ein kühles, feuchtes und stickiges Klima. Der Boden war schlüpfrig, was vor allem den Aufstieg zum Burgstall nicht einfacher machte. Schließlich erreichte der Hochpriester das Ende des Gangs und öffnete die erste Tür. Er trat ein ins Wasserreservoir. Danach schloss er die zweite ins Freie auf. Frische Luft strömte herein. Draußen war die Dämmerung weit fortgeschritten. Er löschte die Laterne und stellte sie ab. Neben dem alten Wassertank lagen zwei schön gearbeitete Stangen, jeweils vier Meter lang. Auch standen dort mehrere Tonkrüge, gefüllt mit dickflüssigem Pech. Schwarzer nahm die Stangen. Zusammen mit den Schädeln trug er sie zum Anfang der Prozessionsschneise. Dort befestigte er auf jeder von ihnen einen der Schädel und richtete sie in vorbereiteten Erdhülsen auf.

Drohend starrten nun die leeren Augen der Totenköpfe über die Hügelhainer Ebene und kündigten so der sichtbaren wie der unsichtbaren Welt den unmittelbaren Machtbereich des Fürsten an.

Im Aufrichten der bekrönten Stangen war der Auftakt zu Samain vollzogen. Die Geister strömten herbei und begannen den Burgstall zu füllen. Die Nacht der Toten unter den Lebenden hatte ihren Anfang genommen. Die Tore zwischen den Welten waren weiter offen als an jedem anderen Tag des Jahres.

Der Hochpriester stellte sich genau in der Mitte zwischen den Stangen auf, richtete sein Gesicht zum Grabhügel, der sich am anderen Ende der Prozessionsschneise als dunkler Schatten abhob, und streckte seine ausgebreiteten Arme in die Höhe. In der Sprache der Hochpriester betete er zu den Mächten der Erde. Ihnen würde in dieser Nacht gehuldigt werden, denn sie waren es, die den Wohlstand von Wald und Feld hervorbrachten, für den Bestand der Gefolgschaft und für die Vollmacht ihres Meisters und Hochpriesters sorgten. Wind erhob sich und erfüllte die Kronen der Bäume mit Rauschen. Das Haar des Hochpriesters wehte in diesem unnatürlichen Wind. Minutenlang verharrte er in seiner Haltung und genoss die geöffneten Schleusen der Unterwelt. „Der Tanz ist eröffnet!“, schrie er gegen das Wehen an und lachte lauthals voller Erregung. Alles war vorbereitet, die Nacht der Nächte war gekommen; berauscht von diesem übermenschlichen Gefühl verschwand er wieder im Dunkel des Gangs.

Im alten Armenhäuschen war es immer dunkler geworden. Frederike hatte es nicht gewagt, das Licht anzumachen. Beide wollten das Schwinden des Tages unverfälscht miterleben. Schließlich war es vollzogen.
„Jetzt müssten sie langsam kommen.“ Micha rutschte ungeduldig auf seinem Stuhl hin und her und sehnte sich nach dem Aufleuchten von Autolichtern. Weitere endlose Minuten verstrichen, bis sich endlich ein Fahrzeug dem Armenhäuschen näherte. Ihn hielt es nicht mehr auf dem Stuhl. Er musste ans Fenster und nachsehen, wer gekommen war. Zwei Personen stiegen aus. Friedreichs. Micha konnte seine Enttäuschung nicht verbergen und atmete tief durch.
Frederike nahm das Ehepaar in Empfang. Die Begrüßung fiel sehr herzlich aus, obwohl sie sich erst kurze Zeit ein bisschen näher kannten. Ihre gemeinsame Sache schuf im Nu eine große Verbundenheit. Natürlich freute sich auch Micha über die Ankunft Pauls und Susannes, doch die Sorge war ihm ins Gesicht geschrieben.

„Was ist los?“, fragte Paul, der Michas Bedrückung sofort bemerkte.
„Sonja fehlt.“
„Na, die kommt bestimmt noch.“ Paul warf einen Blick auf seine Uhr.
„Wollen wir es hoffen.“ Micha klang nicht sonderlich zuversichtlich und begrüßte Susanne.
Um die Zeit des Wartens zu verkürzen, erzählte Paul sogleich von der seltsamen Begebenheit am Vormittag und las den Text auf der Kopie vor.
Micha und Frederike wurden augenblicklich kreidebleich und trauten kaum ihren Ohren.
„Habe ich etwas Falsches gesagt?“, wollte Paul wissen, als er in ihre Gesichter sah. „Susanne und ich dachten, das könnte vielleicht ein Hinweis sein oder so ...“ Er war verunsichert.
„Ein Hinweis?“, stieß Micha hervor. „Das ist kein Hinweis, das ist eine Bestätigung, wie ich sie in meinem Leben noch nie erfahren habe! Schrecklich!“ Er musste eine kurze Pause machen. Dann erzählte er den beiden von seinem Traum sowie von dem Namen, den er heute Morgen nach dem Aufwachen im Kopf gehabt hatte.
Große Betroffenheit erfüllte das alte Armenhäuschen. Minutenlang blieb es völlig still.
„Nun verstehe ich deine Sorge“, ergriff Paul mit versteinerter Miene das Wort. „Sie ist längst überfällig!“ Er schloss die Augen, schwieg und begann im Stillen, Gott anzuflehen.

Seit der Begegnung mit Frederike gestern Mittag war Hugo nicht mehr zur Ruhe gekommen. In seinem Kopf gingen Vergangenes, Gegenwärtiges und Zukünftiges in wildem Wechsel durcheinander. Die Fänger und andere Totengeister peinigten ihn und stachelten ihn ohne Unterbrechung an. Kein Auge hatte er in der letzten Nacht geschlossen! Er war rastlos durch das Haus geschlichen, hatte sich ständig unter Beobachtung gefühlt und war immer wieder in Allmachtsfantasien gefallen. Kurz: Sein Geist hatte ein hohes Maß an Verwirrtheit erreicht, und die friedlose Ruhelosigkeit hielt ihn gefangen. Was hatte er alles gebetet und geflucht! Die Geister beschworen und sein gesamtes Repertoire an Magie und kulthaften Handlungen aufgeboten. Sogar ein Kaninchen hatte Hugo zur Ehre des Fürsten und zu seinem eigenen Schutz geopfert. Doch brachten das Blut und das Leben des Tieres nur wenig Erleichterung für ihn. Im Laufe des Tages war es schlimmer mit ihm geworden. Er hielt die Spannung kaum mehr aus, und sein Verfolgungswahn steigerte sich übermäßig. Sämtliche Glieder der Gefolgschaft schienen ihm nach dem Leben zu trachten. Er musste Vorbereitungen für die Nacht treffen, damit er seine hochpriesterliche Position gegen die Abtrünnigen verteidigen konnte.

Vor vielen Jahren hatte er sich heimlich seinen eigenen Ritualdolch besorgt und damit immer wieder geübt. Auch das Kaninchen war durch diesen Dolch dem Fürsten heute geweiht worden. Der Messingdolch zeichnete sich durch eine rasiermesserscharfe Klinge aus und war kunstvoll gearbeitet. Hugo beschloss, ihn unter seiner Kutte verborgen bei sich zu tragen. Zusätzlich schob er sich eine Pistole in die Tasche. Aber selbst die Bewaffnung half ihm nicht zur Entspannung. Wie ein Tier im Käfig durchstreifte er sein Haus von oben nach unten und wartete nur noch auf den Abend.

Als schließlich die Dämmerung einsetzte, zog Beelzer hastig die schwarze Kutte über. Sie gab ihm ein Gefühl von Macht und Erhabenheit. „Ich halte diese verfluchte Warterei nicht länger aus! Wann endlich werde ich gerufen? Gerufen wie ein Sklave! Der *Herr der Herren* wird nicht gerufen! Er bestimmt selbst, und die anderen müssen gehorchen!" Wut stieg in ihm auf. Sie verwandelte sich in lodernden Hass auf jeden und alles. Plötzlich schoss ihm ein Gedanke durch den Kopf: „Die Alte hat mich genug an der Nase herumgeführt! Sie soll sehen, was es heißt, in die Hände des Hochpriesters zu fallen! Der Fürst wird mich für diese Gabe reich belohnen!" Er tätschelte den Dolch unter seiner Kutte. Ein erregendes Kribbeln sorgte für Schmetterlinge in seinem Bauch. Ungeduldig erwartete er den Einbruch der Nacht und eilte dann mit großen Schritten jenseits des Dorfs dem alten Armenhäuschen entgegen. Gieriger Blutdurst erfüllte sein finsteres Herz. Tief war sein Geist vernebelt, und Hugo war unfähig zu ahnen, dass es nicht mehr seine eigenen Gefühle waren, die ihn über die feuchten Wiesen trieben. Er war zum Werkzeug derer geworden, die einen Hauch von Lebendigkeit aus dem Sterben anderer zu ziehen vermochten. Eine gestaltlose Meute hetzte Beelzer in unheimlicher Vorfreude durch die Dunkelheit. Kein Lebewesen wagte es, sich diesem Zug des Grauens in den Weg zu stellen.

Bald sah Hugo die schwach erleuchteten Fenster des Armenhäuschens in der Ferne. Das spornte ihn zu noch höherem Tempo an. Er rannte, so schnell es die Nacht und seine Kräfte erlaubten. Doch dann geschah etwas Unerwartetes: Ungefähr 150 Meter vor dem Armenhäuschen erlahmte schlagartig jeglicher Antrieb in ihm.

„Verflucht!“, knurrte er atemlos. Das Häuschen war in greifbarer Nähe, er konnte sogar, trotz der Dunkelheit, zwei Autos davor stehen sehen, aber er kam keinen Schritt weiter.

„Das gibt’s doch gar nicht!“, giftete er, nahm alle seine Kräfte zusammen und schob sich Meter für Meter nach vorne.

So wie er dem Häuschen näher kam, so legten sich Zentnerlasten auf ihn. Dennoch kämpfte er sich auf 75 Meter heran, dann ging er entkräftet in die Knie: „Bei allen Geistern der Finsternis“, keuchte er und schickte einen wüsten Fluch hinterher.

Hugo erinnerte sich, dass er vor einiger Zeit schon einmal etwas Ähnliches beim Armenhäuschen erlebt hatte. „Frederike, du altes Miststück! Mit wem bist du im Bunde?“, brüllte er voller Wut und schrie damit jenes hervor, was seine unsichtbaren Antreiber auch empfanden. Vor ihnen standen fünf Männer, ihre Präsenz war für sie eine unüberwindbare Mauer. Die Geister tobten und schoben sich immer wieder vor, aber in der Nähe dieser fünf hielten sie es nicht aus. Sie schleuderten ihnen ihren tiefsten Hass entgegen, aber der blitzte an deren goldenen Rüstungen ab, als wäre er nichts. Die Totengeister der ver-

gangenen Jahrhunderte hatten ja keine Ahnung davon, welch gigantische Kraft das Gebet der Heiligen in der unsichtbaren Welt freisetzen konnte. Nur 75 Meter entfernt wurde genau das getan: gebetet.
Wie ein im Kampf geschlagenes Tier schlich sich Beelzer rückwärts davon. In einer Entfernung von 144 Metern konnte er sich wieder aufrichten. Er hatte Schaum vor dem Mund und geiferte voller Hass zum Häuschen hinüber. Er umrundete es mehrmals, doch nirgends fand er eine Lücke des Durchkommens. Schließlich gab er auf.
Hugo hatte keinerlei Entlastung gefunden. In ihm brannte es lichterloh. Mordlüstern streifte er durch die dunkle Landschaft um Hügelhain. Er hatte sämtliche Kontrolle über sich verloren.

„Wir können nicht mehr länger warten. Wir müssen los“, entschied Micha traurig. Sonja war nicht gekommen.
„Ja, es wird Zeit“, nickte Paul und gab Susanne einen Kuss.
„Wir werden euch den Rücken decken! Ihr könnt euch auf uns verlassen! Der Geist Gottes wird unser Beten leiten!“, ermutigte sie ihren Mann und Micha.
„Die eigentliche Schlacht findet in der unsichtbaren Welt statt. Unser Glaube wird die Engel Jesu unterstützen!“ Eine tiefe Überzeugung klang aus Frederikes Worten. „Gott wird uns zeigen, was wir beten sollen!“
„Hoffentlich ist Sonja noch am Leben“, sorgte sich Paul.
„In meinem Traum war sie die letzte in der Reihe der Lebenden. Das gibt mir zumindest für den Moment ein wenig Zuversicht.“
„Sie ist am Leben! Ich fühle es. Gleichwohl ist Sonja in großer Gefahr. Marias Angst um ihre Tochter war berechtigt. Dunkle Machenschaften sind im Gang und bedrohen ihr Leben. Beeilt euch, dass ihr auf euren Posten kommt!“, drängte die alte Erzieherin zum Aufbruch.
Die beiden Männer nickten und machten sich bereit. Wenige Augenblicke später standen sie in der Tür. Zusammen mit den Frauen sprachen sie noch ein Schutzgebet, riefen die Engel Got-

tes herbei und bekannten laut vor der sichtbaren wie der unsichtbaren Welt, dass in keinem anderen Namen als in Jesus Christus ewiges Leben zu finden sei. Danach brachen sie auf. Schon einen Moment später waren sie im Dunkel des Abends verschwunden. „Wir wollen unseren Teil beitragen!“ Susanne kehrte in die Stube zurück und begab sich sofort auf die Knie. Sie wollte erst im Gebet nachlassen, wenn alles zu Ende war.

Frederike schloss die Tür. Sie fühlte den Aufruhr in der Schattenwelt. Es war wie jedes Jahr zu Samain: Die friedlosen Seelen begaben sich auf einen Zug. Aus allen vier Himmelsrichtungen strömten sie herbei und sammelten sich auf dem Burgstall. Sie wollten leben. „Die Wächter sind abgezogen“, murmelte sie. „Sie werden jetzt dort oben nötiger gebraucht.“ Ihr wurde es schwer ums Herz, doch Angst um das eigene Leben kam in Frederike nicht auf. Sie wusste, dass das gemeinsame Gebet mit Susanne ein Erdbeben in der unsichtbaren Welt auslösen konnte: „Wir wollen den Namen Jesu bekennen! Lass es uns der Finsternis dieser Nacht entgegenhalten, wo Frieden und Heil zu finden sind! Gottes Heiliger Geist ist mit uns!“

Sie beteten laut das Vaterunser. Danach sprachen die beiden Frauen sämtliche Herrschertitel Jesu aus, die ihnen einfielen und setzten so Zeichen der tatsächlichen Machtverhältnisse auf Erden.

Das Gebet der Frauen wurde vernommen. Nicht jede unruhige Seele zog zum Burgstall hinauf. Nach und nach sammelten sich mehr und mehr von ihnen im alten Armenhäuschen. Sie sogen die Worte der beiden Frauen in sich auf wie trockene Schwämme das Wasser. Herolden gleich verkündeten Frederike und Susanne die Herrlichkeit und Kraft Jesu. Die Verstorbenen spürten, dass in der Nähe dieses für sie weitgehend unbekannten Jesus der Platz war, wo ihre unaussprechliche Sehnsucht nach Frieden, Geborgenheit und Ruhe eine Antwort finden konnte. Während des Betens geschah etwas Sonderbares: Für die Augen der Toten begannen die Frauen, golden zu leuchten. Zunächst nur ganz sacht zeichnete sich diese Aura ab, doch mit der Dauer des Gebets wuchs das Leuchten zu einem solchen Ausmaß an, dass aus sämtlichen Fenstern des alten Armenhäuschens goldene Strahlen in alle Himmelsrichtungen hinausbrachen und das Heim Frederikes sich zu einem hellen Punkt in der unsichtbaren Welt gestaltete.

Micha und Paul hatten fast die Prozessionsschneise erreicht, als sich Micha umwandte und auf die Hügelhainer Ebene hinunterblickte. Da sah er dieses Strahlen. Er zupfte Paul am Ärmel: „Ich wusste gar nicht, dass Frederike rund ums Haus so viele Strahler hat."
Paul drehte sich um: „Es ist doch alles dunkel."
„Siehst du es denn nicht?" Micha runzelte die Stirn.
„Nein, aber schon seit ein paar Minuten habe ich das Gefühl, als ob mir die Sonne den Rücken wärmt, während sich meine Nasenspitze und mein Gesicht im eisigen Wind befinden."
„Dann hast du gespürt, was ich jetzt sehe." Micha konnte den Blick nicht mehr von dem goldenen Leuchten lassen.
„Komm, wir müssen weiter!"
„Du weißt nicht, was vor uns liegt", seufzte Micha, der sich von Verstorbenen umgeben sah, und je näher sie dem Hochplateau des Burgstalls kamen, immer deutlicher deren Hass und Boshaftigkeit wahrnahm.
„Sieh nur!", rief Paul und deutete mit Grausen auf die beiden mit Schädeln bekrönten Stangen am Anfang der Prozessionsschneise.
„Ja." Micha schluckte trocken. Wie durch ein Portal zogen die Verstorbenen auf dem Burgstall ein. „Die Nacht der Toten unter den Lebenden!", flüsterte er rau. Es schnürte ihm die Kehle zu, und das Grauen begann, ihm die Luft zum Atmen zu rauben.

„Jungs, kommt mal her!" Tiefe Unruhe hatte Stefan erfasst.
Jens und Marc kamen aus ihren Zimmern.
„Was ist, Paps?", fragte Jens.
„Es ist soweit, wir müssen nochmal weg. Macht euch keine Sorgen, wir sind bald wieder zurück."

„Und verlasst auf keinen Fall das Haus! Öffnet niemandem!“, schärfte Elke ihren Söhnen ein. Auch sie hatte dieses Gefühl der Unruhe ergriffen. Es war wie ein lautloser Ruf zum Aufbruch.

Die Brüder legten ihre Stirn in Falten.

„Wohin geht ihr?“, fragte Marc.

„Ich habe euch doch schon heute Morgen gesagt, dass wir es im Moment nicht erzählen wollen.“

„Paps, wir sind nicht blöd!“, entgegnete Jens. „Uns ist klar, welche Nacht heute ist!“

„Und wir können uns denken, wo ihr hingeht“, ergänzte Marc.

„So, wohin soll's gehen?“, wollte Elke wissen.

„Zum Burgstall. Es wissen alle im Dorf, dass dort oben jedes Jahr in dieser Nacht etwas abgeht, auch wenn sich keiner hintraut und niemand Genaueres darüber sagen mag.“

Stefan schluckte. „Wie dem auch sei. Wir haben keine Ahnung von dem, was dort geschieht, und wir sind nicht im geringsten neugierig darauf. Trotzdem müssen wir jetzt los. Vielleicht können wir euch ein andermal mehr darüber erzählen“, gab er indirekt zu, dass seine Söhne mit ihrer Vermutung recht hatten. „Wir sind hoffentlich bald wieder zurück.“

Marc und Jens nickten mit besorgten Mienen und waren froh, dass sie einander hatten. Sie konnten ihre Eltern nicht vom Gehen abhalten. Die Angst stand ihnen ins Gesicht geschrieben.

Elke ertrug den Anblick nicht mehr. „Tschüss.“Sie gab noch jedem der beiden einen Kuss auf die Wange, danach ging sie rasch nach draußen, denn sie konnte ihre Tränen nicht mehr zurückhalten.

Stefan drückte seine Jungs zum Abschied. Viel länger und kräftiger als sonst. „Passt auf euch auf!“ Seine Stimme klang belegt.

„Ihr auch!“, erwiderte Jens und wischte sich eine Träne aus dem Augenwinkel.

Stefan riss sich los. Er ging zu Elke. Sie wartete weinend einige Meter vom Haus entfernt. Stefan liefen ebenfalls die Tränen über das Gesicht. „Lass uns gehen. Es hat begonnen.“

Eskortiert von Fängern, machten sich die Widers auf den Weg zum Burgstall. Jeder Schritt fiel ihnen schwer, und die Gegenwart der Unsichtbaren legte sich um sie wie eine Weste aus Blei.

Sie trafen sich auf der alten Forststraße. Beide hatten den Ruf gehört. Nach der gemeinsamen Nacht waren sie übereingekommen, zusammen beim Ritual zu erscheinen. Ihre Allianz und Vereinigung sollte nicht mehr verborgen bleiben. Erstmals würde es eine Hochpriesterin und einen Hochpriester geben! Neue Zeiten brächen in Hügelhain an! Es würde ein Kinderspiel werden. Beide fühlten dies mit boshafter Gewissheit in ihren Herzen. Ja, es würde Blut aus dem Hause des Meisters fließen, viel Blut!
Franz war zuerst am ausgemachten Treffpunkt. Eine Weile später kam Luise keuchend den Hang hochgeschlurft. Zur Begrüßung und zur Erinnerung an die vergangene Nacht biss er ihr kurz ins Ohr.
„Lass das!“, kicherte Otter schnatternd.
Beide hatten ihre schwarzen Roben übergestreift. Gemeinsam setzte das seltsame Paar den Weg zum Burgstall fort.
„Wenn die Gelegenheit günstig ist, kurzer Prozess!“, erinnerte Franz.
„Kurzer Prozess!“, gab Luise zurück. „Du den Alten, ich den Jungen!“
„So sei es!“

Der Hochpriester nahm seine Hand von Tobias’ Stirn und beendete die Beschwörung. Er fühlte, dass der Geist seines Sohnes vollkommen in seiner Hand war.
„Der Fürst ruft“, gab Schwarzer den Befehl zum Aufbruch. „Komm!“
Gehorsam, ohne jegliche Gefühlsregung, folgte Tobias seinem Vater in die Kammer des Hochpriesters.
„Warte bei der Katze!“, schickte ihn der Hochpriester vom steinernen Tisch weg. Sonja lag dort noch immer in einer Art

Wachkoma. Es schien, als ob ihr Geist den Körper bereits verlassen hatte. Schwarzer untersuchte sie akribisch. Der Braut des Fürsten durfte kein Makel anhaften. Behutsam richtete er sie auf und setzte sie so hin, dass ihre Beine vom Tisch baumelten: „Trink!“, befahl er und führte Sonja einen Becher an die Lippen.

Folgsam leerte sie den Trank, der ihren Körper mit Kraft erfüllen sollte. Der Hochpriester wusste, dass es eine Weile dauern würde, bis die Wirkung der Essenz voll eingesetzt hatte. In der Zwischenzeit rollte er zusammen mit Tobias den Stein vor dem Gang weg. Kühle, modrige Luft vertrieb den Räucherdunst.

„Nimm das Opfer da weg!“, herrschte er seinen Sohn an und stieß ihn zum Altar. Tobias tat, was ihm gesagt wurde. Er holte die Transportbox mit der Katze von der Steinplatte herunter und stellte sich neben dem Eingang zum Tunnel auf.

Schwarzer öffnete eine Truhe. Aus ihr zog er das feuerrote Gewand des Hochpriesters hervor. Würdevoll verneigte er sich vor dem Altar und hielt ihm das Gewand mit ausgestreckten Armen entgegen. Erst danach streifte er es über.

Die weiteren Gegenstände, die Schwarzer nun aus der Truhe holte, waren wahre Kleinodien: Als erstes hob er mit beiden Händen einen goldenen Torques heraus. Dieser kunstvoll gearbeitete Halsring war in sich verschlungen wie ein Zopf, die beiden offenen Enden waren etwas verdickt. Sie zeigten zwei stilisierte Löwenköpfe. Schwarzer hielt auch das Stück dem Altar entgegen. Danach zog er den Torques an den Löwenköpfen etwas auseinander und legte ihn sich um den Hals. Deutlich spürte er das Gewicht des massiven Goldes und die Kraft der Magie, die im Torques verborgen lag. Der Fürst selbst hatte ihn zu Lebzeiten anfertigen lassen. Seitdem war er für alle Führer Insignium der Macht gewesen und wurde von einem Hochpriester zum nächsten weitergegeben.

Um die Hüften band er sich einen wertvollen, mit Goldblech beschlagenen Gürtel. An ihm befestigte er rechts den Ritualdolch und links die wundervolle Lederscheide des kostbaren Prunkschwerts. Nachdem ihm die Scheide richtig an der Hüfte

hing, zog er das Schwert heraus. Golden glänzte die mit Ornamenten und Zaubersprüchen übersäte Klinge im Licht der Kerzen. Mit großer Fertigkeit ließ Schwarzer das Schwert durch die Luft sausen. Das Zischen der außergewöhnlich scharfen Klinge verursachte ihm einen schaurig-schönen Kitzel. Er fühlte, dass es heute noch zum Einsatz käme. Fast freute er sich darauf. Zufrieden schob er das Schwert zurück in die Scheide. Anschließend ging er zu einer weiteren Truhe, die etwas abseits stand. Schwarzer öffnete sie und nahm zwei schwarze Roben heraus. Diese legte er in einen Weidenkorb. Nochmals beugte er sich über die Truhe und holte vorsichtig zwei gebrannte Tonfigürchen hervor. Behutsam verstaute er sie zwischen den Roben. Danach verschloss er die Truhe und trug den Korb zu Tobias: „Da, nimm!“, fauchte er ihn an und drückte ihm den Korb in die freie Hand.
„Los jetzt!“ Er griff nach Sonjas Hand. Widerstandslos ließ sie sich von ihm in den Gang führen. Schwarzer ging voraus. In der anderen Hand hielt er die Laterne. Tobias folgte Sonja. Er war nicht in der Tracht der Gefolgschaft gekleidet. Nachdem Schwarzer seinen Geist vollständig unter Kontrolle gebracht hatte, hielt er es nicht mehr für nötig, ihn mit Versprechungen zu umgarnen. Auch die Rolle des liebenden Vaters hatte er längst wieder abgelegt. Tobias war in seiner Hand. Das war alles, was für ihn zählte. Schwarzer genoss es, einen Sklaven in Rufnähe zu haben.
Von Hügelhain zum Burgstall brauchte ein Wanderer etwa zwanzig Minuten. Durch den Gang dauerte dies länger, vor allem, wenn es sich dabei um eine kleine Gruppe handelte, bei der zwei Drittel der Mitglieder sich in so etwas Ähnlichem wie Trance befanden. Ungeduldig zog der Hochpriester Sonja hinter sich her und trieb auch Tobias durch scharfe Worte zu mehr Eile an. Immer wieder wurden sie durch Stürze auf dem rutschigen Untergrund aufgehalten. Schließlich war das Wasserreservoir erreicht. Schwarzer vermochte seine finstere Wut nur mühsam im Zaum zu halten. Geduld war noch nie seine Stärke gewesen, doch die Anspannung hatte ihn nun in einen

Zustand unterdrückter Raserei gebracht, die jeden Augenblick in unkontrollierter Gewalt eskalieren konnte.

„Wir gehen da nicht durch!“ Micha hob abwehrend die Hände und zog Paul von der Prozessionsschneise und dem Schädelportal weg. Er kam nur sehr schwer mit seiner neuen Gabe zurecht. Micha fand es unerträglich, zusammen mit einem Heer Verstorbener durch dieses Portal des Grauens zu ziehen. Im angrenzenden Wald ging es ihm allerdings nicht wirklich besser. Wie ein zähes Gel hatte sich die Präsenz der Totengeister über das gesamte Hochplateau gelegt. Nur die ununterbrochene innere Ausrichtung auf Jesus ermöglichte es ihm, hier oben auszuharren. Gäbe er dieses stille Beten auf, so würde ihn die Angst augenblicklich davontreiben.
Paul fühlte Michas Belastung. Obwohl er nichts sehen konnte, so drückte auch ihm die Atmosphäre des Burgstalls schwer aufs Gemüt.
Sie bewegten sich links der Prozessionsschneise im Wald auf den Grabhügel zu. Außer dem Rauschen der Bäume im Wind war nichts zu hören. Trotzdem herrschte eine aufgekratzte Stimmung. Paul konnte sich ihr nicht entziehen: „Es ist wie beim Karneval!“, brummte er mit flauem Gefühl im Magen.
„Ja, ein unheimliches Fest, das sich mehr und mehr entfaltet“, flüsterte Micha und fragte sich inständig, was sie zu zweit eigentlich ausrichten wollten. „Na, jedenfalls haben sie uns bis jetzt in Ruhe gelassen!“
Paul nickte.
Einen Moment später hatten die beiden den Grabhügel erreicht und versuchten, das Gelände, so gut es bei Dunkelheit ging, in Augenschein zu nehmen. Dazu wagten sie sich ein Stückchen aus dem Schutz des Unterholzes und schlichen um den Fuß des Grabhügels.
„Seit wann gibt es hier zwei Hügelgräber?“, fragte Paul in Normallautstärke und hielt sich gleich darauf erschrocken den Mund zu. „Entschuldigung“, flüsterte er. Dennoch ließ er es sich nicht nehmen und huschte zu dem seltsamen Gebilde hinüber.

Micha folgte. „Das ist kein Erdhügel, das sind Holzstapel", murmelte er.
„Und das Ding oben drauf sieht aus wie eine Reisigpuppe." Paul schaute hinauf und war beeindruckt von der Größe des Flechtwerks. Beiden stellten sich gleichzeitig die Nackenhaare auf.
„Weißt du, was das ist?", raunte Micha seinem Partner zu.
„Ich fürchte, ja." Paul wagte nicht, es auszusprechen. „Ist auf dem Burgstall die Zeit im Mittelalter stehen geblieben?"
„Ich vermute, dieser Brauch ist viel älter als das Mittelalter", erwiderte Micha und entfernte sich ein Stück von dem Holzstapel. „Hier wird's feucht."
„Da kommt die Quelle", erklärte Paul. „Bestimmt hat auch sie für die Gefolgschaft eine besondere Bedeutung, jedenfalls ist der Holzstapel so ziemlich genau in der Mitte zwischen ihr und dem Hügelgrab."
„Am besten bleiben wir in der Nähe, damit wir alles im Blick behalten können", entschied Micha und suchte ein geeignetes Versteck im Unterholz. Ein Haselstrauch gewährte ihnen Unterschlupf. Sie kauerten sich nieder, und die quälende Zeit des Wartens begann.
Im ersten Moment atmeten die beiden sogar etwas auf. Der Weg und die Anspannung hatten sie ein bisschen aus der Puste gebracht. Doch das Gefühl der Ruhe hielt nur kurz an. Zu sehr machte sich die Erregung der Unsichtbaren im Wald bemerkbar.
Rasch wurde es Micha und Paul in ihrem Unterschlupf unheimlich, und sie flüchteten sich ins Gebet. Kaum hatten sie damit begonnen, beschlich sie plötzlich das Gefühl, dass sich ihnen sämtliche Aufmerksamkeit zuwandte. Es war, als ob ein riesiger Lichtkegel auf sie gerichtet wurde und sie unter ihrer Hasel bloßstellte. Weder Paul noch Micha war jemals zuvor eine derartige Woge der Feindschaft entgegengeschwappt. Das Gebet blieb ihnen im Halse stecken, und ihr Glaube brach unter ihnen weg wie von unheimlicher Flut unterspültes Erdreich.

„Nimm die Fackeln!“, brüllte Heinrich Tobias an.
Der Junge zuckte zusammen, stellte rasch Transportbox und Korb ab und eilte zu dem Regal, wo neben anderem in einem Fach etliche Fackeln aufgestapelt lagen. Schwarzer hatte das Wasserreservoir als Magazin eingerichtet. So war immer alles in greifbarer Nähe zum Heiligtum, und er umging lästige Fragen, weil er das Magazin durch den Gang beschickte.
Er flüsterte Sonja ein paar Worte zu und ließ sie einfach stehen. „Komm!“, befahl er und griff sich einen der mit Pech gefüllten Tonkrüge. Nachdem er die Außentür aufgeschlossen hatte, traten sie in die Nacht hinaus und trugen ihre Last zum Portal der Prozessionsschneise. Zu Füßen einer der bekrönten Stangen legten sie ab.
„Los, wieder zum Wasserreservoir!“, trieb er Tobias an. Gemeinsam mit Sonja, Katze und Korb kehrten sie kurz darauf zur Prozessionsschneise zurück. Schwarzer wies Tobias einen Platz im Abseits zu, während er, nachdem er zwei Fackeln entzündet und diese vor jeder Stange in den Boden gesteckt hatte, sich zusammen mit den Opfern genau in der Mitte des Portals aufstellte. Sein Blick wandte sich der Hügelhainer Ebene zu. So erwartete er die Ankunft der Gefolgschaft, deren Glieder, ihrem Rang entsprechend, nach und nach aus dem Dunkeln in den Lichtkreis der Fackeln traten: zuerst Hugo Beelzer, dann Max Schröcker und schließlich, gemeinsam, Franz Trüb und Luise Otter. Alle verbeugten sich und bedachten den Hochpriester des Fürsten mit der gebotenen Ehrerbietung. Anschließend erhielt jedes Glied der Gefolgschaft aus der Hand von Tobias eine Fackel, die es an einer der brennenden entzündete. Die Gefolgschaft versammelte sich im Halbkreis hinter dem Hochpriester. So empfingen sie die beiden letzten Personen, die zaghaft aus dem Schutz der Nacht vor das Portal traten.
Schüttelfrost hatte Frederike ergriffen; es lief ihr eiskalt den Rücken hinunter: „Ich muss Feuer machen! Furchtbar kalt hier drin!“ Sie ging zum Herd.
Susanne runzelte ihre Stirn. Ja, das Armenhäuschen war etwas abgekühlt, doch keinesfalls so sehr, dass man vor Kälte schlot-

tern musste. „Bist du dir sicher, dass du nur wegen der Kühle zitterst?“
Frederike hielt bei ihren Vorbereitungen inne und überlegte. „Hm. Wenn das Feuer brennt, werden wir es sehen. Im Augenblick kann ich eh nichts anderes denken!“ Sie schichtete etwas dürres Holz im Herd auf und zündete es an. Aus dem geöffneten Türchen drückte ein wenig Rauch in die Stube und verbreitete einen angenehm harzigen Geruch. Einen Moment später hatte das Holz richtig Feuer gefangen, und Frederike konnte das Türchen schließen. Die Frauen hörten das Rauschen im Kamin. „Gleich wird’s warm!“, freute sich die alte Erzieherin und rieb sich die Hände. Da sie nun schon einmal stand, stellte sie auch gleich etwas zu trinken auf den Tisch.
„Danke.“ Susanne schenkte sich ein, trank, und wartete, bis die Luft in der Stube angenehm warm geworden war. „Und?“, fragte sie gespannt.
„Nicht wirklich besser“, bestätigte Frederike.
Unruhe erfüllte Susanne. „Da stimmt was nicht! Lass uns weiterbeten! Etwas Gemeines ist im Gang! Die Männer brauchen Schutz! Sie sind angegriffen!“
Sie begaben sich wieder ins Gebet und flehten abwechselnd laut zu Gott.
Plötzlich hatte Frederike eine Bibelstelle im Kopf: „Lukas, Kapitel 22, Vers 32“, sagte sie unvermittelt, „weißt du, was da im Evangelium steht?“
Susanne zuckte mit den Schultern. „Keine Ahnung. Sehen wir nach!“ Sie kramte ihre Bibel aus der Tasche und schlug auf: „Hör mal, da sagt Jesus zu seinem Jünger Petrus: *‚Ich aber habe für dich gebeten, dass dein Glaube nicht aufhöre.‘* Frederike, jetzt ist mir klar, was der Heilige Geist uns sagen will! Michas und Pauls Glaube an Jesus ist angegriffen! Wir müssen im Gebet ihren Glauben stärken!“
Augenblicklich gaben die Frauen ihrem Gebet diese Richtung. Je mehr sie so beteten, desto deutlicher wurde es ihnen, wie sehr den Männern zugesetzt wurde. Ihre Sache stand auf töner-

nen Füßen. Nur das übernatürliche Eingreifen göttlicher Kräfte würde ein Weiterkommen ermöglichen.
„Jesus, sende deine Engel!", rief Frederike mehrmals hintereinander. Sie fühlte Michas Verzweiflung körperlich, als wäre sie selbst oben auf dem Burgstall. „Herr, halte sie im Glauben an dich fest! Lass sie nicht in der Not irrewerden! Schütze ihre Gedanken und Gefühle vor den Angriffen der Finsternis! Erlaube nicht, dass sie fallen!"
Die Dringlichkeit für dieses Gebet nahm der Geist Gottes nicht von ihren Herzen. Sie kämpften um Hoffnung und Glauben. Micha und Paul mussten unbedingt wieder fest im Vertrauen zu Jesus werden, sonst wäre ihr Sturz nicht zu verhindern.
„Wir glauben für euch mit!", flüsterte Susanne entschieden und rief laut: „Jesus, du bist der Sieger über Hölle, Tod und Finsternis! Wir glauben, dass dir alle Dinge möglich sind! Bewege deinen Arm! Sprich ein Wort der Macht und die Verzagtheit muss auf immer weichen! Wir glauben an deinen Sieg! Lass es die beiden spüren, dass du ihnen nahe bist!"

Den gesamten Weg über hatte sich Elke immer wieder umgedreht. Sie wurde schier wahnsinnig. Nie sah sie etwas, doch ständig fühlte sie sich geschoben und bedroht. „Ich halte das nicht mehr aus", schrie sie am Fuße des Burgstalls und weigerte sich weiterzugehen. „Stefan, ich schaff das nicht! Mit jedem Schritt wird die Panik in mir größer und unerträglicher! Es ist furchtbar!"
Stefan nahm sie in den Arm und musterte die Umgebung. Auch er konnte nichts sehen, doch fühlte er die Bedrückung ebenso sehr wie seine Frau. Er wandte seinen Blick hinauf zum Hochplateau und spürte den Sog, der sie hinaufzog. „Ich glaube nicht, dass Umkehren es leichter macht", sagte er traurig und stützte Elke beim Weitergehen, damit sie nicht zusammenbrach. Sie schleppten sich den Anstieg hoch. Elkes Verzweiflung zeigte sich in einer wachsenden Kraftlosigkeit und Lethargie sowie in einem nicht enden wollenden Fluss von Tränen.

Schließlich erreichten sie den Beginn des Hochplateaus und sahen sich der Prozessionsschneise gegenüber. Der Anblick ließ ihnen das Blut in den Adern gefrieren. Es war wie eine Szene aus einem Horrorfilm, doch leider war dies kein Film, sondern das, was ihnen bevorstand.
Sie wurden erwartet, und das Flackern der Fackeln tauchte alles in ein unheimliches Licht. Stefan und Elke verharrten eine Weile außerhalb des Lichtscheins. Sie wagten sich nicht näher heran. Doch im Angesicht des Portals und der versammelten Gefolgschaft war der Sog unwiderstehlich. Hinter ihnen hatte sich das Grauen versammelt und zu einer Wand geschlossen, als ob es ihnen jeglichen Rückweg verwehren wollte.
„Er weiß, dass wir da sind“, flüsterte Stefan und nahm Elke noch etwas fester in den Arm, „fügen wir uns in das Unabänderliche.“ Sie betraten die erleuchtete Fläche und gingen langsam auf das Portal zu.
Elke zitterte am ganzen Leib. Als sie die mit Totenschädeln bekrönten Stangen sah, erstarrte sie vor Schreck. Ihren Lippen entfuhr ein unterdrückter Schrei.
„Komm!“, flüsterte Stefan und schob sie weiter. Etwa sieben Meter vor dem Hochpriester hielten sie an. Schweigend warteten sie ab. Die Beklemmung schnürte ihnen die Kehle zu.
Für Stefan und Elke war es das erste Mal, dass sie die Gefolgschaft als Ganzes versammelt sahen. Elkes Blick fiel auf Sonja, die sie hier oben nicht erwartet hätte. Ihr lief ein weiterer Schauer des Grauens über den Rücken – was hatte das Mädchen hier oben zu suchen? Sonjas Gesicht war wie das einer Puppe, sie wirkte weggetreten. Elke konnte sich keinen Reim auf diesen Zustand machen, aber ihr Herz wurde noch schwerer.
Die Widers verloren ihr Gefühl für die Zeit. Das schweigende Gegenüberstehen schien endlos zu dauern. Lange genug, dass die Angst in ihnen mehr und mehr zur unmenschlichen Qual wurde. Es fiel ihnen zusehends schwerer, diesen Zustand weiter auszuhalten. Elke und Stefan waren drauf und dran, die Situation fluchtartig zu verlassen, als endlich Bewegung in das

Geschehen kam: Der Hochpriester reckte seine Arme in die Höhe und begann mit lauter Stimme, in unbekannter Sprache zu rufen. Das Echo des Waldes warf die Endsilben zurück. Im selben Moment, als der Hochpriester die Stimme erhoben hatte, fühlten Stefan und Elke, wie sich die Atmosphäre beim Portal veränderte: Es war, als ob sie nun vor dem Eingang einer Arena standen. Auf den Rängen drinnen tobten und gierten schreckliche Gestalten in Erwartung eines grässlichen Vergnügens. Das Ehepaar kam sich vor wie zwei zum Tode Verurteilte, die den wilden Tieren zum Fraß vorgeworfen werden sollten. Stefan wusste, wenn sie an den Schädeln vorüber waren, hatten sie die Arena betreten, und jede Umkehr war dann aus menschlicher Sicht nicht mehr möglich.
Wie ein Dirigent sein Orchester führt, so befehligte der Hochpriester die Gefolgschaft nun mit Bewegungen. Alle folgten ihm wie an Fäden gezogene Marionetten. Trüb hatte zusätzlich den inneren Befehl empfangen, den Tonkrug an sich zu nehmen. Elke sah an ihren Gesichtern, dass sie es nur mit Widerwillen taten, sich aber nicht gegen die Macht des Hochpriesters wehren konnten. Der Halbkreis hinter ihm löste sich auf, und die Gefolgschaft bildete Zweiergruppen: Schröcker stellte sich zu Beelzer, und Trüb blieb mit Otter zusammen. Stefan und Elke verloren die Kontrolle über ihre Beine. Sie gingen vorwärts, auf das Portal zu, obwohl alles in ihnen dagegen aufschrie und sich wehrte. Es half nichts. Sie wurden direkt vor den Hochpriester gezogen. Elke lief es eiskalt den Rücken hinunter, als sie seinen Blick sah. Unter den buschigen Brauen schienen die Augen aus Schwarzers hagerem Gesicht hervorzuquellen. Er senkte die Arme und strich mit beiden Händen gleichzeitig über die Stirnen der Widers. Im selben Moment fühlten sie eine Veränderung in sich vorgehen: Seltsam leicht wurde es ihnen, ihre Angst verflüchtigte sich. Innere Entspannung setzte ein, und sie wussten plötzlich, dass sie ihre Arme vorstrecken sollten. So empfingen sie aus der Hand des Hochpriesters ihre Kutten. Er legte sie ihnen, unter dem Sprechen unverständlicher Formeln, auf ihre Arme, die sich nach deren

Empfang selbstständig anwinkelten und die Stoffe gegen ihre Oberkörper drückten. Dann wandte sich der Hochpriester um und gab Beelzer den Korb mit den Tonfigürchen sowie Schröcker die Transportbox mit der Siam. Anschließend nahm er Sonja an die Hand und setzte sich zusammen mit ihr an die Spitze des Prozessionszuges. Würdevoll schritt er unter ständigem Beten in der Sprache der Hochpriester voran, gefolgt von Max Schröcker und Hugo Beelzer. Nun kamen die Widers. Den Abschluss bildete das Paar Otter/Trüb. Ganz am Ende, mit gebührendem Abstand zu den anderen, ging Tobias ohne Aufgabe hinterher.

So bewegte sich der unheimliche Zug auf den Grabhügel und die heilige Quelle zu. Das Flackern der Fackeln verursachte bizarre Schatten auf Boden und Bäumen und tauchte die Prozessionsschneise in orange-goldenes Licht. All dies nahm ein Teil von Stefans Persönlichkeit noch wahr. Irgendwie war er neben sich, auf sonderbare Weise abgespalten. Jener Teil, der die bizarre Prozession als Beobachter erlebte, wunderte sich über dieses abstruse Geschehen. Dies war auch der Teil in ihm, der weiterhin Hoffnung auf einen Ausweg verspürte. Die Teilnahme an dem dunklen Marsch bedeutete noch nicht die Auflösung in die Gefolgschaft hinein, aber jeder Schritt, der Stefan dem Opferplatz näher brachte, führte ihn zu tieferer Ergebung in die dunkle Welt des Fürsten. Er ahnte: Bald würde der sich widersetzende Teil seines Ichs mit dem erlahmten Teil vollständig verschmolzen sein. Dann wäre Umkehr aus eigener Kraft nicht mehr möglich. Vielleicht war es ja jetzt schon zu spät.

Verzagen und Verzweiflung schleuderten Micha hin und her. Schattenhafte Gestalten peinigten und verhöhnten ihn pausenlos. Er wusste nicht, wohin er seinen Kopf wenden sollte. Überall waren sie. Selbst wenn er die Augen schloss, konnte er ihnen nicht entfliehen. Sie hatten einen Weg in sein Inneres gefunden. Je länger er unter der Hasel in der Nähe des Hügels und der Quelle lag, desto größer wurde sein Verlangen, diesen furchtbaren Ort zu verlassen.

„Ich halt das nicht mehr aus!“, stöhnte er und griff nach Pauls Arm.
Der Pfarrer nickte: „Es ist unerträglich! Diese Feindschaft, dieser Hass! Aber wir dürfen nicht weg! Ich fürchte, wir lassen Sonja hängen, wenn wir jetzt gehen.“
Micha schluckte. Ja, Sonja hatte er ganz vergessen. Aber ihr Schicksal interessierte ihn immer weniger. „Ich muss hier weg!“, stieß er schließlich hervor, nachdem er weitere qualvolle Minuten ausgeharrt hatte. Ohne auf Paul zu achten, kroch er unter dem Haselstrauch hervor.
„Micha! Bleib!“, rief Paul, doch da rannte Micha schon den Wald hinunter. „Verflixt!“, schimpfte er und schob sich ebenfalls aus dem Versteck. Er konnte den Jungen ja nicht durch die Nacht irren lassen.
„Glaubt nur nicht, ihr hättet gewonnen! So einfach kriegt ihr uns nicht los!“, knurrte er ins Unsichtbare. Dann eilte er Micha hinterher.
Wie ein gehetztes Stück Wild jagte dieser durchs Unterholz, die Meute saß ihm erbarmungslos im Nacken und hatte nur ein Ziel: seinen Tod!
Ohne es zu wissen, rannte Micha auf eine Geländekante zu, einen Bruch, der sich gebildet hatte, als sich das Wasser der Ginster in das Sandgestein des Keupers gefressen hatte. Härtere Schichten waren stehen geblieben und wurden als Felsen herausgebildet. Hinter ihnen ging es viele Meter in die Tiefe. Genau auf diesen Abgrund zu wurde Micha von den Fängern getrieben. Pauls Rufen schien aus einer anderen Welt zu kommen und drang nicht mehr zu ihm durch. Fremde Kräfte hatten Michas Geist besetzt und scheuchten ihn erbarmungslos vor sich her. Voll boshafter Freude gierten die Peiniger nach der Felskante, in der Erwartung eines ersten Lebens. Unheilvolle Panik ließ Micha durch den Wald flüchten und hatte sein klares Denken ausgeschaltet. Nur wenige Schritte trennten ihn noch vom Sturz, da sah er, wie ihm drei Männer entgegentraten. Es war nur der Eindruck eines Augenblicks, der da sein verwirrtes Inneres berührte. Mit gezogenen Schwertern durch-

drangen sie ihn von vorn und traten durch seinen Rücken hinten wieder aus. Er fühlte einen kurzen, warmen Schauer, und nur einen Moment später war es für ihn, als ob ein überdrehter Motor schlagartig zum Stillstand gekommen wäre. Es war Nacht, und er befand sich irgendwo im Wald. Weit unten hörte er das Rauschen von fließendem Wasser. Michas Körper atmete schwer. Er war schweißnass und konnte sich weder auf seine Erschöpfung noch auf seinen Standort einen Reim machen. Von weiter oben hörte er Paul rufen.
„Hier! Hier unten!", keuchte er halblaut und wischte sich mit dem Unterarm die Stirn ab.
Nach mehrfacher Verständigung über Zuruf fand ihn schließlich Paul. „Gott sei Dank!" Erleichtert schloss er Micha in die Arme. „Das war haarscharf!", deutete er auf den Geländebruch hin.
Erst jetzt verstand Micha, was wirklich geschehn war und wohin es hätte führen sollen. „Meine Güte", stöhnte er und musste sich an einen Baum lehnen, „was für ein gnadenloser Kampf! Ich hätte nie gedacht, dass sich mein Glaube so rasch in Luft auflöst."
„Wir haben es eben nicht nur mit Fleisch und Blut zu tun, sondern mit Mächtigen und Gewaltigen!"[27], bemerkte Paul und wurde von einer Unruhe ergriffen. „Wir sollten zurück!"
Micha nickte, doch das eben Erfahrene hatte ihn so erschüttert, dass er nicht ohne Gebet fortfahren wollte. Zuerst dankten beide für die Bewahrung, dann aber rief Micha laut und deutlich: „Jesus! Ausdrücklich stellen wir uns unter den Schutz deines Blutes! Du hast dein Leben gegeben, auf dass wir leben! Du warst im Reich der Toten! Du hast deine Siegesfahne im Totenreich aufgerichtet[28], und du bist als Erster von den Toten auferstanden![29] Du lebst! Du bist hier im Heiligen Geist und in deinen Engeln! In deinem Namen sage ich nun vor der sichtbaren wie der unsichtbaren Welt: Die Gegner aus der Schattenwelt haben kein Recht, uns aus dem Vertrauen auf dich herauszureißen! Im Glauben auf deine unbegrenzte Kraft gehen wir zurück zum Burgstall und treten ein in die Schlacht um Hügelhain. Wir rufen deinen Sieg aus!"

Paul bekam eine Gänsehaut, als er Michas kraftvolle Worte hörte. Eine tiefe Gewissheit breitete sich in seinem Herzen aus und er fühlte, wie ihm Mut und Kraft zuflossen. Plötzlich wusste er: Da waren mehr als Micha und er, und es kamen noch welche dazu. Hinter ihnen sammelten sich Krieger! Verblüfft drehte er sich um, weil sein Gefühl so real war, aber er sah nur die Felskante.
„Du träumst nicht!", lächelte Micha erleichtert. Er hatte sein Vertrauen zu Jesus wiedergefunden, und im selben Augenblick sah er, was Paul fühlte: Eine Armee hatte sich hinter ihnen aufgebaut, mit Rüstungen voller Glanz und goldenen Schwertern. „Vorwärts!", befahl er, und der Zug setzte sich in Richtung Burgstall in Bewegung.
Dies war der Moment, als im entfernten Armenhäuschen unerklärliche Freude und Begeisterung unter den betenden Frauen ausbrachen. Der Moment, als die gequälten und sehnsuchtsvollen Seelen ihre Häupter erhoben und mit banger Hoffnung ihren Blick zum Burgstall richteten. Der Moment, als der Alte mit unaussprechlicher Gewalt an den Ketten zerrte und sein Heer in den Kampf trieb. Es war Samain. Die Nacht der Toten unter den Lebenden.
So schnell es bei Dunkelheit ging und es ihre Kräfte zuließen, eilten sie den Hang hinauf. Eine innere Stimme sagte ihnen, dass die Zeit drängte. Als Micha und Paul bei dem Haselstrauch ankamen, war es bis auf die üblichen Geräusche der Nacht ruhig geblieben. Dennoch fühlten sie das Toben der Geister und die weiteren Angriffsversuche der Fänger. Aber bei Anflügen von Zweifeln oder Panik drehte sich Micha jedes Mal um und sah hinter sich das aufgestellte Heer. „Sie sind noch da!", raunte er dann Paul zu, was ihnen wieder Mut einflößte. Nach einer Weile tat sich vorne etwas bei der Prozessionsschneise: Fackeln erleuchteten die Nacht. „Der Tanz beginnt!", flüsterte Micha seinem Partner zu.
„Lass uns beten!", erwiderte dieser. Gemeinsam baten sie erneut um Schutz und Geistesgegenwart, auch um die nötigen körperlichen Kräfte, falls es zu einem Kampf kommen sollte.

Wieder verstrichen die Minuten. Michas Ungeduld wuchs. „Warum dauert das so lange?“, zischte er Paul zu.
Dieser konnte nur mit den Achseln zucken. Eine Stimme rollte durch den Wald. „Schwarzer!“, bemerkte Paul. „Verstehst du ihn?“
Micha verneinte, aber er fühlte die dunkle Kraft der Worte. „Eine magische Formel! Die ist nicht ohne!“ Er fröstelte und versuchte angestrengt, etwas zu erspähen. „Sie kommen!“
Das Nähern des Fackelscheins zeigte ihnen, dass der Zug aufgebrochen war. Die von ihm verursachten Geräusche waren irgendwie unheimlich. Besonders der fortwährende, rhythmische Sprechgesang des Hochpriesters wurde für Micha und Paul zu einer Zumutung. Ein deutliches Zeichen dafür, dass jene Worte einen magischen Ursprung und Inhalt hatten.
Bisher verdeckten die Bäume und der Holzstapel eine freie Sicht auf die Prozessionsschneise. Doch als sich der Zug weiter näherte und offensichtlich zuerst die Quelle ansteuerte, wurden die Teilnehmer erkennbar. In dem Augenblick, als ihre Blicke auf den Hochpriester und seine Begleitung frei wurden, verspürten die beiden innerlich einen tiefen Stich: „Sonja!“, rang Paul nach Luft.
Micha wurde kreidebleich. Der letzte Beweis für die Richtigkeit seines Traums war nun erbracht. Ogmios hatte wirklich seine Kette in Sonjas Ohr geschlagen. „Schrecklich!“, flüsterte er leise mit blutleeren Lippen und überlegte fieberhaft, wie sie Sonja da rausholen konnten.
Einen Steinwurf von ihrem Versteck entfernt stoppte die Prozession in der Mitte zwischen der Quelle und dem Holzstapel. Der Hochpriester trat allein auf die Quelle zu und verbeugte sich vor ihr. Danach wandte er sich der Gefolgschaft zu und erteilte wortlose Befehle: Schröcker und Beelzer kamen zu ihm. Der erste öffnete das Gitter der Transportbox. Der Hochpriester griff hinein und zog die Siam am Nacken heraus. Zuerst wehrte sich das Tier noch fauchend gegen diesen Griff, doch nur einen Moment später hing es schlaff herunter und äugte ängstlich in die Flammen der Fackeln. Am ausgestreckten Arm

hielt der Hochpriester die Katze in die Höhe und zeigte sie triumphierend in alle vier Himmelsrichtungen.
Dann schritt er würdevoll so weit vor, bis er mit beiden Füßen im sprudelnden Wasser der Quelle stand. Er tauchte die Siam ein bisschen ein. Erschrocken strampelte das arme Wesen, aber Schwarzers eiserner Faust konnte es nicht entfliehen. Mit einer Handbewegung rief er Stefan und Elke näher heran. Widerspruchslos kamen ihre Körper dem Befehl nach und stellten sich zwischen Schröcker und Beelzer am Rand der Quelle auf. Für die Widers setzte sich damit die schreckliche Erfahrung fort: Sie waren im eigenen Leib gefangen, und Schwarzers Macht bewegte sie wie geistlose Puppen. Elke warf Stefan einen verzweifelten, Hilfe suchenden Blick zu, den er nur mit einem ohnmächtigen Augenaufschlag beantworten konnte. Dieser Strudel hatte sie beinahe verschlungen. Stefan rätselte, ob sie jemals noch aus der Gebundenheit herauskämen.
Der Hochpriester durchbohrte sie mit seinen Augen. Es war, als ob er in die tiefsten Winkel ihrer Seelen schaute. Das Ehepaar meinte, unter diesem Blick zu vergehen. Sie wurden von ihm innerlich ausgezogen. Er bewegte sich in ihren Persönlichkeiten wie in einem Garten. Nichts blieb ihm verborgen. Zumindest war dies das Gefühl, das Stefan und Elke in jenem Moment empfanden.
Die Expedition in ihr Inneres schien endlos zu dauern, und der Hochpriester kam nicht allein. Mit ihm drängten sich unzählige andere in ihre Seelen. Sie wollten eine neue, grausame Herrschaft aufrichten. Noch spürten die Widers die unheimlichen Eindringlinge wie Widerhaken, die sich unbarmherzig in ihr Fleisch gruben. Doch je länger diese Prozedur dauerte, desto mehr stumpften sie dagegen ab.
Es war ein erleichterndes Gefühl, als der Schmerz nachließ. Oder hatte sich ein Schleier der Vernebelung über ihre Wahrnehmung gelegt? Mit den letzten Resten ihrer alten Persönlichkeit ahnten Elke und Stefan, dass jemand bei ihnen eingezogen war, der ein weitgehend leeres Haus vorgefunden hatte und sich frech als der eigentliche Besitzer aufführte.[30]

Jetzt hielt der Hochpriester den Zeitpunkt für gekommen, das Aufnahmeritual durchzuführen. Trotz aller Vorbereitung musste die Hingabe an den Fürsten durch das neue Glied der Gefolgschaft bekundet werden, und zwar mit dem verbleibenden Teil der wachen Persönlichkeit. Schwarzer vertraute darauf, dass seine Helfer schon genug Einfluss auf die Widers hatten, damit an dieser Stelle nichts schiefginge. Mit einem satten Gefühl, dass der Fürst ihn für diese zwei neuen Leben reichlich belohnen würde, richtete er seine Worte an Stefan und Elke, diesmal in Deutsch: „Leben für Leben! Blut für Blut! Dem erhabenen Fürsten gefällt es, euch in seine Gefolgschaft zu nehmen. Reichtum und Macht wird er euch schenken! Ihr werdet eintreten in die Reihe der Mächtigen über Dorf und Ebene, denn der Fürst ist großzügig zu denen, die ihm ihr Leben weihen!"
„Ehre seiner Gottheit, dem Fürsten!", bestätigten die anderen Glieder der Gefolgschaft monoton.
„Ja, Ehre unserem Herrn und Gott!", donnerte der Hochpriester mit unmenschlich lauter Stimme. Der Boden bebte.
Erschrocken rissen die Widers die Augen auf.
Schwarzer stieg aus dem Wasser. Wie auf Befehl traten Schröcker und Beelzer zu ihm. Er gab die Siam in Schröckers Hände und ließ sich von Beelzer die beiden Tonfigürchen reichen. Anschließend befahl er ihm wortlos, den Widers die Kutten abzunehmen. Als sie die Hände freihatten, legte er jeweils ein Figürchen in die Hände von Stefan und Elke und gebot ihnen, sie mit beiden Händen einzuhüllen. „Euer Leben!", erklärte er feierlich.
Das Ehepaar verstand. Von nun an waren die Tonfigürchen stellvertretende Träger ihres Seins.
Schwarzer nahm wieder die Siam aus Schröckers Armen: „Folgt dem Hochpriester!", rief er und kehrte zurück ins sprudelnde Quellwasser.
Zaghaft schritten die Widers hinterher. Beißende Kälte umschloss ihre Beine bei jedem Schritt, und ein Gefühl, ins Bodenlose gezogen zu werden ergriff sie. Sie hielten an, als sie etwa einen Meter vor dem Hochpriester standen.

„Leben für euer Leben! Blut für euer Blut!“ Er hielt die Siam hoch, und erwartungsvolles Raunen ging durch die Gefolgschaft. Stefan und Elke schauten auf das verängstigte Kätzchen und begriffen nicht recht. Doch das sollte sich augenblicklich ändern: Mit einer Geschwindigkeit, der das Auge kaum folgen konnte, zückte der Hochpriester den Ritualdolch und zerschnitt der Siam die Kehle. Aus klaffender Wunde spritzte im hohen Bogen das Blut hervor. Der Hochpriester hielt die sterbende Katze über Stefans und Elkes Hände. Warme, dunkle Tropfen beträufelten ihre Haut und die Tonfigürchen, die den Saft des Lebens gierig aufsaugten.
Für Elke war dies alles zu viel. Von Übelkeit überkommen sackte sie bewusstlos zusammen und fiel ins Wasser.
„Elke!“, schrie Stefan, bückte sich nach seiner Frau und zog sie zurück auf festeren Grund.
Der Hochpriester ließ sich dadurch nicht im Ritual stören. „Leben für euer Leben!“, rief er Stefan zu, der bei Elke kniete. Es klang wie ein Befehl.
Stefan sah den Hochpriester an und fühlte sich gedrängt aufzustehen.
„Zerstöre die Figuren und weihe sie zusammen mit der Katze dem Fürsten! Lege sie in das Tor zu seinem Reich! Fülle, Fruchtbarkeit und Wohlstand werden dir folgen!“ Mit einer Handbewegung deutete der Hochpriester an, wie Stefan die Tonfigürchen zerbrechen und mit welchem Stein er die Katze versenken sollte.
„Tritt herzu!“ Er streckte seinen Arm nach Stefan aus.
Im selben Moment folgte dessen Körper dieser Aufforderung, obwohl Stefan viel lieber bei Elke geblieben wäre. Als er dem Hochpriester wieder im Wasser gegenüberstand, sagte dieser kalt: „Brich die Köpfe ab und zerbrösele die Leiber!“
Automatisch steckte Stefan Elkes Figur in die Tasche, nahm seine eigene in die Hände und hielt beide Arme dem Hochpriester entgegen.
„Jetzt!“, donnerte dieser mit einer Stimme aus finsterer Tiefe.
Stefan schickte sich an, dem Figürchen den Kopf abzuknicken.

Zu sehr war sein Wesen schon in der dunklen Macht gefangen, als dass er fühlen konnte, wie sich unter ihm ein unsichtbarer Abgrund auftat, der nur darauf wartete, ihn endgültig in die Sklaverei zu führen. Im Zerstören und Versenken der Tonfigur wäre sein Leben übertragen und dem Fürsten ausgeliefert.
Doch plötzlich geschah etwas Merkwürdiges: Stefans Hände begannen zu zittern. Zeichen eines Kampfes, der in ihm entbrannt war.
Sofort bemerkte der Hochpriester dieses Zögern: „Tu es!", brüllte er ihn unbarmherzig an, doch Stefan hörte ihn kaum. Im wilden Wechsel schossen ihm Bilder durch den Kopf, die er wie auf einer Tribüne sitzend wahrnahm. Gaukeleien, Fantasien, Vergangenes, Zukünftiges, Schönes und Schreckliches und immer wieder das Kreuz auf dem Grab der Eltern. Von irgendwoher hörte er die Sätze *„Vertraue der Wahrheit"* in seinem Innern und: *„Ein Körnchen Vertrauen reicht aus!"*[31]
Die Geschwindigkeit, mit der die Bilder wechselten, erhöhte sich. Gestalten blitzten auf. Sie lagen miteinander im Krieg. Jedes Stückchen seiner Existenz war umkämpft. Mit voller Härte wurde das Gefecht geführt. Stefans Leib bebte unter der Gewalt der Schläge. Er brach in Schweiß aus, und das Zittern seiner Hände war zu einem Schwingen geworden.
„Ich gebiete dir im Namen seiner Gottheit, dem Fürsten, weihe ihm euer Leben!", nochmals brüllte ihm der Hochpriester ins Gesicht, so dass Stefan diesmal sogar Speicheltropfen trafen. Mit Ohrfeigen versuchte Schwarzer, ihn wieder ins Ritual zurückzuführen. So etwas war ihm in seiner ganzen Zeit als Hochpriester noch nie untergekommen. Er spürte, wie in Stefan eine andere Macht auf den Plan getreten war. Es verwirrte ihn deren Stärke und Dreistigkeit, und er wusste, dass er nun seine beschwörenden Kräfte zur Unterstützung der Fänger einsetzen musste.
Stefan bekam von all dem nichts mit. Er saß auf seiner Tribüne und schaute dem Treiben der Krieger in der Arena zu. Die Stimme sprach nicht mehr zu ihm, aber das Wort „Wahrheit" hatte sich in ihm festgesetzt, und er merkte, wie er sich zu einer

Partei des Kampfes zusehends hingezogen fühlte. Etwas in ihm sehnte sich nach deren Sieg, während sich gegenüber der anderen Partei eine wachsende Abscheu entwickelte. Er fühlte, dass die eine einen guten Kampf focht, während die andere das geraubte Land verteidigte. Noch einmal hörte er die Stimme: *„Vertraue der Wahrheit.“*

Dann geschah etwas Sonderbares: Plötzlich sah Stefan das Wort *„Wahrheit“* neben dem Grabkreuz der Eltern stehen, und er wusste, Wort und Symbol gehörten zusammen. Der Nebel der Betäubung lichtete sich. Erinnerungen an seine Familie tauchten auf, auch an die Begegnung gestern bei Friedreichs dachte er mit einem Mal. Es war wie das langsame Erwachen aus einem schrecklichen Albtraum. Der wache Teil von Stefans Persönlichkeit gewann mehr und mehr an Präsenz und seine Augen zunehmend die Klarheit des befreiten Verstands.

Sehr zum eigenen Missfallen stellte der Hochpriester das Runzeln auf Stefans Stirn fest. Hastig streckte er seine Hand aus, um dort schnell ein paar magnetische Striche zu führen. Doch es war zu spät. Stefan Wider wich aus und warf sein Figürchen unbeschädigt von sich. Dasselbe tat er mit Elkes.

„Frevel! Frevel!“, tobten die Glieder der Gefolgschaft los und gerieten dabei außer sich. Auch der Hochpriester verlor aus Zorn für einen winzigen Moment die Fassung. Mit unendlicher Wut fuhr sein Arm nach oben. Die Klinge des Ritualdolches warf blitzend den Schein der Fackeln zurück. Brennender Hass verlangte eine rasche Antwort auf diese unverschämte Gotteslästerung.

„Das war's!“, schoss es Stefan durch den Kopf, und er erwartete den tödlichen Stich.

„Du wirst ihn doch nicht mit einem schnellen Tod belohnen wollen?“, hörte es der Hochpriester in sich sagen. Er verharrte in seiner Bewegung. *„Wir mögen es, wenn es langsam geht.“*

Ein böses Grinsen spielte um Schwarzers Lippen. „Bindet den Frevler und sein schändliches Weib!“, befahl er barsch und funkelte Stefan dunkel an.

Rasch zogen Beelzer und Schröcker ein paar Kälberstricke aus ihren Kutten und legten die Widers in Fesseln. Stefan leistete keinen Widerstand, und Elke war noch besinnungslos.
„Du wirst dem Fürsten gegenübertreten", raunte ihm der Hochpriester finster zu.
„Lieber tot als Teil dieser unsäglichen Gefolgschaft!", antwortete Stefan unumwunden.
„Dann sind wir uns ja einig", nickte der Hochpriester boshaft. „Hinüber mit ihnen!" Er deutete auf die Holzstapel.
Grob packten Schröcker und Beelzer Stefan und nahmen ihn in ihre Mitte. Rücksichtslos zerrte Franz Trüb Elke hinterher, während sich die alte Otter mit dem Tonkrug abmühte.
Inzwischen führte der Hochpriester das Ritual mit der gebotenen Würde zu Ende und versenkte die tote Siam in der sprudelnden Quelle. Er tat dies mit gemischten Gefühlen. Dieses Samain nahm eine ungewollte Wendung, und er wusste, wie sehr das dem Fürsten missfiel. Von nun an durfte nichts mehr schiefgehen. Außerdem hatten die Umstände die Voraussetzung für das größte Hochopfer seit den Lebzeiten des Fürsten geschaffen. Eine Tatsache, die ihn auf jeden Fall besänftigen würde. Blut stimmte ihn immer versöhnlich.

Die Begeisterung im Armenhäuschen war nur von kurzer Dauer gewesen. Ein Gefühl des Grauens hatte Frederike darauf hingewiesen, dass sich der Prozessionszug in Bewegung gesetzt hatte. Genau in diesem Moment erschien ihr auch die traurige Gestalt Marias.
„Bist du nicht oben bei ihnen?", fragte die alte Erzieherin erstaunt. Sie erschrak, wer sich da der Geistin noch an die Fersen geheftet hatte und hinter ihr, gleich einem dunklen Schatten, hervortrat. „Du warst auch schon lange nicht mehr da."
Frederike erbleichte und überlegte fieberhaft, was die Botschaft der Erscheinungen war.
„Ist dir schlecht?" Besorgt nahm Susanne ihre Gebetspartnerin in den Arm. Auch sie fühlte die veränderte Atmosphäre im Häuschen. Obgleich der Herd mollig warm gab, fror sie nun

ebenfalls. Suchend schaute sie sich im Häuschen um. Diese plötzliche Kälte war unnatürlich, so viel hatte sie in den vergangenen Tagen gelernt. Sanft rüttelte Susanne an Frederikes Schultern: „Was siehst du?“
Die alte Erzieherin schien aus einer Gedankenversunkenheit zu erwachen und antwortete: „Es ist Maria, Sonjas Mutter.“
„Eine Geistin?“, fragte Susanne und versuchte angestrengt Frederikes Blick zu folgen, der starr auf die Wand zur Gartenseite gerichtet war. „Was will sie?“
„Sie spricht nicht. Sie ist in Begleitung.“
„Deshalb die Kälte?“
Frederike nickte. An ihrer Gesichtsfarbe hatte sich nichts geändert.
„Ein Fänger?“, Susanne kniff die Augen zusammen, konnte aber beim besten Willen nichts sehen.
„Sanwald“, flüsterte die Alte und ließ ihren Blick nicht von der Stelle schweifen.
Erstaunt nahm Susanne zur Kenntnis, dass Frederike die Geister beim Namen kannte, doch beneidete sie ihre Gebetspartnerin nicht um diese Fähigkeit. Das eigene Gefühl des Grauens reichte ihr, um zu wissen, dass diese Gabe furchtbar sein konnte, und im Moment war sie es.
„Bete!“, hauchte Frederike. „Bete und rufe den Namen Jesu laut an! Wir müssen ihn loswerden! Solange er hier ist, wird Maria nichts sagen! Bete und er wird innerlich zergehen, denn er wird dem begegnen, den er verleugnet hat! Bete, denn ich kann es gerade nicht! Er hält mich!“ All diese Worte hatte Frederike aus dem Mundwinkel gesprochen, ohne jemals Susanne dabei anzusehen.
Sofort senkte diese das Haupt und begann ihr stilles Gebet.
„Laut! Gebiete laut!“, rief Frederike sehnsüchtig. „Die sichtbare und die unsichtbare Welt sollen hören, wer der wahre Herr ist!“
Susanne begriff: „Wir bekennen bei den Lebenden und den Toten: Jesus Christus ist der Herr des Himmels und der Erde und unter der Erde. Er ist der, der da war, und der, der da ist, und der, der da kommt![32] Im Namen Jesu befehle ich dir, fins-

terer Geist, verlass dieses Häuschen! Gib Maria und Frederike frei!“ Sie holte kurz Atem und überlegte, wie sie weiterbeten sollte. Da kam ein Gedanke, der unmöglich von ihr stammen konnte. Gehorsam sprach sie ihn aus: „Pfarrer Sanwald! Wer bist du, dass du meinst, deinem lebendigen Herrn zu trotzen?“ Seltsame Kraft schwang in den Worten. Susannes Stimme hatte sich verändert. Für sie völlig ungewöhnlich, betete sie in einer Vollmacht, die ihr selbst eine Gänsehaut über den Rücken jagte. Gebietend erhob sie ihre rechte Hand gegen die Wand, wohin Frederike schaute: „Sanwald! Dein Name steht geschrieben! Fahre zu dem, an den du dich gebunden hast, und erwarte dein Urteil. Du wirst gerufen werden![33] Und nun gib frei, was du unrechtmäßig gefangen hältst. Dein Anrecht ist verwirkt!“
Eine gewaltige Anspannung folgte auf Susannes Worte. Das Gebälk ächzte. Töpfe im Schrank und Dosen im Regal erbebten und klapperten. Die Tassen in der Vitrine klirrten, und das Wasser in den Gläsern der Frauen schwappte über.
„Geh!“, gebot es aus Susanne heraus, die sich durch all die Erscheinungen nicht aus der Fassung bringen ließ, noch im Geringsten an Kraft und Wahrheit der Worte zweifelte.
Ein furchtbarer Schrei erschütterte das alte Armenhäuschen. Ein Schrei des Hasses und gleichzeitig abgrundtiefer Not. „Er sieht den, den er durchbohrte.“[34] Traurig senkte Frederike ihr Haupt. „Herr, sei ihm gnädig.“
Die Bedrückung war aus dem Raum gewichen.
„Du siehst, was Jesus kann. Darum fürchte dich nicht und sprich“, sagte Frederike zur Wand hin.
Sie wartete gespannt auf Marias Verhalten. Während Susannes Gebet war die Geistin ins Wanken geraten. Obwohl die vollmächtigen Worte nicht ihr gegolten hatten, so war doch auch sie eine Gefangene der Finsternis, angezogen vom Licht und dennoch voll Furcht. Nur die vielen Besuche bei Frederike und das Hören ihrer Gebete sowie das Vorlesen aus der Bibel hatten sie bereit gemacht, dieser Begegnung mit dem Geist Gottes standzuhalten. Trotzdem blieb sie erstarrt, scheu und ängstlich an ihrem Platz.

„Vielleicht *darf* sie gar nicht sprechen", überlegte Frederike und schaute Susanne dabei an. „Möglicherweise dürfte sie überhaupt nicht hier sein. Deshalb hatte sie Sanwald im Nacken!"
„Sie entfernte sich unerlaubt vom Burgstall, um uns etwas mitzuteilen?" Susanne spielte mit ihrer Unterlippe. „Wer ist überhaupt dieser Pfarrer Sanwald? Ich hab da eben Dinge gebetet, die ich selbst nicht versteh."
„Sanwald war vor über 170 Jahren Pfarrer in Hügelhain. Er hatte sich der Gefolgschaft verschrieben und ist so unter den Einfluss der Dunkelheit geraten. Ein übler Geselle! Voller Bitterkeit und Neid auf alle jene Geister, die sich dem Licht nähern, weil er weiß, was er verloren hat" Dann fiel es Frederike plötzlich ein: „Blut aus dem Hause des Meisters!" Ein Schauer fuhr ihr über die Haut.
„Das Opferritual!", rief Susanne. „Jetzt geht es um alles!"
Die beiden Frauen wussten, in welcher Richtung sie weiterbeten sollten. Sie hatten die Botschaft verstanden. Ihre ganze Konzentration galt ab jetzt dem Schutz und der Bewahrung Sonjas. Sie baten Gott um ein übernatürliches Eingreifen, im Wissen darum, dass aus menschlicher Sicht die Dinge unaufhaltsam voranschritten.

„Furchtbar!", flüsterte Micha und konnte kaum glauben, was er gerade mit eigenen Augen sah. „Welch abscheulicher Kult!"
„Sieh!", Paul fasste ihn beim Arm und deutete auf die Verlagerung des Rituals hin. „Was haben die bloß mit den Widers vor?"
Als Stefan die Aufnahmezeremonie abgebrochen hatte, jubelten Micha und Paul innerlich und hatten die Kraft Gottes gepriesen, doch nun erfüllte sie neue Sorge.
Gefesselt wurde das Ehepaar zu den Holzstapeln geführt und oben, neben der Reisigfigur, ans Holz geknotet.
Nachdem der Hochpriester die Siam feierlich dem Fürsten ins Tor gegeben hatte, schritt er ebenfalls zu den anderen hinüber. Sonja folgte ihm wie ein dressiertes Hündchen.
„Sie ist nicht bei sich", raunte Micha, „und wird sich keinesfalls selbst befreien können. Wir müssen etwas unternehmen!"

„Die sind zu viele. Wer weiß, was die alles unter ihren Kutten verstecken", wog Paul ab.
„Jedenfalls müssen wir näher ran! Ohne Unterstützung kommt Sonja da nie raus!"
Micha kroch rückwärts unter dem Haselstrauch vor und schlich im Schutze der Nacht so leise wie möglich dichter ans Geschehen heran. Paul folgte ihm und betete dabei inständig um Gottes Eingreifen. Er konnte es nicht sehen, aber das stille Heer hinter ihnen begann auszuschwärmen. Jeweils zwei Engel bildeten eine persönliche Eskorte für Micha und Paul. Sie wachten über deren Glauben und empfingen die eigene Stärke durch ihre und der Frauen Gebete. Die anderen umringten die Glieder der Gefolgschaft. Unter ihnen waren auch Jalon und seine Schar, die sich besonders dem Hochpriester und dessen Tochter zuwandten.
Dieser umrundete drei Mal die Holzstapel und betete dabei in die vier Himmelsrichtungen. Dazwischen fiel er immer wieder auf die Knie und sprach zum Erdboden geheimnisvolle Worte.
„Sieht aus wie ein Fruchtbarkeitsritual", raunte Micha Paul zu, als der zu ihm aufgeschlossen hatte.
„Ja. Bei den Kelten ist Samain der Beginn des neuen Jahres. Ein wichtiger Zeitpunkt, die Götter gnädig um Wohlstand und Frucht zu bitten", bestätigte Paul. Er hatte tagsüber ein wenig in dem abgegebenen Buch geblättert. Auch hatte er dort etwas über die Praxis von Menschenopfern gefunden.
Schon vorhin war ihnen die Bedeutung der Holzstapel aufgegangen, doch bisher hatte keiner das Unwort in den Mund genommen.
Der Hochpriester beendete die Einleitung. Er kehrte zurück zu Sonja, sah ihr tief in die Augen, zog noch drei Striche über ihre Stirn und stieg danach auf die Holzstapel. Die Tochter folgte ihm. Oben angekommen neigte Schwarzer die riesige Reisigfigur zur Seite und deutete Sonja an, dass sie darunterkriechen sollte. Sie tat es.
Micha und Paul wurden immer unruhiger. Es musste etwas geschehen.

Der Hochpriester stieg herunter und machte eine dirigierende Handbewegung. Stumm verteilten sich die Glieder der Gefolgschaft um die Holzstapel. Tobias blieb ein bisschen im Hintergrund und starrte ohne innere Regung auf die Geschehnisse. Auch als sich Luise ihm näherte und ihn ein Stückchen näher heranzog, ließ er das mit sich machen. Der Kreis von Fackelträgern schloss sich.
„Weiß der Himmel, wie wir da durchkommen!", flüsterte Micha.
„Das hoffe ich!" Paul fühlte sich alt. Im nächsten Moment wurde er kreideweiß: Mit furchtbarer Stimme brüllte der Hochpriester in der fremden Sprache und zog mit dem Krug voll Pech um die Holzstapel. Es klang wie eine uralte Formel. Während jeder Sprechpause goss er etwas von der dunklen, leicht zähen Flüssigkeit auf die Reisigbündel in den Zwischenräumen.
„Schwarzer, bist du wahnsinnig?", schrie Stefan Wider von oben herab. „Du kannst uns doch nicht bei lebendigem Leib auf diesem Scheiterhaufen verbrennen!"
Der Angesprochene ließ sich nicht in seinem Ritual stören.
„Schwarzer! Nimm Vernunft an!" Hilfesuchend wandte er sich den anderen zu: „Hugo! Franz! Luise! Max! Seid ihr alle Mörder?"
„Frevler!", zischte Beelzer und spuckte auf den Boden.
„Habt ihr alle den Verstand verloren? Wir haben Kinder! Ihr könnt uns doch nicht einfach verschwinden lassen!"
„Du hast keine Ahnung von der Macht des Fürsten!", grinste ihm Beelzer ins Gesicht.
„Um eure Jungs mach dir mal keine Sorgen, um die kümmere ich mich!" Süffisant leckte sich Franz die Lippen.
Stefan wurde kurz schwarz vor Augen. Dann ging sein Blick zu Elke. Sie war noch nicht bei Bewusstsein. So konnte es nicht enden! Stefan nahm seine Kräfte zusammen, zerrte an den Fesseln und bäumte sich auf. Er sah, wie sein Kampf den Gliedern der Gefolgschaft Vergnügen bereitete, dennoch gab er nicht auf.

Der Hochpriester hatte seine Runde abgeschlossen und stellte sich neben Beelzer auf. Er hob die Arme in die Höhe und rief mit mächtiger Stimme: „Lugaid! Majestät und Gottheit! Blut aus dem Hause des Meisters! Und noch mehr!", fügte er finster hinzu. Schwarzer ließ seinen Blick über die Gefolgschaft schweifen. Langsam hob er den linken Arm. So wie er, taten es ihm die anderen nach. Sie reckten die brennenden Fackeln in die Höhe.
„Hört auf!", keuchte Stefan Wider. „Habt Erbarmen! Wir sind doch keine Tiere! Wir sind Menschen!", aber seine Worte glitten an ihnen ab wie Wasser. Er ahnte: Jeden Moment würde der Hochpriester seinen Arm senken, und die brennenden Fackeln auf den Holzstapeln landen. Mit letzter Kraft der Verzweiflung riss er an den Stricken, doch sie schnürten sich nur noch tiefer in sein Fleisch. Tränen füllten Stefans Augen. Sein Herz barst unter dem Schmerz, wenn er an seine Jungs dachte. Er konnte sie nicht mehr schützen. Wären sie nur von diesem verfluchten Dorf weggezogen! Hätten sie nur alles hinter sich gelassen! Irgendwie wäre es schon weitergegangen. Doch nun? Alles zu Ende! Von ihnen würde nichts übrig bleiben, darin war die Gefolgschaft geübt. Dunkle Magie hatte sich noch immer in Hügelhain durchgesetzt! Dieser schreckliche Fürst und seine finsteren Horden! Die Hügelhainer Ebene war und blieb ihr Reich! Es gab keine Hoffnung auf Rettung. Sie würden in die Dunkelheit fahren, in eine gräuliche, schattenhafte Existenz. „Ach, gäbe es nur das Nichts!", flüsterte Stefan, doch ihn erwartete gleich das sichtbare Grauen. Nochmals sah er seiner bewusstlosen Frau ins Gesicht: „Hoffentlich bleibt dir das Erwachen erspart." Erschöpft schloss er die nassen Augen. Er zitterte. Da drang plötzlich Frederikes Stimme in sein Ohr: *„Selbst wenn es mich mein irdisches Leben kosten könnte, so ist mir das Leben nach dem Tod in der Nähe Gottes tausend Mal lieber als eine qualvolle, unersättliche Gier nach Frieden und Lebendigkeit im Reich des Fürsten!"* Vor seinen geschlossenen Augen sah er die alte Erzieherin in der Runde mit Micha, Sonja und den Friedreichs sitzen. Ihre Worte schienen aus einer anderen Welt zu kommen. Irgendwie wirkte dieses Bild tröstend auf

Stefan. Es atmete eine andere Wahrheit. Es schlug ein anderes Herz darin. Es stand so gegensätzlich wie der Morgen dem Abend dem entgegen, was ihm in der Gefolgschaft des Fürsten begegnete. Im Angesicht des bevorstehenden Opfertodes formulierte Stefan das erste Gebet seines Lebens: „Gott, denke an uns, wenn es jetzt zu Ende geht.[35] Ich möchte nicht ins Reich des Fürsten." Er verstummte und wartete ab. In ihm war es ruhiger geworden, doch die Traurigkeit um seine Familie blieb.

Ein innerer Drang bewegte ihn, nochmals die Augen zu öffnen. Schließlich gab er ihm nach. Durch einen tränennassen Schleier nahm er die Umrisse einer weiß gekleideten Person wahr. Regungslos stand sie vor ihm, und es war, als ob ihr Leuchten sämtliche Finsternis vertrieb. Stefan kniff die Augen zusammen, um das Wasser zu verdrängen und rechnete damit, dass das Bild danach verschwunden wäre. Dem war nicht so: In einer unglaublichen Klarheit stand die Gestalt nun vor ihm. Ihr Strahlen war so stark, dass er keine Gesichtszüge erkennen konnte, aber er hatte das Gefühl, er müsste jeden Augenblick in der Reinheit dieses Lichts verglühen.

„Bitte geh", flüsterte er, „ich halte dich nicht aus. Ich bin dein Licht nicht wert!"[36] Stefan wollte sich von der Lichtgestalt abwenden, und gleichzeitig fühlte er sich von ihr angezogen.

„Fürchte dich nicht, denn du hast widerstanden", hörte er eine Stimme wie Wasserrauschen über sich hinwegbranden, und er meinte, dabei das Beben der Erde zu spüren. Im nächsten Moment war die Erscheinung vorüber, doch das Leuchten und der Klang erfüllten Stefan weiterhin.

Wie wohl die *Herren* und die Gefolgschaft darauf reagierten? Er blickte sie an. Ihm wurde klar: Nur er hatte das Bild gesehen, und was für ihn eine intensive Begegnung gewesen war, das hatte für Schwarzer und Konsorten gar nicht stattgefunden.

Für einen winzig kleinen Augenblick fragte sich Stefan, ob ihm die Todesangst eine Illusion vorgegaukelt hatte.

„Zweifle nicht! Glaube nur!", hörte er wieder die Stimme. Dann war Stefan sich gewiss: Sämtliche Angst und Verzweiflung waren verflogen.

Nicht nur Stefan hatte die Erscheinung gesehen. Auch Micha erblickte die Lichtgestalt mitten auf dem Scheiterhaufen: „Er ist da!“, sagte er voll Ehrfurcht. „Mach dich bereit!“
Paul nickte und wusste um die Gegenwart der Herrlichkeit.
„Wir stiften Verwirrung und befreien Sonja und die Widers!“, raunte Micha seinem Partner zu. „Auf geht’s!“
Er war schon halb aufgesprungen, da hörte er ein *„Wartet!“*, so klar und deutlich, dass es sogar Paul mitbekommen hatte.
Er hielt Micha am Arm fest und zog ihn zurück. „Der Zeitpunkt ist noch nicht ganz gekommen!“ Gespannt wandte er seine Aufmerksamkeit dem Geschehen beim Scheiterhaufen zu.
„Sobald die Fackeln mit dem pechgetränkten Reisig in Berührung kommen, ist es für uns zu spät!“ Micha hielt es nicht mehr aus. Ein Rettungsversuch musste wenigstens unternommen werden. „Ich kann nicht länger warten!“ Er schlich zum Scheiterhaufen, da spürte er eine Erschütterung des Waldbodens, die aus unaussprechlicher Tiefe zu kommen schien.
„Er steigt hervor! Die Tore öffnen sich! Ehre und Macht seiner Majestät! Betet den Fürsten an! Lugaid, Herr der Ebene! Er nimmt seine Braut in Empfang!“ Die Stimme des Hochpriesters überschlug sich vor Erregung. Fasziniert starrte er hinüber zum Grabhügel.
Auch die Glieder der Gefolgschaft wandten sich der Erhebung zu. Sie jubelten in irrer Begeisterung und priesen lauthals die Ankuft des Fürsten.
Micha verharrte in seiner Vorwärtsbewegung und folgte ihren Blicken. Sprachlos stellte er fest, dass sich auf der Spitze des Hügels tatsächlich die Gestalt eines Kriegers abzuzeichnen begann. Gebieterisch stand er oben und schaute hinunter auf seine Anhänger.
„Lugaid“, sagte Micha mit trockenem Mund. Er war für einen Moment von dessen Erscheinung beeindruckt. Das hielt jedoch nur so lange an, bis er die goldene Kette in seinem Ohr sah. Sofort erinnerte er sich an den Traum. Da wusste er, dass Lugaid nicht allein gekommen war. Dies bestätigte sich auf

unheimliche Weise, denn hinter dem Fürsten stieg der Alte empor, und in seinen Augen brannte ein uraltes Feuer. Sein faltiges Maul zeigte ein breites Grinsen in gieriger Vorfreude.
Schrill beteten der Hochpriester und die Gefolgschaft den Fürsten an. Micha fragte sich, warum sie dem Alten überhaupt keine Ehre erwiesen. Schlagartig verstand er: Von dem Alten wussten sie nichts! Er hielt sich vor ihnen verborgen! Ein Weiteres fiel Micha auf: Zu jedem Glied der Gefolgschaft waren ein bis zwei Engel getreten. Wie stumme Wächter standen sie da und hatten die Hände auf ihre Schultern gelegt. Beim Hochpriester waren es sogar drei. Sie kamen Micha bekannt vor. „Gestern im Pfarrhaus!", fiel es ihm ein, und er wunderte sich, dass die Kultgemeinschaft von ihnen offensichtlich nicht den Hauch einer Ahnung hatte noch etwa die aufgelegten Hände fühlte. Überhaupt schien es, dass sich das Heer über den ganzen Kultplatz verteilte und nur das gesehen werden konnte, was auch gesehen werden *sollte.*
Nun leuchtete ihm die Aufforderung zum Warten ein: Es bahnte sich etwas an.
Micha kroch ein wenig zurück, um aus dem Schein der Fackeln zu kommen. Er fühlte die Anspannung in der Luft. Der Platz war übersät mit Totengeistern, die, ähnlich der Gefolgschaft, in Aufregung gefallen waren, als der Fürst erschien. Doch von Begeisterung verspürte Micha bei ihnen nichts. Es waren viel eher Gefühle von Neid, Hass, Angst und Verzweiflung. Als jedoch der Alte erschien, verblassten diese Gefühle, und pures Grauen breitete sich unter ihnen aus, von dem selbst der Fürst nicht verschont blieb. Bebend vor Angst starrte er auf seinen Meister.
Der Alte genoss die Wirkung seines Auftritts. Er war zur Ernte gekommen und leckte sich mit goldenen Ketten übersäter Zunge die Lippen. Gleich gäbe es Fleisch! Viel Fleisch! Er konnte es nicht länger aushalten und fühlte in sich den Blutrausch pochen: *„Es soll beginnen!"*
Noch nie zuvor hatte Micha eine solche Stimme vernommen. Ihre Kälte sog alles Leben aus ihm heraus, und er fühlte, wie

sein Körper die Spannung verlor und in sich zusammensank. Mit einem Ruck war er außerhalb seines Leibes und sah sich selbst leblos auf dem Waldboden liegen. Paul ereilte dasselbe. Sie waren in der Dimension der Geister. Sofort stürzten sich etliche auf sie und versuchten, sie zum Fürsten zu zerren.
„Im Namen Jesu", schrien Micha und Paul wie aus einem Mund, „wir gebieten euch Einhalt!"
Augenblicklich geschah es: Vier Engel mit goldenen Rüstungen und gezogenen Schwertern umringten die beiden und entfernten jede dürre Hand, die sich nach ihnen ausstreckte. *„Fürchtet euch nicht! Die Schlacht hat begonnen! Glaubt an den Sieg!"*
Nur einen Wimpernschlag später fühlte Micha wieder seinen Körper und sah, wie der Fürst dem Hochpriester das Zeichen gab, mit dem Feueropfer zu beginnen.
„Himmel! Nein!", schrie Micha aus Leibeskräften und gab damit seine Tarnung auf.
„Dahingegeben!"[37] Einem Donnern gleich rauschte das Befehlswort über die Lichtung. Micha zitterte. Sofort nahmen alle Engel ihre Hände von den Schultern der Gefolgschaft, und was bisher gehalten gewesen war, brach mit furchtbarer Gewalt hervor.
„Blut vom Hause des Meisters!", brüllte Hugo Beelzer, angefüllt mit jahrelang gewachsenem Neid und Hass auf Schwarzer. „Dein Blut wird den Fürsten erfreuen!" Er stürzte mit seinem gezückten Ritualdolch auf den Hochpriester zu.
Plötzlich waren sämtliche Hemmung und strategische Verschlagenheit von den Gliedern der Gefolgschaft genommen. Einem Dammbruch gleich barsten alle finsteren Gefühle und Träume aus jedem Einzelnen heraus.
„Stirb, du Brut!", zischte Luise Otter und zog aus ihrer Kutte eine scharf geschliffene Stricknadel. Mit dämonischer Kraft und verzehrender Gier rammte sie diese Tobias in den Rücken. Fragend blickte sie der Junge an und brach zusammen. Sein Todeskampf bereitete ihr Lust. Dadurch angespornt eilte sie, so schnell es ihr alter Körper zuließ, Franz zu Hilfe. Er lag mit

Max Schröcker im Kampf und war überrascht, wie sehr sich dieser hasenschartige Schwächling zur Wehr setzte.
Wie durch ein Wunder war bisher noch keine Fackel auf dem Scheiterhaufen gelandet.
„Jetzt!“, hörte Micha sich selbst sagen. „Paul! Unsere Gelegenheit!“ Er sprang auf und rannte zwischen den Kämpfenden hindurch zum Scheiterhaufen.
Paul folgte ihm auf dem Fuß und schickte dabei ein Stoßgebet nach dem anderen zum Himmel. Aus dem Augenwinkel nahm er wahr, wie Franz und Luise Max in irrem Wahn abschlachteten. Dieser Anblick wollte ihm die Kräfte rauben. Noch nie hatte er eine solche Grausamkeit erlebt. Nur mit Mühe konnte er sich gegen die aufsteigende Übelkeit wehren.
Micha war inzwischen oben auf dem Scheiterhaufen angekommen und machte sich daran, die Fesseln von Stefan und Elke zu durchtrennen.
„Das Hochopfer!“, schrie der Hochpriester wutentbrannt mitten im Kampf. Der vermeintliche Bruch des Fruchtbarkeitsrituals setzte unheimliche Kräfte in ihm frei. Mit einer schnellen Bewegung hieb er Beelzer jene Hand ab, in der dieser die Fackel hielt und sich damit gegen sein Schwert verteidigte. Heulend sank Hugo auf die Knie. „Verflucht sollt ihr sein!“, brüllte Schwarzer und schleuderte die brennende Fackel, an der noch Beelzers tote Hand krallte, zum Scheiterhaufen. Sofort fingen die in Pech getränkten Reisigbündel Feuer. Schnell pflanzten sich die Flammen ringsherum fort.
„Runter mit ihr!“, befahl Micha, der die Fesseln von beiden gelöst hatte. Gemeinsam mit Stefan ließ er die bewusstlose Elke in Pauls Arme gleiten. „Bring sie weg!“, rief Micha dem Pfarrer zu und versuchte zusammen mit Stefan, Sonja aus dem Reisigkäfig zu befreien. Dunkler, beißender, nach Teer stinkender Rauch hüllte sie mehr und mehr ein. Der Reisigkäfig ließ sich nicht kippen.
„Wie hat dieser Teufel das Ding nur befestigt?“, schrie Stefan und bekam dabei Rauch in die Lungen. Er musste heftig husten, trotzdem rüttelte er mit aller Kraft am Käfig weiter. Neben dem

Rauch war nun auch die Hitze immer deutlicher zu spüren.
„Viel Zeit bleibt uns nicht mehr!“, keuchte Micha. Im selben Moment hörten sie ein Knacken. Der Reisigkäfig ließ sich etwas besser bewegen. Mit vereinten Kräften gelang es ihnen schließlich, das Gebilde aus der Verankerung zu reißen und umzuwerfen. Um sie herum loderten die Flammen immer höher.
„Beweg dich!“, Micha zog Sonja hoch. Sie stand immer noch unter dem Einfluss der Magie: weggetreten, ohne jeden eigenen Antrieb. Willenlos.
„Verdammt!“ Stefan atmete schwer. „Wir müssen hier runter!“
„Spring!“ Ich stoße Sonja hinterher! Rasch!“
Stefan schlug sich die Arme vor sein Gesicht, sprang über die Flammen hinweg und flüchtete sofort aus der versengenden Hitze.
„Tu mir bitte einen Gefallen, Sonja, und mach ein bisschen mit!“, flehte Micha. Er nahm seine ganzen Kräfte zusammen und gab ihr einen gewaltigen Schubs. Wie eine zu groß geratene Marionette stolperte Sie durch das Feuer und fiel in Stefans Arme, der genau zum richtigen Zeitpunkt wieder in die Nähe des Scheiterhaufens kam und sie sofort aus der Hitze zerrte.
Nun konnte Micha sich selbst retten. Es war auch höchste Zeit, denn die ersten Flammen züngelten zwischen den Holzscheiten hervor, auf denen er stand. Er nahm Schwung und stürzte sich ins Feuer. Die furchtbare Hitze verbrannte ihm Haut und Haare. Hart fiel er ein paar Meter vom Scheiterhaufen entfernt auf den Waldboden. Für einen Augenblick war er stark benommen. Brandgeruch lag ihm in den Haaren, sein Gesicht schmerzte.
„Frevler!“ In blindem Hass stürmte Schwarzer auf ihn zu.
Da peitschte ein Schuss durch die Nacht. Getroffen sank der Hochpriester nieder.
„Du wirst nie mehr Hochpriester sein!“, lachte Hugo Beelzer triumphierend und wollte einen zweiten Schuss abgeben, als er in der Brust einen brennenden Schmerz verspürte. Bis zum Schaft steckte der Ritualdolch des Hochpriesters in seinem Herzen, geworfen mit unheimlicher Präzision.

„Du Narr!“, keuchte Schwarzer schwer verwundet. „Nur der Fürst beruft den neuen Hochpriester! Alle seid ihr Narren!“ Er ließ von seinem ursprünglichen Vorhaben ab, so konnte Micha Schutz im Dunkel der Nacht suchen, stattdessen eilte er auf den sterbenden Beelzer zu und hieb ihm den Kopf ab. Mit unmenschlicher Schnelligkeit wandte er sich dann Franz Trüb und Luise Otter zu. Sie stürzten sich gemeinsam auf ihn. „Erbärmliche Narren!“, zischte er und ließ die Klinge seines Schwerts kreisen. Die letzten beiden Köpfe rollten zum hell lodernden Scheiterhaufen hin.

„Ihr Narren!“, hauchte Schwarzer. Ihm wurde schwarz vor Augen. Er schwankte, verlor das Gleichgewicht und sackte auf seine Knie. Schwer stützte er sich auf sein Schwert. „Blut aus dem Hause des Meisters“, flüsterte er stockend, „und noch mehr.“ Er ließ seinen Blick über das Schlachtfeld wandern und spürte, wie auch aus ihm das Leben wich. „Ich bereite mich auf deine Hallen vor, Lugaid, mein Fürst. Treu habe ich dir immer gedient! Halte mir den Ehrenplatz an deiner Tafel frei!“ Mühsam schaute er zum Grabhügel und erwartete die Ankunft des Fürsten. Doch der Hügel war leer. Stattdessen sah er, wie von rechts und links weiß gekleidete Männer mit goldenen Rüstungen und Schwertern auf ihn zukamen. Ihr Auftreten erschütterte Schwarzer. „Wer seid ihr?“, fragte er mit Grauen und unter Schmerzen. Er ertrug ihre strahlende Helligkeit nicht.

„Wir sind Diener dessen, den du zeitlebens gehasst hast“, antwortete Jalon ruhig.

Schwarzer zitterte und flüsterte: „Ich bin der Hochpriester seiner Majestät und Gottheit, des Fürsten Lugaid.“ Wie schwach dieser Titel plötzlich klang.

„Ja, so lautet die Anklage“, nickte Jalon. *„Empfange, was du gewählt hast.“* Die Engel traten zur Seite und bildeten eine Gasse.

Schwarzer hob das Haupt. Ein uralter Greis schlurfte auf ihn zu. Plötzlich war das Grauen, das Schwarzer in Gegenwart der Engel empfunden hatte, vollkommen verblasst. Ja, es verwandelte sich im Nachhinein in das warme Strahlen der Sonne.

„Wer zum ...“, die Worte blieben ihm im Halse stecken. Je näher der Alte kam, desto mehr dämmerte ihm, dass etwas nicht stimmte und er einem riesigen Betrug aufgesessen war. Der Alte hatte zu ihm aufgeschlossen, öffnete den Mund und zog eine goldene Kette hervor.
„Wer bist du?“ Panik stieg in Schwarzer auf.
„Ogmios, ein Herr der Unterwelt. Komm!“ Er zog Heinrich Schwarzer einen Ring durchs Ohr und befestigte daran die goldene Kette. Danach ging er einfach weiter. Dies war der Moment, als der Hochpriester starb. Als sich die Kette spannte, riss sein Lebensfaden, und er wurde Teil der Schattenwelt. Unbarmherzig fand er sich in der Reihe derer wieder, die er zuvor getötet hatte, doch was ihn am schlimmsten traf, war die Begegnung mit dem Krieger, der an der kürzesten Kette unmittelbar hinter Ogmios den Zug der Geketteten anführte. Hämisch grinste er Schwarzer an.
„Majestät? Fürst? Lugaid?“, fragte Heinrich voller Horror und brennender Pein.
Es war einer dieser Momente, in denen der Fürst so etwas Ähnliches wie Lebendigkeit in sich fühlte. Einer dieser Augenblicke, die ihm das eigene Grauen für einen Wimpernschlag erträglicher machten: *„Tritt in meinen Dienst und werde, was die anderen zuvor auch geworden sind: ein Fänger! Bring unserem Herrn neues Leben, und halte die Abtrünnigen in Schach! Mach es gut, denn ihr Leiden und ihre Sehnsucht werden das Einzige sein, was dir den Hauch von Linderung verschafft, Sklave!“* Ein furchtbares Grinsen verzog sein Gesicht zu einer dämonischen Grimasse. Seine Kette spannte sich, weil der Alte vorangeschritten war. Unter erbärmlichem Winseln konnte er nicht anders als ihm folgen.
Eine unendlich lange Reihe zog an Schwarzer vorbei. Viele von ihnen kannte er, hatte er schon heraufbeschworen, nun sah er, dass auch sie Gefangene waren wie er selbst. Das Letzte, was er vor der absoluten Dunkelheit sah, waren die weiß gekleideten Krieger mit ihren goldenen Rüstungen, umgeben von sehnsüchtigen Seelen, die sich ihnen nahen durften. Etwas in

Schwarzer verfluchte den Tag, als er sein Leben dem Fürsten geweiht hatte. Dann ging er ein in das zeitlose Grauen, wo Nichtexistenz Erlösung gewesen wäre. Zufrieden schlurfte Ogmios durch das geöffnete Tor zurück in sein Reich. An diesem Samain hatte er fette Beute gemacht. Sein unbändiger Durst nach Blut und Leben war schon lange nicht mehr so ausgiebig bedient worden.
„Er ahnt noch nicht, dass diese erfolgreiche Nacht für ihn eine schlimme, vielleicht die endgültige Niederlage bedeutet." Jalon schaute den Gefangenen traurig nach.
„Ja, seine Gier wurde befriedigt, aber er hat seine Bastion in der sichtbaren Welt verloren", nickte Nathanael. „Es war wie in der alten Zeit, als Jahwe, durch uns Engel, die Feinde seines Volkes sich selbst vernichten ließ. Heute haben uns die Gebete der Glaubenden sehr stark gemacht."[38]
„Das Gebet des Glaubenden bewirkt viel, wenn es ernstlich ist."[39] Trotz des Verlustes an Menschenleben war Jalon erleichtert, und wenn er an die kleine Gemeinschaft der Beter dachte, sogar glücklich und dankbar. Auf diesen Sieg hatten sie so lange warten müssen, und Ogmios hatte seit uralten Zeiten so viele Leben versklavt. „Wollen wir hoffen, dass der Alte keinen mehr findet, den er verführen kann! Kommt, wir haben noch zu tun!" Die Engel durchschritten den gesamten Kultplatz und verkündeten den Sieg Jesu in der unsichtbaren Welt. Weil die Macht des Fürsten gebrochen war, kamen viele Sehnsüchtige näher, angezogen vom Geruch des Lebens, der den Engeln anhaftete. Es war Samain, die Nacht der Toten unter den Lebenden. Kein Fänger ließ sich in dieser Nacht mehr sehen, denn der Glaube hatte einen Sieg errungen. Diese Nacht auf dem Hochplateau und der Hügelhainer Ebene gehörte dem Heer Gottes.
„Wie geht's ihr?" Stefan war neben Micha und Paul niedergekniet. Am Boden lag Sonja mit weit aufgerissenen Augen, normal atmend und doch nicht wach, aber fast unversehrt am Körper.
„Ihr Geist ist entführt! Verfluchte Magie!", brummte Paul.

„Dann wollen wir über ihr den Namen Jesu ausrufen! Ogmios muss sie herausgeben!“ Micha legte ihr die Hand auf die Stirn und begann zu beten: „Im Namen Jesu, gib dieses Kind Gottes frei! Du hast kein Anrecht an ihr! Sie gehört zum Licht und nicht zu deiner Finsternis! Wir stellen dich, Sonja, unter den Schutz des gekreuzigten und auferstandenen Herrn! Wo sein Name bekannt wird, muss die Dunkelheit weichen: Jesus Christus!“

Während Michas Gebet schwärmte Jalons Schar aus und durchschritt das Tor. So weit hatte sie sich noch nie vorgewagt, zu stark war bisher die Macht Ogmios' gewesen, doch nun strahlte ihr Licht in der Finsternis auf.

Erst jetzt begriff der Alte, was wirklich geschehen war, und seine anfängliche Zufriedenheit verkehrte sich in bodenlosen Zorn.

Vollmächtig forderten die Engel Jesu die Herausgabe der doppelten Beute ein, und er konnte es nicht verhindern. Als die Engel gegangen waren, blieb die Ahnung von Licht in der Finsternis zurück. Der Alte tobte, aber in den Gefangenen war die Sehnsucht erwacht.

Durch das Gebet brachten die Engel Sonjas Geist zurück. Plötzlich wurden ihre Augen klar, und sie schaute sich um: „Micha? Paul? Stefan? ... *Elke?*“

Stefans Frau war inzwischen auch zu Bewusstsein gekommen. Allen stand der Schock der Ereignisse ins Gesicht geschrieben.

„Es ist vorbei“, sagte Paul liebevoll zu Sonja, „du bist gerettet!“

„Wo ist Tobias?“ Sie richtete sich auf und suchte die Umgebung ab.

Paul warf Micha einen warnenden Blick zu. Er verstand: „Wir wissen es nicht genau“, antwortete Micha vorsichtig und fürchtete, dass der Junge bei dem Gemetzel ums Leben gekommen war.

„Ich weiß, dass er lebt! Wir müssen ihn suchen!“ Sie rappelte sich auf und kam etwas wackelig zum Stehen.

„Besser wir sehen ohne dich nach“, versuchte Paul Sonja zurückzuhalten.

„Ich werde meinen Bruder suchen!" Sonja schritt in die Richtung des gewaltig brennenden Scheiterhaufens.
Micha und Paul eilten ihr hinterher. Stefan ließ Elke nicht allein. Sie entschieden sich, einen weiten Bogen um den Kultplatz zu machen und vorne am Waldrand zu warten. In ihren Augen blieb der Ort des Grabhügels auf alle Zeit verflucht.
Bis auf das Prasseln und Rauschen des Feuers war es auf der Lichtung gespenstisch ruhig. Die schrecklich entstellten Leichen von Hugo, Max, Franz und Luise lagen dort, wo sie gefallen waren. Sonja konnte den Anblick kaum ertragen, aber die Sorge um Tobias hielt sie auf den Beinen. Paul und Micha hatten sie in die Mitte genommen und sich bei ihr eingehängt. Zusammen kamen sie am toten Körper des Vaters vorbei. Sein Gesicht wirkte eingefroren und zeigte den Ausdruck eines fragenden Entsetzens. Aller Triumph war daraus entwichen.
„Du hast empfangen, was du gewählt hast", flüsterte Sonja. Sie verspürte keinerlei Trauer, nur Erleichterung, dass dieser Dämon aus ihrem Leben verschwunden war.
„Dort!", Micha zeigte auf einen weiteren, etwas abseits liegenden Körper.
„Tobias!", rief Sonja, riss sich los und rannte zu ihm.
Sie warf sich auf die Knie und untersuchte ihn. „Er ist warm!" Sonja nahm ihren Bruder in den Arm. Sein Rücken war feucht und klebrig. Blut. „Tobias ist verletzt!" Angst lag in ihrer Stimme.
Paul untersuchte die Wunde: „Nicht groß, aber tief. Er muss schnellstens in ein Krankenhaus! Rasch, wir schleppen ihn zu Frederike und benachrichtigen den Rettungsdienst! Ich denke, die Polizei wird sich ebenfalls für das interessieren, was hier oben geschehen ist."
Mit vereinten Kräften trugen sie den Jungen zum Waldrand und ließen den Ort des Grauens hinter sich.
Sobald Stefan die kleine Gruppe kommen sah, eilte er ihr zu Hilfe und packte mit an. So schnell es das Gelände und die Nacht zuließen, hasteten sie mit dem Verletzten den Hang hinunter zum alten Armenhäuschen, tief im Innern flehend, dass es noch nicht zu spät sei.

„Es ist zu Ende!“ Erschöpft lehnte sich Frederike auf ihrem Stuhl zurück. Sie fuhr sich mit beiden Händen über das Gesicht und atmete durch.
„Hoffen wir, dass alle heil zurückkommen.“ Susanne erhob sich, ging zum Fenster und schaute hinauf zum Burgstall. „Ein Feuer, ein gewaltiges Feuer!“, rief sie erstaunt. Der hell erleuchtete Waldes ließ sie schaudern. „Was hat das zu bedeuten?“
Frederike kam zu ihr. Sorgenvoll sah sie den orange-gelben Schein, wie er die Prozessionsschneise in unheilvolles Licht tauchte. „Der Scheiterhaufen brennt.“
„Der Scheiterhaufen?“
„Meistens irgendwelche Tiere“, erklärte die alte Erzieherin, „heute war etwas anderes geplant. Aber er ist leer geblieben. Dennoch floss viel Blut.“ Einem inneren Impuls folgend ging sie zum Telefon und verständigte Polizei und Rettungsdienst.
Wenige Minuten später hörten die beiden Frauen Geräusche im Garten. Susanne öffnete die Tür, so konnte die kleine Gruppe mit Tobias ungehindert eintreten.
„Schnell ein Tuch! Wir legen ihn aufs Sofa!“, rief Micha. „Er atmet kaum noch! Ruft einen Krankenwagen!“
„Ist schon geschehen“, antwortete Frederike und kümmerte sich um Sonja. „Wie geht es dir, Kindchen?“
„Er wird leben!“, beharrte Sonja trotzig.
Paul hatte Susanne in den Arm genommen und schaute zweifelnd zu Tobias hinüber. Der Blutstrom war äußerlich versiegt, doch er befürchtete eine schwere innere Blutung.
„Zweifle nicht!“, Susanne nahm sein Gesicht in beide Hände und gab ihm einen Kuss.
„Er wird leben! Sie haben uns beide aus dem Schattenreich befreit, und keine dunkle Macht konnte uns dort halten!“ Sonja ließ sich nicht beirren.
„Wer hat euch befreit?“, wollte Frederike wissen.
„Die Engel! Zum ersten Mal habe ich Engel gesehen!“
Frederike nickte erleichtert. Auch wenn Tobias möglicherweise sterben würde, so wäre er dennoch nicht ein Gefangener des

Fürsten und seines Herrn. Sie hob ihr Haupt und sah Maria bei ihrem Sohn stehen.
Liebevoll schaute sie auf ihn nieder. Wie gerne hätte sie ihn weiter ins Leben begleitet, doch der Fluch des Ogmios hatte ihr eigenes Leben geraubt. Eine große Traurigkeit umgab die Erscheinung, so sehr, dass es Frederike fast das Herz brach.
Dann geschah etwas Wunderbares, das auch Micha nicht verborgen blieb. Wie Frederike war er auf Maria aufmerksam geworden, und wie sie spürte er ebenfalls deren Traurigkeit. Aus dem Nichts tauchten drei Männer in ihren goldenen Rüstungen auf. Einer trat vor und legte seine Hand auf die Geistin. Sie erbebte.
„Fürchte dich nicht!“, sagte er liebvoll. *„Glaube nur, dein Sohn lebt!“*[40]
Nur Frederike und Micha konnten die Erscheinungen sehen und die Worte hören, aber in beiden begann das Herz vor Freude zu hüpfen, denn nun wussten sie, dass Sonja recht gehabt hatte und Tobias es schaffen würde.
„Komm, dein Platz ist nicht mehr hier!“, forderte der Anführer der Engel die Geistin auf. *„Komm in die Nähe Jesu!“*
Da wich die Traurigkeit von Maria. Dankbar schaute sie zu Frederike, und die Alte hörte es in sich sagen: *„Deine Gebete und dein Vorlesen aus dem heiligen Buch haben meinen Geist gelehrt und ihn ermutigt!“*
„Du hast dich bewährt und dem Fürsten und seinen Fängern getrotzt. Geh hin zu deines Herrn Freude“, antwortete Frederike ergriffen und wischte sich die Tränen aus den Augen, denn sie wusste, welches Wunder es bedeutete, wenn unruhige Seelen aus dem Schattenreich den Weg zu Jesus fanden. Eigentlich ein Ding der Unmöglichkeit, weil die Sehnsüchtigen meistens einen Fänger im Nacken hatten, der sie durch Angst und Grauen in der Welt der Dunkelheit hielt. „Sei gesegnet!“ Zum Abschied verbeugte sich die alte Erzieherin vor den Engeln und der Geistin.
Maria verließ Tobias und wandelte zu Sonja. Lange stand sie ihr gegenüber. Im Armenhäuschen sprach keiner ein Wort.

Auch wenn Friedreichs und Widers nichts hörten und sahen, so fühlten sie doch, dass sich eben etwas Besonderes ereignete. Seit ihrer Gefangenschaft im Schattenreich hatte in Sonja eine Veränderung eingesetzt. So spürte sie die Nähe der Geistin und hörte in ihrem Herzen leise eine Stimme sagen: *„Danke, dass du deinen Bruder nicht preisgegeben hast! Ich liebe dich! Ich liebe euch! Bleibe auf dem eingeschlagenen Weg! Der Herr sei mit dir!“,* Sonja fühlte einen kalten und zugleich warmen Hauch über ihr Gesicht gleiten. Es war der Moment, als die Engel mit Maria das alte Armenhäuschen verließen und sich draußen auf dem Feld mit dem himmlischen Heer vereinten.
Micha und Frederike sahen durchs Fenster. „Maria ist nicht die Einzige!“, freute er sich.
„Ja, etliche haben den Weg aus der Finsternis zum Licht Jesu gefunden. Manches liegt noch vor ihnen, aber die Engel werden sie lehren! Danken wir Jesus für diesen Sieg, und sehen wir zu, dass die Finsternis auf der Hügelhainer Ebene und im Dorf keine Anrechte mehr gewinnt!“
„Der Weg für die frohe Botschaft ist offener geworden“, stimmte Paul zu, „es liegt an uns, das Evangelium im Dorf zu verbreiten! Je mehr Menschen zu Lebzeiten Jesus finden, desto eher wird der Sumpf der Finsternis ausgetrocknet werden!“
Für Stefan und Elke klangen die Worte fremd. Im Moment konnten sie damit nicht viel anfangen. Aber sie wussten, dass der Glaube an die Kraft Jesu ihnen das Leben gerettet hatte. Das genügte fürs erste, um näher auf ihn zuzugehen: „Wir sind dabei!“, nickte Stefan.
„Nun denn! Setzen wir uns dafür ein, dass heute die letzte Nacht war, in der Ogmios mit reicher Beute davongezogen ist. Gewinnen wir Hügelhain für Jesus!“ Micha ahnte die kommenden Turbulenzen. Das Ende der Gefolgschaft würde Journalisten aus aller Welt auf den Plan rufen und das Dorf ins Zentrum der Berichterstattung rücken. „Der Weg in den Frieden wird seine Zeit brauchen.“ Von fern waren die Martinshörner zu hören. „Packen wir's an!“ Er ging nach draußen, um die Rettungskräfte zum Häuschen zu lotsen.

Nachwort

Hügelhain kann überall sein. In Deutschland finden wir unzählige solcher kleinen Bauerndörfer, die abseits der Hauptverkehrsstraßen auf Höhenzügen liegen und deren Geschichte weit in die Vergangenheit zurückreicht. Auch lokale Sagen und Geistergeschichten sind gang und gäbe.
Ich habe Hügelhain im Schwäbisch-Fränkischen Wald angesiedelt, Orte und Städte in der Umgebung des Dorfes gibt es tatsächlich. Dagegen sind die Landschaft rund um Hügelhain und der Ort Spiegelbach Produkte meiner Fantasie; ebenso die Protagonisten - Ähnlichkeiten mit lebenden Personen sind rein zufällig. Dennoch habe ich Anleihen an historischen Gestalten (z. B. der „Seherin von Prevorst", Frederike Hauffe, † 1829) und an geschichtlichen sowie örtlichen Gegebenheiten (z. B. der Glasherstellung vom 15. bis 19. Jh.) genommen. Insbesondere spielen Kultur und Religion der Kelten (6./5. Jh. v. Chr.) eine bedeutende Rolle. Neben aller schriftstellerischen Freiheit versuchte ich mich am Stand der Forschung über dieses geheimnisvolle Volk zu orientieren, das in unmittelbarer Nähe zum Schwäbisch-Fränkischen Wald deutliche Spuren hinterlassen hat. Erwähnt seien hier der Hohenasperg als keltischer Fürstensitz und das Fürstengrab von Hochdorf.
Gerade im Aufbau des Grabes von Hochdorf eröffnet uns die Archäologie, dass schon damals mit einem Weiterleben nach dem Tod gerechnet wurde. Im Wesentlichen ist das bis heute so geblieben. Der Roman trägt diesem spirituellen Hintergrund auf seine Art und Weise Rechnung und mag den Leser hier herausfordern.

An dieser Stelle gilt mein Dank jenen Menschen, ohne deren Mithilfe dieses Projekt nicht realisierbar gewesen wäre. Zuerst stehen hier Ruedi Sorg mit seinen wunderbar illustrierten Miniaturen und dem eindrucksvollen Titelbild sowie Marco Schmidt, der das Buch in seine Form gebracht hat. Stellvertretend für all die Testleser möchte ich Beate Bolliger-Walter mit ihrem wertvollen Lektorat erwähnen; daneben noch Josua Sorg für das Erstellen der Landkarte und das Schärfen der Miniaturen und Simon Fakir für die Gestaltung des Covers. Last but not least danke ich all jenen, die mich in anderer Weise, sei es mit einem geliehenen Ohr, einem Fachbuch oder ihrem Zuspruch unterstützt haben.

S.D.G.

Steffen Pfingstag

Endnoten

1 Brief des Paulus an die Römer 12,21
2 Evangelium des Johannes 14,6
3 Evangelium nach Matthäus 6,9-13
4 Brief des Paulus an Römer 1,21ff
5 Evangelium nach Johannes 10, 28b
6 Evangelium nach Mt 10,28
7 Erster Brief des Paulus an die Korinther 9,16
8 Evangelium nach Matthäus 19,26
9 Offenbarung des Johannes 6,16
10 Erster Brief des Petrus 4.1-8
11 Evangelium nach Johannes 1,5
12 5. Buch Mose 18,9-14
13 2. Buch Mose 20,1-3
14 Anderes Wort für Teufel im Schwäbischen
15 Brief des Paulus an die Epheser 6,12
16 „Jahwe erhört“
17 Evangelium nach Matthäus. 10,30
18 Erster Brief des Paulus an die Korinter 9,16
19 Erster Brief des Johannes 3,8
20 Evangelium des Johannes 10,28 u. 29
21 Evangelium nach Matthäus 17,20
22 Jeremia 29,11
23 Evangelium nach Lukas 16,19-31
24 Brief des Paulus an die Epheser 6,12
25 Erster Brief des Johannes 3,8
26 Die Religion der Kelten, S.137; Bernhard Maier; 2001; Verlag C. H. Beck, München
27 Brief des Paulus an die Epheser 6,12
28 Erster Brief des Petrus 3,18-19 und 4,6
29 Erster Brief des Paulus an die Korinther 15,20
30 Evangelium nach Matthäus 12, 43-45
31 Evangelium nach Matthäus 17,20
32 Offenbarung des Johannes 1,8 und 18
33 Offenbarung des Johannes 20,12
34 Offenbarung des Johannes 1,7
35 Evangelium nach Lukas 23,42
36 Evangelium nach Lukas 5,8
37 Brief des Paulus an die Römer 1,18-32
38 Buch der Richter 7,19-22
39 Brief des Jakobus 5,16
40 Evangelium des Johannes 4, 46-53

Steffen Pfingstag

Der Drache im Fels

Bereits erschienen und unter der ISBN 3-000-24444-5 im Buchhandel erhältlich!
Ein Buch für Kinder ab zehn Jahren und alle Erwachsenen, die spannende Abenteuergeschichten lieben.

Leseproben und nähere Informationen über den Autor gibt es unter: http://www.pfingstag.net

ISBN 3-000-24444-5